EL MENTIROSO

LA TRAMA

EL MENTIROSO

Mikel Santiago

Papel certificado por el Forest Stewardship Council®

Primera edición: junio de 2020
Decimoquinta reimpresión: marzo de 2024
De este libro se han realizado un total de 33 ediciones.

Printed in Spain – Impreso en España

ISBN: 978-84-666-6744-9
Depósito legal: B-6.338-2020

Compuesto en Llibresimes, S. L.

Impreso en Black Print CPI Ibérica
Sant Andreu de la Barca (Barcelona)

BS 6 7 4 4 E

A Marta, Javi y Julen,
que siempre encuentran el camino

Abro los ojos y ¿qué veo?
Una cara. Dos ojos negros, fijos, sin brillo.
Un hombre me mira, quieto, en el suelo.
¿Está muerto?

Ese hombre y yo estamos tumbados sobre un frío suelo de hormigón, a un metro de distancia el uno del otro. Eso es todo lo que pasa en ese momento. Yo tumbado. Él tumbado. Ambos apoyados de lado y mirándonos fijamente.

—Hola —le digo.

El tipo no se mueve. Ni parpadea. Tiene una mirada retadora, un poco petulante, como si estuviera a punto de decir: «¡Eh! ¿Y tú qué miras, idiota?»... Solo que no va a decir nada, ni ahora, ni en un millón de años. Porque está muerto. El hombre que tengo frente a mí está muerto. Nadie se pasa tanto tiempo sin pestañear, o con la boca abierta.

Un leve resplandor se cuela desde alguna parte. Se oyen pájaros, el rumor de una carretera con poco tráfico. ¿Qué hora es? ¿Qué ha ocurrido?

Me siento despertar de un sueño muy profundo. Todo acontece dentro de una niebla irreal y fantástica.

Miro a esa cara muerta. Tengo la sensación de haberla visto antes. ¿Dónde?

Pero estoy cansado, me pueden las ganas de dormir. Cierro los ojos otra vez.

Sueño con un día soleado. La fragancia inconfundible de la hierba recién segada se funde con el olor del gasoil. Estoy cortando el césped. Mi segadora Outils Wolf va devorando hierba y creando una perfecta planicie de color verde esmeralda. El motor ruge y el jardín es una dulce mezcla de aromas. ¿Es mi casa? No... Yo no vivo ahí. Esa es la casa de un cliente. Soy jardinero, claro. Me dedico a cortar hierba, podar setos y otras tareas de mantenimiento en esos preciosos miniparaísos que pertenecen a gente a la que le sobra el dinero y le falta el tiempo.

—¡Eh, Álex!

Álex. Ese es mi nombre. Y el que lo grita es un tipo alto, rubio, guapo, vestido con unos pantalones de kickboxing color pistacho y una camiseta de The Killers.

El tipo guapo (es un actor conocido, pero ¿cómo se llama?) viene caminando descalzo desde su chalé de una sola planta con tejado de pizarra, enclavado en una suave loma en el centro del valle. Habla con alguien por teléfono y me hace señas para que me detenga. Parece que quiere decirme algo, pero después, cuando abre la boca, no puedo oír nada.

Me despierto. No sé cuánto tiempo he pasado durmiendo, pero ahora hay más luz. Está amaneciendo y yo sigo allí, en esa especie de nave en ruinas.

El muerto también está ahí. Eso no era ningún sueño. Le observo. Barba negra, no muy cuidada. Pelo castaño, largo, con grandes vetas canosas. ¿Cincuenta años? Por ahí. Gafitas redondas, ligeramente descolocadas sobre la nariz. Ojos negros, coronados con cejas espesas que parecen cepillos.

Mientras le miro, me percato de una gruesa mancha de sangre que le recorre la frente, muy pegada al cuero cabelludo. Le han abierto la cabeza. A ese tío lo han matado.

Comienzo a darme cuenta de la situación.

Quiero saber dónde estoy. Giro el cuello y entonces siento un dolor agudo en la base del cráneo. Ese tipo de dolor que te avisa: «No sigas por ahí...». Así que dejo de moverme. Dicen que si te rompes la crisma, es mejor quedarse quieto. ¿Me han golpeado a mí también? Pero ¿qué ha pasado?

Intento recordar algo. ¿Ha sido un ataque terrorista, tal vez? Me vienen a la mente esas terribles escenas de Francia y los terroristas islámicos. Pero allí no parece haber nadie más que nosotros dos. Es una especie de pabellón industrial abandonado, lleno de cascotes y con las ventanas rotas.

Cierro los ojos. Trato de rebobinar la memoria. Es como esas veces que abres los ojos en medio de la noche y no sabes dónde estás. Esperas un poco y la información se va reconstruyendo ante ti. «Ah, estoy en tal sitio. Esta es la habitación del hotel cual. Todo encaja, vuelve a dormir.»

Pero es que mis tal y cual no regresan a mí. No recuerdo por qué estoy allí. No logro encontrar ni un hilo del que tirar, nada que pueda explicarme esa situación.

¿Qué es lo último que recuerdo? Hago un esfuerzo por encontrar algo «ahí atrás» y lo primero que me llega es una imagen. Un lugar precioso, entre las montañas...

Estábamos en el jardín de Koldo y Leire, haciendo un pícnic. Leire había dispuesto unas mantas sobre el césped y nos hablaba de ellas.

—Impermeables por debajo, suaves como un osito por arriba. Las compramos cuando vivíamos en Holanda, allí saben mucho de suelos húmedos.

El césped estaba muy bien recortado. Koldo se había pillado uno de esos robots cortacéspedes y se había tirado casi media hora hablándome de sus virtudes en el garaje de la casa. Yo me suelo aburrir bastante con esas cosas; sin embargo, aquel tema me interesaba a un nivel profesional. Si esos robots comenzaban a proliferar, mi trabajo tendría los días contados.

Pasábamos una tarde muy agradable, bebiendo vino y comiendo panecillos con paté y mermelada casera, mientras los niños de Leire y Koldo correteaban por el jardín. Cuando ya parecía que no nos cabía un gramo más de comida, Leire trajo un termo de café con leche y un bizcocho.

—Tienes que probarlo, Álex —me dijo Erin—. Leire es la reina de los bizcochos.

Desde que nacieron los gemelos, Leire disfrutaba de dos años sabáticos «de crianza». Se dedicaba solo a ser madre, pero con la ayuda de sus suegros. Así que podía ir a nadar todos los días y tenía tiempo para leerse un libro por semana. Estábamos hablando de eso, de lo feliz que era en su excedencia de la agobiante consultoría en la que trabajaba, cuando salió el tema de los bebés. Erin opinaba que Leire era el modelo de comportamiento. Ella también se cogería un año completo «en cuanto tuviésemos un bebé».

Yo me quedé helado al oír eso. «¿Un bebé?»

—Entonces Álex se convertirá en el ganapanes familiar —bromeó Koldo—. ¿Qué te parece eso?

Miré a Erin y ella me miró a mí y se rio. Leire también se rio. Fue como si las hubiera pillado hablando de un secreto. Me giré hacia Koldo:

—Me parece que tendré que romper tu robot.

Después, sobre las seis y media, comenzó a hacer frío y Leire propuso que pasáramos dentro. Había hecho un gran día para ser octubre, un día casi de verano, pero «esto es el Cantábrico», recordó Leire. Así que recogimos los bártulos y entramos en la casa. Una casa de madera, dos plantas, muchísimo espacio. Cada uno de los gemelos tenía su propia habitación, tan grande como el salón de cualquier apartamento de la ciudad. Y el salón tenía unas inmensas cristaleras esquinadas desde las que se podía contemplar el mar.

Estuvimos hablando de la casa un rato. Koldo trabaja en el estudio de arquitectura del padre de Erin y le encanta hablar de esos temas. Que si este material para conservar mejor el calor, que si el suelo geotérmico, que si el aislamiento de micropartículas de carbono... Las chicas se abrieron un vino y Leire dijo que era hora de bañar a los pequeños.

—¿Por qué no acompañas a Koldo, Álex? —dijeron entre risas—. Así vas aprendiendo.

«Otra vez ese rollo del bebé —pensé yo—, ¿qué se proponen?»

Ahí está mi último recuerdo. La casa de Koldo y Leire. Erin y eso de tener un bebé. Nada más. Ni siquiera sé cuánto tiempo ha pasado desde entonces. ¿Un día? ¿Dos años? ¿Cómo he llegado a este lugar? ¿Qué hace este hombre muerto a mi lado?

Tengo que moverme. Tengo que encontrar mi móvil y pedir ayuda.

Estoy de costado, la mano izquierda atrapada bajo mi cadera, en una postura curiosa cuando menos. Supongo que me he caído y me he quedado en esa posición. Hago fuerza con el codo y me vuelco suavemente sobre la espalda. Al hacerlo, vuelvo a notar ese dolor en la nuca, que se irradia por toda la parte trasera de mi cabeza.

Me quedo mirando boca arriba. Ahora tengo un buen ángulo de visión y observo a mi alrededor. Un pabellón muy alto, de hormigón armado sucio, con un estilo arquitectónico antiguo. Hay cuadros de ventanas a los lados. Ventanas de marco de acero, con pequeños cristales, algunos de ellos rotos. El estilo de ventana de almacén o fábrica antigua. «Espera un segundo —me digo—. Yo conozco este sitio. Claro que lo conozco. Es la vieja fábrica Kössler.»

Voy a intentar levantarme. Mi otro brazo, el que lleva extendido todo el tiempo, se mueve y entonces me doy cuenta de otra cosa. Cerca de mi mano hay un trozo de piedra. Un trozo bastante grande y con forma triangular. Una de sus puntas está empapada en sangre.

Me siento y cojo esa piedra. La miro. Es un triángulo de granito. Llevo un dedo hasta esa punta manchada de rojo. Es sangre fresca.

Suelto la piedra. Miro al hombre muerto a un metro de mí.

Ya no tengo tanta prisa por llamar a nadie.

1

LA MENTIRA

1

Alguien me dijo que había tenido un accidente. Recuerdo ver un montón de aparatos vibrando en las paredes de una ambulancia y dos enfermeros de la DYA a cada lado. «Has tenido un accidente —me dijeron—. Pero estás bien.»

Las imágenes vienen y van. Recuerdo que llegamos a un hospital por la entrada de urgencias. Una camilla y voces de gente. Una enfermera me pinchó algo. Un médico me hizo preguntas que no supe responder —«¿Qué ha pasado?» «¿Puedes seguir el dedo con la mirada?»—, así que cerré los ojos y tuve sueños. Tuve un montón de sueños. Tuve ocho temporadas de sueños lo menos.

En uno de ellos, estaba tumbado junto a mi madre, en una cama del hospital. Yo la llamaba pero ella no respondía. Estaba viva, ¿es que al final encontraron un tratamiento para ella? Al cabo de un rato, mi madre me miraba y me preguntaba quién era yo. «Soy tu hijo, Álex. ¿Es que no me recuerdas?» Un doctor —que curiosamente era el dentista al que iba de niño— me explicaba que el tratamiento experimental conllevaba una suerte de lobotomización del paciente. A cambio de aumentar su esperanza de vida, perdía toda su memoria. Bueno, al menos en mi sueño, aquello no parecía tan grave.

Me despertaba y veía más doctores. Gente conocida. Mi abuelo, Dana, Erin, su madre. Alguien les decía que «no es exactamente un coma, pero hay que ver la evolución». Después oía más conversaciones. «Seguro que iba hablando por el móvil.» ¿A qué se referían? «Ha dado negativo en alcoholemia.»

Alguien mandaba salir a todo el mundo. Había ruido en alguna parte. Un escáner fotografiándome la cabeza. «No creo que se vaya a despertar», decía alguien. Volvía a dormirme.

En otro de mis sueños aparecía mi abuelo Jon Garaikoa. Un recuerdo en cinemascope y con Dolby Surround intracraneal. Yo era un niño. Me había clavado un anzuelo en la pierna mientras intentaba pescar en el puerto de Illumbe. Mi abuelo me decía que tendría que empujar el anzuelo hasta que saliera por el otro lado y después le cortaría la cabeza con un alicate.

«Cierra los ojos, Álex. Esto te va a doler.»

Alguien me clavaba algo, pero podría ser una jeringuilla. Entonces veía a ese hombre de la fábrica. El barbudo de los ojos negros —«Ya está, has sido un valiente»—, que me hablaba sin parar, muy rápido, pero yo era incapaz de entender nada. Estábamos en una fiesta. Sonaba Chet Baker. Un gran salón, muy elegante, lleno de gente. La espalda desnuda, sexy, de una conejita pelirroja era lo último que veía antes de que mi mente se diluyese como un terrón de azúcar en un vaso de leche caliente.

2

Después supe que había pasado más de veinticuatro horas en un estado cercano al coma. No se temió por mi vida, pero mi letargo llegó a mosquear a los médicos y estuve conectado a algunos ordenadores muy potentes que registraban cada pestañeo, latido o pedo que mi cuerpo emitía. Fui despertándome de manera muy paulatina, todavía en esa mezcla entre sueños y realidad.

Erin se encontraba a mi lado durante todo ese tiempo. La veía hablándome, cogiéndome de la mano, besándome. Yo intentaba preguntarle algo. «¿Qué ha ocurrido? ¿Volveré a andar?» Pero estaba sedado y no tenía fuerzas para hablar. Me dormía y soñaba con cosas extrañas. Una fiesta en la que sonaba Chet Baker y donde había animales vestidos de traje y corbata. Fuese lo que fuese lo que me habían inyectado, era un producto de primera.

Cuando finalmente desperté de esa especie de odisea de sedantes, amnesia y pesadillas, Erin estaba allí, hablando por teléfono junto a una ventana.

—No, al final le he pedido a Gurutze que me sustituya. Por lo menos el lunes. Quizá también el martes...

Supongo que hablaba de su colegio. Erin trabajaba en una escuela. Era maestra. Le había costado encontrar su verdadera vocación, así que a los veintinueve todavía era bastante novata.

—Estoy preparando las clases aquí, en el hospi...

Yo la miraba y la escuchaba hablar con alguien. ¿Leire?

—Sí. Un golpe muy fuerte en la cabeza. Lo demás está bien.

Seguro que era Leire. Ese tonillo medio infantil solo lo utilizaba con ella. Ambas eran hijas únicas, habían crecido juntas y se trataban como hermanas.

Ella no se había dado cuenta de que estaba despierto, así que la observé en silencio mientras hablaba. Llevaba el pelo recogido en una coleta. La cara sin maquillar. Camiseta y vaqueros. Yo siempre le decía que era como más me gustaba, al natural, solo con un toque de aroma de jabón. «Si hubiera tenido una maestra como tú, me habría colado hasta las cejas», le solía decir. A lo que ella contestaba: «Son críos de ocho años». Pero a los ocho años también te puedes enamorar, aunque creas que solo es un dolor de tripa.

Por fin, en algún momento, se dio cuenta de que me había despertado.

—¡Álex! —dijo al verme con los ojos abiertos—. ¡Leire, te tengo que dejar! ¡Álex acaba de despertarse! ¡Sí! —Colgó y soltó el teléfono en la mesilla. Se sentó en la silla y me cogió las manos entre las suyas—. ¿Cómo estás?

—Bien. Me duele un poco la cabeza. Y tengo mucha sed. De hecho, me muero de sed.

—Vale, espera.

Se puso en pie como un resorte, salió fuera y volvió al cabo de unos segundos con un vaso de plástico. También entró una enfermera, que miró la máquina, tocó unos cuantos botones, dijo que el médico se pasaría en unos minutos y volvió a dejarnos solos. Erin se sentó a mi lado y me acarició mientras yo bebía el agua.

—Despacio...

—¿Qué ha pasado?

—Tuviste un accidente, ¿te acuerdas? Casi te matas, pero estás bien.

—¿Cuándo? ¿Cuánto tiempo llevo aquí?

—Un largo día —dijo Erin—. Es domingo. ¿Qué pensabas?

—No sé, que igual habían pasado años.

Se rio.

—¿Tan vieja me ves?

—Estás preciosa, Erin. Estás más guapa que nunca.

Erin me cogió la mano y la besó. Después se apoyó suavemente en mi almohada.

—Gracias a Dios que estás bien. Pensaba que... Bueno, he pensado de todo. Te diste un golpe muy fuerte en la cabeza. ¿Puedes moverte bien?

Moví los pies, las rodillas, los brazos. Todo parecía en orden.

—¿El golpe es grave? —pregunté.

—No —dijo ella—, tan solo una conmoción. Te saliste en una curva. Fue algo aparatoso, pero dicen que el airbag te salvó.

Yo lograba recordar algunas imágenes muy borrosas. Un hombre muerto. En el suelo de una fábrica.

—¿Le hice daño a alguien?

—A un pino. Quizá tengas que pagar por eso. Por lo demás, tuviste mucha suerte.

Erin me contó lo que la Ertzaintza le había explicado: que yo iba conduciendo sobre las seis y media de la mañana por una pequeña carretera (la R-5678) que conecta Gernika con uno de los valles del interior. Al parecer me salí de la trazada y caí de frente contra un pino. El morro de mi furgoneta, una GMC, lo rompió en dos antes de arrugarse un poco.

—Pero ¿qué ocurrió? —Erin sonaba preocupada—. ¿Ibas mirando el móvil? No pasa nada, todo el mundo lo hace, pero claro, la gente se mata con esas chorradas.

—No sé muy bien lo que pasó —dije.

Erin me explicó que fue un camionero el que llamó al 112. Este buen samaritano se bajó del camión y me encontró KO, durmiendo sobre el airbag. El hombre debió de oler a gasolina de la segadora que portaba detrás y se temió que aquello fuera a convertirse en una pira. Se dio prisa por sacarme de allí y me tendió en la ladera de la montaña. Eran las siete de la mañana del sábado.

—¿A dónde ibas tan temprano?

—Yo...

Barba negra, ojos sin brillo.

—¿Qué te pasa? —preguntó Erin al cabo de unos segundos.

—Es que no lo sé —respondí—. No lo recuerdo bien.

—¿Qué quieres decir?

—No me acuerdo de nada, Erin.

Ella dejó escapar un «guau» entre los labios antes de cogerme las dos manos, con delicadeza.

—No te preocupes —dijo—. Te diste un buen golpe en la cabeza. Seguro que es normal. ¿Qué es lo último que recuerdas?

Cerré los ojos y rebobiné mis recuerdos. Pasé por una imagen de un hombre muerto, pero aquello era imposible. Yo no había matado a nadie. Seguí hacia atrás.

—El pícnic en la casa de Leire.

—¡Pero si eso fue el jueves por la tarde! —Las mejillas de Erin se encendieron un poco—. Bueno. Tranquilo. Seguro que es algo normal.

Dijo eso, aunque su tono de voz indicaba lo contrario.

—A ver. Esa noche me llevaste a casa, pero no dormiste conmigo. Al día siguiente, viernes, tenías trabajo. Creo que era en el jardín de Txemi Parra, el actor...

—¡Sí!

Recordé esa imagen. El jardín de Txemi. Él estaba vestido con ropa deportiva y bebíamos unas cervezas en su terraza. Aunque esa imagen podía pertenecer a cualquier viernes. Siempre hacíamos lo mismo.

—Después del trabajo yo fui a hacer unas compras —siguió diciendo Erin—. Este fin de semana íbamos a celebrar nuestro aniversario. ¿Te acuerdas de eso? ¿Del viaje a Toulouse?

—Puede... Sí...

—Bueno, veamos. A la vuelta de Bilbao fui al Club a jugar unos dobles. Y al terminar me tomé una cerveza. No te llamé. No puedo decirte más sobre el viernes.

Entonces entró gente en la habitación. Un médico con un aspecto estupendo —moreno, pelo negro muy brillante—, seguido por otros dos más jóvenes, chico y chica, y la enfermera de antes. El médico le pidió a Erin que nos disculpara un instante.

—Hola, soy Jaime Olaizola, el neurólogo. ¿Cómo estás?

—Bien... Bueno... Me acabo de despertar. Me duele un poco la cabeza.

—Muy bien. Te voy a examinar. Por favor, recuéstate.

El doctor Olaizola sacó una linternita de su bata y me proyectó una luz en los ojos mientras me hacía un montón de preguntas. Qué tipo de dolor sentía, si estaba mareado, si tenía náuseas... Me pidió que me sentara en la cama. Lo hice y la enfermera me retiró una cura que tenía en la parte posterior de la cabeza. El doctor la estuvo observando un rato.

—¿Recuerdas cómo te hiciste la herida?

—No —dije—. Se lo acabo de decir a mi novia. No recuerdo nada.

Noté un tenso silencio en la sala. Los otros doctores jóvenes se miraron el uno al otro.

—¿Quieres decir que has perdido la memoria?

—Sí.

—Bueno, vamos a ver. —El doctor Olaizola se giró hacia la joven estudiante de Medicina—: Sandra, ¿cómo actuamos ante un caso de amnesia contusional?

La chica dio un paso al frente. Era bajita, con cara de ser la lista de la clase. Su compañero tenía más aspecto de merluzo.

—Deberíamos establecer si es anterógrada o retrógrada. Y establecer el límite temporal de la amnesia.

—Muy bien, Sandra —dijo Jaime con aires de profesor—. ¿Qué es lo último que recuerdas, Álex?

Noté las miradas de todos aquellos doctores sobre mí. Me sentía como un conejillo de Indias. Si respondía mal, quizá me abrieran el cerebro para mirar dentro. Cerré los ojos.

Barba negra, ojos sin brillo. Gafitas descolocadas sobre la nariz. Está muerto.

—Recuerdo el jueves por la tarde. Fuimos a casa de unos amigos a hacer un pícnic.

—El jueves por la tarde —dijo el doctor—, eso son más de veinticuatro horas hasta el momento del accidente.

—¿Es malo?

—Es bastante tiempo, pero plausible. Una amnesia retrógrada puede ocupar minutos; en otros casos, como el tuyo, son horas. Lo que está claro es que esta contusión tiene la culpa. ¿Vivís juntos tu chica y tú?

—No, solo llevamos un año saliendo.

—Claro —sonrió el doctor Olaizola—, demasiado pronto para irse a vivir juntos, ¿no?

Sandra y el otro estudiante se sonrieron también. Un pequeño descanso de normalidad dentro del absurdo.

—¿Con tus padres?

—No —y omití explicar que no había tales padres—, vivo con mi abuelo.

—¿Jon Garaikoa? —dijo él—. Le conozco. Mi equipo lleva su caso.

—¿Por qué es tan importante con quién vivo? Si es algo grave, puede decírmelo directamente a mí.

Jaime Olaizola me miró en silencio durante unos breves instantes. Y yo pensé: «Qué miedo dan esas miradas en los médicos».

—Verás, Álex. El golpe, en principio, ha sido bastante limpio. No hay derrames internos ni signos de alarma, aunque ha sido lo suficientemente fuerte como para provocarte esta amnesia. Lo cual, en sí mismo, es preocupante.

—Vale.

—El caso es que la herida tiene un aspecto... extraño.

—¿Extraño?

—No cuadra bien con un accidente de coche. Como decimos los médicos, no es «compatible». ¿Recuerdas haberte golpeado con alguna otra cosa?

... veo esa piedra triangular, con uno de sus extremos manchado de sangre...

—Parece una contusión focalizada —dijo Sandra—, como si le hubieran golpeado por detrás. Un objeto contundente y puntiagudo, diría yo.

—Quizá fue algo de lo que llevaba en mi furgoneta... —dije—. Soy jardinero y tengo un montón de trastos pesados en la parte de atrás.

—Eso es difícil. Contabas con la protección del reposacabezas. Las heridas en los accidentes de tráfico suelen situarse en la frente, los laterales..., precisamente por eso.

Noté que el médico hacía un gesto a mis espaldas. Sandra guardó silencio.

—Bueno, tranquilo. Ya irás recordando lo que ocurrió. En la mayor parte de los casos, la memoria regresa enseguida.

La enfermera volvió a ponerme el vendaje y, mientras tanto, el doctor Olaizola me explicó algunas cosas más sobre la amnesia, supongo que con el objeto de tranquilizarme un poco. Me habló del hipocampo, el sistema límbico y de cómo, a veces, la amnesia podía ser anterógrada, lo cual significaba que uno no podía crear nuevos recuerdos.

—También existe una amnesia psicológica, lo que llamamos una amnesia de fuga. Suele ocurrir ante un trauma psicológico importante, pero en tu caso, al existir un trauma craneal claro, creo que debemos enfocarnos en la recuperación física.

—¿Tendrán que operarme o algo así?

—No, ni mucho menos. Lo normal es que los recuerdos

vayan regresando por sí solos. La teoría dice que aparecerán en forma de sueños o flashes... Quizá te ayude visitar los lugares por los que pasaste en esas últimas veinticuatro horas. Hay otros métodos, como la hipnosis, pero eso es para casos extremos.

El doctor también me dijo que pusiera una especial atención en mi memoria en los siguientes días. Que intentase memorizar pequeñas cosas y comprobar si «se almacenaban correctamente». Debía estar atento a cualquier comportamiento fuera de lo normal: demasiado sueño, dificultad para expresarme y cosas por el estilo. Antes de irse, me hicieron un chequeo rápido preguntándome mi edad (veintisiete), el año en el que estábamos (2019), el nombre de mis padres (mi madre se llamaba Begoña; tuve que explicarle al doctor que nunca conocí a mi padre). Parecía que, en general, recordaba todas las cuestiones importantes de la vida. La amnesia se circunscribía entre el viernes 25 de octubre y esa misma mañana, domingo 27 de octubre. Algo más de cuarenta y ocho horas.

Me dijeron que me bajarían a planta y permanecería el resto de la noche en observación. Con suerte, podría regresar a casa al día siguiente.

Erin tardó un par de minutos en volver a la habitación. Supuse que el médico le estaría explicando los detalles de la amnesia a ella también. Cuando entró, tenía ese gesto que se te pone cuando intentas disimular tu preocupación. Sonreía pero tenía el miedo dibujado en el rostro.

—Dicen que empezarás a recordar cosas muy pronto. Que no te angusties y que no intentes forzarlo. Mientras tanto, el doctor ha dicho que te tomes unos cuantos días de reposo. Si quieres, me puedo encargar de llamar a tus clientes.

Eso me hizo pensar en algo.

—Tú... ¿tienes mi teléfono? —pregunté.

—No, quizá esté entre tus cosas. Las enfermeras metieron todo en una bolsa de plástico, espera.

Erin sacó una bolsa del armario y la colocó sobre la cama. Se puso a mirar dentro.

—Buf, tendré que traerte ropa. Alguien te ha destrozado los pantalones. Los han recortado o algo así.

—Los quitarían con tijeras —me encogí de hombros—, es lo que suelen hacer en los accidentes.

Erin encontró mi cartera, mis llaves de casa y las de la GMC, pero no el móvil.

—A lo mejor se ha quedado en la furgoneta, Álex.

—Vale. No pasa nada. Tengo una agenda de papel en casa, pídesela a Dana. Ahí están todos los números. En realidad, son solo ocho casas. Diles que si pueden aguantar una semana con el césped largo, les haré un descuento.

—Vale —dijo Erin—, lo haré esta misma tarde.

—Por cierto, ¿ha estado mi abuelo por aquí?

—Sí. Estuvo ayer casi todo el día, desde que te trajeron. Estaba muy nervioso, ya sabes cómo es. Se dedicó a intentar organizarlo todo y la lio con un par de médicos. Le dijimos que era mejor que volviese a casa y esperara. ¿Quieres llamarle?

—Vale.

Erin me pasó un teléfono y marqué el fijo de la casa de mi abuelo Jon. El teléfono dio un par de tonos y después escuché un pequeño barullo de voces. Mi abuelo gruñendo por un lado, y la dulce voz de Dana por el otro.

—Dana —dije—, soy Álex.

—¡Álex! ¡Gracias a Dios! ¿Cómo estás, *carriño*?

Dana era de Ucrania. Hablaba mejor español que muchos

nativos, aunque de vez en cuando arrastraba algunas palabras con su peculiar acento eslavo.

—Bien. Me he despertado al fin. El doctor dice que estoy bien, aunque tengo amnesia.

—¿Amnesia? ¿Has olvidado?

—Sí. No recuerdo nada desde el jueves por la noche.

—¡Ah! Yo te ayudaré con eso.

Oí a mi abuelo por detrás. Gruñendo como siempre. «Pásame a mi nieto, ¡espía de Lenin!»

—Te paso a Jon —dijo Dana—, está poco *nerrvioso*. Ya sabes...

—¡Álex! —Mi abuelo Jon cogió el teléfono—. ¿Cómo estás? Y dime la verdad, no te andes con rodeos.

Jon Garaikoa era así, como un vendaval de puro nervio.

—Estoy bien, abuelo —respondí—. Me han dicho que solo es una contusión.

—¿Hay derrame? Conozco los golpes en la cabeza, nunca se puede decir que estén bien hasta que pasen unos días. ¡Escúchame! No te vayas del hospital hasta que te hagan todas las pruebas del mundo. He visto a hombres caerse secos de repente por no mirarse un golpe en la cabeza.

—Vale, lo tengo en cuenta, abuelo. Pero me han hecho varios escáneres y dicen que...

—De acuerdo. De acuerdo. Si necesitas algo, un pijama, tabaco..., lo que sea, mandaré a Dana. ¿Okey? Dime lo que necesites. A mí no me dejan ir. La comisaria política me tiene secuestrado. Dice que monté un cisco ayer, ¡ja!

—Tengo de todo, abuelo. Muchas gracias. Creo que pasaré una noche más y mañana por la mañana estoy en casa.

El abuelo se despidió y volvió a ponerse Dana. Le pregunté por ese «cisco» que había montado el abuelo.

—No te *prreocupes*. No fue nada: tu abuelo empezó a llamar inútiles a los médicos y alguien llamó a *segurridad*.

Al cabo de un rato apareció por allí un celador y me informó que me bajarían a planta. Salí de aquel fantástico box de vigilancia intensiva y me mudé a una habitación en la que había un chico con la pierna enyesada por un accidente de moto. Le dije a Erin que se marchara a casa. Se había pasado el día anterior velándome y dormir en el butacón del hospital sería una tortura innecesaria. Discutió un poco pero al final la convencí. Me prometió que vendría al día siguiente y yo le dije que no se diera prisa: «Estaré bien».

Así que me quedé solo, con la compañía de Unax —así se llamaba el chaval de la cama de al lado—, que se dedicaba a jugar con su Nintendo Switch y a intercambiar mensajes de móvil. En realidad, tampoco estaba buscando conversación. Sentía la cabeza como una esponja húmeda y pesada, con un dolor muy remoto en la parte de atrás. Esa herida «extraña» que había alertado a los médicos. Una herida que «no era compatible» con un accidente en carretera. Pero ¿de verdad había tenido un accidente? ¿Por qué? ¿A dónde iba yo conduciendo a las seis y pico de la mañana por esa carreterilla de mala muerte?

Una cara. Dos ojos negros, fijos, sin brillo.

Un hombre me mira, quieto, en el suelo.

¿Está muerto?

—¡Mierda! Oye, ¿no tendrás un cargador de Android?

Unax no lograba encontrar su cargador y parecía a punto de tener un ataque de ansiedad. Le dije que no.

—¿Crees que si llamo a la enfermera tendrán uno?

Turno de cenas, ronda de saludos, visitas fuera. Las noches en el hospital. Las conocía bien, había pasado casi un año entero merodeando por uno, aunque en una planta mucho menos alegre. En hospitalización oncológica se libra una lucha más dura que una pierna rota. Recordé a mi madre, nuestras pequeñas victorias, cuando salíamos de allí sonrientes. Nuestras derrotas, cuando regresábamos.

Pensé que sería incapaz de dormir, pero tras la cena una enfermera me ofreció una pastilla y la tomé. Unax había comprado una tarjeta de televisión y estuve viendo una película de Denzel Washington hasta que me quedé dormido. Caí rápidamente en un sueño profundo. Como Alicia, descendí por la madriguera del conejo y en el fondo, ahí abajo, sonaba Chet Baker...

Estamos en una fiesta. Hay varias personas bebiendo, envueltas en una charla amistosa. No conozco a nadie.

Es un salón magnífico, con un mirador central desde el que se puede ver el ir y venir de la luz de un faro en la distancia.

Observo la decoración. Muchos muebles, butacas, canapés, incluso una chaise longue *de terciopelo color frambuesa. Y muchos cuadros. Uno de ellos me llama la atención: un hombre desnudo con un pene descomunal. En otro hay animales, vestidos de traje y corbata.*

Suena «I Fall In Love Too Easily», de Chet Baker.

Entonces, un tipo se me acerca. Barba negra, gafitas, aspecto de intelectual. Trae dos copas en la mano.

—¡Hola! Tú eres Álex, ¿verdad? Álex Garaikoa. Tenía muchas ganas de conocerte...

3

Erin no me hizo caso y vino a primera hora del día siguiente con un par de cafés, dónuts y un periódico. Era lunes y le pregunté si no tenía cole.

—He pedido a una compañera que me sustituya. Hoy tenía pocas clases.

Estaba guapísima con un vestido negro con estampados rosas, el pelo suelto sobre los hombros. Desayunamos hablando de todo un poco.

—Cancelé lo de Toulouse. No creo que estés para viajar en una temporada. También he llamado a tus clientes. Todo el mundo te envía un abrazo. Menos Txemi, a él le he dejado un mensaje en el contestador.

—Gracias.

—¡Ah!, y mi padre se enteró de todo anoche. Ha estado en varias reuniones de trabajo en Tokio y ni se lo había dicho. Te manda otro abrazo gigante. ¿Qué tal tu memoria?

El doctor Olaizola me hizo la misma pregunta más tarde. ¿Había logrado recordar algo más? A ambos les respondí lo mismo: había tenido sueños extraños, pero no estaba seguro de que fueran recuerdos de nada real. No les conté demasiados detalles. Ese hombre de barba negra y gafitas... en algunas imágenes aparecía bebiendo vino en la fiesta, en otras estaba muerto sobre el suelo de hormigón de la vieja fábrica. ¿Qué sentido tenía eso? Para mí, en aquel momento, ninguno: era todo parte de una pesadilla recurrente.

Olaizola dijo que estuviese atento a esas imágenes extrañas: «A veces, una lesión neuronal puede provocar alucinaciones». El neurólogo repitió sus consejos sobre estar atento a mi memoria y me recetó paracetamol para sobrellevar el dolor, aunque pensaba que la hinchazón iría desapareciendo. Me citó en dos semanas para evaluar el progreso de la amnesia —«Posiblemente lo habrás recordado todo para entonces»— y me dio el alta tras recomendarme reposo, reposo y más reposo.

—¡Pero si no tienes nada que ponerte! —dijo Erin al enterarse de que podía marcharme a casa—. Iré a por algo.

Al cabo de una hora y media apareció con su madre, Mirari, cargada de bolsas. Mirari era un poco más baja que Erin, pero por lo demás eran como dos gotas de agua. Las dos tenían ojos grandes como océanos, y del mismo color azul, cosa de la que costaba darse cuenta porque Mirari siempre iba con gafas de sol. Tenía un tic nervioso en los párpados que la obligaba a llevarlas para esconder su «pequeño nervio loco», como lo llamaba ella.

Pusieron todo sobre la cama: un conjunto completo de camisa, pantalón, cinturón, todo de Harmont & Blaine, y zapatos Timberland. Hasta los calzoncillos eran de marca.

—Esto es demasiado caro —protesté.

—¿Qué pensabas que te íbamos a traer? ¿Harapos? —Mirari me miró con sorna detrás de sus gafas negras—. Vamos, póntelo.

Me cambié en el cuarto de baño y cuando salí las dos mujeres dieron su aprobación.

—Hemos acertado con las tallas.

—No sé. Yo me veo raro.

—¡Eso es porque siempre vas en vaqueros y camiseta!

Los Izarzelaia —Erin, Mirari, Joseba— eran una de esas familias a las que no se les notaba el dinero casi nunca, excepto con cosas como esas. Una compra de quinientos euros en ropa como si fuera un chupa-chups; un viaje a Sudáfrica para celebrar las Navidades; un iPhone por tu cumpleaños... Me despedí de Unax, que había conseguido recargar su Android y estaba feliz en su mundo de mensajes de móvil.

El mío continuaba en paradero desconocido, así que dejé un mensaje en el puesto de enfermeras por si alguien lo traía, aunque ellas insistieron que eso no ocurría nunca.

—Llama a la Ertzaintza. Si alguien lo ha cogido, serán ellos.

Un taxi nos esperaba en la puerta. Mirari, por su problema en los ojos, iba a todas partes en taxi. Nos montamos y salimos en dirección a Illumbe. Hacía un día gris y plomizo y amenazaba lluvia. Madre e hija, sentadas en el asiento de atrás, iban hablando alegremente de sus cosas. Yo iba un poco más callado, mirando por la ventanilla. Las montañas cubiertas de espesos encinares, los valles de interior. Todo me recordaba esa visión de la antigua fábrica y esa absurda imagen que se repetía una y otra vez en mi cabeza.

El tipo no se mueve. Ni parpadea. Está muerto.

—¿Álex?

Me giré. Mirari y Erin me miraban extrañadas.

—Estabas como ido... ¿Te encuentras bien?

—Se me había ido la cabeza, perdón, ¿qué decías?

—Que mi *aita* vuelve el jueves. Al parecer, las cosas en Tokio han salido a pedir de boca y va a organizar una fiesta en casa para celebrarlo. Espera que te apuntes.

—Claro —respondí yo.

Unas nubes muy oscuras se cernían sobre la costa cuando llegamos a Punta Margúa, el cabo de roca en el que se asentaba, más mal que bien, nuestra casa familiar.

La casa de Punta Margúa estaba construida frente a un acantilado de casi treinta metros de altura. El lugar llevaba años sufriendo derrumbes por la erosión de las olas de forma que ahora todo el cabo se iba rindiendo y los terrenos de la casa estaban desestabilizados. En el pueblo la llamaban la «Casa Torcida» y lo cierto es que si colocabas una canica en cualquier habitación de Villa Margúa —que es como se llama en realidad—, corría a una velocidad preocupante hacia el mar.

El taxista hizo un comentario al hilo de esto según llegábamos a la gasolinera Repsol:

—Dicen que la diputación está pensando en expropiar estos terrenos, ¿no?

—Son solo habladurías —le respondí secamente.

Desde la Repsol salía el caminito de subida a la casa. Arriba, Villa Margúa surgía frente a unos frondosos pinares que discurrían por todo lo largo del acantilado.

Llegamos frente a la verja de entrada justo cuando comenzaban las primeras gotas de lluvia. Dana apareció corriendo con un paraguas. Mirari y Erin dijeron que no querían molestar, pero Dana insistió: «Jon ha dicho que paséis. Además tengo *almuerrzo* listo: alubias rojas con *sacrramentos*». Nos reímos de cómo sonaba ese plato típico en labios de una ucraniana. Dana había trabajado en un hotel del pueblo durante muchos años y conocía el recetario vasco de pe a pa. «Pimientos, muchos pimientos, *siemprrre* pimientos.»

Mi abuelo esperaba bajo el portón del garaje, con las manos metidas en los bolsillos. Jon Garaikoa era un armario de espaldas anchas vestido con un eterno jersey desgastado de color oscuro. Tenía un oído sordo y una larga cicatriz en la frente: heridas de guerra de un viejo marino. Por lo demás, aún conservaba una buena cabellera de color plata y dos ojos pequeños y oscuros, avispados, reflexivos y duros.

—Le veo más delgado, Jon —dijo Mirari.

—Es la rusa, que me mata de hambre... ¡y de sed!

Lo dijo en voz alta para que Dana pudiera oírle, pero a Dana le daba igual. Su trabajo era cuidarle y lo hacía a conciencia. Mucha verdura y pescado blanco, poca carne, nada de frituras. Y sobre todo le controlaba el vino. Los neurólogos se habían apresurado a quitarle el alcohol ante sus primeros achaques y Dana se lo había restringido a tres vasos diarios. Uno en la comida, dos en la cena. Mi abuelo, que era capaz de beberse una botella al día, lo vivía como un calvario.

—Anda, Álex, saca una botellita de vino. Hoy es un día que hay que celebrar.

La tormenta caía a chorro. Un viento furioso embestía la casa de frente, que sonaba como un barco estremecido por el oleaje.

—Ya no me acordaba de cómo sonaba esta casa —dijo Mirari en el salón—. Siempre que veníamos de niñas nos moríamos de miedo.

—Te acabas acostumbrando. —Dana dio una palmadita contra la pared, como si le palmeara la espalda a la casa—. Tiene buenos cimientos.

—¿Habéis recibido algún otro informe del ayuntamiento? Un técnico municipal hacía mediciones bimensuales de las grietas que había repartidas por las habitaciones. Se temía que los fundamentos pudieran rendirse a tal punto que se nos derrumbara encima. Por el momento, todos los informes nos permitían seguir viviendo allí. Además, no teníamos otro sitio donde caernos muertos.

—A mí tendrán que sacarme con los pies por delante —aseguró el abuelo.

Subí al botellero y saqué un rioja «de los buenos». Dana estaba preparando un canapé y me hizo un gesto como para decirme «no la dejes cerca de Jon». Le guiñé un ojo y regresé al salón con cuatro vasos.

Mirari estaba admirando las esculturas de Jon, y Erin le decía que sus favoritas eran la colección de hipopótamos de madera que «caminaban» cerca de la chimenea.

—Son de Uganda. Hechos a mano por el artista de un pueblo. Compré toda la colección a cambio de una cámara de fotos y dos botellas de brandi.

Aquella era la casa de un marino y se notaba mirases donde mirases. Estatuillas africanas, tapices aztecas, máscaras de kabuki japonés. Había viejas pinturas de barcos, un gran mapa naval y libros para aburrir. Los libros que mi abuelo leía en sus largos viajes a bordo de gaseros y toneleros, durante treinta años. Y en la repisa de la chimenea, la foto que siempre viajó con él. Mi madre con doce años, entre mi abuela y él. Nada más. Los demás recuerdos estaban escondidos, quizá porque dolían demasiado.

Nos sentamos en el sofá y serví el vino. Me aseguré de quedarme con la botella.

—Tienes buen color... —El abuelo me pellizcó la mejilla—. Cuando quieras saber si alguien va a morir pronto, mírale las mejillas.

—Vaya forma de hablar. —Dana venía con unos *pintxitos* de queso y anchoa.

—Pero es verdad. Una vez, en Uruguay, tuvimos que atender a un hombre que se había caído al fondo de un silo. Cuando lo subieron decía que no le dolía nada, pero tenía el rostro blanco como un hueso. Esa noche ya estaba muerto.

—El doctor le ha dicho que no era nada —dijo Mirari—. Un golpe fuerte. Y lo de la memoria lo irá recuperando.

—Eso de la memoria también es preocupante... —El abuelo me señaló con un dedo—. ¿Sabes tu fecha de nacimiento? ¿Tu peso y altura?

—Todo eso lo sé. Lo único que me faltan son las cuarenta y ocho horas desde el viernes hasta el domingo —dije.

—¿Qué es lo último que recuerdas? —preguntó Dana.

«Un hombre muerto», estuve a punto de decir.

—El jueves estuvimos en la casa de Leire y Koldo haciendo un pícnic. Recuerdo estar allí, en el jardín, con sus mellizos. Nada más. Después me desperté en el hospital.

—Pero eso deja todo el viernes en blanco —dijo Dana—. ¿No recuerdas nada del viernes?

—No.

—Yo te puedo ayudar con eso —dijo Dana—. El jueves llegaste a la hora de la cena. No tenías hambre, pero jugaste una partida de continental. Os di una paliza a los dos. Al día siguiente bajaste pronto al pueblo. Desayunaste en el bar de Alejo y subiste el *perriódico* y el pan. A las once y media tenías que ir a trabajar a alguna casa.

—Txemi Parra —dijo Erin—, eso es lo que me dijo a mí.

—¿El actor? —Mirari arqueó una ceja por encima de sus gafas negras.

—Sí.

—¡Vaya clientela más selecta!

—¿No recuerdas haber ido allí? —preguntó Dana.

—No. Supongo que fui, pero no soy capaz de recordarlo. Tendré que llamarle para preguntárselo. Y también tengo que encontrar mi teléfono.

—Nueces —dijo de pronto mi abuelo—, ¿tenemos nueces? Son buenas para la memoria.

—Hay nueces —asintió Dana con la cabeza—, pero creo que lo que Álex necesita es tiempo. Tiempo y descanso.

4

Dana preparó la mesa en el salón. Comimos las alubias rojas que estaban exquisitas y de postre unas cuajadas caseras con miel (en mi caso, acompañada de un plato de nueces). Mirari, siempre tan educada, conversó amablemente con mi abuelo. Eran viejos conocidos y, evitando siempre hablar de mi madre, Mirari sabía entretenerle con chascarrillos del pueblo. ¿Qué fue del cartero aquel que siempre iba en bici? Se jubiló. Y el restaurante de las hermanas Zárate cerró, sí, pero no por esa historia que cuentan sobre un envenenamiento. En realidad, ganaron la lotería y ahora viven en Málaga.

Yo comí en silencio, sintiendo que el bulto de la nuca me dolía cada vez más. Además, notaba una leve ansiedad en el estómago, que trepaba hasta apretarme el cuello. Esa imagen del hombre muerto, que volvía una y otra vez. ¿Y si no era un sueño?

—¿Estás bien, Álex? —Erin me sacó de mis pensamientos.

—Sí, sí, solo estoy un poco cansado. Nada más.

—Este chico siempre está en Babia —gruñó mi abuelo.

—No diga eso, Jon —amortiguó Mirari—. Tiene aspecto de estar muy cansado.

Nada más terminar de comer, mientras Dana preparaba café, Mirari llamó a un taxi. «Lo que tienes que hacer es echarte en la cama y descansar.» Erin me dijo que vendría al día siguiente y le dije que estuviera tranquila. «Dicen que va a hacer buen día. Vete a hacer surf. Yo voy a ser un coñazo estos días...» Aunque en realidad había otro motivo para querer estar solo. Necesitaba pensar. Recordar todas esas imágenes que aparecían bailando en mi cabeza como un juego de tiro al pato.

Llegó el taxi. Dana las acompañó con un paraguas y yo subí a mi habitación y me eché en la cama. La cabeza me pesaba como si la llevara envuelta en una toalla mojada, y un temor creciente me agobiaba.

Mi abuelo apareció en la puerta.

—Eh, grumete. Me alegro de que todo haya salido bien.

—Gracias, *aitite*.

—Me diste un buen susto, ¿eh? Solo tengo un nieto. Recuérdalo y conduce con más cuidado.

—Lo haré.

—¿Qué pasó? ¿Te dormiste?

—No lo sé, *aitite*.

—Vale. Da igual. Sea lo que sea, es agua pasada. ¿Sabes qué ha sido de la furgoneta?

—Ni idea. Supongo que estará en alguna parte.

—Ya me encargo yo de preguntar. Anda. Ahora duérmete un rato.

Tomé dos paracetamoles y media Dormidina. Solo quería dejar pasar las horas y que mi cabeza comenzara a aclararse. Afuera seguía lloviendo y el viento bramaba. Punta Margúa se doblaba y la casa entera crujía. Una grieta recorría la pared norte de mi dormitorio: la grieta Calipso. Me quedé observándola. A veces, quizá eran imaginaciones mías, la veía agrandarse un poco y después volver a su sitio.

La casa estaba llena de grietas y las teníamos todas inventariadas y medidas, porque era algo que nos habían aconsejado hacía tiempo. El abuelo incluso les había dado nombres de fosas oceánicas: la grieta de las Marianas, en el cuarto de baño de la planta baja (desde el suelo hasta el techo); la grieta de Kermadec, en el salón (la mitad escondida tras la librería); la grieta de Tonga, que subía en paralelo a las escaleras...

Cerré los ojos. El doctor Olaizola había dicho que no debía forzar la máquina intentando recordar, pero lo hice casi de manera inconsciente. Traté de visualizar algo. Empecé por mi último recuerdo. Esa tarde en la preciosa casita de madera con Leire y Koldo. El robot cortacésped. La cháchara sobre las *passive houses* que apenas necesitaban energía para calentarse. Y esas insinuaciones sobre tener bebés. Logré encadenar una imagen muy vaga despidiéndonos de ellos y entrando en el coche con Erin.

—Koldo es de esas personas a las que les encanta escucharse a sí mismas, ¿no? ¡No ha parado de hablar de su casa en toda la tarde!

—Está muy orgulloso, eso es todo. Mi padre dice que es muy bueno en lo suyo.

—Y lo del robot cortacésped es casi como una vacilada.

—Qué suspicaz estás, Álex.

—Bueno, ¿y eso de tener niños?

Después me dormí y tuve un sueño. Volvía a aparecer en esa fiesta. Yo hablaba de Chet Baker a dos hombres. Uno de ellos era el barbudo de gafitas, el otro...

Un tipo enorme, con una mandíbula de oso que ríe escan-

dalosamente. Viste un traje color tabaco. A su lado hay una mujer pelirroja, que está de espaldas a mí. Lleva un vestido muy sexy con la espalda abierta y me fijo en ella. Un buen trasero.

Les hablo de la tortuosa existencia de Chet Baker, a quien unos matones llegaron a romper la dentadura en una ocasión, por un asunto de drogas, con lo que arruinaron su carrera de trompetista. La verdad es que hablo sin parar. Creo que los estoy aburriendo.

El gigante se disculpa. «Perdón, un segundo.» Se marcha y regresa junto a esa pelirroja, que acaba de saludar a unos recién llegados. Yo me quedo a solas con el barbudo. Sus ojos de cuervo, negros y profundos, me miran como si estuviera planeando una travesura. Mira hacia atrás. Parece que quiere asegurarse de que estamos solos.

—Escúchame, Álex. —El humo del puro crea una especie de bruma entre nosotros dos—. Tú y yo tenemos que hablar de algo.

Entonces aparece esa mujer pelirroja, sonriendo. Es más mayor de lo que pensaba al verla por detrás. Me pone una mano en el hombro, cariñosa.

—Álex... No te estará aburriendo nuestro famoso escritor, ¿verdad?

¿Escritor?

El rumor de un trueno me despertó. Uno de esos bramidos de los dioses que viajan por encima de las nubes.

Había dejado de llover, pero el viento seguía aullando fuera de la casa. Podía oírlo rozando la fachada, intentando arrancar las tejas o las ramas de los árboles. Miré mi pequeña alarma de mesilla: las doce y veinte de la noche. Joder con la pastilla: me había hecho dormir casi cinco horas.

Pensé en ese sueño persistente de la fiesta. ¿Y si no fuera un sueño? Las imágenes se habían quedado pegadas a mi cabeza como hojas que se encallan en la orilla de un río. Podía recordarlas. ¿Eran recuerdos? Pero ¿qué hacía yo en esa casa, con toda esa gente desconocida? Y ese tipo de barbas ¿quién era? ¿Un escritor?

Nada tenía demasiado sentido. Recordaba a ese hombre en una fiesta, y después lo recordaba muerto, en el suelo de hormigón. ¿Y si todo fuera una jugarreta de mi subconsciente? Los sueños son así: absurdos. De pronto estás jugando un partido de tenis con tu profe de párvulos. O a bordo de un avión, sentado junto a la chica que te gustaba en el instituto. ¿Y si solo fuera una cara al azar que mi cerebro había entretejido con otras cosas?

No podía seguir acostado, las tripas me rugían. Me levanté de la cama y salí descalzo al pasillo. La casa entera dormía y la primera planta permanecía en silencio. Caminé a tientas sobre la alfombra. Pasé frente a la habitación de mi abuelo, que estaba a oscuras. Tampoco había luz en el dormitorio de Dana, al fondo del pasillo.

Bajé a la cocina. Dana había dejado una cazuela de bonito con tomate sobre la chapa. Me serví un buen trozo y me lo comí mientras ojeaba las revistas de pasatiempos y sudokus que había sobre la mesa. Eran parte de los «deberes» del abuelo. Cosas que los neurólogos habían sugerido. Juegos mentales, de memoria... incluyendo nuestras partidas de cartas. «Los ejercicios de estimulación cognitiva sirven para retrasar el deterioro de la memoria, solo eso, aunque son nuestra mejor baza.»

Nadie se atrevía a mencionar las palabras terribles: alzhéimer, demencia..., pero lo cierto es que el abuelo, sobre todo desde que murió mi madre, había empezado a tener pequeños despistes «cada vez más serios». Lagunas de memoria. Olvidos. Incluso momentos en los que parecía quedarse en blanco. Bueno, yo ahora sabía muy bien lo que era sentirse así, en blanco, incapaz de recordar. Era una sensación que te ahogaba si te centrabas en ella. ¿Cuándo comenzaría a recordar? El doctor Olaizola había dicho que «en unos días», pero ¿y si no era así?

Después de cenar fui al salón. El viento enviaba ráfagas de agua contra los cristales y agitaba la hierba y los abetos y rododendros del jardín norte. Al fondo, la negritud del océano, solo rota por las luces diminutas y lejanas de algún buque mercante.

Casi sin pensarlo, me acerqué a la estantería de libros. Mi abuelo tenía **cientos de** ellos, y afirmaba haber leído «más de mil» en sus tiempos como capitán de barco, cuando un libro era el mejor amigo en las larguísimas y monótonas travesías por los siete mares.

«Escritor», murmuré al recordar ese sueño, ese hombre de barbas hablándome en esa fiesta. «¿Eras escritor?»

Acaricié los lomos de aquellos libros, muchos de cuyos autores eran completos desconocidos para mí. He de admitir que no soy tan gran lector como mi abuelo. Lo que estaba buscando era un tipo «nacional» o, mejor dicho, «un tipo local». Un hombre de barbas y ojos negros de aguilucho.

Saqué un par de libros y miré la foto de los autores: tipos con el pelo color plata, o calvos, o con el pelo rubio. Aquello era inútil. Quizá solo debía esperar un poco más.

Algo sonaba en el jardín. El ruido de un golpeteo. Cogí una manta del sofá, me la puse sobre los hombros y abrí el ventanal. Una ráfaga heladora y un cielo polar me saludaron, pero ya no llovía. Un grupo de nubes rotas huía en desbandada, abriendo grandiosos claros de estrellas sobre el mar.

El golpeteo venía de la cancela de la valla. Fui hasta allí descalzo, sobre la hierba húmeda. El aire en la cara y el frío en los pies me espabilaron un poco. Llegué a la valla y cogí la cancela con la mano. Veintisiete años y aún me daba respeto cruzarla. De niño, mi madre vivía obsesionada con ese acantilado. Era sencillamente incapaz de dejarme solo ni un minuto. Todavía podía verla asomándose por la ventana.

—¿Álex? Quédate cerca de la casa, ¿eh? No te acerques al borde.

—Síííí, *ama*.

Abrí la cancela. Había unos veinte metros de hierba por delante, hasta el borde del acantilado. En una noche oscura y sin luna como aquella podrías caerte sin tiempo a gritar una sola palabra.

Caminé despacio y me detuve en la linde del sendero. Era la última señal antes del vacío, una ruta pública que comenzaba en Illumbe y terminaba en Bermeo, pero que muy poca gente recorría ya. Al este, el cabo bajaba hasta un mirador con un pequeño aparcamiento, un sitio muy frecuentado por caravanas. Al oeste, a casi dos kilómetros de la casa, el acantilado se rompía en una larga playa que recibía su nombre —Ispilua, «espejo»— del arenal liso y brillante que dejaba la marea al retirarse.

Me quedé allí inmóvil, escuchando el rumor del mar al batir los pies del acantilado. Miré las estrellas y vi las luces rojas y blancas de un reactor, que surcaba el cielo a miles de metros por encima del mar.

«*Ama*.»

—No debemos estar solos. No hemos nacido para estar solos. Cuando yo me vaya, debes ir con tu abuelo. Volver a Illumbe.

A veces era imposible recordarla. Otras veces, su sonrisa aparecía nítida ante mis ojos. Aquella sonrisa mágica que era capaz de aliviar los días más negros. «Estoy bien», no se cansaba de repetirlo. Aunque no era verdad. Ella solo quería protegerme, alejarme del terror y del sufrimiento. Y lo hizo a conciencia, como la madre fuerte y valiente que era. Intentó mentirme aunque no lo consiguió.

La muerte se nos acerca cargada de sabiduría, y en aquel vuelo de ocho horas rumbo a Boston, cuando todavía creíamos que ganaríamos nuestra guerra, mi madre me habló de algunas cosas de las que nunca habíamos hablado.

—Yo no me llevaba bien con él. Pero eso no significa que haya dejado de ser mi padre. Ni tu abuelo. Y hay algo más...

Hasta entonces, ella se había negado a decirme quién era mi padre («para mí siempre estuvo muerto»), pero en ese vuelo Madrid-Boston me lo contó por fin: era un marino que recaló en Illumbe. Me dijo su nombre y me dijo cómo podía encontrarlo. Todo esto lo hizo por el dinero, claro, por ese montón de dinero que no teníamos y que, de alguna manera, yo me las había ingeniado para hacer brotar del suelo.

—La clínica, el tratamiento experimental, el vuelo... Es una fortuna.

—Me las arreglaré, *ama*.

Mi madre no sabía de dónde había sacado el dinero, pero se temía (con razón) que me hubiera metido en líos...

—Siempre he sabido buscarme la vida.

—Lo sé, cariño, pero a veces todos necesitamos ayuda. No dudes en aceptarla si...

Yo me negué en redondo. Le dije que no necesitábamos a nadie, y menos a ese padre renegado que jamás hizo acto de presencia en mi vida. «También está muerto para mí.»

5

Oí un bocinazo y abrí los ojos. Era de día. La tormenta había pasado y una luz preciosa dibujaba un rectángulo en el suelo de pinotea de mi cuarto.

Otro bocinazo: ¿el panadero?, ¿Erin? Me levanté y me acerqué a la ventana, todavía con una legaña en el ojo. Vi a Dana correr a toda prisa en dirección a la verja. Allí había un coche. Un coche patrulla con sirenas azules y el logotipo de la Ertzaintza.

«Hostia.»

Se me paró el corazón unos segundos. No me podía mover de la ventana. Es como si me hubieran clavado los pies al suelo. Después reaccioné.

Intenté pensar a toda prisa. ¿Había algo en mi habitación que debía esconder? Fui al escritorio, pero allí no había nada fuera de sitio. Miré debajo de la cama. Saqué una mochila negra. Allí no había nada necesariamente ilegal. Cuerdas. Palancas. Luces frontales. Una curiosa colección de material, nada más. No había ningún paquete, blíster o cajita que debiera preocuparme. Las únicas drogas que había en mi cuarto eran las que me habían dado en el hospital.

Lo «otro», lo preocupante, siempre dormía fuera de casa.

Dana me gritaba al pie de la escalera:

—¡Álex! Es la policía. ¿Puedes bajar un minuto?

—¡Voy! —grité metiendo la mochila de «útiles» debajo de la cama otra vez.

Miré una vez más por la ventana, a través de las cortinas. Mi abuelo acababa de aparecer en escena. Charlaba con uno de los dos agentes, un hombre, mientras que la otra ertzaina, una chica de pelo rubio, salía del coche con una carpeta bajo el brazo.

«¿A qué vendrán?»

Me vestí a toda prisa —vaqueros, camiseta (Mirari tenía razón)— y bajé al salón.

—Tranquilo. Estos no vienen a detenerte —dijo mi abuelo al verme, quizá porque notó mi cara de susto—, solo partiste un pino por la mitad.

Los dos patrulleros de la Ertzaintza estaban de pie junto a la mesa del salón. Con sus camisas negras, sus placas y sus pistolas. Eran una mujer joven y un hombre. Ella tenía una cara muy bonita. Una nariz especialmente agradable. Ojos azules y pestañas gruesas. Se dirigió a mí con una sonrisa tranquilizadora:

—¿Álex Garaikoa?

—Soy yo.

—Soy la agente Nerea Arruti y él es el agente Blanco. Hemos venido para cerrar el atestado del accidente, si tienes un minuto, claro.

Ellos sonrieron y se quedaron quietos y callados, como si esperasen una invitación formal a sentarse.

—Quizá es mejor que nos dejen solos —le dijo la agente a mi abuelo al ver que yo no reaccionaba.

—¿Quieren café o té? —preguntó Dana.

Los polis rehusaron muy profesionalmente, así que Dana y mi abuelo salieron y cerraron las dos puertas del salón tras ellos.

La agente Arruti me recordó a Carrie Mathison en *Homeland*. Una poli motivada y con ganas de hacer bien su trabajo. El agente Blanco, en cambio, era mayor y su cara decía «no me des guerra que estoy a punto de jubilarme». Miraba a un lado y al otro, curioseando.

—Qué montón de esculturas. Son preciosas. ¿Africanas?

—Hay de todo el mundo. Mi abuelo era marino. Las coleccionaba.

—Ya veo...

—Bueno, y ¿cómo te encuentras? —preguntó la joven ertzaina.

—Bien —dije—, el médico dice que solo ha sido una contusión. Creo que he tenido bastante suerte.

—Así es. La cosa podría haber sido mucho peor.

El agente Blanco asintió como diciendo amén. Arruti continuó:

—Bueno, verás, Álex. Fuimos Blanco y yo los que asistimos durante tu rescate. También fuimos contigo hasta el hospital, aunque ya veo que no te acuerdas. Es normal, estabas inconsciente.

Asentí con la cabeza.

—Esto es un mero formalismo. En un accidente de este tipo, sin otros vehículos implicados, daños o víctimas, se suele seguir un protocolo rápido. Durante tu ingreso pedimos algunas pruebas de toxicología. Todo negativo, aunque tenías algo de alcohol en sangre, doscientos miligramos por litro, lo cual entra dentro de lo permitido.

Eso me sorprendió.

—¿Había bebido?

—Un poco. Una copa de vino. Una cerveza. Algo así. ¿Estuviste de fiesta?

Me encogí de hombros.

Antes de que pudiera mencionarles la amnesia, Arruti retomó la palabra:

—Bueno, el caso es que desde el hospital nos han informado de una contusión previa. Algo que podría estar relacionado con el accidente. ¿Recuerdas algo de ese golpe?

Yo me quedé callado durante unos instantes.

—¿Han hablado con mi médico?

Arruti frunció el ceño. Negó con la cabeza.

—Hemos recibido una llamada del juez. El hospital está en la obligación de informar al juez cuando detecta indicios de un delito. Lo de tu herida...

—Vale, entonces no lo saben... —comenté en plan misterioso.

—¿El qué?

—Que sufro de amnesia. Me han diagnosticado una amnesia retrógrada postraumática.

Aquello me quedó de manual. Una frase digna de un vendedor de crecepelo. Los vi pestañear, perplejos.

—¿Una... qué?

—No recuerdo nada de lo que sucedió antes del accidente —expliqué con un leve toque de condescendencia en la voz.

La agente Arruti se recostó en la silla y echó una mirada furtiva a su compañero, que arqueó las cejas.

—¡Vaya! ¡Esta sí que es buena!

El agente Blanco miró a algún punto indeterminado de la pared. ¿Seguía observando las esculturas? Arruti, en cambio, me clavó la mirada.

—Pues me parece que va a ser difícil hacer el atestado —dijo—. Pero ¿sabes cómo te llamas y todo eso? Quiero decir, ¿has perdido toda la memoria o solo una parte?

—Las cuarenta y ocho horas anteriores al accidente, más o menos. No recuerdo lo que ocurrió desde el jueves por la tarde hasta que desperté en el hospital.

—¿Y no has logrado recordar nada? Han pasado unas cuantas horas.

La fiesta. Chet Baker. La pelirroja. El barbudo, vivo, sonriente. Soy escritor. Una copa de vino en la mano. Después, en la fábrica, con la boca abierta y los ojos apagados.

—Tengo algún flash —dije—. Cosas sueltas, sin demasiado sentido. El neurólogo dice que pueden ser alucinaciones.

—Vaya —Arruti se frotó la nuca con una mano—, es la primera vez que conozco a alguien con amnesia. Debe de ser angustiante.

—Lo es.

Se hizo un pequeño silencio. Blanco tenía toda la pinta de querer largarse cuanto antes, pero Arruti estaba reconcentrada, como pensando algo. ¿En qué pensaba? Es como si desconfiara de mí.

—¿Te dijeron si tu amnesia estaba relacionada con ese golpe en la cabeza?

—El neurólogo dijo que eso era una posibilidad.

—¿Crees que pudiste meterte en alguna pelea? Ya sé que es una pregunta un poco extraña, pero el médico dijo que parecía una herida infligida con un objeto contundente.

... la piedra manchada de sangre, en mi mano, los ojos del muerto, su herida en la cabeza...

—Quizá alguien te golpeó para robarte... —siguió diciendo Arruti—, te montaste en la furgoneta para huir y... En fin, solo son especulaciones.

—Como le digo, ahora mismo todo eso está en blanco.

Arruti me miró fijamente y por un brevísimo instante tuve la sensación de que no acababa de creerme.

—¿Saben dónde ha ido a parar mi furgoneta?

—Está en el depósito de vehículos municipal, en Gernika —respondió Blanco—. Tiene una rueda reventada y los faros rotos. Por lo demás, era un buen trozo de hierro. Ni se ha arrugado.

—¿Puedo ir a recogerla?

—Claro —dijo Blanco—. Pero necesitarás una grúa.

—También me faltan algunas cosas. Objetos personales. Mi móvil.

—Nosotros entregamos todo en el hospital. Quizá tu teléfono se quedó dentro de la furgoneta. —Arruti hizo memoria—: Había una segadora y herramientas de jardinería... ¿Trabajas en eso?

—Sí, hago un poco de todo, pero principalmente cortar césped. Casas de por aquí más que nada. También hago podas, pero acabo de empezar, en realidad. Hace poco que me mudé a Illumbe.

—¿Vives aquí? —preguntó la ertzaina—, ¿en esta casa?

Asentí.

—Tu DNI da una dirección en Madrid y tu licencia de conducir es holandesa. Menos mal que la furgoneta estaba registrada en Illumbe... ¿Y eso de la licencia holandesa?

—Es una larga historia... Mi madre es de aquí, pero nos mudamos a Madrid hace una eternidad. Después viví cuatro años en Amsterdam...

—La cuestión es —dijo Arruti— que ibas circulando en sentido opuesto.

—¿En sentido opuesto?

Arruti sacó un teléfono e hizo algunos taps antes de mostrarme un mapa de Google.

—Esta es la curva en la que te saliste. ¿Ves? Ibas en esta dirección. Pero si estuvieras volviendo aquí, deberías ir circulando al revés, ¿no?

Me quedé callado. Tenía razón.

—¿De dónde crees que podías venir?

Ni siquiera me hizo falta mirar el mapa. El polígono Idoeta. La vieja fábrica Kössler. Claro... La fábrica abandonada y ubicada en ese valle de interior, que solía visitar con cierta frecuencia. Esa carretera sería una ruta probable si estuviera viniendo de allí... Pero ¿por qué?

Noté que algo se revolvía en mi cabeza. Era como esos «anuncios especiales» de las películas americanas: «Interrumpimos la conexión para dar paso a la Casa Blanca, el presidente se dirigirá ahora a la nación».

Estoy en la vieja fábrica. Me levanto y camino hasta los portones. Tengo que huir de allí.

—¿Te pasa algo?

—No, solo es que... —Me llevé los dedos a las sienes.

—Mira —Arruti volvió a enseñarme su móvil—, tengo algunas fotos del siniestro. Justo aquí aparece la curva del accidente...

Pero no necesité ver nada. Lo recordé. Recordé haber salido de la vieja fábrica. Recordé la luz del día dañándome los ojos. Un paisaje verde, de árboles y naturaleza salvaje —la fábrica Kössler yacía abandonada entre robles y encinas—. El aire olía a madrugada y los pájaros trinaban con fuerza.

Era real. Yo estaba allí, la madrugada del sábado, en la vieja fábrica Kössler.

No supe más que eso. No podía rebobinar más. Solo me veía a mí mismo escapando de aquel lugar, aterrorizado por ese muerto que dejaba a mi espalda.

Deduje que habría llegado a bordo de mi GMC. Siempre hago lo mismo. La aparco en un lugar a un kilómetro de allí, en un polígono industrial. Recuerdo caminar por un robledal de regreso a mi furgoneta. Es una senda que ya casi nadie toma. Hay rutas mucho más vistosas y bonitas en el valle de Illumbe. Iba desorientado, mareado, me tropecé con una raíz, me caí, pero de alguna manera llegué al otro lado: el polígono Idoeta. Talleres, garajes y almacenes. Algunos ya habían empezado a funcionar a esas horas, pero siempre aparco la GMC muy lejos de la actividad, en la esquina más lejana de la gran explanada de asfalto.

Entré en la furgoneta y cerré la puerta. Creo que me dormí un poco al recostarme en el asiento, pero después volví a despertarme con ese dolor áspero en la parte trasera de la cabeza. Pensé que alguien me había golpeado. ¿Ese hombre que estaba muerto cuando desperté?

—¿Álex? —preguntó la ertzaina—. Estás recordando, ¿verdad?

—Sí —dije yo—, espere solo un poco...

Seguí recordando. Estaba sentado en la furgoneta y me sentía mareado, con náuseas, dos síntomas que —como dice mi abuelo— hay que vigilar después de un golpe en la cabeza. Por eso, supongo, decidí salir de allí. No estaba para conducir, pero pensé que quizá todo fuese cuestión de minutos. No debía quedarme dormido o quizá no volvería a despertarme jamás, así que arranqué la GMC y me puse en marcha.

¿A dónde? A un hospital, el de Gernika. La carretera es una larga línea recta, al menos durante un buen trecho. No había tráfico, aunque los recuerdos se emborronaban en ese trayecto. ¿Me dormía? Recuerdo pasar por Elizalde y después tomar la desviación por Olabarrieta. Allí, el camino se complicaba. Curvas cerradas y pendientes. Me crucé con un ciclista madrugador y una furgoneta de reparto de pan. Di algunos bandazos. Me dormía. «Quizá debería parar —pensé—, a ver si voy a matar a alguien.» ¿A alguien más?

Entonces se me ocurrió buscar mi móvil, para mejorar las apuestas. En esta ansiedad por recordar algo, por entender qué demonios había pasado, el teléfono podría aportar alguna pista.

Empecé a palparme los bolsillos, pero no estaba ahí. Probé con la guantera. Un segundo para estirar la mano y abrirla. Otro para alzar la vista y darme cuenta de que llegaba demasiado rápido a la siguiente curva. Otro más para intentar frenar... sin éxito.

—Sí —dije—, lo recuerdo.

—Espera. —Arruti sacó una grabadora pequeña del bolsillo, la puso en marcha y me hizo un gesto para que continuara hablando.

—Recuerdo que iba conduciendo por esa carretera, no mucho más. Me despisté buscando algo en la guantera. Y me salí en la curva.

—Eso tiene sentido —intervino Blanco—. La guantera estaba abierta. ¿Algo más?

Hubiera sido un gran momento para confesar. «Me desperté junto a un cadáver. Debe de seguir allí, en la vieja fábrica de herramientas que hay cerca del polígono Idoeta. Vayan a buscarlo.» Pero no lo hice, claro. Tenía buenas razones para ello. La principal era que quizá yo había matado a un hombre. Y esas cosas no se cuentan así como así.

—¿Algo más, Álex? —insistió Arruti.

—No. —Traté de contener los nervios—. Nada. Lo siento. Siento mucho que hayan venido para nada.

—Es nuestro trabajo —dijo Arruti parando la grabadora—. Será mejor que dejes pasar unos días a ver si te va regresando la memoria. Y volveremos a intentar el atestado. Ahora mismo no te veo firmando nada con demasiada seguridad.

Diez minutos más tarde los vi marcharse tal y como habían llegado. Dana los acompañó hasta la puerta mientras yo me rascaba el cuero cabelludo con ansiedad. ¿Me habrían creído? Ciertamente la historia de la amnesia sonaba a excusa barata. El golpe en la cabeza, mi pasado variopinto, ¿es que esa poli listilla se olía algo? Pero no debía preocuparme. Los polis tienen mucho trabajo, y además, la amnesia me hacía ganar tiempo. Me inventaría una buena razón por la que estaba conduciendo hacia Gernika, les llamaría al cabo de dos días y cerraríamos el asunto.

Pero había pasado otra cosa, algo más grave: ese flash durante la charla con los policías me había convencido de que el recuerdo del hombre muerto era real.

No era ningún sueño. De verdad había ocurrido.

6

Una llamada de Erin me despertó a las seis, después de una larga siesta. Tuve que bajar a la cocina, donde estaba el único teléfono fijo de la casa.

—¿Sigues sin encontrar tu móvil?

—Debe de haberse quedado en la furgoneta —dije—. La Ertzaintza ha venido hoy y tampoco lo tenían.

—¿La Ertzaintza? ¿Para qué?

—Solo era para hacer un atestado, pero no he podido ayudarlos gran cosa. Aunque he tenido un pequeño flash del accidente.

—Vaya, me alegro. Eso es lo que dijo el doctor, que irías recuperando la memoria poco a poco... Escucha, esta tarde tengo un partido de la Copa Otoño. No creo que pueda cancelarlo...

Noté un tonillo de culpabilidad en su voz y me imaginé que era por Denis, su pareja de dobles en la liguilla de tenis del valle. Bueno, digamos que Denis era algo así como un hermano mayor de Erin. Un hermano mayor que, por alguna razón, me odiaba.

—Si quieres, te paso a buscar y vienes a vernos jugar.

—No, gracias —le dije—, todavía no me apetece mucho salir de casa.

—Claro... Bueno, puedo ir a tu casa en cuanto acabe el partido.

—No hace falta, Erin. Esta tarde me apetece plan de peli y mantita.

—¿En serio? No te pega nada.

«Bueno, no, en realidad voy a esperar a que oscurezca del todo, voy a coger el coche del abuelo y conduciré hasta un sitio del que nunca te he hablado, cariño. Creo que hay un tipo muerto pudriéndose allí dentro. Y mucho me temo que tengo algo que ver con eso.»

—Estaré bien —dije—. Pásatelo genial ¡y gana!

—Gracias. ¡Ah, Denis te manda un fuerte abrazo!

«Seguro...»

De pronto vi a Denis. Pelo rojo, alto, espigado, vestido con un *blazer*. Estábamos en una terraza, por la noche... y no era el Club. Era otro sitio. Un jardín... cerca del mar. ¿Por qué aparecía esa imagen de pronto?

—¿Cuándo fue la última vez que estuvimos con Denis?

—No sé... En el Club, quizá. Hace un mes. ¿Por qué?

—Por nada. Tengo un pequeño lío en la cabeza.

Todavía eran las seis y media y necesitaba que oscureciera, así que saqué mi vieja Telecaster del estuche y bajé con ella al garaje. Allí tenía un ampli VOX AC-30, debajo de un par de mantas polvorientas. Estuve tocando un par de horas hasta que a las ocho y pico apareció Dana y dijo que bajaba al pueblo a tomar algo con unas amigas. «He dejado la cena lista.

No te olvides de apagar las luces cuando subas.» A las nueve y un minuto, según el cielo comenzaba a tornarse azul oscuro, subí las escaleras.

La casa estaba en penumbras. Una de las obsesiones de mi abuelo en aquella casa tan grande era la factura de la luz. «¡Apagad las malditas luces!» Llamé a la puerta del despacho. Mi abuelo estaba allí, en su sofá, leyendo.

—¿Abuelo?

—Álex. Pasa.

—¿Puedo llevarme tu coche? Tengo que hacer un pequeño recado.

—¿Seguro que puedes conducir?

—Solo será una vuelta rápida.

—Bueno, claro, sin problema. Pero ten cuidado, dicen que viene otra galerna, peor que la de anoche.

—Lo tendré.

—¡Ah! Y apaga todas las luces cuando salgas. ¿Eh?

—Sí, *aitite*. Sí.

Arranqué aquel Mercedes W126 del abuelo y salí por la carreterilla hasta el cruce de la gasolinera Repsol. La galerna que mi abuelo había anunciado ya estaba encima de la costa. Rachas de viento doblaban los pinos y hacían bailar papeles sobre el asfalto como en una visión apocalíptica. Pero el Mercedes apenas notaba el embate del viento. La reliquia, que mi abuelo había traído en un barco desde México y que había sido —según él— el coche personal de un importante mafioso, era un titán en la carretera. Crucé la calle principal de Illumbe, que a esas horas estaba desierta. Los parroquianos se apretujaban dentro del bar de Alejo. Los demás bares estaban cerrados ya. Illumbe es un pueblo pequeño, de apenas doscientas almas en invierno, pero que en verano se inflaba hasta casi los mil habitantes. El otoño, no obstante, era una época rara y solitaria.

En ese instante comenzó a caer una tromba de agua que desbordó los desagües y que me obligó a accionar el limpiaparabrisas a toda velocidad. Salí por la general hasta otro cruce, el del caserío de Zubelzu, donde giré a la izquierda.

Esa era la carretera por la que había conducido el sábado de madrugada. Fui despacio y con cuidado —lo que menos necesitaba era otro accidente—. Al cabo de un rato llegué a una curva que estaba balizada con cinta de la Ertzaintza. Me imaginé que era allí por donde me había salido. Frené el Mercedes y puse las largas, que iluminaron el bosque a través del chaparrón. Pude ver un árbol recién talado. Mi víctima. No experimenté nada nuevo. El recuerdo del accidente seguía allí tal y como me había venido esa mañana en la entrevista con la Ertzaintza. Salí de allí antes de que viniera algún coche.

El polígono Idoeta dormía bajo la lluvia. Almacenes, fábricas y talleres conformaban un laberinto silencioso y anónimo. Entré con el coche y me dirigí al aparcamiento «grande». A esas horas estaba casi vacío. Un par de coches, retenes de alguna de las fábricas seguramente, y una hilera de furgonetas que dormían allí siempre. Aparqué en la parte más alejada de los pabellones, que también era la más cercana al robledal, y me quedé apuntando con las luces a ese camino que conocía.

¿De verdad estuve allí el sábado? ¿Por qué?

Mi teléfono era lo único que podía arrojar una explicación sobre eso, pero hasta que lo encontrara, solo había una cosa que hacer.

Salí del coche y me dirigí al maletero, donde había guardado mi mochila «de utensilios»; cogí una linterna frontal y me la coloqué en la cabeza. Un potente rayo de luz iluminó mis pasos según saltaba del asfalto al caminito de tierra y entraba en el robledal. Los árboles se agitaban y crujían por efecto del viento. El haz de mi linterna hurgaba en la negrura, iluminando troncos de árboles que aparecían como fantasmas. Incluso para alguien que no creía en el más allá, caminar de noche por un bosque solitario era toda una prueba de fe.

Hice la primera mitad del camino sin complicaciones, pero luego el terreno comenzaba a inclinarse y había surcos, zanjas y todo tipo de accidentes en aquella senda, que además estaba embarrada por las lluvias de esa noche y los días anteriores. Tuve un par de patinazos y al final opté por saltar a la hierba y reemprender la marcha sin más problemas. Justo en ese momento, según iluminaba la orilla, la luz de la linterna rebotó en algo brillante. Una forma negra y rectangular que destacaba entre las rugosidades del camino. Mi teléfono.

Estaba tirado y a la vista en medio del sendero, a los pies de un pequeño desnivel de rocas y raíces por el que seguramente me había caído el jueves de madrugada. Se me debió de salir del bolsillo y allí se quedó, abandonado hasta esa noche.

Lo recogí y lo intenté encender. Estaba sin batería. De hecho, estaba empapado de agua y quizá roto. Lo metí en el bolsillo pequeño de la mochila, aliviado por haberlo encontrado. Al mismo tiempo, eso era otra prueba más de que había estado allí. De que mis recuerdos eran correctos. Ahora solo quedaba comprobar una cosa. ¿Estaba ese hombre que recordaba también allí?

El color blanco hueso de la vieja fábrica apareció entre los últimos árboles. La antigua fábrica Kössler era un edificio fantasmagórico que llevaba décadas abandonado. La nueva carretera había dado lugar a mejores emplazamientos para la industria del valle y, ahora, aquel viejo monstruo de ventanas rotas, que en su día cobijó a un centenar de operarios de matricería, dormía a la espera de ser demolido.

Apagué la linterna frontal y me parapeté tras el cartel que decía PROPIEDAD PRIVADA – PROHIBIDA LA ENTRADA. Había uno igual al principio de la estrecha carreterilla que solía servir como enlace con la general. Además, allí había otro mensaje interesante: PELIGRO DERRUMBAMIENTO.

Avancé por aquel laberinto de cascotes, ruinas y maleza. Conocía el camino, solía ir allí con cierta frecuencia, y sabía dónde pisar para no hacer ruido. Me acerqué a la fábrica con el oído puesto en escuchar algo.

Se trataba de dos grandes hojas de metal montadas sobre unos rodamientos. Los dejaba siempre bien cerrados después de cada visita, pero me encontré uno de ellos ligeramente abierto. ¿Cosa mía? ¿O de alguien más?

Entré con cuidado. No es que yo sea el más cobarde del regimiento, pero aquello imponía. Di un par de pasos dentro del pabellón intentando escudriñar aquella negrura.

—¿Hay alguien? ¿Hola? —Mi voz, pequeña y asustada, reverberó en las tinieblas.

No hubo respuesta. La lluvia había regresado sin previo aviso. El tejado del pabellón era de chapa y las gotas resonaban como en la caja de un tambor. Avancé dando tímidos pasos en la oscuridad, caminando por el centro de aquel espacio. Ni siquiera me acordé de encender la linterna. Quizá porque deseaba con todas mis fuerzas que ese recuerdo del tipo muerto en el suelo fuese, en realidad, una invención de mi subconsciente. Algo que había colocado allí.

La primera pista me llegó por el olfato. Un olor o, mejor dicho, un hedor me sobrevino a medida que seguía avanzando. Un tufo rancio que es mejor no intentar describir... o baste con decir que aquello era como estar en las tripas de un pez muerto y podrido.

No podía ver nada, pero el olor indicaba que su origen estaba bastante cerca. Además, se oían algunos ruiditos: pequeños crujidos, chasquidos, como si algo se arrastrara por el suelo. Aquello hizo que me parara en seco. Joder, estaba muerto de miedo. ¿Qué era eso que sonaba? ¿Una serpiente? ¿Un hombre medio muerto que estuviera intentando alcanzarme con las manos?

Recordé la linterna por fin. La encendí y su potente rayo zigzagueó durante unos instantes, buscando en aquel suelo polvoriento, antes de detenerse en algo. Había algo. Un bulto.

Casi al mismo tiempo descubrí el origen del ruido. Eran insectos, moscas y larvas principalmente, que se arremolinaban alrededor del bulto que permanecía quieto a tres metros de mí. Era un cuerpo. Tumbado en el suelo sobre un costado.

El hombre muerto.

No pude aguantarme. Retrocedí dos pasos, giré sobre los talones y caí a cuatro patas. Después eché hasta la primera papilla.

«Joder... Es verdad. Es verdad. Está aquí. El muerto.»

No me atrevía a levantarme. No quería mirarlo. Por un instante pensé en salir corriendo. «Coge tu bolsa y sal de aquí sin mirar atrás. No puedes irte sin la bolsa.»

Me puse en pie. Respiré. Tenía que hacer frente a la situación. Ya más mentalizado, me di la vuelta y lo enfoqué bien con la frontal. Ese tipo de barbas yacía tal y como lo había recordado todo ese tiempo. No era un sueño, ni una trasposición de mi memoria. Era real. En mi vida, hasta ese momento, solo había estado una vez en presencia de la muerte. Mi madre murió entre mis brazos, suavemente. La vi respirar por última vez en la cama de su piso de Madrid, con un dosificador de morfina que había ido apagando su corazón poco a poco durante cinco horas.

Aquel muerto de la antigua fábrica era mi segunda vez. Y en esta ocasión no había emoción alguna, ni llantos. Tan solo frialdad. Una frialdad heladora. ¿Por qué no sentía ninguna culpa?

La lluvia provocaba un verdadero estruendo en el tejado. Era como un coro de voces nerviosas y agitadas que quisieran prevenirme de algo: «Sal de aquí. Coge tus cosas y lárgate antes de que sea demasiado tarde».

Afuera comenzaron a relumbrar algunos rayos. Los truenos todavía sonaban lejos, opacos, pero se acercaban.

Rodeé el cadáver, muy despacio, mientras algunos de esos insectos se escapaban; a otros parecía darles igual mi presencia. Le enfoqué el rostro con la linterna. Su cara parecía diferente, más alargada o deforme. Supongo que por efecto del *rigor mortis* (cosas que se aprenden viendo series policíacas). Ahora estaba más blanco y las gafitas habían terminado por caerse al suelo. Sus ojos no miraban a ninguna parte, y por un instante de puro terror, pensé que quizá algún insecto o pájaro se los habría comido, pero después detecté el brillo de una pupila.

Era un hombre de cincuenta y tantos años vestido con ropa bastante buena. Pantalones de pana, camisa a cuadros y una chaqueta beige. Zapatos negros cerrados, con cordones. Un reloj plateado en la muñeca. Todo estaba en orden, limpio y en su sitio; a no ser por los insectos. No era un mendigo, ni un yonqui, sino un hombre con cierto nivel económico. ¿Qué hacía allí? ¿Por qué?

Pensé en ese recuerdo de la fiesta. *Soy escritor.*

¿Un escritor?

Seguí rodeándolo y llegué a la cocorota. El potente haz de mi linterna frontal iluminó el golpe, medio camuflado entre el oscuro cabello del muerto. Una depresión sangrante que indicaba el lugar del impacto. Estaba situado en un lateral de su cabeza. ¿Qué significaba eso? Bueno, para un tipo como yo, que había obtenido su título de forense en el videoclub de la esquina, aquello significaba que le habían golpeado por detrás. Un golpe limpio y certero en plena crisma.

Lo habían matado de un golpe, e inmediatamente recordé aquella piedra que había aparecido junto a mi mano cuando me desperté. Estaba donde yo la había dejado. Un pedrusco de forma triangular. Uno de sus ángulos estaba bañado en ese color oscuro de la sangre.

¿Yo? ¿Un asesino?

Un rayo estalló en lo alto, esta vez seguido de un trueno ensordecedor.

Respiré hondo, sintiendo que mi estómago se lanzaba a temblar. Tenía que controlar la situación. Tenía que pensar. ¿Debía llamar a la policía? Era demasiado tarde. Habían pasado días. Y además, esa piedra ¿tendría mis huellas? ¿Qué iba a decir en mi defensa?, ¿que no recordaba nada? Pero entonces ¿por qué había ido allí otra vez? El asesino siempre regresa a la escena del crimen, ¿no dicen eso? Y por otra parte estaba mi bolsa. La bolsa que mantenía escondida en la pared del fondo.

«No. No llamarás a nadie. Arreglarás esto como siempre has hecho: tú solo.»

Me quedé mirando esos dos ojos negros. Para haberle matado, no sentía nada de culpa. Solo una necesidad imperiosa de salir indemne.

Dejé todo como estaba y seguí caminando hasta el fondo del pabellón. Allí se acumulaban algunas máquinas abandonadas y un pequeño espacio de oficina derribado, pero donde aún se perfilaba la antigua estancia y la puerta. Atravesé aquel marco en ruinas y me acerqué hasta el fondo. Apunté con la linterna a lo alto. Había una suerte de repisa que daba a un ventanal con forma arqueada. Trepé hasta allí sin problemas, colocando pies y manos como había hecho ya tantas veces. Una viga de hierro, un hueco en la pared, hasta alcanzar una escalerilla clavada en el hormigón. Una vez arriba, encaramado como el hombre araña, hice equilibrios hasta la parte central de la ventana, metí la mano sobre el dintel y palpé hasta dar con un objeto de tela. Una bolsa de deporte grande, de marca Arena. Continuaba allí, y esa fue, después del iPhone, la segunda buena noticia de la noche. Me la colgué de un hombro y aterricé en el suelo.

La bolsa Arena era uno de esos modelos de tenis, para llevar ropa deportiva y varias raquetas. Estaba llena hasta los topes. La abrí, en su interior había una segunda bolsa de plástico cerrada con un sistema de clip. No me hizo falta abrirla para saber que la mercancía seguía allí.

«Vale, primera cosa en orden. Ahora vamos con lo demás.»

Saqué un par de guantes de mi mochila. Me arrodillé frente al cadáver y comencé a palparle la chaqueta, en busca de una cartera, un teléfono, algo. Pensé que eso podría darme una pista, algo que explicara su presencia allí. ¿Quizá era un ladrón? El caso es que había habido una pelea... y parecía que yo había resultado ganador. ¿Era posible? Ni siquiera soy bueno peleando. ¿Quizá me había atacado él primero? ¿Fue en legítima defensa?

Pero por más que busqué (en sus bolsillos, en la chaqueta), no di con nada. Ni cartera, ni llaves, ni móvil. Aquello era absurdo. ¿Quién va por la vida con los bolsillos absolutamente vacíos? Después pensé que quizá alguien le había robado; pero su reloj, un Jaeger bastante bueno, seguía en su muñeca.

Aquel hombre salido de la nada, sin nada que pudiera identificarlo, sin sentido. Nada tenía sentido.

En ese instante oí un ruido lejano. Una sirena que aullaba por alguna de las carreteras del valle. Estaba todavía muy lejos, pero de pronto pensé que venían a por mí. No fue nada inteligente. Me dejé llevar por un súbito ataque de pánico. Cogí la piedra ensangrentada y la metí en mi mochila. Cogí la bolsa Arena, me la eché al hombro y apagué la linterna frontal.

—Adiós —dije según echaba a andar hacia el portón—, seas quien demonios seas.

Y salí de allí a toda prisa, pensando que nunca más volvería a pisar ese lugar. Por supuesto, me equivocaba.

2

CULPABLE

1

Seguía lloviendo con fuerza cuando llegué a Punta Margúa. El reloj del coche marcaba las doce y un minuto y la casa estaba a oscuras. Pensé que Dana y el abuelo dormirían a esas horas.

Llevé el Mercedes frente al portón del garaje, lo abrí y metí el coche con cuidado. Ya con el motor apagado, me dirigí a cerrar la puerta. Mis zapatos emitían un ruido como de dos esponjas empapadas en agua. Así estaba yo: calado de los pies a la cabeza, incluida una buena ración de barro que me había llevado en el camino de vuelta al polígono.

El portón del garaje hizo bastante ruido al bajar. Hacía tiempo que necesitaba aceite. Según echaba el pasador, oí una voz a mi espalda.

—¿Álex?

Me di la vuelta y allí estaba ella, junto a las escaleras que subían a la casa.

—¡Erin! ¿Qué haces aquí?

—Yo... había venido a...

No hizo falta que explicase mucho. Iba vestida con un

chándal negro y llevaba el pelo recogido. Había venido directamente del partido.

Comenzó a rodear el coche mientras me miraba de arriba abajo con el ceño fruncido. Desde luego, yo debía de resultar una visión muy curiosa: vestido con ropa de montaña, hundido en agua y barro... La bolsa Arena y mi mochila de utensilios estaban tiradas en el asiento trasero del Mercedes. Evité mirarlas. En cambio, eché a andar hacia Erin, muy despacio. Tenía que pensar algo, y rápido.

—Álex, estás empapado —dijo ella—. ¿De dónde vienes?

—Debes de pensar que estoy loco —respondí con esa sonrisa de «tengo una explicación muy graciosa para todo esto». Aunque en realidad no la tenía. Necesitaba treinta segundos más para pensar en lo que estaba a punto de decir.

Llegué a ella y la abracé.

—¡Estás tiritando! Pero si me habías dicho que te ibas a quedar en casa...

Noté su cuerpo rígido, recibió mi abrazo sin ganas. Quería una explicación y la quería ya.

—He salido a dar una vuelta —dije, todavía con ella entre mis brazos.

—Eso ya lo veo, Álex. Pero ¿por qué? ¿A dónde?

—Necesitaba... Yo... necesitaba...

¿Tomar el aire? ¿Estirar las piernas? ¿Visitar a mi cadáver favorito?

—Necesitaba recordar.

(«*And the Oscar goes to...*»)

—¿Qué?

—He vuelto a ese lugar. A la curva donde sufrí el accidente. El doctor Olaizola me dijo que quizá eso me ayudara a recordar.

Noté que su cuerpo se ablandaba. La historia había colado. Me estrechó entre sus brazos y después me apartó la cara y me besó. Un beso caliente y lleno de amor que me dio la vida, aunque fuese a cambio de una mentira.

—¡Pobre! Debías de estar muy angustiado.

Me aparté y admiré su bonita cara, que me miraba con dulzura. Pómulos encendidos, pelo húmedo. Olía a jabón.

—¿Qué tal el partido?

—¿Qué importa eso? —dijo—. ¡Y yo ahora me siento horrible!

—¿Por qué?

—Tendría que haberlo cancelado.

—No digas eso. Tenías que jugarlo. ¿Habéis ganado?

—Sí. Sí... ¡Hemos pasado a la final!... Y después nos hemos ido a tomar la cerveza de siempre. Estaba allí, sentada, hablando de las mejores bolas y de pronto me he dado cuenta de que todo era una frivolidad. Tú estabas aquí solo... y yo... Me siento como una mierda.

—No es para tanto.

—Sí, lo es. Soy tu novia. Tengo que estar contigo, cuando me necesitas.

Hundí la cabeza en su hombro y sentí su cortina de pelo dorado acariciándome los párpados. Todavía tenía el hedor del muerto en la nariz. Todavía el corazón encogido. Yo había matado a un hombre, ¿y el universo me recompensaba con Erin? Me sentía como el ser más despreciable del planeta.

—Entonces ¿lo has conseguido? —preguntó ella.

—Mmm. ¿El qué?

—Recordar.

—No... Bueno, he tenido un pequeño flash. He recordado que iba conduciendo. Quise buscar el móvil, me despisté.

—¡Te lo dije! El móvil de las narices. Anda, ven aquí. —Me cogió el rostro entre sus cálidas manos.

La apreté contra mi cuerpo y Erin me besó.

—¿Hay alguien despierto ahí arriba? —pregunté.

—No. Dana me ha puesto un té mientras te esperaba. Creo que ha subido a su dormitorio a leer.

—Mejor —dije yo—, porque nos vamos ahora mismo a mi cuarto.

Yo tenía el cuerpo lleno de electricidad, de tensión que necesitaba descargar. Erin fue como mi polo opuesto aquella noche. Ella, que era la que solía ser ruidosa, mantuvo la compostura. Y yo, que suelo ser bastante callado, terminé gritando como si se me rompieran las costuras. Lo hicimos dos veces casi seguidas, y después nos arrebujamos debajo del edredón. Hacía frío en la casa y estábamos desnudos. Me dediqué a acariciar su cuerpo mientras pensaba que en algún momento tendría que bajar y hacerme cargo de las bolsas, de esa piedra llena de sangre.

—¿Has hablado con Denis últimamente? —dijo entonces Erin.

—¿Yo? No, ¿por qué?

—Por nada. Ha hecho un comentario... Bueno, una tontería. Ya sabes lo moscón que es.

—¿Qué ha dicho?

—Ha insinuado que estuviste de fiesta el viernes. No sé de dónde ha sacado eso.

—Yo tampoco. ¿No ha dicho nada más?

—No. Y le he dicho que se dejara de bobadas y me hablara en serio. Pero entonces se ha salido por peteneras. ¿Es posible que estuvieras en una fiesta?

Me quedé pensando en esa especie de sueño recurrente: la fiesta. Chet Baker. La mujer del vestido. El hombre gigante y el tipo de la barbita. Hasta esa noche había pensado que todo era una especie de alucinación... pero el muerto había resultado tan real como el frío que sentía. Además, también había tenido un pequeño flash con Denis.

—No lo recuerdo. Quizá tendría que llamarle.

—No te preocupes. Ya sabes cómo es Denis. A veces se pasa con sus chorradas.

Erin y Denis eran amigos desde niños, ambos hijos únicos, de familias muy pudientes. Fueron al mismo colegio, al mismo instituto y, más tarde, al mismo colegio mayor en Madrid. Para más inri, el padre de Denis —Eduardo Sanz— se había convertido en el socio principal en la empresa de Joseba Izarzelaia. Cuando le conocí, con semejante currículum, pensé que Erin y él habrían tenido algún tipo de romance. Pero Erin me lo aclaró rápidamente.

«Un poco difícil: es gay.»

«Entonces ¿por qué me lanza esas pullas? Pensaba que serían celos de un ex.»

«Es un poco sobreprotector conmigo. No te lo tomes a mal. Lo ha hecho con todos mis novios.»

Nos abrazamos y escuchamos el ruido de la lluvia golpeando el tejado. Erin se durmió antes que yo y pensé que sería un buen momento para levantarme a coger mis cosas del Mercedes del abuelo y esconderlas, pero antes de reunir las fuerzas para hacerlo, el cansancio se me llevó a mí también.

Me desperté a las diez y media y Erin ya se había ido. Claro, era miércoles y ella tenía un trabajo «de verdad». Había una nota en la puerta:

«Esta tarde dan buenas olas. ¿Te apetece que cenemos en la cabaña de la playa?»

Tuve un pequeño instante de felicidad pensando en eso, pero enseguida se arruinó. Recordé la noche pasada en la fábrica y una terrible ansiedad me envenenó la sangre. Ese hombre muerto. Mi muerto. Y yo seguía sin saber por qué lo había hecho.

«Vamos —pensé—. Hay que seguir haciendo cosas.» Había dejado mi bolsa Arena con la piedra y la mercancía en el Mercedes del abuelo. Lo primero que debía hacer era sacar aquello de allí y ponerlo a buen recaudo hasta que encontrase otro escondite fuera de la casa.

Bajé a la primera planta. No había nadie. Tampoco en la terraza. ¿A dónde habrían ido? Muchas mañanas el abuelo salía a darse un largo paseo por el caminillo de Katillotxu, y a veces Dana le acompañaba con un cesto, por si pillaban alguna seta. Fui a la cocina y, según me disponía a prepararme un café, mis ojos volaron hasta el calendario. Miércoles, 30 de octubre, y dos palabras manuscritas en rojo: CONSULTA NEURO.

Claro. Esa mañana el abuelo tenía su cita mensual con el neurólogo. Solía llevarle yo, pero seguramente Dana había decidido no molestarme. Caí en algo y me quedé sin aire durante un par de segundos. ¡El coche! Dejé el café a medio hacer y bajé corriendo por las escaleras del garaje. En efecto, el Mercedes no estaba. Dana y el abuelo se lo habían llevado, junto con mis cosas. Joder. Lo que me faltaba.

Subí de nuevo a la cocina, cogí el teléfono con idea de llamar a Dana, pero al final colgué. Lo peor sería llamar la atención sobre la bolsa. Cerrada parecía una bolsa de deporte normal y corriente. Pero si la abrían...

Una espiral de nervios me estranguló la garganta, pero hice por calmarme. «Respira un-dos-un-dos.» Terminé de prepararme el café y salí a la terraza con él. Me lie un cigarrillo y desayuné mirando los cargueros que desfilaban en el horizonte. La brisa del mar me espabiló.

¿Y qué importaba si lo encontraban? No me sentía exactamente orgulloso de ese «otro trabajo» que desempeñaba unas cuantas noches a la semana, pero tenía una buena razón para hacerlo. Debía mucho dinero y segar el césped de ocho casas no serviría, ni aunque fueran cien. Podría explicárselo al abuelo, a Dana..., quizá lo entenderían. Pero ¿Erin? ¿Joseba? ¿Mirari?

Rematé el café y subí a mi dormitorio. La noche anterior había guardado el iPhone en uno de los bolsillos de mi sudadera de *trekking*. Un iPhone que había sido el regalo de Erin por mi cumpleaños y ahora parecía una pecera llena de agua. Me imaginé que estaría frito, así que ni siquiera intenté cargarlo. Metí un alfiler en el lateral y saqué la tarjeta SIM, que era lo poco que podría salvar de él. Después cogí mi antiguo Android del cajón de la mesilla y lo puse a cargar. Me fui a duchar mientras alcanzaba el nivel mínimo de batería que necesitaba para encenderse. Jon Garaikoa no tenía internet en casa, de modo que mi única forma de conectarme al mundo moderno era mi SIM y una conexión 4G (aunque en Punta Margúa iba lenta como el caballo del malo).

Llevaba días sin encender el teléfono y había una pila de mensajes esperándome. Muchos de ellos eran de clientes y conocidos que se habían enterado de mi accidente y me deseaban una pronta recuperación. También había uno muy afectuoso de Joseba desde Tokio.

> Querido Álex. Me acaban de decir lo de tu accidente. No sabes cuánto lo siento. Espero que te estés recuperando a marchas forzadas.

Abrí Telegram, donde también se acumulaban los mensajes, aunque estos eran de otro tipo. Durante el fin de semana habían llegado varios pedidos... A todos fui respondiéndoles lo mismo: que lo sentía, pero que «la tienda estaba cerrada temporalmente». No esperaba demasiadas quejas. Soy bastante barato y mi mercancía es excelente... pero no estaba en condiciones de ponerme a «pasar».

Entonces, mientras navegaba por estos mensajes, encontré uno del sábado especialmente interesante:

> 0.02 – Irati J.: Hola! Necesito unas cien pastillas de mildro. ¿Es posible esta noche?
> 0.05 – Yo: Hola. Sí. Te contacto en breve.
> 0.06 – Irati J.: OK. Gracias.

Aquello era bastante interesante, sobre todo porque la conversación había sucedido en la noche del viernes al sábado. La noche que era incapaz de recordar. La noche en la que había terminado matando a aquel hombre en la fábrica Kössler.

Miré la foto de perfil de esa chica. Irati J. era rubia, de unos cuarenta, tenía una nariz recta muy bonita. Por la cantidad que había pedido, seguramente sería algún tipo de enlace de un equipo deportivo, o un gimnasio. Ese montón de mildronates cuestan por lo menos trescientos euros.

Escribí un mensaje:

Hola, mil disculpas por lo del sábado. Tuve un imprevisto. Todavía estoy convaleciente. Te entregaré los mildros lo antes posible.

Después volví a mirar su foto y esperé un poco a ver si reaccionaba. Tardó unos minutos. No se quejó ni preguntó nada. Se limitó a escribir: «OK».

Me quedé pensando en esa conversación. ¿Fui a la fábrica a recoger ese pedido de mildros? ¿Esa era la razón que me situaba en la Kössler en la madrugada del sábado? Tendría sentido. Pero ¿qué pintaba aquel hombre allí? ¿Era una casualidad? ¿O me seguía por alguna razón?

Un escalofrío me recorrió la espalda cuando se me ocurrió la siguiente mejor explicación:

¿Y si era un policía?

Todo eso me llevaba al punto de partida, a la cuestión principal: ¿qué ocurrió el viernes? Lo único que sabía a ciencia cierta de ese día era que había ido a segar el césped a la casa de Txemi Parra. De hecho, recordaba una imagen con cierta nitidez: el actor caminando descalzo sobre la hierba, vestido con uno de sus estrafalarios conjuntos de estar por casa, mientras hablaba por teléfono. ¿Habíamos ido a una fiesta después de eso? Tratándose de Txemi, entraría dentro de lo razonable. De hecho, era lo más fácil que podía pasarte con Txemi.

Lo conocí una noche, en un concierto en el Blue Berri, el bar más *cool* (el único bar *cool*) de la zona. Yo acababa de llegar a Illumbe y no conocía apenas a nadie y, entonces, según estaba en la barra pidiendo el quinto botellín de cerveza, vi a ese tío aparcando su codo junto a mí. Le miré de arriba abajo unas tres veces antes de preguntarle si era Txemi Parra, el rector de *Piso de estudiantes*. «¡Joder, me encantaba esa serie! —le dije—. Me salvaste de un montón de depresiones cuando vivía en Amsterdam.» Se rio, debí de hacerle gracia y me invitó a la cerveza y a las tres siguientes. Después nos fuimos a una fiesta en casa de unas amigas suyas y sellamos nuestra amistad con una borrachera tremenda. Le dije que estaba buscando trabajo como jardinero y él confesó que estaba harto del suyo, así que me dio mi primera oportunidad. Y desde entonces era una cita fija los viernes. Iba a su casa, le arreglaba el jardín y después me invitaba a un par de cervezas en la terraza, o a una partida de *Mario Kart* en el salón. Y alguna que otra noche, en alguna de sus idas y vueltas de Madrid, me llamaba para ir a tomar un par de copas. En el fondo, era un tipo solitario.

Bueno, pensé que Txemi podía arrojar algo de buena luz en esa oscuridad que se cernía sobre los acontecimientos del viernes. Le llamé por teléfono. Dos tonos y saltó un contestador: «Hola. Soy Txemi. Posiblemente estoy currando; de hecho, ojalá esté currando. Deja tu mensaje después del *beep*.»

No dije nada. Colgué y volví a llamarle. Realmente tenía que hablar con él y preguntarle qué había pasado ese viernes. Volvió a sonar el mensaje del contestador («ojalá esté currando») que parecía el *motto* de cualquier actor. Esta vez, dejé un mensaje:

—Hola, Txemi. Soy Álex. Llámame cuando puedas.

Dana y mi abuelo regresaron sobre la una. Mi abuelo parecía cabreado por algo. Entró en la casa y pasó a mi lado casi sin dirigirme la mirada. Me temí que todo eso pudiera estar relacionado con la bolsa, pero no era así.

—¿Alguna novedad?

—Ninguna —respondió Jon Garaikoa—, esos matasanos no tienen ni idea.

—Me alegro —respondí. Y le vi subir las escaleras.

Esperé a que Dana llegase a la cocina. Llevaba algo en las manos. Una bolsa de plástico de la farmacia. Me hizo un gesto para que guardara silencio mientras ponía el extractor de humos. Me habló al amparo de ese ruido.

—Le ha hecho algunas preguntas, como *siemprre*. Tu abuelo ha empezado bastante bien... pero después el médico ha empezado a ponérselo un poco más difícil. El *pobrre* Jon ha acabado algo desorientado. Me ha dado una lástima terrible... y entonces el médico ha dicho que quizá era hora de comenzar con algunas medicinas.

—Pero ¿hay un diagnóstico ya?

—No. Todavía no saben muy bien. El caso es que tu abuelo está un poco peor, Álex. Siento mucho decírtelo.

—Tiene que haber algo más que podamos hacer.

Dana no dijo nada, se puso a hacer la comida y yo bajé al garaje. La bolsa seguía en el asiento de atrás del Mercedes. No parecía que nadie la hubiera tocado. La saqué de allí y la coloqué detrás de mi amplificador, tapada con la misma manta. Después subí al despacho y llamé a la puerta. Mi abuelo no respondió. Abrí y me lo encontré mirando por la ventana.

—Necesito estar solo. No tengo hambre.

—Tampoco te traía comida —dije.

El despacho de mi abuelo era una habitación cuadrada, pequeña, con un par de grandes estanterías de libros, un buró de caoba y una pared dedicada a una colección de arpones «de los tiempos en los que los vascos llegaban a Canadá detrás de las ballenas».

Me acerqué a él. No éramos demasiado físicos, ni él ni yo, pero le pasé la mano por el hombro.

—Oye, me ha dicho Dana que el médico te ha dado unas pastillas. Drogarse a tu edad debe de molar.

—No pienso tomarlas —dijo el abuelo—. Quieren matar moscas a cañonazos. A mí no me pasa nada, estoy bien, en serio. Solo que me despisto un poco de vez en cuando.

—Lo sé, *aitite*.

Aquellos ojos duros de marino habían comenzado a cristalizar.

—Además ¿qué saben los médicos? Cuando más los necesitábamos no pudieron ayudarnos en nada. ¡En nada!

Me imaginé que se refería a mi madre. A su única hija. Vi que nacía una lágrima en el borde de sus ojos oscuros. El suelo de pinotea canadiense la recibió en silencio.

—¿Me guardas un secreto? No se lo digas a Dana.

—Vale.

El abuelo sacó un viejo álbum de fotos del armario. Escondida detrás, al fondo, había una botella de Soberano. Pensé que debía de ser el último hombre del mundo que bebía brandi. Además de la botella, el abuelo escondía una copa. La llenó hasta la mitad y le dio un gran trago.

Nos sentamos en las butacas del despacho y me quedé con el álbum en el regazo. Eran fotos muy viejas de cuando mi madre era una niña. Veranos en blanco y negro en los que yo ni existía.

—No había visto estas fotos.

—¿Quieres un poco? —dijo mi abuelo, sirviendo la copa otra vez.

—No.

—Bueno, pues me beberé tu parte.

Estuve mirando todo aquello un rato. Mi abuelo con sus greñas sesenteras, mi madre vestida de princesita, y mi abuela, Marie, una elegante mujer provenzal que murió igual que ella, demasiado pronto. Después había algunas fotos de mi madre en San Sebastián, donde estudió en un internado durante casi toda su adolescencia, mientras mi abuelo navegaba sin parar, sin querer volver a tierra, intentando cerrar una herida imposible de cerrar. Había algunas fotos de Begoña Garaikoa en el paseo de La Concha, uniformada, con una sonrisa cándida y alegre de catorce años. Me pareció reconocer a Mirari en una de ellas. La chica, que estaba haciendo el tonto sobre la arena de la playa, era idéntica a Erin de joven. Yo sabía que habían sido muy amigas en la juventud. Había otra chica, pelirroja, más delgada, que también me sonaba tremendamente, aunque no pude recordar su nombre.

Encontré la tira de un fotomatón en la que faltaban dos fotos. En esas instantáneas parecía haber alguien más en la cabina, pero no se le acababa de ver. Mi madre se reía a carcajadas. Tenía una sonrisa preciosa, catorce años y muchos amigos. Pensé en lo inmortal y lo feliz que debía de sentirse ese día en San Sebastián.

2

Esa tarde Erin vino a buscarme después del trabajo. Llevaba un par de tablas en el techo del Golf.

—¿Sigues con la idea del surf? —le dije—. ¡Pero si hace un tiempo de perros!

—¡Vamos, no seas cobarde! Tengo dos neoprenos, por si te animas.

El cielo se aclaraba un poco llegando al mar. El manto de nubes se resquebrajaba y dejaba entrar algunos rayos de sol. No obstante, el frío seguía siendo frío, aunque Erin había mirado internet y decía que el agua estaba a diecinueve grados.

—No hace falta que entres, me imagino que no estás como para tirar cohetes.

—Ve tú primero. Si veo que sobrevives, igual me animo.

La miré correr por la arena, vestida con su neopreno negro. Sus fantásticas piernas eran algo que podía mirar durante horas sin cansarme. Lanzó la tabla al agua, se echó encima y comenzó a remar hacia las olas, no muy altas, que rompían en un mar de perfecto color metálico. A esas horas de la tarde no tenía que compartirlas con nadie.

Yo me quedé sentado encima de nuestra toalla, junto al gigantesco tablón de novato. Erin quería que yo aprendiera a hacer surf. Vivir en la costa y desaprovechar un mar así era del género idiota, pero ¿hacía falta meterse al mar en pleno octubre?

Sorbí un café de termo y miré el móvil. Txemi seguía sin responder a mi llamada y comenzaba a mosquearme. Abrí el navegador y miré las noticias. Esa tarde, después del almuerzo, había empezado a elaborar una hipótesis.

Era miércoles 30 de octubre y ese hombre de la fábrica llevaba muerto desde el sábado 26 de madrugada. Eso eran cuatro días. Suficiente para que alguien (su mujer, sus padres, sus hermanos) hubiera dado la voz de alarma. Así que había rastreado los periódicos locales en busca de una noticia similar. Un desaparecido. Un muerto. Algo. Pero los periódicos de la zona solo hablaban de accidentes de tráfico, partidos de fútbol y políticos. Lo más trágico eran tres intoxicados por setas venenosas, que se recuperaban en el hospital de Cruces.

No me apetecía hacer surf, pero pensé que un baño no me vendría mal. Me vestí el neopreno y aun así me quedé sin respiración nada más meter los pies en el agua. Cuando el nivel del mar cubrió mi termómetro natural, decidí que lo mejor era nadar para entrar en calor.

Erin estaba sentada sobre su tabla encima de aquel mar color acero. Llegué y me agarré del borde.

—¡Está helada!

—No es para tanto. ¿Te acuerdas hace un año? —dijo Erin.

—Sí. Cómo olvidarlo.

Era cierto. Ese miércoles 30 se cumplía un año de mi casi-ahogamiento en aquella misma playa, aunque aquella tarde hacía mucho más calor —uno de esos miniveranos que cada día son más comunes en la costa vasca—. Yo había subido a la ermita de San Pedro de Atxarre y había descendido por el lado del mar. Hacía calor y me encontré aquella playa preciosa, Laga, donde solo había unos cuantos surferos cabalgando sobre las olas.

Llevaba una buena sudada y me apeteció darme un baño. No supe apreciar el peligro de esas olas brutales y esa resaca espumosa color arena. Fui sorteando las olas por debajo, nadando mar adentro para evitar la rompiente y, cuando quise darme cuenta, una poderosa resaca me tragaba mar adentro.

Hice todo lo que debes hacer para morir ahogado: me puse nervioso y empecé a nadar desesperadamente y en línea recta hacia la playa... Cuando ya llevaba unos cinco minutos haciéndolo, comencé a sentir calambres, a tragar agua..., estaba a punto de morir de una forma bastante estúpida cuando apareció por allí una surfera vestida con su neopreno negro. Cualquier otro hubiera sido bienvenido (un surfero calvo y con perilla, por ejemplo), pero que fuese Erin elevó el momento a la categoría de «aparición celestial». Me gritó: «¡Cógete de la tabla!», y lo hice, sin dejar de toser agua y darle las gracias.

«No hables. Respira.»

Un par de surferos salieron a la playa con nosotros. Se aseguraron de que no me moría y me pusieron unas toallas encima para que entrase en calor. Uno de ellos era Joseba, el padre de Erin. Fue él, en realidad, el que me invitó a su casa.

«No podemos dejarte aquí con el susto que llevas en el cuerpo. Anda, no hay nada que no se arregle con un buen chocolate caliente.»

Erin y su padre eran amantes del surf (Mirari no era muy fan del agua), y solían pasar algunos fines de semana en una cabaña de madera, muy cerca de la playa. La cabaña estaba «instalada» en las faldas de la montaña, por la misma senda por la que había bajado. Era una de esas casas modulares, como cajones, que se instalan de una pieza, con una base de pilastras de madera. Resultó que Joseba era el arquitecto que las diseñaba. También era el fundador de una empresa, Edoi Etxeak, que se dedicaba a construir y vender casas y edificios de madera por todo el mundo. Eran los líderes absolutos de su sector en España. O sea, que les iba de cine y ganaban dinero a carretas.

De todo esto me enteré esa misma tarde, al calor de una chimenea y con una taza de chocolate en las manos. Joseba era un gran conversador y yo me mostré muy interesado por todos los detalles del negocio de las casas modulares. En serio: de verdad estaba interesado, pero también es cierto que cualquier excusa era buena para seguir allí, sentado tan a gusto al lado de su bellísima hija. Reconozco que estaba hechizado con Erin. Tan guapa, silenciosa, tan misteriosa. Ella se dedicaba a mirarme sin decir palabra, como si todo aquello la divirtiera de lo lindo. A fin de cuentas, yo era su pesca de esa mañana. Me había sacado de las aguas y le pertenecía. Se lo dije así, a modo de chiste, cuando me condujo hasta la casa de Punta Margúa, a última hora del día.

«Ahora que me has salvado la vida, te debo la mía. Puedes hacer conmigo lo que quieras.»

«¿En serio? Vale —dijo divertida—. Pues dame algo de tiempo para pensarlo.»

Esa noche, cuando nos despedimos, me quedó la sensación de que había saltado alguna chispa entre Erin y yo. Solo era una sensación, pero rápidamente me quité esa idea de la cabeza. A una belleza como ella no se le había perdido nada en mi jardín.

Además, a menos que regresara a esa playa a intentar ahogarme otra vez, pensé, no volveríamos a vernos nunca más.

Me equivocaba en ambas cosas. Esa misma noche, según yo relataba mis desventuras playeras en la cocina de Villa Margúa, recibimos una llamada telefónica de la casa de los Izarzelaia.

«Cuando mi hija me ha explicado dónde vivías —dijo Mirari—, he sabido que debías de ser tú, el hijo de Begoña Garaikoa.»

Y así supe que Mirari, la madre de Erin, había conocido a mi madre. De hecho, habían sido buenas amigas en su juventud. Y después de tantos años, el mar nos había hecho encontrarnos otra vez.

Una hora más tarde estábamos ya en la cabaña, desnudos bajo un vaporoso chorro de agua. Erin había encendido unas velas aromáticas, puesto música de Otis Redding y me estaba dando un magnífico masaje de espalda. Empezó a frotarme con la esponja muy suavemente, de arriba abajo, hasta que tuve la espalda bien enjabonada. Entonces se centró en mi trasero. Y después de eso, pasó la esponja a la parte delantera y se topó con la barrera levantada.

—Uy... ¿Y esto?

—Esto es un regalito de aniversario.

Castigado de cara a la pared, dejé que Erin me hiciera aquella deliciosa manualidad con aroma a champú hasta que ya no pude más.

—¡Para, para...!

—¡¿Qué?!

—Es que el surf me ha dejado hecho polvo, Erin. Creo que solo tengo un cartucho.

—Vale, pues vamos a gastarlo.

Salimos de la ducha y nos dejamos caer sobre la cama del dormitorio principal. Las cortinas abiertas. ¿Qué importaba? Solo nos podían ver desde allí las gaviotas.

La cabaña estaba situada sobre la playa de Laga, con su terraza sustentada por unos pilares vertiginosos entre los árboles. Era una maravilla del mimetismo, al estilo de la famosa casa en la cascada de Frank Lloyd Wright. Mucha gente se paraba en la carretera para sacarle fotos. Era casi como un cartel publicitario de la empresa de Joseba.

Erin se me colocó encima y yo le pregunté por un preservativo. Resultó que nos los habíamos dejado en el coche, así que lo hicimos jugándonosla un poquito. Y pasó el clásico accidente que suele pasar con la marcha atrás.

—¿Estás seguro? —preguntó ella al terminar.

—Joder. Nunca se puede estar del todo seguro. Pero creo que no.

Erin se tumbó mirando al techo.

—Si me dejas embarazada, tendrás que casarte conmigo —dijo con voz de estar bromeando.

Se rio. Yo también, aunque el comentario me recordó la escena de la casa de Leire y Koldo, y el asunto de los bebés.

—Oye, ¿podemos hablar de eso?

—¿De qué?

—De lo del bebé. El otro día lo mencionaste en casa de Leire y... Bueno..., me sorprendió un poco. ¿De verdad te lo planteas?

—No sé. Por un lado me da mucho miedo. Por el otro... ya tengo casi treinta.

—Vale. Claro.

«Glups.»

—Y ¿qué piensas tú de eso?

—¿Yo? Bueno. No lo había pensado realmente.

—Los tíos no soléis pensarlo. Aunque ponéis todos los medios, eso sí.

—¡Oye, que lo de la marcha atrás no se me ha ocurrido a mí solo! —protesté.

Erin se rio.

—¿Te gustaría tener familia?

—Sí... Yo crecí solo, con mi madre, y me moría de envidia cuando veía esas grandes familias reunirse en Navidad. Pero me da miedo ser un padre cabrón.

—¿Un padre cabrón?

—Mi padre biológico me abandonó. Después tuve un padrastro que me amargó la vida. No sé. Temo convertirme en otro desperdicio de padre.

—Bueno, el hecho de que te lo plantees ya dice mucho de ti, Álex.

Erin se me abrazó y yo me quedé quieto, mirando las copas de los árboles a través de una claraboya que quedaba justo encima de la cama.

—Yo, cuando era niña, solo quería eso: hermanos, hermanas... —dijo ella—. Mis padres solo pudieron tenerme a mí y fue casi de milagro. Al parecer mi madre tenía un problema en el útero. Creo que, durante un tiempo, pensaron en adoptar... pero al final no lo hicieron.

Nos pusimos a preparar la cena. Erin había ido a comprar el menú a una de las mejores pescaderías del valle. Almejas de carril, que íbamos a hacer en salsa verde, unas navajas al limón y dos cigalas. Y para regar semejante tesoro, un albariño, cómo no. Erin se había puesto el delantal y manejaba los pucheros, así que me mandó encargarme del postre en la Thermomix.

—Hay un libro de recetas en el salón. Ve a buscarlo.

La cocina y el salón estaban separados por un muro de metacrilato. Eso —como ya sabía ahora que era un miniexperto— transportaba la luz, pero compartimentaba la temperatura. En el salón, un fuego recién encendido cogía fuerza en la chimenea. El resplandor de una rodaja de luna se reflejaba en el mar y daban ganas de cenar en la terraza de madera, pero soplaba una brisa fría.

Me acerqué a la estantería en busca del libro de recetas. Era un mueble de roble precioso, con unos pequeños leds incorporados que iluminaban cada estante. Había allí libros de todo tipo: arquitectura y decoración, sobre todo; libros sobre niños y educación y algunas novelas apiladas en el estante del medio. Empecé a ojear los lomos en busca del libro de recetas cuando de pronto tuve una intuición. «Escritor.» Me centré en ese estante de novelas. Casi todo eran autores vascos como Atxaga, Toti Martínez de Lezea, Alaitz Leceaga, Ibon Martín... Fui mirando los libros uno a uno, hasta que me fijé en un volumen que quedaba justo al final. La portada representaba una foto de un pueblo muy parecido a Illumbe y el título, en letras romanas, decía *El baile de las manos negras*. Había algo en ese libro que sonó como una campanilla en el interior de mi cabeza. Su autor, desconocido para mí, era un tal Félix Arkarazo. Y eso volvió a resonar como un pequeño aldabón en alguna parte de mi memoria. Con el pulso acelerado y la mano temblorosa, saqué el volumen de la estantería y le di la vuelta. Había una foto en la contraportada.

El escritor aparecía vestido con una guerrera, con un fondo de pinos que podría ser cualquier sitio verde del mundo. Era el mismo tipo delgado, con nariz en pico y negras barbas que yo recordaba muerto sobre el suelo de la fábrica Kössler. Solo que en la foto sonreía. Jamás me lo había imaginado sonriendo.

—¿Álex? —llamó Erin desde la cocina—. ¿Lo has encontrado?

¿Sabes esas veces en las que sigues quieto, pero parece que estés viajando a mil kilómetros por hora? Así era como me sentía. Absolutamente petrificado mientras una suerte de huracán rugía a mi alrededor.

Félix Arkarazo (Illumbe, 1965) es un periodista y escritor vizcaíno. Tras una carrera como articulista político y de sociedad, se estrena con su primera novela, *El baile de las manos negras*, una crónica atemporal de personajes, pasiones y terribles secretos que subyacen bajo la aparente normalidad de una pequeña comunidad costera.

—¿Estás ahí?

—¡Sí! Ahora voy... —dije mientras devoraba aquella contraportada.

«¡Más de cien mil lectores!»

«El libro del año, probablemente. *El País.*»

«Una de las historias más apasionantes que he leído jamás. *Cultura hoy.*»

Volví a la cocina con el libro en las manos, medio mareado. Erin estaba a punto de sacrificar dos cigalas en un puchero de agua hirviendo.

—He encontrado este libro. Parece interesante, ¿te lo has leído?

—¿Qué libro? —dijo ella sin mirar.

—*El baile de las manos negras.*

—¡Ah! Todo el mundo en Illumbe se lo ha leído. —Metió la primera cigala en el agua hirviendo—. ¡Ay! Qué pena me dan. Pero depués están riquísimas...

—Parece que vendió un montón —dije—. ¿De qué va?

—Bueno, es una novela del estilo de..., no sé. ¿Conoces *Atando cabos* de Annie Proulx?

—No.

—Es un estilo, aunque mucho peor. La historia de un tipo que llega a un pueblo a trabajar en un café y comienza a conocer a los personajes de la zona. El pueblo del libro se llama Kundama, un nombre imaginario, claro. El autor se refiere a Illumbe todo el rato.

—Lo he supuesto por la foto.

—Lo mismo pasa con sus personajes —dijo Erin—. Félix les puso nombres imaginarios, pero todo el mundo los reconocía. Ahí está el primer problema. El libro es un gran plagio de la vida real.

—¿Qué quieres decir? ¿Usó personas reales?

Erin asintió.

—Eso es. Fue un escándalo. Cogió todos los chismes y cotilleos del pueblo y los puso en su novela.

—¿En serio? ¿Como qué?

—Oye, ¿has encontrado la receta del sorbete?

—No... Ya voy.

Volví al salón sintiendo el corazón a mil por hora. Dejé el libro de Félix Arkarazo sobre uno de los sofás que había frente a la chimenea. Eché una última mirada a su foto, como si no acabara de creérmelo. Pero era él, no tenía ninguna duda. De pronto encajaba como un guante en mis recuerdos.

Yo había hablado con ese tío el viernes por la noche, en algún lugar. Y después, por muy increíble que me pareciera, lo había matado.

Durante la cena, sentados en una mesita con vistas al océano y dos velas, estaba realmente distraído. No podía parar de pensar en todo eso, y de mirar el libro de reojo.

—Álex, ¿te pasa algo? —dijo Erin en determinado momento—. Llevas toda la cena sin decir una palabra.

—Qué va..., estoy un poco cansado. Eso es todo.

—¿No será por eso que hemos hablado de los bebés?

—¿Qué? No, no tiene nada que ver con eso.

—¿Seguro? Ha sido hablar de ese tema y que te pongas muy raro.

—Ahora mismo no tengo la cabeza muy en su sitio, Erin, perdona.

—Vale. —Me cogió la mano en un gesto cariñoso—. Espero que si te pasa algo por la cabeza, me lo cuentes, ¿vale? Sea lo que sea, Álex. Quiero que podamos ser sinceros el uno con el otro.

El hombre muerto. Félix. La boca abierta. El golpe en la cabeza.

—De acuerdo. Oye, quizá esta noche prefiera volver a casa.

Noté que ella se quedaba un poco sorprendida por aquello. Pero después no puso pegas.

—Claro. Tomemos el postre y te llevo.

Era nuestra cena de aniversario y la estaba jodiendo bastante. Pero solo fue el principio. Intenté centrarme en la conversación. Teníamos que reorganizar nuestra escapada a Francia. Además, Erin llevaba meses planeando un viaje por los Estados Unidos y nos dedicamos a hablar de eso mientras tomábamos el sorbete que había preparado —con bastantes pocas ganas— en la Thermomix. La idea era volar hasta Los Ángeles y alquilar allí una autocaravana. Durante las largas vacaciones que Erin tenía como maestra podríamos visitar todos los paisajes naturales de la Costa Oeste, incluido Yellowstone. El precio de este sueño rondaba los cinco mil euros, de los cuales yo no podía aportar ni siquiera el billete de avión a Madrid.

—No te preocupes por eso —dijo ella.

—Sí me preocupo. Me gustaría poder pagarme mi propia vida.

—Pero tenemos el dinero, Álex, ¿por qué te preocupas? Si no lo tuviera, no haría este plan. Además, ¿tú no me invitarías a mí en el caso contrario?

—Creo que ese caso no se dará nunca, Erin. Solo soy un jardinero.

—Bueno —dijo ella—, eso no lo sabes.

Terminamos de cenar, recogimos en silencio, tensionados por esa conversación. Pensé que la cena había sido un desastre por mi culpa. Encontrar ese libro no había ayudado en nada precisamente.

—¿Me lo puedo llevar? —dije antes de que saliéramos por la puerta.

Esa noche, cuando Erin me dejó en Punta Margúa, estaba revuelto, nervioso... Era cerca de la una de la madrugada, pero sabía que no podría pegar ojo. Me metí en la cama, encendí mi móvil y me puse a investigar en internet.

El buscador devolvió toneladas de material sobre Félix Arkarazo. Artículos y fotos que ayudaron a construir aquel relato que Erin ya me había adelantado en parte: la ópera prima de Félix Arkarazo fue el fenómeno literario del año 2014. Vendió cientos de miles de ejemplares, se tradujo a doce idiomas y una productora compró los derechos audiovisuales para una película que, al parecer, estaba a punto de completarse.

El baile de las manos negras era la descripción de un pueblo. Corrupción, infidelidades, mentiras y venganzas que por lo visto eran sumamente reconocibles en Illumbe. El libro había destapado un polvorín de acusaciones y enfrentamientos entre los vecinos, hasta el punto de que un médico, el doctor Aranguren, había llevado a juicio a Félix por «desvelar informes médicos privados». En realidad, lo que Félix había destapado eran sus múltiples aventuras con camareras y empleadas del hogar, lo que le costó el divorcio.

Leí alguno de esos artículos que aparecían aquí y allá. En uno, del suplemento cultural de *El País*, el titular decía así:

Félix Arkarazo: «Los pueblos pequeños están llenos de terribles secretos»

Leí un poco el artículo. Félix se pavoneaba por su afilada pluma y la arriesgada maniobra de retratar personas reales a través de sus personajes: «Soy escritor, ¿qué se pensaban que estaba haciendo cuando me contaban todas esas historias? Para un escritor todo es material. Un escritor no deja nunca de recopilar material. Ese es nuestro trabajo».

Yo solo podía pensar en una cosa: ¿qué hacía una celebridad literaria como él en la antigua fábrica Kössler la madrugada del sábado?

No podía dormir, así que cogí el libro y bajé al salón dispuesto a pasar una larga noche de lectura. La temperatura había caído unos cuantos grados y había comenzado a llover. Entonces pensé en esa piedra ensangrentada que todavía guardaba en mi bolsa Arena. Dejé el libro sobre el sofá y bajé. Si la casa estaba fría, el garaje era como un congelador. Levanté la vieja manta polvorienta y abrí la bolsa Arena. Todavía envuelta en una bolsa de plástico estaba esa piedra. La cogí y la sopesé en la mano derecha. ¿Cómo había sido? ¿Un golpe seco? ¿Varios?

Subí de nuevo y salí al jardín. Caminé hasta la valla. Abrí la cancela y seguí adelante. Tan lejos de la casa, sin la presencia de ninguna farola, aquello era la negrura más absoluta. Solo yo, el mar y algunas estrellas que aparecían entre las nubes.

Me acerqué al borde del acantilado. Abajo se podían ver los crespones de las olas rotas contra la pared de roca. Saqué la piedra de su bolsa.

«No sé por qué estabas allí, esa noche, Félix Arkarazo. No sé qué demonios pasó entre nosotros. Pero está claro que no fue nada amigable.»

Cogí impulso y la lancé al vacío. Me pareció oírla golpeándose ahí abajo, en el infierno de arrecifes y rocas.

Había destruido la prueba del crimen. Pero me di cuenta de que eso no sería suficiente. Mientras no supiera qué había ocurrido en esa fábrica el sábado de madrugada, seguiría a merced de los acontecimientos.

3

—¡Arriba, chico!

Dana estaba frente a mí, vestida con su bata de color verde y el pelo revuelto. Yo estaba repantigado en uno de los sofás del salón. Me había quedado dormido allí, con la luz de lectura encendida y el libro de Félix Arkarazo abierto encima.

—¿Qué hora es?

—Las siete de la mañana.

—¿Tan pronto? —dije, mientras notaba una leve tortícolis.

Dana cogió *El baile de las manos negras* de mi regazo.

—Vaya..., este libro.

—¿Lo conoces?

—Oh, claro. Todo el mundo en este pueblo lo conoce, por *desgrracia* —dijo misteriosamente—. Voy a hacerme un café. ¿Quieres uno?

Seguí a Dana hasta la cocina. Sacó una lata de café de la nevera y se puso a molerlo. Afuera había un cielo gris oscuro. Unas gaviotas revoloteaban sobre la casa. Me senté en una silla de madera, fría.

—Sabes que no leo mucho, pero me he tragado casi doscientas páginas. Es bastante entretenido.

—¿Conoces la historia de ese libro? —dijo Dana.

—Erin me contó un poco. ¿Tú te lo has leído?

—Sí, *clarro* —dijo mientras ponía la cafetera al fuego—, ya tiene unos años.

Dana comenzó a exprimir naranjas. Yo corté pan en rebanadas y lo coloqué sobre una sartén. Cuando todo estuvo listo nos sentamos a desayunar en la mesa de la cocina. Estaba muerto de frío y el café me entró estupendamente. Seguía con el libro sobre la mesa. Dana lo levantó y miró la fotografía de Félix.

—Ese hombre es un monstruo —dijo—. Fue algo *inmorral* lo que hizo.

—¿Inmoral?

—Aprovecharse de todas esas historias. *Secrretos.* Cosas que le habían contado en confidencia. Hizo muchísimo daño a mucha gente.

Dana llevaba al menos ocho años viviendo en Illumbe. Había trabajado en otras cosas antes de servir en Punta Margúa. No me extrañó que pudiera conocer la historia del libro. Pero además, parecía guardar cierto rencor hacia el asunto. Miraba la foto de Félix como si su imagen le provocase acidez de estómago.

—¿Le conoces?

—¿A Félix? Sí, claro. Este es un pueblo muy pequeño. Aunque hace mucho que no se le ve el pelo. Ya no se atreve a bajar. Ahora vive en Kukulumendi, se compró un chalé en lo más alto del monte con todo el dinero que ganó. Una amiga mía va a *limpiarrle* la casa de vez en cuando.

—¿Dices que no se atreve a bajar al pueblo?

—Tuvo bastantes problemas por lo de su libro. Le destrozaron el coche, apedrearon su casa y casi le parten las *crrisma* un par de veces. Normal, con lo que hizo...

Sorbí de mi café y me vino a la mente la imagen de su cocorota reventada de una pedrada. Un escalofrío. Otro sorbo de café.

—Pero ¿cómo sabía todas esas cosas de la gente? Quiero decir..., ¿cómo se pudo enterar de tantos secretos?

Dana se explayó mientras untaba una tostada con mantequilla. Me contó que Félix era un periodista de segunda fila. Un tío que escribía artículos y ensayos de política sin demasiada importancia. Pero llevaba años escuchando los cotilleos y las habladurías del pueblo, y al parecer lo iba poniendo todo sobre el papel, en secreto.

—Un día se puso a escribir una novela y pensó que podría «*engorrdar* el caldo» con algunas cuantas buenas anécdotas de personas del pueblo. Lo terminó y se lo dejó a leer a un amigo. El amigo conocía a un editor en Madrid. Le ofrecieron bastante dinero y Félix picó. Y resultó que la novela fue todo un éxito. Todo el mundo la leyó y la gente empezó a *reconocerse* en ella. El fotógrafo del pueblo se tuvo que marchar cuando todo el mundo leyó lo de sus fotografías de adolescentes en la playa. También, aunque le cambió el nombre, puso en el punto de mira al concejal de Urbanismo, por unos terrenos que conmutó sin permiso.

—Vaya...

—Antes de servir aquí, yo *trrabajaba* de cocinera en el hotel del pueblo. Los dueños, los Fernández, eran una familia de toda la vida. Muy buena gente. Pero tenían un hijo que era un bala perdida, no sé si me entiendes. Drogas, prostitutas... Bueno, Félix se deleitó describiendo sus andanzas. Fue tal la humillación, que vendieron el hotel y se marcharon de Illumbe. Yo perdí mi trabajo, aunque eso no fue nada en comparación.

—Joder con Félix. Supongo que mucha gente tenía razones para odiarle.

—Espero que no le pase nada —dijo Dana—, aunque si le pasase, le estaría bien empleado.

Yo me quedé callado.

—Una vez vino por aquí, por la casa. Le dije lo que pensaba de él. No me guardé nada.

—¿Félix vino por esta casa?

—Sí...

—¿Cuándo fue eso?

—Hace un *parr* de años. En la época en que enfermó. Se presentó por la casa. Tu abuelo lo recibió... Al parecer se conocían de algo. Pero la cosa no acabó nada bien; tras un par de gritos que se oyeron hasta en Bermeo, le vi salir por la puerta muy trasquilado. Normal.

Vaya. Eso me pareció de lo más interesante.

Sobre las ocho, vimos a mi abuelo bajar por las escaleras. Perfectamente vestido y acicalado, como era su estilo.

—*Egun on, aitite!*

Dana se puso a trabajar y mi abuelo tomó asiento. Le serví el café. El asunto de Félix se había quedado flotando en el aire, pero tuve cuidado al sacar el tema.

—Oye, abuelo —le pregunté—, ¿tú conoces a Félix Arkarazo, el escritor?

—¡El escritor! —repitió Jon Garaikoa—. Ahora les llaman así a los juntaletras. Un escritor es Juan Rulfo, por ejemplo, o Dos Passos.

—Vale, claro...

—Pero sí, por supuesto que le conozco. De niño se pasaba media vida en esta casa jugando con tu madre. ¿Por qué lo preguntas?

Le enseñé el libro.

—Dana me dijo que vino por casa una vez.

—Era el clásico niño de gafitas al que todo el mundo apedreaba. Después se tomó la revancha con ese libro, vaya si lo hizo.

—¿Por qué vino?

—Quería enviarle un mensaje a tu madre —dijo el abuelo—. Tonterías. Le dije que a sus cincuenta y tantos ya tenía edad para haberse olvidado de ella.

—¿Conocía a *ama*?

—Que si la conocía... Estaba enamorado de ella. Se había enterado de que estaba enferma y quería enviarle una carta.

—¡¿Qué?!

—Toda la vida estuvo loco por tu madre. Desde niño, le enviaba cartas con perfume y poesías. Una Navidad le hizo un corazón de fieltro... El pobre no tenía nada que hacer, claro.

Aquella revelación me dejó patidifuso. Me hice un cigarrillo y me apoyé en la puerta de la cocina. Llovía un poco aquella mañana y dejé que la brisa me diera en la cara mientras trataba de asentar aquella nueva información. «Así que el tío que me he cargado, además de un escritor famoso, era un pretendiente de mi madre. Vale. ¿Cuál va a ser el siguiente puñetazo?»

—La Ertzaintza me dijo que tu furgoneta está en el depósito de Gernika —dijo el abuelo—. ¿Quieres que te lleve? Si no la recoges hoy, olvídate hasta el lunes, que mañana es fiesta y después fin de semana.

Mi abuelo insistía en conducir siempre que tenía ocasión,

aunque desde el «diagnóstico» le habían recomendado que se abstuviera totalmente de hacerlo. (De hecho, era muy probable que ni siquiera pasase la siguiente renovación del carné.)

—En fin, supongo que si vamos despacio...

—¡Pues no se hable más! Ve llamando a una grúa mientras yo saco el coche.

Eso hice. Llamé a la grúa del seguro y le indiqué que debía recoger un coche en el depósito de Gernika en media hora aproximadamente. Subí a mi habitación a cambiarme de camiseta y darme un toque de desodorante, y después, según bajaba de vuelta, oí unos bocinazos en la entrada de la casa. Salí a la terraza y vi el Mercedes negro de mi abuelo enfilado hacia las verjas del jardín, con el motor en marcha y a Dana con los brazos cruzados y gesto de enfado, obstaculizando el paso.

—¡Quítate de en medio, carcelera de la Stasi! —gritaba mi abuelo a través de la ventanilla—. ¡O te paso por encima!

Corrí hasta allí y llegué donde Dana.

—Ya sabes que no debe *conducirr* —dijo enfurruñada—. ¿Y le animas?

—Es solo un trechito por la general.

—Pero ¿y si tenéis un accidente? ¿De quién será la culpa? A mí me han contratado para cuidarlo.

—¡Secuestradora! —gritaba mi abuelo desde el coche.

—Anda, Dana, me hago responsable, ¿vale? En realidad, ya casi nunca conduce. Por un día...

—Vale, pero algún día tendrá que darse cuenta de que..., en fin. Yo no digo más. Total, para que no me hagan caso...

Dana se apartó con el gesto de enfado y yo entré en el coche. Mi abuelo estaba de lo más nervioso. Pude ver cómo le temblaba la mano al apretar el mando a distancia que abría las verjas del jardín.

—Esa *matrioska* —gruñó mientras sacaba el coche—. No sé quién le ha dado el carné de monosabia.

De acuerdo, aquello estaba mal, pero ¿qué quieres que haga? La gente construye su mundo sobre cosas objetivas. Un trabajo. Un hogar. Conducir un coche. No puedes permitir que todo se derrumbe a la vez. Al menos, yo no estaba dispuesto a hacerlo. No todavía.

Así que fuimos muy despacio, sin pasar de tercera, por la general de camino a Gernika. Montamos una buena caravana, a decir verdad. Ir a cincuenta por esas rectas era como ir provocando y recibimos una lluvia de bocinazos. Mi abuelo los mandó a la mierda, según nos iban adelantando, mientras yo los saludaba con una sonrisa.

Llegamos a Gernika y el abuelo se supo manejar hasta el depósito. No era la primera vez que lo visitaba, pude entender. El lugar estaba a las afueras del pueblo, junto a la zona industrial. Un aburrido empleado me llevó hasta la GMC por un laberinto de coches abandonados, multados y retirados de la vía pública. La GMC era de lo que mejor aspecto tenía en aquel sitio, pese a una rueda reventada y algunas abolladuras y focos rotos en la delantera.

—Pues no le ha pasado gran cosa para el golpe que te diste.

—Es una puta fortaleza —dije yo—. Me lo dijo el tipo al que se la compré.

Recordé a aquel surfero australiano. Le propinó una patada al guardabarros para demostrarlo, que sonó como una caja fuerte. *«It's unbreakable, mate. Just trust me on this.»* El tipo me aseguró que la había comprado en Amberes un año antes y que la había maltratado por todos los *spots* europeos hasta Illumbe, sin conseguir que se estropeara ni una vez.

También es cierto que tuve suerte. De entrada, el airbag funcionaba (pese a que no lo había revisado nunca), y eso me salvó de romperme la cara contra el volante. Por otro lado, la GMC contaba con un pequeño separador de carga de acero que frenó la embestida de una segadora John Deere de treinta kilos que viajaba en la parte trasera. Si eso llega a volar hacia mí, posiblemente estaría jugando a las cartas con Robespierre. Pero lo único que hizo fue estrellarse y reventar el depósito de gasolina.

Llegó la grúa y mi abuelo supervisó la carga del coche como si aquello fuese su barco. El conductor de la grúa aguantó por respeto a las canas, supongo. Después, mientras yo firmaba los papeles, Jon se me adelantó y se montó en el asiento del conductor del Mercedes.

—Abuelo, ¿no crees que es mejor que conduzca yo de vuelta?

—Vamos, tengo que practicar o se me olvidará.

Preferí no discutir. Además, en esta ocasión teníamos un motivo para ir despacio, porque íbamos escoltando la grúa. Salimos de Gernika y, bueno, yo iba concentrado en mis pensamientos. Tenía tantas cosas en la cabeza que no sabía por dónde empezar a poner orden, así que en todo ese tiempo no me di cuenta de que el abuelo iba extrañamente callado. Entonces, más o menos a la altura de Mujika, de pronto, noté que el coche comenzaba a perder velocidad.

—Abuelo... ¿Qué haces?

Mi abuelo miraba al frente y sujetaba el volante sin demasiada convicción.

—¿A dónde vamos? —dijo con la mirada perdida.

Había dejado de pisar el acelerador. Estábamos reduciendo sin más, en medio de un tramo de curvas en la general.

—No puedes parar aquí —intenté mantener la voz tranquila—, ¡estamos en la carretera!

—¿A dónde vamos? —repitió—. ¿Dónde estamos?

—Abuelo, tienes que seguir conduciendo.

—¡Pero si no sé...!

Oímos una fuerte pitada detrás de nosotros. Corrí a poner los *warning*. Le pedí al abuelo que fuera frenando en el estrecho arcén. Era un sitio terrible para parar, una curva muy mala. Un coche pasó zumbando y maldiciendo a nuestros muertos. El conductor de la grúa también nos pitó. Posiblemente estaba preguntándose qué coño hacíamos. Estábamos a punto de provocar un accidente.

—Tranquilo, abuelo, tranquilo. Vamos a parar y ya conduzco yo.

Logré parar el coche contra el peralte. El abuelo ni tocaba los pedales. De pronto, era como si se hubiera convertido en un niño asustado. Eché el freno de mano, apagué el motor y salí. El tipo de la grúa estaba rojo en su cabina y le hice un gesto para que se relajara, algo así como «Houston, tenemos un problema»; después fui a la puerta del conductor y la abrí. Mi abuelo estaba quieto en el asiento con las manos en el volante, mirando al vacío.

—¿Por qué hemos parado?

—Hay un pequeño problema —le dije—. Es mejor que conduzca yo.

—Vale, de acuerdo —dijo con una voz un poco temblorosa.

Le cogí del brazo y le llevé suavemente hasta el asiento del copiloto. Volvimos a ponernos en marcha. Mi abuelo permanecía callado, con la mirada perdida, y yo no tenía el ánimo para chistes.

—Se me ha ido la cabeza, ¿verdad? —preguntó según llegábamos a Illumbe—. Iba conduciendo y se me ha ido la cabeza, ¿no?

—Un poco —respondí yo—, nada importante.

Dejé a mi abuelo en casa. No fue difícil convencerle. Se le habrían quitado las ganas de conducir por una temporada. Le vi caminar muy lento y apesadumbrado hacia la casa y se me rompió el corazón. «Un capitán que ya no puede gobernar su barco», pensé. Joder, eso tiene que doler. Tengas ochenta o doscientos años.

El de la grúa y yo fuimos hasta el taller de Ramón Gardeazabal, que era el hijo de José Gardeazabal y el nieto de Fermín Gardeazabal, quien condujo el primer coche que llegó a Illumbe en 1905. Desde entonces era el mecánico de referencia en el pueblo. La GMC, dijo, necesitaba unos días de trabajo.

—Neumático. Airbag y arreglar la chapa y los focos. No la tendremos antes del lunes de la semana que viene, pero puedes dejarla en el aparcamiento. ¿Tiene gasolina?

—No lo sé —dije—, le echaré un vistazo.

La descargamos frente al taller. Pagué al conductor y entré en la cabina. Allí todo estaba hecho unos zorros. El airbag se derramaba sobre el volante. El suelo estaba lleno de cosas que se habían salido de su sitio por efecto de la colisión y mi cinturón de seguridad estaba cortado en dos trozos, supongo que fue algo que hizo aquel camionero, con sus prisas por sacarme de allí.

Encendí el contacto y algo me llamó la atención. La aguja de gasolina salió disparada hasta la señal de «tope».

Tengo un viejo hábito para controlar los consumos: llenar el depósito los lunes. Así puedo saber cuánta gasolina utilizo semanalmente. Y por eso me llamó la atención que estuviera lleno.

Me quedé sentado en silencio, mirando aquella aguja como si fuera una señal de algo. Y lo era: el viernes hice algo inusual; llenar el depósito. Soy un animal de costumbres y romper una justo el día en que aparezco junto a un hombre muerto me pareció relevante. Busqué mi archivador de facturas de gasolina. Las guardaba todas para desgravar el IVA. Por una vez en la vida, ser autónomo iba a tener alguna ventaja.

El archivador de facturas estaba medio escondido entre los asientos. Lo saqué y miré la última. Tenía fecha del viernes pasado a las 17.40. Cincuenta y cuatro euros en una gasolinera llamada Atxur Gas. La cantidad se correspondía más o menos con el depósito, pero lo llamativo era la gasolinera. ¿Atxur Gas? No me sonaba de nada.

El nombre de la carretera me resultaba familiar. Atxur es el nombre de un famoso cabo cerca de Bermeo, un lugar conocido por su faro y por una batalla naval.

«Un faro —pensé recordando esos sueños recurrentes de una fiesta—. ¿No se veía un faro por las ventanas?»

Cerré la furgoneta, volví al taller.

—¿Os suena si hay una gasolinera de camino al faro Atxur?

—Sí —dijo Ramón—. Pero te queda mucho más a mano la Repsol de al lado de tu casa.

—Lo sé.

Ese faro estaba a más de diez kilómetros de Illumbe, en una zona de la costa que no me quedaba a camino de nada. O al menos, de nada conocido. ¿Para qué había ido allí el viernes?

Decidí que hacía una mañana perfecta para investigarlo.

4

Introduje la dirección del faro Atxur en la aplicación de mapas de mi móvil y me puse en marcha rumbo a Bermeo. Tras salir del pueblo, por una pequeña carretera entre caseríos y huertas, llegué a la costa. Aquello era lo que se dice una ruta panorámica. Una estrecha carreterilla de dos carriles con un muro a un lado. Quizá en otro tiempo había sido una de las formas de comunicar los pueblos de la costa, pero ahora, supuse, solo la utilizaban los que vivían por allí y algún que otro turista loco.

Al cabo de unos quince minutos me topé con esa gasolinera Cepsa que andaba buscando. Estaba situada justo al borde del acantilado, en una curva. Era diminuta, solo un par de surtidores y una tiendita minúscula. Había un gran cartel de plástico en la entrada que decía:

OFERTA ESPECIAL DIÉSEL: 0,6 € / L
SOLO HASTA EL 1 DE NOVIEMBRE

Decididamente, pensé, esa habría sido una gran razón para llenar el depósito allí.

Frené el coche junto al surtidor de diésel y me bajé. Soplaba una brisa agradable en aquel lugar perdido de la costa. No había coches, solo una moto aparcada junto a la tienda. Una Harley. Entonces vi salir a un tipo grande, pelo rapado, cara cuadrada y un cuello tan ancho como el tronco de una secuoya. Un tío al que le pegaba esa Harley. Era el empleado.

Sonreí y le saludé.

—¿Qué tal?

—Bien. —Me miró a los ojos—. ¿Dónde has dejado tu GMC?

Sopló una brisa del mar y se me metió por el cuello de la camiseta. Así que me conocía. Y a mi furgo. Bueno, eso no era una sorpresa a fin de cuentas.

—Tuve un golpe —dije—, nada grave.

—Bueno, menos mal. —Se acercó y abrió el depósito—. ¿Lleno?

—Sí.

Cogió la manguera de diésel y la metió en el depósito. Yo le miraba intentando recordar, como esas veces en las que te encuentras con alguien por la calle, le saludas, pero no te acuerdas ni de su nombre, ni de por qué lo conoces.

—Y... ¿qué tal va todo? —pregunté casi por seguir la conversación de alguna manera.

—Ya ves —hizo un gesto a su alrededor—, eres el segundo cliente del día.

«Y no me extraña», pensé mirando esa carreterucha de costa.

—No sé ni cómo aguantamos abiertos, pero en fin. ¿Qué le pasó a tu furgo? ¿Un roce o algo más?

—Un pequeño golpe..., nada grave —dije yo—. Oye, estuvimos hablando, ¿no? El viernes pasado, cuando vine por aquí.

El tipo levantó su gran cabeza rapada y me miró fijamente. La pregunta era rara, lo reconozco.

—Sí, hablamos.

—Mira —empecé a decir—. Ya sé que te va a parecer un poco extraño todo esto, pero...

—¿Qué?

El gatillo del surtidor saltó y el calvo retiró la manguera.

—... es que no recuerdo nada de ese día. Tuve un accidente, me golpeé la cabeza, mira. —Me señalé la parte de atrás de la cabeza, pero el tipo estaba ocupado metiendo la manguera en su sitio.

Respiró hondo.

—Oye, tío... —gruñó—. ¿Te estás quedando conmigo?

—No, no. Para nada. Te lo juro. Solo te pido que... Bueno, ¿puedes decirme si te acuerdas de algo? Hablamos de la furgoneta, ¿verdad? ¿De algo más?

El calvo sin cuello movió su gorda cabeza de un lado al otro, como si quisiera provocarse un chasquido en las cervicales. Noté un montón de masa muscular moviéndose en su cuello y su pecho. Tragué saliva.

—¿Qué es lo que quieres?

—¡Nada!

—¿Hay algún problema? Supongo que puedes pagar la gasolina.

—Claro. Te digo la verdad. Solo pensaba que quizá me podías ayudar a recordar algo.

—Me quedaría más tranquilo si me pagases. Y luego hablamos de lo que quieras.

Fuimos a la tiendecita y pagué la gasolina, todo en silencio. No me quería arriesgar a calentar a un tío así. El gasolinero se me quedó mirando con los brazos cruzados.

—¿De verdad que no recuerdas nada? ¿O me estás vacilando?

—Mira, tío, tuve un accidente, ¿vale? Me la di con la furgoneta ese viernes por la noche. Esa es la verdad. He llegado a este sitio solo porque tenía una factura del viernes pasado.

—Llenaste la furgoneta y dos bidones enteros de diésel —dijo—. Estuvimos hablando de la GMC. Yo te dije que hacía mucho tiempo que no veía un modelo así.

—¿Algo más?

—Sí. Me preguntaste por un lugar.

—¿Un lugar?

—Una casa de la zona. Solo sabías el nombre: Gure Ametsa. Dijiste que tenías que ir a segar el césped.

—Gure Ametsa... Eso significa «sueño», ¿verdad?

—«Nuestro sueño» —dijo el tipo.

Aquello resonó en mi interior. Gure Ametsa.

—¿Sabes dónde está?

—Te digo lo mismo que te dije el viernes: no sé dónde está Gure Ametsa exactamente, pero cerca del faro Atxur hay un grupo de casas grandes, con mucho terreno. Podría ser una de ellas.

El tipo me explicó que debía seguir la carretera y tomar un pequeño desvío hacia el faro Atxur.

—¿No quieres la factura? —preguntó según me dirigía a la puerta—. ¿Por si te vuelves a dar un golpe?

Sonreí con sorna. Los mazas como él se pueden permitir hacer bromitas.

Seguí las indicaciones del gasolinero. Conduje unos tres kilómetros más en dirección al faro Atxur y encontré aquella pequeña desviación sin carteles ni señal alguna. Arriba se veían algunas casas. Grandes caseríos reformados que ocupaban las cimas de aquella especie de sierra. Enfilé el camino, que era absurdamente inclinado, y el Mercedes a punto estuvo de quedarse en mitad de la cuesta. Llegué hasta un primer nivel, donde se asentaban las dos primeras casas. Conduje muy despacio, mirándolas, esperando alguna sensación de vaga familiaridad. La primera, una casa torre espectacular, tenía por nombre «Villa Amalia». La otra, un caserío reformado que lucía una sección gigantesca de cristal en su fachada, no tenía nombre y no me produjo ningún recuerdo.

Otra cuesta y llegué a una carretera que recorría la falda de la montaña de lado a lado. Opté por seguir en dirección al faro. Allí, encarado al océano, había un terreno muy grande en el que distinguí una pequeña finca de dos o tres casas.

Al llegar al seto de conífera que cercaba la finca —ciprés de Leyland muy bien recortado, por cierto—, el camino se convertía en un sendero de guijo lleno de baches. Por encima del seto se elevaba el tejado de un orgulloso caserío de piedra. Me di cuenta de que era la última casa de aquel camino, que terminaba allí, con dos grandes rocas.

Aminoré la marcha y llegué a la altura del portón. Dos grandes hojas de madera y una cancela peatonal. Allí, una placa de bronce despejó todas las dudas que podía tener: estaba frente a Gure Ametsa.

Me quedé dentro del coche, con el motor en marcha y sin saber muy bien qué hacer a continuación. El tipo de la gasolinera había dicho que yo «había ido allí a trabajar», pero nunca antes había estado en esa casa. ¿Qué debía hacer? ¿Llamar a la puerta? ¿Y qué iba a decirles? «Hola, soy yo, ¿me recuerdan? Menos mal, porque yo no me acuerdo de nada.» Por un momento, incluso, me pasó por la cabeza la idea de rajarme y largarme de allí, pero después recordé a Félix Arkarazo muerto, pudriéndose en el suelo de la fábrica. Aquello era una gran motivación a cualquier hora del día.

Apagué el motor y salí del coche. Me acerqué a los portones. Debajo de la placa había un interfono con cámara. Llamé y al instante se encendieron un par de focos, aunque no hacía falta, pero estarían programados para hacerlo. Casi al mismo tiempo, oí un ruido de pisadas acercándose a toda velocidad sobre el césped. Eran perros. Dos. Uno venía ladrando, seguramente el pequeño, el ruidoso. El otro, cuyo trote hacía retumbar el suelo, sería alguna bestia del tamaño de un caballo.

—¿Sí? —dijo una voz en el interfono.

—Hola soy... Álex... El jardinero.

La persona al otro lado del interfono hizo un corto silencio. Los perros habían llegado a la verja y empezaron a ladrar. Apenas se oía algo.

—Un segundo, por favor, voy a coger a los perros —dijo la voz.

Bueno, aquello no iba tan mal. Me alejé de la puerta y me acicalé un poco en el reflejo de las ventanillas del Mercedes antes de oír un fuerte silbido en varios tonos. Los perros dejaron de ladrar. Tras un segundo silbido, los perros salieron corriendo hacia el interior de la casa. Supuse que era un silbato de adiestrador. Un minuto más tarde se abrió la puerta y apareció una mujer uniformada de azul oscuro. Se quedó ahí esperando, con un gesto impaciente. Yo tampoco supe muy bien qué hacer.

—¿No ha traído nada? —preguntó.

—¿Nada?

—¿Ni siquiera ropa?

—Es que...

—Da igual, pase. Creo que hay cosas en el garaje.

No dije nada más. Solo la seguí al interior de la finca. Supuse que me había reconocido y que pensaba que iba a trabajar allí. Según atravesaba la puerta, tuve una visión del frontal de la casa y el jardín. Estaba dividido en secciones. Un jardín a la inglesa, una cancha de tenis, una huerta. Había una segunda casa un poco apartada de la principal. Detrás de ella, había una zona de árboles frutales y allí pude ver a un hombre sujetando los dos perros con una correa. Supuse que era él el que los había llamado con el silbato. El hombre nos miraba en silencio, mientras prendía con fuerza la correa de sus dos fieras. Vestía una camisa blanca y unos pantalones oscuros. Y llevaba puestas unas gafas de sol. ¿El dueño?

Pasamos junto a un tejadillo bajo el que aparcaban dos coches. Un Porsche Cayenne y un Mazda de color rojo. Seguimos adelante y llegamos a un amplio garaje en el que había bicicletas, piraguas y un pequeño taller de bricolaje.

—Aquí están las cosas del jardín. Ahí tiene un par de monos y unas botas. —Señaló a una de las esquinas—. Cuando termine, avise a Roberto —dijo con un gesto hacia el hombre de los perros.

—Vale. Gracias. De acuerdo.

La chica se marchó y yo me quedé mirando el equipo de jardinería. Había dos segadoras John Deere, una de ellas de asiento, desbrozadoras, bidones de gasolina, aceite, una colección de tijeras de podar, una motosierra... Un equipo completo de jardinería, todo bien limpio y lubricado.

Estuve pensando en ponerme el mono y salir a trabajar un

poco. Por el camino había visto unas cuantas hojas que podían rastrillarse, y una peonía que necesitaba un retoque. Pero enseguida me di cuenta de que tenía que intentar hablar con alguien, los dueños de la casa.

Me fijé en una puertecita que parecía conectar con la casa. La abrí y localicé un tramo de escaleras que subían hacia algún lugar. Casi sin pensarlo dos veces empecé a subirlas. El corazón me latía a mil por hora, pero sentía que allí arriba iba a encontrar una respuesta.

—¿Hola? Soy Álex, el jardinero.

Llegué a un distribuidor con varias puertas. Pude vislumbrar una cocina, una sala de lavandería y un pasillo que parecía desembocar en una estancia elegante. No se oía nada más que las lavadoras. Ni ruidos de televisor, ni voces. Seguí por el pasillo.

—¿Hay alguien? ¿Hola?

Llegué a un pequeño despacho. Una mesa de caoba con un tapiz verde y muchísimas cartas y facturas. Había cuadros en las paredes y algunos apoyados en el suelo. Muchos cuadros. En uno de ellos había animales vestidos como para una fiesta. Una conejita muy sexy bebía de una copa de champán.

Yo había soñado con ese cuadro.

La habitación se conectaba con la siguiente por medio de una especie de arco, así que pude visualizar perfectamente la habitación contigua. Era un gran salón. Y en medio de ese gran salón había una gran bola del mundo.

Avancé hasta el arco y me quedé allí, congelado, mirando aquel lugar.

Es un salón magnífico, con un mirador central desde el que se puede ver el ir y venir de la luz de un faro en la distancia. Estamos cerca del mar.

Hay varias personas bebiendo, envueltas en una charla amistosa. No conozco a nadie. De hecho, siento que estoy un poco fuera de lugar. Así que me tomo una cerveza mientras jugueteo con una bola del mundo muy grande, situada entre dos grupos de sofás.

Observo la decoración. Muchos muebles, butacas, canapés, incluso una chaise longue *de terciopelo color frambuesa. Y muchos cuadros. Uno de ellos me llama la atención: un hombre desnudo con un pene descomunal. En otro hay animales, vestidos de traje y corbata.*

Suena «I Fall In Love Too Easily», de Chet Baker.

El cuadro estaba allí. El hombre del pene descomunal. Un gran cuadro rectangular que ocupaba una pared muy alta junto a una chimenea. Yo había estado allí, en esa casa, en una fiesta. Había conocido a Félix Arkarazo y él me había dicho que era escritor.

—¡Eh!

El grito, fuerte, seguro, repentino, casi me hace saltar sobre mis botas. Me di la vuelta y vi a aquel hombre. Roberto. Estaba detrás de mí, en el despacho, y sujetaba los dos perros, que comenzaron a ladrar hasta que el hombre los mandó callar con un grito ensordecedor.

Se me cerró la garganta por el susto. No iba a ser fácil explicar qué hacía yo allí.

El tal Roberto me observaba de arriba abajo, en absoluto silencio. Era un hombre difícil de calar. Con esa camisa blanca de manga corta y un pantalón de pinzas podría ser el dueño de la casa (el clásico millonario espartano) o un puto mayordomo.

—¿Es usted el dueño?

—Las preguntas las hago yo: ¿qué haces aquí? —se limitó a decir.

—Mire, no le mentiré. He subido a buscar una cosa: este salón.

—¡Dolores! —gritó—. ¡Ven inmediatamente!

El pequeño tiró de la correa y Roberto lo sujetó con fuerza. Gruñía y me enseñaba unos dientes perfectamente afilados. El mastín solo me miraba. Tenía la mandíbula lo bastante grande como para romper un cuello humano. Y aquel tipo parecía guardar entre sus labios la orden de exterminarme.

Ni me moví. En cambio, intenté seguir hablando a pesar del pánico:

—El viernes hubo una fiesta en esta casa, ¿verdad? Yo tengo un recuerdo de haber estado aquí... Necesito hablar con alguien.

Apareció la mujer, Dolores.

—¿Quién es este tipo? ¿Por qué le has dejado pasar?

—Es el jardinero. Pensaba que venía a trabajar.

—¿Lo ve? Yo estuve aquí... Lo recuerdo. Solo necesito saber que fue así en realidad. He tenido un accidente y...

—Llama a la policía —dijo Roberto.

—¡Espere! —Me aproximé a él—. Félix Arkarazo, el escritor. Él también estuvo aquí. ¿Lo conoce?

Me acerqué quizá demasiado. El mastín saltó a por mi mano, pero no llegó a cogerla por un poco.

Dolores gritó. Roberto dio un tirón a las correas y dijo una palabra en alemán.

—No haga tonterías. La próxima vez se queda sin mano.

—Pero yo... tengo que hablar con los señores de la casa. Por favor. Ellos se lo explicarán. El viernes vine a trabajar aquí. Después, no sé cómo... terminé en una fiesta. En este salón.

Esa frase pareció calar en lo hondo del cerebro de Roberto.

—Aquí no hubo ninguna fiesta. Los dueños están de viaje y la casa está cerrada.

Noté un cruce de miradas con la doméstica. Ella bajó la vista. Estaba claro que Roberto había mentido.

—Ahora quiero que te largues —siguió diciendo—. Coges tus cosas y te vas. Y como te vea saliéndote del camino o parándote solo un instante, suelto a estos dos. ¿Entiendes?

—Entiendo —dije—, aunque...

—Aunque nada.

Decidí que no tenía sentido alguno discutir. Dolores fue por delante, yo la seguí, y detrás de mí venían los perros y Roberto. Llegué al jardín, caminé hasta la puerta. Salí por la portezuela y Dolores la cerró. Los perros seguían allí, al otro lado del seto. Me imaginé que ese hombre también.

—¡Aquí hubo una fiesta! —grité—. ¡Lo demostraré y se les va a caer el pelo!

Nadie dijo nada. En realidad, tampoco había mucho que decir. Pero entonces, antes de montarme en el coche, se me ocurrió una última cosa. Había un buzón allí, un buzón metálico para el correo postal. Me acerqué para mirar el nombre que aparecía en la etiqueta. Estaba en blanco.

5

—Oye, ¿conoces un gran caserío que hay cerca del faro Atxur?

Había llegado a Punta Margúa a la hora del almuerzo. Por el camino se me habían venido ocurriendo todo tipo de conspiraciones. Un grupo internacional de neurólogos estaba haciendo un experimento sobre asesinatos e hipnosis conmigo. O era algo relacionado con el mundo del espionaje. O me estaba volviendo loco. O todo a la vez.

Dana estaba en la cocina y se me ocurrió preguntarle a ella. Sus amigas trabajan en casas grandes de la zona y quizá le sonara.

—Por allí hay casas muy grandes. Gente de muchísimo dinero.

—Se llama Gure Ametsa.

—Pero ¿por qué quieres saberlo?

—Sin más... Me han pedido un presupuesto de jardinería un poco alto y quisiera saber con quién voy a tratar.

—Vale, ya me informo —dijo ella con un gesto suspicaz—. Mandaré a mis espías a preguntar.

—Gracias. —Me sentí más aliviado—. Oye, ¿dónde está el abuelo?

—Arriba. No sé qué le pasa. Lleva toda la mañana encerrado. ¿Puedes decirle que baje a comer?

Mucho me temía que sabía lo que le ocurría. Subí las escaleras. Di dos toques en la puerta del despacho.

—Dejadme, joder —gruñó Jon—, no tengo hambre.

Estaba sentado de cara a la ventana. El despacho en penumbras. Ni siquiera se había molestado en esconder el coñac.

—¿Es por lo del coche?

—No voy a ser una carga para nadie, Álex.

—¿Qué dices, abuelo?

—Nada. Nada.

Me acerqué a él. Tenía el viejo álbum de fotos en las piernas. Mi madre, dieciséis años, preciosa.

—No puedes alimentarte de coñac.

—Voy a bajar. Solo necesito un rato a solas.

—Vale.

—Álex.

—¿Qué?

—No le digas nada a Dana, de lo del coche, por favor.

—Hecho.

Se quedó callado, mirando la foto de mi madre.

—Oye. Mañana es el día de Todos los Santos y no me apetece ir con todo el gentío. ¿Me acompañas hoy a ponerle unas flores a tu *ama* y a la abuela?

—Claro, *aitite*.

El camposanto estaba en un lugar precioso, frente al mar y anexo a una vieja ermita dedicada a Santa Cecilia. Un lugar que olía a mar y a hierba. Tras haberse pasado la vida huyendo de su pueblo, mi madre había querido volver a Illumbe a descansar.

Fuimos hasta su nicho y el abuelo posó unas rosas blancas que habíamos recortado de nuestro jardín.

—Tus preferidas, hija —le dijo. Y se quedó callado, en lo más profundo de algún recuerdo que le cortó el habla.

Yo también me quedé con los labios prietos y las lágrimas asomando en los ojos. Pensaba en mi niñez con ella. En los veranos que pasamos allí. Recuerdos que parecían grabados con una cámara Super-8. Recuerdos de veranos eternos, cielos azules y paseos por la playa. Tardes aburridas de lluvia o mediodías radiantes tostándome en la arena. Fantásticos combates en las olas, accidentes con bicicletas y heridas en las rodillas.

No sé cuántos veranos pasamos allí, pero puedo decirte cuál fue el último. El año que nos mudamos a Madrid, cuando mi madre consiguió un trabajo en la aseguradora y cambiamos nuestro piso del casco viejo de Bilbao por un apartamento en la calle Santa Engracia. Yo tenía doce años y recuerdo aquello como un pequeño trauma, lo de cambiar de colegio, sobre todo. Siendo hijo único, sin hermanos en los que apoyarme, con mi madre demasiado ocupada en su nuevo trabajo, recuerdo aquella noche antes del primer día de cole, pensando en todo lo que podría salir mal, imaginando todo tipo de situaciones terribles.

Después no fue para tanto. Hice amigos y fuimos bastante felices en Madrid, al menos hasta mis dieciséis años, cuando mi madre conoció y se enamoró de cierto impresentable. Un directivo de su empresa llamado Andrés Azpiru. Hasta entonces había tenido novios, tíos con los que salía a cenar y que a veces despertaban en casa, aunque muchas otras escapaban bien prontito. Hubo de todo en la lista: periodistas, profesores, músicos (uno de ellos me regaló mi primera guitarra). A mí no me importaba demasiado, porque mi madre en ese sentido siempre fue muy honesta. Eran novios —ligues, como decía ella—, pero que no cambiaban nuestra vida. Seguíamos unidos en nuestro desbarajuste existencial, en nuestro apartamento mal decorado, en nuestra pequeña familia de dos. Pero entonces apareció este tipo. Andrés. Recuerdo la primera vez que lo trajo a casa a cenar, me pareció increíble que mi madre pudiera estar con un tío así. En traje, con su pelito repeinado y su porte de aristócrata. Mi madre, además, se comportaba como una idiota, pidiendo disculpas por todo. Los platos, los vasos, la comida. Pero ¿qué estaba pasando? ¿Se había vuelto loca? Cené y aguanté el chaparrón como pude. Después me recluí en mi cuarto y me pasé horas tocando la guitarra y rezando para que ese tío engrosara lo más rápidamente posible la lista de «ligues pasajeros» de mi madre. Pero había algo en toda la puesta en escena que me escamaba. Un aire de ceremonia que había logrado ponerme nervioso. Aquella noche, cuando el sueño pudo conmigo y me derrumbé sobre el colchón en vaqueros y con mi Les Paul de imitación, sabía que algo había cambiado. Que mi vida, quizá, nunca volvería a ser igual. Y así fue.

Mi madre se terminó casando con Andrés Azpiru. Por mucho que le rogué que no lo hiciera. Por mucho que le pedí que no jodiera nuestro pequeño mundo metiendo a aquel extraño en casa, ella lo hizo. Insistía en que Azpiru era un buen hombre, que nos daría todo lo que nos faltaba: una vida mejor, poder llegar a fin de mes, irnos de vacaciones, etcétera. Yo tenía dieciséis años, era demasiado joven para comprender que la vida a veces es complicada... Esa parte es cierta: la vida se complica. Pero también es cierto que a mis dieciséis tenía ya una buena intuición con las personas. Y no me equivoqué sobre Andrés Azpiru. Era un gilipollas con todas las letras.

Las nuevas comodidades, las vacaciones en Mallorca, la Vespa que me regalaron por mi decimoséptimo cumpleaños y mi nueva «paga» no lograron enmendar las cosas. Quizá sirvieron para adormecerme un poco, pero la pelea estaba servida. No quiero hacer un relato demasiado extenso de cómo en cuanto cumplí los dieciocho terminé marchándome de casa, portazo por medio, y jurando por mi vida que no volvería jamás. Baste decir que «el jefe» (el apodo que terminé poniéndole) y yo no nos aguantábamos. Él quería «construirme», decía que yo «estaba sin moldear, asalvajado», y que eso explicaba mi «estúpido sueño» de ser músico. Cada vez que decía eso, yo subía un poco más el volumen de mi ampli. No sé si me entiendes. Mis *riffs* (Deep Purple, Led Zeppelin, Black Sabbath en aquellos días) eran como balas de una ametralladora. Cuanto mejor los tocaba, más letales me parecían. Mi madre me culpó de ser intransigente, de no querer colaborar en una vida «que necesitábamos». Yo me enfadé con ella. La acusé de alta traición, y un día incluso le dije que se había prostituido por dinero. Supongo que más o menos entonces ella me dijo que me largara con viento fresco, cosa que hice.

Encontré una habitación y un trabajo, y desde entonces mi vida se convirtió en una sucesión de habitaciones y trabajos. La lista ocuparía un pequeño tomo en sí misma. Videoclubs, tiendas de gominolas, librerías, pequeñas tiendas de cómics, trabajé incluso en un sex-shop, un trabajo que curiosamente fue muy aburrido. Al cabo de tres años ya era un experto en sacarme las castañas del fuego, pero mi madre, que ya me había perdonado, insistía en que la vida era mucho más que «poder pagarse el alquiler». En el fondo no podía dejar de ser mi madre. Me pasaba algo de dinero todos los meses, venía a verme a mi trabajo y se horrorizaba con mis cambios constantes de peinado (en concreto recuerdo el día en que me encontró con el pelo teñido de azul). Después, cuando comencé a actuar por Madrid, solía dejarse caer por mis conciertos. Toda elegante, como una dama, se colocaba en primera fila, rodeada de tíos tatuados y con collares de perro al cuello. «La música está muy bien, pero tienes que seguir estudiando. Andrés dice que está dispuesto a pagarte un colegio mayor y...»

¿Qué habría estudiado si hubiera estudiado? Periodismo, seguramente. Siempre se me ha dado bien escribir. El problema es que yo no quería ni oír hablar de Andrés, y mucho menos deberle algo. Tomé una decisión: hacer mi vida. Jugar mis cartas, aunque fuesen malas, pero sin doblegarme ante los gilipollas. Con dieciocho era imposible saber muchas cosas, como que siempre hay un «jefe» esperándote en todas partes —como dice Bob Dylan: *You have to serve somebody»*—, o que los que dicen que el dinero no da la felicidad nunca han sido pobres. Aunque también es cierto que a los dieciocho somos mucho más listos para algunas cosas, sobre todo en lo relativo a los gilipollas.

Sobreviví tres años de esa manera, sin conseguir una mierda en el mundo de la música, viviendo de trabajillos y divirtiéndome con el dinero que me sobraba tras pagarme la vida. Entre tanto, ocurrió una de esas cosas que le dan sal y pimienta a la existencia. Rafa, un buen amigo que tenía entonces, llevaba meses tonteando con la idea de viajar. Tenía un grupo de amigos en Amsterdam que habían logrado establecerse y encontrar trabajo. Ahora no recuerdo quién de los dos lo hizo, pero sé que en una tarde de cervezas y conversación, compramos dos billetes de ida y así empezó nuestra aventura holandesa. Nos esperaban muchos días de pies mojados, hambre, frío, constipados y terribles historias de apartamentos gélidos y llenos de bichos, gente extraña y trabajos que rayaban la esclavitud... Y durante esos primeros dos años fue cuando conocí a cierta gente interesante y peligrosa. Necesitábamos el dinero y nos enseñaron a desarrollar determinadas actividades lucrativas para las que no hacía falta un currículum brillante, solo tener las pelotas en su sitio, una bicicleta y saber contar dinero a velocidad. Fueron solo un par de años, aunque para mí fue como la universidad. Después lo dejé, y pensé que sería para siempre. Pero nunca sabes cuándo vas a tener que tirar de alguna de tus habilidades.

Y así pasaron cinco años casi sin darme cuenta, y durante ese tiempo, viví en ocho habitaciones, tuve seis trabajos, una decena de novias y mi cuenta de banco llegó a tener tres mil euros una vez (aunque enseguida la fulminé).

Mi madre acabó divorciándose del idiota de Azpiru. Resultó que el tío llevaba dos años siéndole descaradamente infiel, aunque ella había evitado contarme nada de sus miserias durante todo ese tiempo. Era Pascua así que decidí cogerme un par de semanas de vacaciones y me fui a Madrid a estar con ella y ayudarla con la mudanza. Estaba dolida, descolocada, pero no del todo desesperada. Me imagino que ella también había terminado comprendiendo lo gilipollas que era el tío. Además, el divorcio le había dejado algo de dinero. Me dijo que quería invertirlo en mí: que aprendiese alguna profesión. Y yo salí con la respuesta más rara del mundo: quería aprender a ser jardinero. En Holanda, había trabajado en un vivero de tulipanes y me había dado cuenta de que me encantaba. Así que mi madre me pagó un curso de técnico en jardinería en una granja holandesa. Y durante los dos años siguientes, volvimos a ser aquella familia de dos que siempre habíamos sido. Nos fuimos juntos de vacaciones. Visitamos al abuelo. Celebramos la Navidad en Madrid. Dos años fantásticos, pero solo dos.

En el verano de 2017, creo que era junio, yo cruzaba la plaza Dam con mi bicicleta, rumbo a un ensayo, y comenzó a sonarme el teléfono. Me paré en un semáforo, lo cogí y escuché a mi madre llorar al otro lado, incapaz de articular palabra. Sollozaba y sollozaba diciendo mi nombre. Finalmente, cuando logró tranquilizarse un poco, me dijo que acababa de salir del médico. Unos análisis de rutina habían detectado algo muy malo.

Le pregunté cómo de grave era y ella respondió que era «gravísimo».

6

Después del cementerio, tomamos un par de vinos donde Alejo como para resucitar nuestros corazones. El abuelo cogió color y se puso a saludar a todo hijo de vecino. Alejo le preguntó cuándo iba a ir de pesca. «Te van a quitar los mejores chipirones.» Y el abuelo le replicó orgullosamente que ya lo tenía todo planeado para ir el domingo. Me miró. «Y tú vienes también.»

Volvimos a Punta Margúa. Eran las seis de la tarde y había quedado en recoger a Erin en su colegio en media hora. Me dio el tiempo justo de ponerme una camisa decente y salir.

Erin se pasó todo el camino hablándome de sus alumnos de ocho años. Tenía problemas para imponer su autoridad en el aula.

—No estoy acostumbrada a la confrontación, eso es todo. Pero a alguno lo tiraría por la ventana.

—¿Por qué no lo haces? Estoy seguro de que los demás empezarían a portarse bien *ipso facto*.

La casa familiar de los Izarzelaia era uno de los máximos logros del estudio de Joseba. Una casa compacta, revestida de láminas de madera de alerce y con dos plantas de unos tres-cientos metros cuadrados, además de dos módulos indepen-dientes donde se ubicaban los servicios de la casa y un mi-niestudio de *home working*. Por su aspecto modular y sus grandes terrazas en voladizo parecía una nave alienígena que acabara de aterrizar en las faldas del monte Katillotxu.

Ya había una veintena de coches aparcados a los lados del camino que conectaba la carretera.

—¡Cuánta gente! —dijo Erin—. A mis padres última-mente se les va la mano con las fiestas.

Dejé el Mercedes al final de la cola y nos dirigimos a la casa andando. Hacía una noche seca y fría. Cielo azul oscuro entre nubes negras.

—Al final ha quedado buena noche para una barbacoa. Mi padre estará encantado.

Joseba Izarzelaia, mi suegro y el fundador de la exitosa Edoi Etxeak, siempre decía que uno no podía fanfarronear de que tenía una empresa «familiar» si no podía llevarse a sus empleados a casa de vez en cuando. Esa noche había doble motivo, según me contó Erin. Por un lado, el fin de semana extralargo que comenzaba ese jueves; por el otro, las buenas noticias de Tokio, donde al parecer habían conseguido un im-portante contrato para un centro de conferencias.

Un gran gentío se distribuía por el jardín frontal de la casa, iluminado por luces y farolillos colgados entre los árbo-les. Sonaba música desde el salón y había una marabunta alre-dedor de la pequeña piscina, como si quisieran tentar a la suerte.

Nada más entrar, nos topamos con Koldo, que iba persi-guiendo a sus dos gemelos, con un par de botellines de cerve-za en la mano.

—¿Quieres una? —me dijo—. La he cogido para Leire, pero no sé dónde se ha metido.

—Iré a buscarla —dijo Erin.

Yo me quedé con Koldo bebiendo aquella birra y persiguiendo a los gemelos por el jardín.

—Cuando son bebés no hay problema, el lío llega cuando se ponen a andar —bromeó con una gota de sudor en la sien.

Hice algún chiste sobre ello y me metí un trago de cerveza en el cuerpo. El olor a carne a la brasa me atrapó la nariz inmediatamente. Miré hacia la multitud que se apiñaba cerca de una gran parrilla humeante, en el portalón de la casa. Erin había comenzado su habitual ronda de saludos y abrazos a ese montón de gente que ella sí conocía.

—¿Son todos compañeros de la empresa? —le pregunté a Koldo.

—Bueno, hay de todo. Socios, amigos de la familia. El trato de Japón es un verdadero puntazo, ¿sabes? Incluso se rumorea que hay un gran grupo pensando en comprarnos.

—¿Y eso es bueno o malo?

—Depende. Para Joseba es algo malo. Dice que perderíamos la esencia de la pequeña empresa. Él se resiste a la idea, pero no todo el mundo está de acuerdo.

—Te refieres al otro socio, ¿no?

Koldo se rio.

Eduardo Sanz era el socio principal de Joseba. Una leyenda contaba que había salvado la empresa *in extremis*, a golpe de talonario, cuando Edoi todavía estaba despegando y pasaba momentos duros. A cambio de ello, se había alzado con casi la mitad del poder de decisión.

—La diferencia entre un empresario o un inversor es que

el empresario es un creador —dijo Koldo—. El inversor solo quiere ver inflarse su dinero. Le da igual cómo o a quién haya que llevarse por delante.

Casualidades de la vida, según hablábamos de todo esto, vi a Denis a lo lejos. El «superhermano protector» de Erin era un chico alto, de buena planta y con un gusto exquisito para la moda. Erin y él charlaban dentro del mismo circulito. Se reían a carcajadas de alguna «gran anécdota» de las que solían contarse entre ellos. Siempre que le veía me preguntaba qué coño habría visto Erin en un pobre cortahierbas delgaducho y sin un futuro demasiado claro. ¿Quizá sus ansias reproductivas le habían nublado el juicio?

En fin, controlé mi complejo de inferioridad y me terminé lo que me quedaba de botellín. Después recogí el de Koldo y le dije que volvería en breve, aunque no tenía pensado hacerlo. Estar a la zaga de dos gemelitos de año y medio no era precisamente mi idea de una fiesta.

Además, tenía hambre. Y el aroma de la barbacoa era ya demasiado intenso.

Di un pequeño rodeo para evitar el círculo de Erin y Denis. Hay una norma social no escrita sobre lo de acercarte a tu pareja en una fiesta: tus habilidades sociales son una mierda si no sabes separarte y buscarte tus propias conversaciones. Así que me acerqué a la barbacoa donde un gentío revoloteaba pidiendo brochetas, hamburguesas o salchichas vegetarianas a un chef de aspecto oriental que trabajaba a destajo. Casi antes de darme cuenta tenía en la mano un plato con un rico pincho de pollo al curri y una ensalada. Había un gran barril de hielo lleno de latas de cerveza. Todo muy *casual*, casi como si fuera una fiesta universitaria. Cogí una y me acodé en una mesa alta, donde un chico y una chica charlaban. Apoyé el plato, abrí la cerveza y estuve comiendo en silencio mientras les escuchaba hablar.

—Fuimos a comer ramen a un sitio pequeñito cerca de la estación de Shinjuku, ¿lo conoces?

Hablaban de Tokio y pensé que posiblemente eran parte del equipo que había estado con Joseba en su visita comercial. Tenían aspecto de dos jóvenes triunfadores.

—¡Sí! Creo que Joseba siempre va al mismo. ¿Te llevó a un karaoke?

—¡Sí!

Empecé a morder mis trozos de pollo mientras me ponía al día sobre Tokio. La verdad es que me alegraba de estar solo. Las únicas dos maneras de comer esa brocheta era con tenedor o mordiendo como un cromañón. Y yo no tenía tenedor.

—Y después jugamos al *pachinko*.

Entonces, según tiraba de un trozo de pimiento con los dientes, me fijé en un tipo muy grande que no estaba lejos de nosotros. Mediría casi dos metros de alto y tenía el cuerpo de un toro. Su poderosa espalda apenas cabía dentro de su americana color crema. Estaba de pie, junto a una mesa, y se reía a carcajadas.

—¿Qué es eso?

—Es como un pinball en el que disparas cientos de bolitas...

Conseguí liberar el pimiento y lo mastiqué mientras observaba las espaldas de ese gigante. Entonces ocurrió. Lo vi.

Un tipo enorme, con una mandíbula de oso que ríe escandalosamente. Viste un traje color tabaco. A su lado hay una mujer pelirroja, que está de espaldas a mí. Lleva un vestido muy sexy con la espalda abierta y me fijo en ella. Un buen trasero.

¡Era él! El Hombre Grande que aparecía en la fiesta, en mis sueños...

Los ingenieros seguían hablando de *niguiris, makis, giozas*... y yo salí caminando como un autómata hacia el gigante. No sabía cómo iba a hacerlo, pero iba a hacerlo. Tenía que hablar con él. ¡Había estado en la misma fiesta que yo! ¡Él podría ayudarme!

—¡Vaya, por fin te encuentro!

Me giré, todavía atónito, medio sumido en sueños.

—¡Joseba!

Joseba Izarzelaia se rio a carcajadas. Ojos claros, cabeza bien rapada y una mirada penetrante, inteligente.

—¿Qué haces aquí solo? ¿Cómo estás? —Señaló mi cabeza.

—Bueno... Me voy recuperando.

—Anda —dijo pasándome el brazo por el hombro—, ven conmigo y tira esa cerveza por ahí. Te voy a dar a probar algo alucinante que he traído de Japón.

No pude evitarlo. Miré hacia el Hombre Grande, que seguía de espaldas a mí.

Tenía que hablar con él, preguntarle un millón de cosas, pero Joseba me arrastraba hacia la casa.

«Ya te pillaré», pensé.

Joseba me guio hasta el módulo independiente, su miniestudio-galería-despacho. Allí tenía, además, una salita de exposiciones. La maqueta del celebrado centro de conferencias de Tokio estaba allí en medio, iluminada por una lámpara de leds.

—Enhorabuena por esto. —Lo señalé—. He oído que te ha ido muy bien.

—Mejor que bien. Un contrato gubernamental tan potente nos lanza a las estrellas, Álex.

Joseba me invitó a sentarme junto a la terraza que se elevaba en voladizo hacia el valle, creando unas vistas perfectas. Fue a su pequeño bar y regresó con una botella de arcilla blanca y dos vasos.

—En Tokio he aprendido que uno nunca debe servirse su propio vaso de sake.

Llenó mi vaso y después me pasó la botella. Hice lo propio.

—Por el trabajo bien hecho —brindó Joseba.

Le di un trago y noté que una gran bomba de vapor alcohólico me subía hasta la cocorota. Joseba también acusó el golpe. Nos reímos.

—Joder. Esto sí que es agua de fuego. —Se recostó y dejó vagar la mirada en el techo—. No he parado ni un minuto desde el avión. ¿Cómo estás? Erin me ha contado lo de la amnesia.

—Gracias, voy mejorando. El doctor dijo que iría recordando, poco a poco y..., bueno —pensé en ese gigante—, creo que está ocurriendo.

—Si necesitas algo, dímelo, ¿vale? Conozco un neurólogo muy bueno en Bilbao.

—Gracias. Quizá eso del neurólogo me interese para mi abuelo.

—¿Sigue con sus despistes?

—Digamos que ha empeorado. Hoy ha tenido un flash muy gordo mientras conducía...

—Vaya... Pues cuenta con ello. Lo podemos incluir en el seguro médico de Edoi. Y hablando de eso... Quería comentarte algo. Ni Mirari ni Erin lo saben, ¿eh? Es un pequeño secreto y quiero que siga siéndolo.

No dije nada, pero asentí.

—Quiero ofrecerte un trabajo en la empresa —dijo Joseba.

—¿Qué? ¿A mí?

—Sí. A ti.

Me reí. Quizá era el sake, o una extrema felicidad que no supe canalizar bien.

—¿Te hace gracia?

—Bueno, es que no me imagino qué podría hacer yo en Edoi... No tengo ni idea de nada.

—Después de pasarte tantos años en Holanda, me imagino que hablarás inglés decentemente. ¿Holandés? ¿Alemán?

—Inglés muy bien. Holandés pasable. He oído que el alemán no queda demasiado lejos si sabes los dos anteriores.

—Pues ahí lo tienes. Me interesan los idiomas.

—Pero ¿para qué?

—Verás, tengo grandes ingenieros en la empresa, pero sin demasiada chispa comercial. Les pasa al noventa por ciento de los ingenieros. Y en cambio, si buscas un comercial profesional, suelen ser tíos con ojos de serpiente que suenan a caja hueca. Yo estoy buscando a alguien de verdad. Y tú tienes eso, Álex. Cuando hablas, suena a verdad, humilde pero absoluta. Y eso me gusta. Creo que concuerda con lo que quiero transmitir.

—Soy bueno metiendo trolas, ¿a eso te refieres?

Se rio.

—Eres más que eso. Y yo necesito un representante de confianza. ¿Crees que podría interesarte?

Apuré el maiku. Aquello era emocionante. Vaya semana.

—No firmarías nada, ni venderías nada. Pero viajarías mucho. Hay un montón de ferias a las que no vamos y que quiero empezar a cubrir. Tendrías que formarte un poco, pero sería un buen primer empleo. Después, si lo haces bien (y no me cabe duda de que será así), habría una carrera esperándote. Más tranquila, con menos viajes. Hay que cuidar a la familia también...

Esa mención a la familia... ¿Seguro que todo esto no era por Erin?

—¿Y bien? —dijo Joseba—. ¿Cómo lo ves?

—Esto es una bomba, realmente.

—Te lo puedes pensar, desde luego. Comprendo que tienes la vida ya montada, y que esto es algo que te cae del cielo.

«Exactamente del cielo», pensé.

—Quizá prefieras seguir con lo tuyo...

—¿La jardinería? —dije—. Bueno..., no es que sea lo mío. Pero me vi llegando a los treinta sin haber aprendido ni una profesión. Y no quería seguir sirviendo cervezas toda la vida.

—Desde luego. Pero ¿te ves así toda la vida? Los trabajos físicos van bien cuando eres joven, pero te garantizo que a mi edad apetece muy poco ponerse a cargar con una segadora.

—En realidad, mi plan era convertirme en jefe. Montar una empresa. Todo eso...

Joseba sonrió.

—Eres un tigre, Álex. Seguro que te va bien, hagas lo que hagas. Pero mi obligación es intentar tentarte un poco. ¿Qué te parecerían sesenta mil euros al año, coche de empresa y seguro médico? Eso sería para empezar. ¿Qué me dices?

«Que le follen a la hierba», pensé.

—Joseba, ¿puedo ser directo contigo?

—Sí.

—¿Haces esto porque salgo con tu hija?

Joseba me miró en silencio y con gesto grave. Pasaron unos eternos segundos en los que llegué a pensar que la había cagado profundamente con esa pregunta.

—¿Más sake? —dijo por fin.

Me llenó el maiku y se olvidó de la tradición para llenarse el suyo. Bebimos.

—Te voy a hablar claro, porque creo que te lo mereces. Mirari y yo no pudimos tener más hijos. No digo que seamos infelices por ello, lo hemos superado. Pero desde que te conocí, te he sentido como alguien muy cercano. ¿Por qué no decirlo? Como un hijo.

Bebí un largo trago y seguí escuchando.

—Y desde el primer día, sentados en la cabaña de la playa, tuve una impresión sobre ti. La de que eras un fenómeno que nadie había sabido dirigir correctamente. Permíteme que sea muy sincero contigo: creo que si terminas tus días como jardinero, estarás desaprovechando un potencial gigante. Yo trato con mucha gente a diario y tengo un ojo clínico para las personas. Y hazme caso: tú puedes hacer mucho más.

—Gracias, Joseba. No sé qué decir.

—Di que aceptas. En serio. Me encantaría enseñarte, y admito que es como invertir en mi propia familia. Todos salimos ganando.

Se rio, y yo... también.

—Nunca me han enchufado en nada —dije—, siempre me he buscado la vida por mí mismo. Yo no sé...

—A ver, Álex. ¿En qué lugar quedaría yo si te contrato y resultas un bluf? Habría una comidilla terrible en la empresa. «Joseba enchufa a su yerno, que es un capullo.» No puedo permitir que eso ocurra. Pero confío mucho en mi instinto. Sé que va a funcionar.

Yo no sabía qué decir. Estaba emocionado, pero al mismo tiempo incrédulo.

—Y con todo este jabón que te he dado —Joseba alzó el vaso—, ¿podemos brindar por tu próxima incorporación?

—Yo creo que...

No dije nada más. Le choqué el vaso y bebimos.

—Venga, volvamos a la fiesta. ¡A celebrar!

El sake me hizo caminar con alas en los pies. Tenía una sonrisa muy tonta pintada en la cara, ¿en serio podía tener tanta suerte? Con un buen sueldo podría dejar mi chapuza. Adiós a las fábricas abandonadas, los mensajes por Telegram y las mercancías peligrosas. Ahorraría de mi sueldo para pagar el préstamo, aunque tardase años en hacerlo. Joder..., todo aquello era demasiado bueno para ser verdad.

Demasiado bueno...

La cara de Félix Arkarazo, muerto en el suelo de la fábrica, vino a mí como un fantasma volando sobre las montañas.

«¡Eh! ¿Te acuerdas de mí? Sigo aquí, pudriéndome gracias a ti.»

Joseba me quería presentar a unos amigos, pero me disculpé diciendo que tenía que buscar el baño. En realidad, lo que buscaba era otra cosa: el Hombre Grande y algunas respuestas.

7

La música estaba un poco más alta y la noche era un poco más oscura, pero ese tipo no debería de ser difícil de localizar. Empecé por donde lo había visto antes, en las mesas altas que había junto a la barbacoa. Pero allí no había ni rastro del gigante. Debía de haberse movido.

La fiesta tenía otros dos focos. Uno era el salón, donde en el equipo de estéreo estaba sonando a tope «If You Can't Rock Me», de los Stones. El otro ambiente —más *chill out*— estaba en la piscina iluminada. Comencé por el salón. Vi a Erin sentada en el sofá y rodeada de un montón de gente. Nos saludamos en la distancia. Cogí una copa de cava y un canapé. Eché un vistazo. Una chica, bastante borracha, se me puso a hablar aunque yo era incapaz de oír nada. Mick Jagger bramaba a dos metros de mí, a través de un equipo Harman Kardon que podría ambientar una discoteca entera.

Salí fuera. El jardín, oscuro, lleno de sombras. Mirari estaba por allí, con un grupo de amigas; por supuesto no me vio detrás de sus gafas negras. Así que me acerqué a decirle hola.

—Este es Álex, el novio de Erin.

—Muy guapo —dijo una de aquellas mujeres—. Y te has llevado a la princesa de la casa, ¿eh?

—La cuida muy bien —añadió Mirari como si yo no estuviera allí—, estamos muy contentos con él.

Quizá Mirari también había bebido sake, pero me dio un beso y todo, entre las risas de sus amigas. Me despedí y seguí caminando hacia la piscina, y en ese momento le vi sobresaliendo entre un montón de cuerpos pequeños. El Hombre Grande estaba allí, al borde de la piscina, charlando con un par de chicas mientras sujetaba una gran copa de gin-tonic que parecía un vasito de tequila entre sus gigantescos dedos.

«Vale. Ha llegado la hora de la verdad.»

Fui hacia allí con tal determinación que ni siquiera me fijé en que Leire y Denis estaban también al borde de la piscina.

—¡Eh! Pero mira quién es —dijo Denis—. El chico de los accidentes.

—Así me llaman —respondí.

Denis me miraba fijamente, pero yo no tenía ganas de seguir la conversación con él.

—¿Has visto a Erin? —preguntó Leire.

—Estaba en el salón hace un minuto —dije.

—¡Ah! Tengo que decirle algo, ahora vengo.

Leire se marchó y Denis y yo nos quedamos en silencio. El Hombre Grande estaba ahora a tan solo dos metros de mí, y yo en realidad no quería hablar de nada con Denis. Digamos que nuestras pocas conversaciones hasta la fecha no habían sido demasiado agradables. Pero lo cierto es que no sabía muy bien cómo dar el siguiente paso. Fue él quien tomó la palabra:

—¿Qué tal va tu amnesia?

—Mejor. Poco a poco.

Noté cómo le salía una sonrisa de oreja a oreja.

—Amnesia —repitió mirando a la profundidad de aquella piscina iluminada—. Buen truco.

—¿Qué?

Denis se sonrió. A su espalda, el Hombre Grande volvía a reírse con sus estruendosas carcajadas.

—Lo de irte de parranda y después decir que no te acuerdas de nada.

Dijo eso y me palmeó el brazo.

—Pero ¿de qué estás hablando, tío?

—Lo sabes muy bien. A mí no me la pegas...

—¿Qué? Mira..., ahora no tengo tiempo de hablar de esto.

En ese mismo instante, el Hombre Grande se giró hacia mí. Fue como un flechazo. Nuestras miradas se encontraron y no se pudieron separar. Me había reconocido. Estaba seguro.

—Mira, Álex. Te he dado algo de tiempo por deportividad —dijo él—, para que se lo digas a Erin. Pero quizá tenga que hacerlo yo.

—Haz lo que quieras. No sé de qué hablas.

Le dejé con la palabra en la boca y di un paso para rodearle. Denis debió de quedarse alucinado con aquella reacción, y honestamente me importaba bien poco.

Avancé hasta el Hombre Grande.

—Hola —le dije.

—Hola —respondió él.

Su voz encajaba correctamente con su calibre. Era profunda, como si surgiera de una caverna.

—Me conoces, ¿verdad?

—Claro que sí —dijo él.

—Perfecto, porque necesito que hablemos.

—Hablemos entonces. ¿Qué hacías en mi casa esta mañana? —me preguntó.

—¿Qué? ¿Tu casa?

—¡Ah! ¿No lo sabías? Claro... No habrías tenido la caradura de hablarme, ¡ladrón! —exclamó el gigante.

Las chicas que estaban a su lado se quedaron de una pieza. No solo ellas. Todos los que estaban en un radio de dos metros guardaron silencio repentinamente.

Miré a mi alrededor y vi todas esas caras fijas en mí, incluyendo la de Denis.

—Espera... Te equivocas.

No fue un puñetazo (tal y como luego aseguró alguien), sino un empujón. Un pequeño empujón a decir verdad. Solo que al ver que me caía, eché mis dos brazos hacia delante, y sin querer le golpeé de vuelta.

La buena noticia fue que había agua, una piscina entera para mí. La mala es que me zambullí a una temperatura de unos catorce grados. Pero tampoco es que me diera mucha cuenta de todo esto. Aquel chapuzón provocó algo muy interesante.

—*¡Eh, Álex! ¿Tienes un segundo?*

Hace un día claro. El cielo es perfectamente azul y el sol del mediodía cae con fuerza sobre mi espalda. Estoy empujando mi segadora con cuidado, sobre la línea de la banda, deleitándome con el aroma de la hierba recién cortada y el salitre del mar. Es la casa de Txemi Parra.

—*¡Eh, Álex! ¿Tienes un segundo?*

Le veo venir por el jardín con un teléfono en la mano. Vestido con unos pantalones de kickboxing color pistacho y una camiseta de The Killers. Un tipo guapo, con buena planta, los mejores cincuenta años que jamás hayas visto.

Se acerca a mí diciéndome algo, pero no puedo oírle debido al ruido del motor.

—¿Qué?

Apago el motor. Txemi lleva el teléfono tapado con una mano, como si estuviera en medio de alguna conversación.

—¿Cómo lo tienes esta tarde? —me pregunta—. Es para una amiga. Celebra una fiesta esta noche y tiene al jardinero de baja.

—¿Esta tarde? Creo que no tengo nada. ¿Cómo de grande es el terreno?

—Es como el mío más o menos. Más llano.

—Okey.

Txemi habla entonces por el teléfono.

—Dice que puede ir. —Y después a mí—: ¿Sobre las cinco y media? Es una casa llamada Gure Ametsa. Está de camino al faro Atxur.

Debí de recordarlo todo debajo del agua y también, al parecer, debí de quedarme allí demasiado tiempo.

Cuando recobré la conciencia estaba tumbado en el borde de la piscina, empapado de los pies a la cabeza y con un montón de rostros a mi alrededor.

—¿Está muerto?

—No. Mira, está respirando.

Denis estaba sentado frente a mí, calado hasta los huesos. Por lo visto, estuve unos cuantos segundos sumergido. La gente que había por allí no tenía demasiadas ganas de mojarse. Alguien gritó que «me estaba ahogando», lo cual era cierto. Me lanzaron un flotador mientras otra persona iba a coger la raqueta limpiapiscinas para intentar echarme un cable. Pero antes de que todo esto sucediera, Denis se lanzó al agua a salvarme. Denis, sí. La última persona de la que me esperaría un favor semejante.

—¡Traed mantas!

—No. Es mejor que lo llevemos a la casa. Ayudadme.

—Joder... No pensaba darle tan fuerte.

Crucé el jardín a hombros de alguien, ¿Denis?, ante la mirada estupefacta de aquella pequeña multitud de la fiesta. Muchos se reían. Quizá pensaban que sencillamente me había emborrachado y me había caído al agua.

Entramos en la casa. Denis estaba allí. Dijo que fuésemos al *txoko*. Era un espacio con cocina, comedor, chimenea, billar y una sauna que habían construido en el sótano. Me dejaron caer allí, sobre un sofá. Alguien me quitó los zapatos.

—Necesitará ropa.

—¿Qué ha pasado?

Oí la voz de Joseba Izarzelaia y todo lo que sentí fue una vergüenza terrible. Escuché cómo Denis se lo explicaba.

—Carlos Perugorria le ha golpeado.

—¿Qué? ¿Por qué?

—Ni idea.

—Por favor, que salga todo el mundo. Y que alguien busque a Carlos.

—Venía detrás de nosotros.

—Encenderé la sauna mientras buscáis algo que poneros —le dijo Joseba a Denis—. Álex, ¿me oyes?

—Sí...

—Te vamos a quitar toda esa ropa mojada.

Así que terminé en calzoncillos, sentado en una sauna caliente que Joseba tenía instalada en su *txoko*. Denis estaba allí también. Era de locos.

—¿Me has sacado tú del agua? Gracias.

—De nada —se limitó a contestar.

Oí gente que llegaba por allí. La sauna tenía un pequeño ventanuco de cristal y pude ver al tal Carlos Perugorria, que era como se llamaba el gigante, hablando con Joseba. Por su lenguaje corporal diría que se estaba disculpando. Joseba estaba tieso, brazos en jarras y cara de enfado. Al poco apareció Erin.

—Pero ¿qué ha pasado? ¿Estáis bien?

—Solo ha sido un empujón —dije.

Y noté que Denis se reía.

—Pero ¿qué ha pasado? ¿Por qué te ha pegado Carlos?

—Hay una explicación para todo esto —contesté.

Apareció por allí Mirari con algo de ropa. Dos chándales Sergio Tacchini. Nos dio uno a Denis y otro a mí. Yo me vestí, salí de la sauna. Joseba y Carlos estaban sentados en el sofá. El gigante llamado Carlos Perugorria tenía una cara tremenda de arrepentimiento.

—Álex, perdona —dijo nada más verme—. Creo que ha sido una equivocación terrible.

—De todas maneras —dijo Joseba—, creo que lo mejor es que aclaremos esto. Sentaos un minuto.

Erin y yo nos sentamos en el sofá. Mirari se quedó de pie detrás de nosotros. Noté sus manos sobre mis hombros.

—Carlos dice que esta mañana has estado en su casa. Que el personal de servicio te ha cazado merodeando por el salón.

—Es cierto.

Vi los ojos de Joseba abrirse de par en par. Supuse que Erin, que estaba a mi lado, tendría la misma cara de infarto.

Mirari apartó sus manos suavemente.

—¿Qué? —dijo—. ¿Qué es cierto?

—Es cierto que he ido a su casa, pero no a robar nada —respondí.

—Bueno, pues será mejor que te expliques. —Joseba tenía cara de poquísimos amigos en ese momento.

Yo les conté exactamente la verdad. ¿Qué podía perder? Les conté lo del tique de gasolina. La gasolinera. Gure Ametsa y mi pequeña actuación hasta lograr colarme en el salón.

Carlos levantó la mano para interrumpirme.

—¿Me estás diciendo que no recuerdas nada?

—Tuvo un accidente —dijo Joseba.

Erin, con un tono que revelaba su enfado, añadió:

—Se dio en la cabeza y sufre una amnesia.

—Joder... —contestó Carlos.

—Reconozco que mentir ha sido un error —dije—, pero pensaba encontrarme con alguno de los propietarios e intentar charlar.

—Pobre —Mirari volvía a acariciarme—, debe de ser muy angustioso.

Entonces vimos aparecer por allí a Leire.

—Perdón, no quiero interrumpir —dijo—, pero por aquí está corriendo la voz de que hay un ladrón en la casa.

Joseba se dirigió a su mujer:

—Mirari, ¿puedes ir y explicar a la gente que todo ha sido un malentendido?

Ella salió por la puerta con Leire, y Joseba volvió a dirigir el asunto.

—Bueno, Álex, pero ¿qué hacías en el salón de la casa?

Calculé un poco la respuesta. Me interesaba desvelar lo justo para demostrar mi inocencia, pero no debía mencionar a Félix.

—Desde el accidente tengo algunas imágenes muy extrañas. Yo estaba en una fiesta, en una casa muy elegante, y charlaba con algunas personas.

—Correcto —dijo él—. Era la fiesta de cumpleaños de Ane.

«¿Ane?» El nombre me sonó una barbaridad.

Continué:

—Bueno, reconozco que tenía un «presentimiento» cuando entré en la casa. Y luego, al ver ese salón lo supe. Yo había estado allí. Recordé a algunas personas. Tú —señalé a Carlos— eras una de ellas.

—Es verdad, hablaste conmigo. Había una veintena de invitados allí...

—También charló conmigo. —Denis acababa de aparecer, vestido con su chándal, en la otra punta de la habitación.

Me quedé mirándolo, sorprendido. Pero entonces comprendí eso que me había dicho al borde de la piscina: «Buen truco. Irte de parranda y después decir que no recuerdas nada». También comprendí ese vago recuerdo que había tenido sobre él. Habíamos estado juntos en esa fiesta en Gure Ametsa.

—Tengo dos preguntas —dijo entonces Joseba—. La primera: si eres el jardinero de esa casa, ¿cómo es que no la recordabas? La segunda: si habías ido allí a trabajar, ¿qué carámbanos hacías tú en la fiesta?

—Respecto a la primera —dije—, el baño en la piscina ha sido providencial. He recordado algo: Txemi Parra me dijo que necesitabais un jardinero.

—En efecto —dijo Carlos—, así fue. Nuestro jardinero habitual está con gripe y Ane se puso histérica porque había invitado a un montón de amigos y la hierba estaba altísima.

En cuanto a la segunda pregunta. Fue Ane la que le invitó a beber una copa. No sé por qué. Pensé que solo quería ser amable contigo.

—No —dijo Joseba—. Ane era una de las amigas de la infancia de tu madre, Álex. Posiblemente te reconoció.

—¿Qué?

—Eran las tres amiguitas del alma: Ane, Mirari y tu madre.

Yo cerré los ojos intentando ver algo. Había una mujer muy guapa, de pelo rojo, con un vestido abierto por la espalda. La describí en voz alta.

—No me contó nada —dijo Carlos—, lo siento.

—Todo aclarado entonces. —Joseba recuperó las riendas—. Entiendo que te colaste en el salón para ver si eso te provocaba algún recuerdo. Bueno, esa parte la hiciste muy mal, Álex. Pero supongo que podremos perdonarlo, ¿verdad, Carlos?

—Por supuesto. —Carlos se levantó y se acercó a mí—. Siento el baño en la piscina, chico. Cuando te he visto aquí he pensado que estabas mangándole a mi amigo Joseba también. Ane está en París... De otro modo, ella te habría reconocido...

Joseba y Carlos dieron la crisis por terminada y dijeron que había llegado la hora de tomarse un copazo.

—¿Venís?

Yo miré a Erin y de pronto me di cuenta de que tenía la mirada perdida, ausente.

—¿Qué te pasa?

—Nada —dijo.

Pero sabía que le pasaba algo.

La cosa es que salimos de nuevo a la fiesta. Mirari ya se había encargado de difundir la versión oficial del asunto: un malentendido con chapuzón final. De hecho, nos obligaron a escenificar un apretón de manos en el salón y la gente nos jaleó entre risas. Pero yo seguía mirando a Erin con el rabillo del ojo y sabía que algo le pasaba por la cabeza.

La música subió de volumen. Leire y Koldo aparecieron por allí con los gemelos. Más gente. Nos rodearon, divertidos, haciendo comentarios sobre mi chapuzón en la piscina.

—Jamás he visto un KO tan limpio. De verdad.

—¿Alguien lo tiene grabado? ¡Que lo comparta por WhatsApp!

—El chándal te queda estupendamente. ¡Es tan ochentero!

Aguanté el papelón un buen rato hasta que noté que Erin había desaparecido. Me disculpé y fui a buscarla, pero debía de haber salido. Me encontré con Leire en la puerta del jardín y le pregunté por ella.

—Creo que la he visto subir por las escaleras. Igual iba a su cuarto.

A Erin le habían construido un dormitorio de princesas en la parte más alta de la casa. Subí las escaleras y dejé atrás el ruido de la fiesta. Llamé a su puerta y entré. Estaba sentada en su cama, mirando por un tragaluz.

—¡Eh! —dije tocando la puerta medio abierta—. ¿Se puede?

Ella ni se giró. Siguió mirando la noche, de espaldas.

—¿Pasa algo?

—Quiero estar sola, Álex.

—Pero ¿qué pasa? ¿Es por la pelea?

Ella bajó la cabeza, negando. Yo di dos pasos hacia ella. No más.

—¿Qué?

—Ni siquiera te das cuenta. Bueno...

—Cuenta ¿de qué?

—Del problema. Eres así con todo, Álex. Llevamos un año juntos y sigo teniendo la sensación de que no te conozco.

—Pero ¿de qué estás hablando?

—Ayer nos despertamos juntos, en la cama. Te dije que confiaras en mí. Que si tenías algún problema, podías contármelo. Soy tu novia, Álex. Se supone que puedes contarme las cosas importantes, ¿no? Entonces, ¿por qué no me hablaste de esa fiesta, de esos recuerdos que tenías?

—No estaba seguro de que eso fuera real, eso es todo.

—Incluso eso me hubiera interesado. Yo te habría escuchado. Te habría ayudado. Y desde luego, no habrías necesitado montar este escándalo, porque conozco a Ane y a Carlos.

—¿De eso va todo? —dije yo—. ¿Del escándalo?

—No, ni mucho menos. No seas idiota.

Resoplé.

—Esto va de confianza, Álex. De confiar el uno en el otro. Me ha dolido mucho tener que escuchar todo esto por primera vez. Imagínate que soy yo la que se ha caído a la piscina. Imagínate que de pronto te enteras de que he estado yendo a casas desconocidas, colándome dentro... sin decirte nada.

—Okey, vale. Tienes razón. Es que todo esto del accidente y la amnesia es algo muy surrealista... no... no quería agobiarte. Con todo eso del cole y los problemas que estás teniendo no quería molestarte.

—No me molestas contándome tus problemas, Álex. Es

lo que esperaría que hiciera mi novio. ¿O es que mis problemas te molestan a ti?

Era la primera vez que me peleaba con Erin y descubrí que era algo altamente desagradable. Me dolía el estómago o el corazón, o todo a la vez. Necesitaba que ella me perdonara, y estaba tan nervioso que metí la pata.

—¡Bueno, ya basta! No entiendo cómo te puedes enfadar así por una chorrada. Quise investigar una cosa por mi cuenta. ¿Acaso es un pecado tan grande?

—No es solo eso, Álex. Está la mentira del martes: «Me quedo en casa», y después te pillo volviendo en plena noche de un paseo. Y si solo se quedara ahí... Pero hay más.

—¿Qué?

—Sí, Álex. Yo... he apostado por ti todo este tiempo, pero...

—Pero ¿de qué hablas?

Erin tomó aire y lo soltó muy lentamente.

—Hace un mes, más o menos, Leire te vio entrar con la furgoneta en el aparcamiento del Eroski. Eran las nueve y media de la noche y estaban ya cerrando. Ella me llamó al llegar a casa, para hablar de otra cosa, y me dijo que te había visto. «Creo que le habrán cerrado la puerta en los morros.» Después te llamé, pero tenías el teléfono desconectado. Y al día siguiente, cuando hablamos, me dijiste que «te habías ido pronto a la cama, sobre las nueve»... Primero pensé que Leire se habría equivocado. De hecho..., he intentado pensarlo hasta hoy. ¿Por qué me mentiría Álex con una cosa así? A menos que tuvieras una buena razón...

—Yo no estaba allí. Leire se confundiría, sin más.

Erin se quedó mirándome fijamente. Dos ojos felinos que no se apartaban ni un milímetro del centro de mis pupilas.

—Mira, Álex. He intentado no pensarlo todo este tiempo, pero... es verdad. Denis tiene razón. ¡Trabajas cortando hierba en cuatro casas, pero siempre estás ocupado! Siempre estás en alguna parte, haciendo algo que al parecer no te permite cogerme el teléfono. Y no sé qué pensar, de verdad que no lo sé.

—¿Denis te ha dicho eso? Joder, a mí me parece que le encanta meter cizaña.

—Denis es un buen amigo en el que confío.

Me reí. No pude evitarlo. Era todo lo que se me ocurrió hacer.

—Vale, si te hace tanta gracia, es mejor que te vayas de aquí ahora mismo.

—¡Pero Erin!

—Álex —cortó ella—, por favor, déjame sola.

Salí de la habitación. Cerré la puerta y bajé las escaleras. Bajar era la sensación correcta. Mi corazón estaba también hundiéndose lentamente. El salón estaba lleno de gente. Sonaban más Stones: «You Can't Always Get What You Want».

Esquivé la fiesta. Conocía bien la casa y sus siete formas de entrar y salir. Me escurrí hasta el vestíbulo y salí de allí. El chico que se había dado un chapuzón en la piscina consiguió que no le viera demasiada gente. Solo un par de simpáticos borrachos en el jardín.

—¡Eh! La próxima vez ven en bañador, por si acaso.

Llegué a mi coche, triste. Entré y me quedé en silencio un rato. Después golpeé el volante. «¡Idiota!» Esa historia de Leire en el aparcamiento del Eroski era cierta. Fue un desliz imperdonable. Ahora Erin me había pillado mintiendo. ¿Qué podía hacer? Por el momento la cosa ya se había jodido bastante.

3

CARRETERAS SOLITARIAS

1

—¿Álex?

Alguien me aporreaba la cabeza. Y aquello dolía. Era como estar dentro del bombo de una batería de *death metal.*

—¿Álex?

Abrí los ojos. No era mi cabeza lo que aporreaban, sino una puerta. Y tampoco era un concierto de *death metal,* sino Dana. Pero sonaba como el martillo de Thor, y eso que yo estaba enterrado bajo dos capas de edredones y una almohada.

—Tienes a alguien al teléfono —insistió—. ¿Le digo que estás dormido?

—¿Qué? ¿Al teléfono?

Estaba tan atontado que saqué la mano de debajo del edredón y cogí el teléfono de mi mesilla. Entonces me di cuenta de que se refería al teléfono fijo.

—¿Lo vas a coger?

—¡Sí! ¡Voy! ¡Voy!

Salí de mi maravilloso refugio de algodón sintético. Me senté en la cama y la resaca me dio los buenos días. Por un instante, volví a sentir que no recordaba nada. ¿Qué había pasado el día anterior? ¿Qué hice al salir de casa de Erin? ¿Por qué tenía la lengua como una lija y la cabeza como una esponja mojada?

Pero mi memoria, tan escurridiza para ciertas cosas, vino a caer como una losa con los recuerdos de la noche pasada.

Lo recordaba todo, claro que lo recordaba. La fiesta, el chapuzón, Carlos el gigante y la bronca posterior con Erin. Me sentía como una auténtica mierda al salir de la casa de los Izarzelaia. Tenía ganas de llorar, de gritar, de atizarle a alguien —¿a Denis, por ejemplo?—, pero en vez de eso me fui a tomar una copa.

Fui al Blue Berri con la vaga esperanza de encontrar allí a Txemi Parra —sería genial poder beber con un amigo y llorar sobre su hombro—, pero en el Blue Berri, esa noche, no había quien encontrase a nadie. Había una fiesta de Halloween y todo el mundo estaba disfrazado de monstruo: vampiros, fantasmas, zombis... Mi cara de entierro le pegaba bastante bien a todo, así que me acomodé en la barra y pedí una jarra de cerveza.

En el escenario tocaba una de esas bandas de pospunk surgidas en pequeños pueblos, donde se puede ensayar con amplificadores de cien vatios hasta las dos de la madrugada y solo molestas a las vacas. La guitarrista era una especie de diva del tatuaje, pelirroja, con más *piercings* que acordes en la guitarra... Cantaba en euskera y, aunque yo no entendía nada, creo que tenía el corazón roto y estaba enfadada con el mundo.

Bueno, en eso estábamos igual.

Me bebí cuatro jarras de cerveza antes de aceptar un Jäger de una chica disfrazada de princesa Leia. Después, ya en caída libre, me lancé un par de cubatas gaznate abajo. El colocón me hizo ver las cosas desde otra óptica (la estúpida) y pensé en llamar a Erin y contarle la verdad. «Sí, es cierto. Esa noche estaba en el Eroski, te mentí, aunque no es lo que piensas... De hecho, ni te lo imaginas.»

Pero después, incluso con ese nivel de atontamiento neuronal, me controlé. ¿Hablarle de mi trabajo nocturno, de mis deudas? Si hubo un momento para hacerlo, ya había pasado. Ahora sonaría a una petición de dinero. No... No... La verdad era algo inaceptable. Justo ahora que Joseba me había ofrecido ese trabajo, justo ahora que un horizonte perfectamente azul se abría ante mis ojos, no podía joderla, y decir la verdad era joderla a nivel olímpico.

—¿Álex? ¿Vas a bajar?

—Vooooy.

Me puse en pie, tambaleante. La cabeza me dolía ahora por dos partes. Delante y detrás. Era como un balón del Mundial de fútbol después de un partido con dos prórrogas y tanda de penaltis. Bajé las escaleras hasta la cocina. Según llegaba, oí a mi abuelo hablando por teléfono.

—Desde luego... Hace mucho tiempo que no te veo. ¿Cómo está tu madre? Ah..., vaya, lo siento mucho. Mira, aquí está Álex. Te lo paso.

Cogí el teléfono de las manos de mi abuelo.

—¿Sí?

—¿Álex? —preguntó una mujer.

—Soy yo.

—Hola, Álex, soy Ane. ¿Te acuerdas de mí...? La mujer de Carlos Perugorria. Carlos..., el que te lanzó a la piscina anoche.

Al instante me vino a la cabeza esa bella mujer pelirroja con el vestido abierto por la espalda.

—Ane. Claro.

—¿No me recuerdas?... Sí, ya me han dicho que no recuerdas nada. Pero Carlos me ha puesto al día... Está muy arrepentido, ¿eh? —Se rio un poco.

—No pasa nada.

—Mira. Hemos pensado que podrías venir por casa un día, cuando quieras. Organizamos una cena o almuerzo... Carlos me ha contado que habías venido a la casa para intentar recordar algo, ¿no? Pues quizá te ayude... —Se rio de nuevo—. ¡Es todo tan surrealista!

—Lo es.

—Okey. Perfecto. Hoy estoy por trabajo en Berlín, pero mañana llego a Illumbe. ¿Te parece bien mañana para el almuerzo?

—Perfecto.

Colgué.

Dana estaba con el abuelo en la terraza. Hacía un día bonito, incluso con la amenaza de lluvia. Una brisa templada peinaba la hierba y nos enredaba el pelo. Dana regaba algunos tiestos y el abuelo se las veía con un crucigrama.

—Tienes cara de necesitar un café *carrgado* —dijo Dana al verme salir.

—Sí, por favor.

—¿Es verdad eso de que te peleaste con su marido? —preguntó mi abuelo.

—Fue un malentendido. ¿Tú conoces a Ane?

—Claro, y tú también. ¿No la recuerdas? Pelirroja. Guapa... De niño se pasó horas contigo.

Me vino la imagen de una chica pelirroja, en la playa, jugando conmigo.

—Sí, creo...

—Tu madre, Mirari y ella estuvieron siempre muy unidas.

Las llamaban «la ameba» porque eran como tres hermanitas inseparables. Bueno, al menos lo fueron.

La historia de la infancia de mi madre era como un gran misterio para mí. Después de irnos de Illumbe a Madrid, apenas volvimos por allí. Mi madre, además, era bastante hermética. No solía contarme demasiadas historias. Y mi abuela, que al parecer era la que hablaba hasta por los codos, se había muerto hacía cuarenta años. Así que todo estaba enterrado en unas cuantas capas de historia, como supongo que les sucede a muchísimas familias. Pero Mirari me había contado que, hace cuatro años, mi madre vino de visita y pasó unos días en casa. Fue la última vez que la vio en Illumbe.

Llegó Dana con una cafetera recién hecha.

—Pues resulta que yo me he enterado de algunas cosas —dijo—. Sobre esa casa que me dijiste, Gure Ametsa. Es donde viven ellos, ¿no?

Me serví una larga taza de café negro.

—Mi amiga Candela conoce a Dolores, la chica que tienen de interina. Si quieres, te doy el informe completo.

Recordé a Dolores, la mujer que me había abierto la puerta.

—En la casa viven Ane, Carlos y un hermano de Carlos, un tal Roberto. Un hombre muy extraño, según Dolores.

—Le conocí. Pensaba que era el guardia.

—Pues no: es el hermano. Parece que estuvo en el ejército o algo así, pero tuvo algún problema mental y lo licenciaron. Siempre está solo, con sus perros, dando largos paseos por la zona. Dolores dice que es un tipo escalofriante.

—Eso me pareció a mí también.

—Y Carlos tampoco parece trigo muy limpio. Se hizo millonario de golpe y porrazo, con una promoción de casas en

Cantabria. Después ha seguido construyendo y ampliando su imperio, una empresa llamada Urtasa, pero hay muchos rumores sobre él. Conexiones con gente peligrosa, corruptelas...

—¿Urtasa? —dijo mi abuelo—. Vaya, no me digas que Ane se casó con ese pedazo de besugo.

—¿Lo conoces?

—A él no, pero sí sus ideas... Quería construir una docena de chalés aquí, en Punta Margúa. Nos ofrecieron dinero por la casa y todo.

—Y ¿Ane? —dije yo.

—Ane es buena chica, aunque tiene bastante mala puntería con los hombres.

—Ella se dedica a algo relacionado con el arte —siguió diciendo Dana—. Compra y vende cuadros. Se pasa el día viajando.

—Yo conocía a su padre —intervino de nuevo el abuelo—, se ahogó en el mar del Norte, en una planta de gas que se vino abajo. Ane y su madre pasaron calamidades para sobrevivir.

—He oído que su primer marido también se mató —dijo entonces Dana—. Al parecer fue un accidente, cuando iba borracho.

Mi abuelo tardó en contestar. Es como si aquello le hubiera incomodado un poco.

—Así es. Fue una mala cosa. Precisamente tu madre estaba aquí, en el pueblo, cuando todo eso ocurrió. Me alegré de que pudiera estar con Ane en un momento así... Pero bueno, ¡basta ya de tanto cotilleo! Tengo que terminar el crucigrama...

Mi abuelo se irguió otra vez y perdió la vista en el horizonte. Unas gaviotas muy chillonas revoloteaban cerca de la casa y las miró como si pensara en algo más.

Aquel par de cafés cargados me devolvieron a la vida. Nada más salir de la ducha cogí el teléfono y llamé a Erin. Solo quería hablar con ella. Escuchar su voz. ¿Qué iba a decirle? Que lo sentía, que me perdonase, que quería arreglarlo... Pero todos estos buenos deseos se estrellaron contra los tonos del teléfono. Erin no lo cogió.

Le escribí un wasap: «Siento mucho que nos peleáramos. Me encantaría poder verte hoy y hablar».

El doble *check* azul indicó que lo había leído, pero no contestó nada.

«*Shit.*»

Me puse a mirar las noticias. Había pasado una semana exactamente y no había nada sobre Félix Arkarazo. Su cadáver no había aparecido, pero tampoco se había dado aviso de su desaparición. ¿Es que nadie le echaba de menos? Hay gente así de solitaria, gente que se muere y se seca en la soledad de un apartamento sin que nadie se entere. ¿Era Félix Arkarazo uno de estos?

El único suceso mortal que aparecía era un accidente múltiple en el alto de Artaza. Un ciclista había perdido la vida por culpa de un idiota que iba demasiado rápido con su coche. En Fika, un enjambre de avispas había atacado a una señora cuando intentaba echarlas de la caja de su persiana a escobazos. Las avispas se le enredaron en el pelo y su hijo la salvó metiéndole la cabeza en un cubo de agua. Casi la ahoga, pero las avispas murieron primero.

Por lo demás, todo eran noticias amables. Un cerdo de ciento ochenta kilos había ganado un concurso en la feria rural de Ajangiz. La trainera del Kaiku volvía a ganar una regata después de varias décadas. Y el Athletic seguía celebrando que el miércoles le había metido tres al Espanyol.

Empezó a llover, así que pensé que era un momento perfecto para leer el libro de Félix. ¿Quizá podría encontrar alguna pista entre sus páginas? ¿Algo que explicase por qué habíamos terminado juntos en aquella vieja fábrica? Me leí casi cien de una sola tacada. Era una historia entretenida, llena de pequeños relatos de lo más curiosos y personajes muy creíbles (tan creíbles que eran de verdad, según Erin). Uno de ellos concretamente —llamado Asier Madariaga en el libro— me pareció que hacía alusión a Joseba Izarzelaia. En el libro lo presentaba como un hombre ingenioso que había trabajado a destajo por levantar su empresa, pero que había terminado vendiendo su alma al diablo al aceptar dinero de un tal Enrique Pando —¿Eduardo Sanz en la vida real?—. Desde luego, la historia era muy parecida a la de Joseba. En el libro, además, se mencionaba un tercer socio —Aitor Magunazelaia—, que fue traicionado por los otros dos. ¿Podía esa historia tener tintes de realidad? ¿Tuvo Joseba otro socio en el pasado?

Con el libro todavía entre las manos, volví a pensar en Félix. ¿Sabía lo suficiente sobre él? Volví a internet y me puse a buscar más información. Encontré su página web y su perfil de Facebook, en el que tenía casi cinco mil amigos —casi cinco mil amigos y nadie le había echado de menos en una semana—. En uno de los últimos *posts* de su perfil había colgado una entrevista grabada para el programa *Página 2* de Televisión Española. Allí estaba él, con sus barbas y sus gafitas, hablando por los codos. Me estremeció verle, vivo, contestando con su voz aflautada, un poco infantil.

—¿Qué opina de la polémica que el libro suscitó en su pueblo? —preguntaba el entrevistador—. Se dice que ha sido usted abucheado, incluso víctima de algún ataque físico.

—Yo crecí en ese pueblo —decía Félix—, y lo conozco bien. Me da pena cómo se lo están tomando.

—¿Es cierto que ha recibido alguna amenaza de muerte?

—Es cierto.

—Ha comentado en entrevistas que está escribiendo una segunda novela, ambientada en Illumbe. Quizá alguien tema lo que vaya usted a desvelar en ella...

—Desde luego —respondía Félix—, eso podría ser. En mi nueva novela pienso resolver un viejo misterio que lleva años sin que nadie le preste la debida atención.

—¿Puede adelantarnos algo?

Félix negaba con la cabeza y sonreía.

—Tendrán que comprarse el libro.

Ese libro en cuestión, la secuela, no había llegado a publicarse todavía. Rastreé internet durante un buen rato, pero solo constaba una obra del autor. ¿Qué habría pasado con esa segunda novela que mencionaba?

«¿Es posible que todo esto tenga relación con esa segunda novela?»

Mientras tanto, seguía lloviendo a mares y el teléfono estaba en silencio. El mensaje que le había enviado a Erin seguía allí, sin respuesta. Iba a llamarla otra vez, pero me contuve. Me había pedido tiempo. Vale. Se lo daría.

Entonces sonó un tono de mensaje y casi salté sobre el colchón. Cogí el teléfono ansioso por leer su nombre en la pantalla, pero no era ella, sino Txemi Parra, que por fin daba señales de vida.

Acabo de volver de Madrid y he oído tu mensaje. ¿Todo bien?

Iba a escribirle de vuelta, pero preferí llamarle.

—¡Álex! Siento el desconecte. Ha sido una semana de locos en Madrid. No he parado ni un segundo.

—Me imagino que no te has enterado de nada.

—¿De qué?

Le expliqué toda la historia: mi accidente, mi amnesia, mis intentos desesperados por localizarle. Txemi tardó un poco en reaccionar, casi llegué a pensar que se había largado.

—Guau... Tendrías que escribir un guion con todo eso.

—Quizá.

—Bueno, es viernes, pero con esta lluvia no puedes segar. ¿Te apetece una cerveza?

—Pues ahora mismo estoy bastante libre —dije—. Erin me ha mandado a freír espárragos...

—¡Oh! Necesitas una sesión de birra-análisis. ¡Ven ya!

2

La casa de Txemi estaba ubicada en uno de los valles interiores cercanos a Illumbe. En la clasificación de casitas chulas de la zona, gozaba de un cómodo puesto en el top diez (puesto merecido sobre todo por su *jacuzzi* al aire libre y su horno de leña para hacer pizzas). Txemi se la había comprado con el dinero que ganó en sus tiempos de *Piso de estudiantes*, una serie que estuvo ocho temporadas en el aire. Pero aquellos tiempos dorados habían perdido ya su brillo. La serie se acabó y Txemi no había vuelto a enfilar nada interesante. No le costaba confesarlo: ahora se dedicaba a hacer doblajes, anuncios y alguna obra de teatro. Y a vivir de unos ahorros que se iban consumiendo a una velocidad preocupante.

Apareció tras la puerta, vestido con un esponjoso albornoz de color rosa.

—Tengo seis Trappistes Rochefort en la nevera y unos nachos en el horno. ¿*Mario Kart*?

—Sí, por favor —dije.

Nos sentamos en el salón, delante de un pantallón de setenta y cinco pulgadas, y nos sumergimos en el mundo de carreras de Mario y Luigi mientras bebíamos birra y devorábamos una bandeja de nachos con un centímetro de queso encima. Mientras tanto, a petición mía, Txemi relató lo que había sucedido el viernes anterior.

—Ane me llamó al mediodía. Sonaba histérica porque su jardinero estaba con gripe y tenía la campa como una leonera. Me preguntó si conocía a alguien y le dije que sí, que justo estabas segándome la hierba. Te dije que era una buena oportunidad, porque los Perugorria tienen un jardín muy grande y, si les gustabas, igual te daban más trabajo.

—Vale —dije—, eso es más o menos lo que recordé cuando estaba debajo del agua.

—¿Es verdad que Carlos te empujó a la piscina? —Soltó una carcajada—. Guau. Qué pena perderme esa fiesta.

Estábamos corriendo en Donut Plains, uno de mis circuitos favoritos del *Mario Kart*, y Txemi me preguntó por el accidente, por la amnesia. Le dije que había logrado recordar la fiesta en casa de Ane y Carlos.

—¿No te invitó Ane?

—Sí —dijo Txemi—, pero me salió esto de Madrid y no fui.

—¿Los conoces bien? A Carlos y Ane...

—A Ane, sobre todo. Tuvimos un lío cuando yo era un querubín y ella tenía veinte. Bueno..., me desvirgó.

—¿Qué? ¡No me jodas! —Me eché a reír.

—Esto es un pueblito de costa, Álex. Nuestra ratio de locuras supera cualquier marca. Y yo también era un ser apetecible a los dieciséis. El caso es que desde entonces nos llevamos muy bien. Sigue estando buenísima, por cierto. No me importaría hacer un *revival* con ella; pero claro, Carlos es... muy grande.

Intenté que no se me notase demasiado el interés superlativo que tenía en la siguiente cuestión.

—¿Te suena un tal Félix Arkarazo?

La mención hizo que Txemi perdiera el control del kart por un segundo.

—¿Félix? Claro, ¿por qué?

—Bueno, estuvimos hablando en la fiesta de Ane. No sabía nada de él, de su libro y todo eso. Un tipo interesante, ¿no?

—Un tipo peculiar, dejémoslo ahí. —Hizo derrapar su kart—. De pequeño era el gafitas del pueblo. ¿Sabes el clásico gafitas al que todo el mundo patea? Ese era Félix. Vivió demasiado tiempo con su madre, creo yo. Cuando pasó lo de la novela, se vino arriba. Se puso muy chulo, no sé..., supongo que era su forma de vengarse.

—Me la estoy leyendo justo ahora. ¿Vas a aparecer en algún momento?

Txemi se rio.

—No, en esa no, pero quizá en la siguiente...

Me pareció que la frase contenía un temor real. Le pregunté por qué.

—Hace un par de años, Félix me llamó para hablarme de la adaptación de su novela al cine. No sé... Fue una conversación muy rara. Quería que yo encarnase al protagonista principal, que iba a apoyarme en la productora y tal. Ya puedes imaginarte cómo me puse de contento: incluso le invité a una fiesta en casa, con unas amigas. Pero el tío es un palizas. Empezó a llamarme casi todos los fines de semana para salir y yo pasé un poco de él. Es un pobre diablo solitario, sin familia ni amigos.

—Vaya, eso explica...

—¿Qué?

—Nada, nada, sigue.

—El tío se compró un chalé en la urbanización de Kuku-lumendi, se apuntó al club deportivo. Quiso ser lo que nunca había sido: alguien popular. Y supongo que yo formaba parte de su plan. Entonces me escribió diciendo que se estaba plan-teando otro actor... ¡Se había enfurruñado! Pues que le den...

Bowser acababa de lanzarme a la cuneta y la princesa Peach había ganado la carrera por tercera vez.

—Oye, pero ¿qué te pasa con Erin? —cambió entonces de tema Txemi—. ¿Es verdad que estáis enfadados?

Le expliqué todo el asunto del Eroski y de cómo Erin me había pillado mintiendo.

—Bueno, algún día ibas a cometer un fallo —dijo él.

Txemi lo sabía todo sobre mi pequeña «chapuza» al mar-gen de la ley. De hecho, fue él quien me dio la idea de co-menzarla, en una de esas tardes de cervezas después del tra-bajo. No sé cómo llegamos al tema exactamente. Supongo que yo me puse a hablar de mis aventurillas en Amsterdam y de cómo había hecho algunos contactos tenebrosos mientras intentaba sobrevivir en aquella ciudad. Así es como termina-mos hablando de cosas como el kamagra, los mildronates... «Eso aquí tiene un mercado gigantesco —me dijo Txemi—. Conozco mucha gente que está loca por encontrar un tío serio que pase buen material.»

Al principio me negué en redondo. Había hecho alguna que otra chapuza en Amsterdam, solo para sobrevivir en épo-cas difíciles, pero aquello no era para mí. Sin embargo, nece-sitaba el dinero y aquella era la manera más rápida de conse-guirlo. Una semana más tarde le dije a Txemi que lo haría «solo hasta pagar mi deuda». Podría usar un sistema de entre-ga «ciega», y así nadie me conocería.

«Nadie sabrá jamás quién eres... —dijo Txemi—. Bueno, nadie excepto yo.»

—¿No deberías hablarle de ello?

—¿A Erin? ¿Estás loco? Eso sería como colgarme de una soga. Ya me siento suficientemente fuera de órbita siendo un jardinero como para contarle que soy un camello.

—Pero lo haces para pagar una deuda que contrajiste para ayudar a tu madre. Creo que eso es un atenuante, ¿no? Además, su familia podría echarte una mano. Tienen dinero.

—No pienso pedirles nada. Solo quiero terminar con esto. Me queda una bolsa entera, y en cuanto la venda bajaré la persiana.

Tomamos otro par de birras y a las siete y media me tuve que largar. Txemi había invitado a una chica a cenar. Una monada que apareció por allí con un vestido bien pegadito y una sonrisa de quitar el hipo. Además, esa noche tenía algunas cosas pendientes. La primera: llevar la bolsa Arena a un escondite seguro. La segunda: trabajar un poco.

Escribí unos cuantos mensajes:

Estoy de ronda. ¿Algún interesado?

Respondieron unos cuantos clientes y llegaron las notificaciones de sus ingresos: ciento cincuenta, cien, doscientos... Irati, la chica de los mildronates, no decía ni pío, así que insistí un poco:

Tengo tus mildros listos, ¿aún los quieres?

Comenzaba a anochecer. Conduje hasta el Blue Berri. Se notaba algo de ambiente, pero llovía y el aparcamiento estaba tranquilo. Aparqué en la parte más alejada. Aquel lugar no tenía farolas y estaba bastante oscuro. Había una zona infantil con columpios de los tiempos en los que aquello era un restaurante. Ahora estaba todo en ruinas, pero todavía quedaba un columpio hecho con un neumático. Saqué dos cajas blancas de uno de los pedidos, las envolví en una bolsa de plástico y las metí en el hueco del neumático. Después envié un mensaje con la localización y escribí lo siguiente:

En el columpio, dentro del neumático.

Seguí con la ronda. Había una parada de autobús en medio de la nada, entre Mujika y Metxika, cuyo banco de plástico tenía un hueco perfecto. Planté un par de cajas. Una papelera en el aparcamiento del Eroski y los vericuetos de una de esas horribles esculturas de rotonda fueron los otros dos *drop-deads* de la noche. El sistema, aunque puede parecer endeble, se había demostrado bastante seguro. Apenas había perdido un par de cajas en un año.

Terminé con las entregas y conduje en dirección al mar. Había un antiguo almacén de maquinaria agrícola en las faldas del monte Sollube. En su momento me pareció incluso más idóneo que la fábrica porque estaba muy cerca de la carretera y tenía muchos huecos donde esconder una pequeña bolsa. Pero tenía un problema, claro: un gigantesco cartel de SE VENDE en el frontal del negocio. Hasta que encontrara otro escondite más fiable, decidí que sería el nuevo hogar de mi bolsa.

No quería que nadie viese el Mercedes aparcado ahí fuera,

así que conduje montaña arriba en busca de algún lugar discreto donde parar. Finalmente encontré un restaurante, a unos dos kilómetros. Estaba demasiado lejos, pero era mi única opción. Aparqué tan a resguardo como pude y me preparé para mi *trekking* nocturno.

Me coloqué una linterna frontal, y unos zapatos de suela especial para el barro. Llovía, pero la bolsa Arena contenía una bolsa hermética de plástico, al vacío, que protegía la mercancía de la humedad. Me la eché al hombro junto con la mochila de útiles.

Bajé durante media hora sin mayores complicaciones. Llovía a raudales, pero eso era bueno: alejaba la posibilidad de encontrarse con nadie.

La última vez que estuve por allí no había perros, aunque de eso habían pasado unos meses, así que anduve con cuidado. Llegué hasta la pared y me pegué a ella. La lluvia caía como una manta de agua por el valle. Algunos caseríos, lejanos, enclavados en lo alto, eran los únicos testigos de mi incursión.

Cogí una piedra y la lancé a través de una de las ventanas rotas del almacén, con el objetivo de provocar algún tipo de movimiento. Si había un chucho dormido, lo despertaría. Oí el ruido de la piedra reverberando dentro de aquel pabellón y nada más. No parecía haber nadie, así que salté dentro.

Mi linterna frontal iluminó un espacio más pequeño que la fábrica Kössler y también bastante más limpio, a decir verdad. Las antiguas oficinas estaban arriba, en un piso flotante. «Una buena opción», pensé. Subí las escaleras y me dirigí a la oficina: una puerta de cristal esmerilado donde se leía la palabra DIRECCIÓN. Al otro lado había una habitación repleta de trastos apilados en una esquina. Viejas máquinas de escribir de metal, sillas, un escritorio. Todo embrollado contra un gran armario metálico. Ese armario me pareció jugoso, un archivador enorme y profundo. Aparté algunas cosas y logré abrir una de sus puertas. Estaba lleno de papeles comidos por la humedad, pero tenía el suficiente espacio para albergar mi bolsa. Joder, era perfecto.

Me aprovisioné de algunas cositas para no tener que volver en una temporada. Irati, la chica de los mildronates, no respondía. Bueno, no podías pedir que la gente estuviera lista para salir a jugar a la búsqueda del tesoro cuando tú quisieras, así que cogí su pedido, cerré la bolsa y salí de allí.

El camino de regreso fue más fácil —siempre es más fácil subir que bajar—, pero aún llovía a mares. Llegué al coche y saqué ropa de recambio del maletero. No quería tener más sorpresas inesperadas esa noche.

3

Conduje bajo una intensa lluvia por la carretera del mar y llegué a Illumbe en veinticinco minutos de reloj. Según llegaba a la altura de la Repsol, detecté un resplandor en lo alto de la colina. Un resplandor azul como el que suelen emitir los coches de policía. Casi siguiendo un instinto automático, frené y entré en la gasolinera. Aparqué el Mercedes a un lado y miré otra vez. En efecto, había una especie de resplandor azul en lo alto de Punta Margúa. ¿La policía?

Salí del coche y entré en la tienda de la gasolinera. Ketxus, el empleado —un chaval de pelo rojo y con más de quince *piercings* visibles—, estaba aburrido en su silla, mirando el móvil.

—Oye, ¿ha pasado algo? ¿Has visto poli?

—Sí, hace un rato... —dijo distraído—, me ha parecido ver una ambulancia.

Un poco más nervioso, salí de ahí. El resplandor azul se veía con claridad por encima de los árboles del monte. Entré en el coche y miré el teléfono. Solo entonces vi que tenía tres llamadas perdidas de Dana y un mensaje:

Álex, ven a casa cuando puedas. Ha pasado algo con tu abuelo.

El mensaje de Dana no era demasiado explícito, y esos suelen ser los peores.

Arranqué y salí de allí atolondradamente. Un coche patrulla estaba parado frente a las verjas. También había una ambulancia. En esos pocos segundos que tardé entre el coche y la casa pensé que el abuelo había muerto.

«Se ha suicidado», me decía a mí mismo, recordando esa frase que me había dicho la noche anterior: «No quiero ser una molestia para nadie». Y si era cierto, el corazón me iba a reventar de tristeza y culpabilidad.

Había luz en el salón, así que atravesé el jardín hasta la terraza. Entonces, llegué a la puerta y vi a mi abuelo sentado en un sofá, en pijama.

¡Vivo!

Una enfermera le estaba tomando el pulso y Dana estaba sentada a su lado. Toqué en el cristal y vino a abrirme. Todavía llevaba una gabardina puesta. Ella también parecía recién llegada de alguna parte.

—¿Qué ha pasado?

—Parece que había alguien merodeando por la casa. Tu abuelo le ha visto.

—¿Qué?

—Al parecer ha disparado con su escopeta y después ha llamado al 112.

—¿Qué?

Entré a todo correr y me arrodillé junto al abuelo. La enfermera que le atendía me hizo un gesto con la mano como pidiendo calma.

—¡Eh! ¿Qué ha pasado, *aitite*? ¿Estás bien?

Mi abuelo estaba visiblemente alterado, pero intentaba mantener su flema.

—Un ladrón de gallinas —dijo—, que se ha equivocado de gallinero.

—¿Es verdad que le has disparado?

—Sí, pero no a dar, ¿eh? Ha salido corriendo el muy cobarde.

Vi bajar a dos ertzainas por la escalera. Joder, eran Nerea Arruti y el agente Blanco, los mismos con los que había charlado tres días antes. El agente Blanco portaba una escopeta de caza en las manos. Era la escopeta del abuelo. De niño solía pedirle que me dejase jugar con ella y mi madre se ponía hecha una furia.

—Vaya casualidad —dijo Arruti al verme.

—Y tanto —dije yo.

Dana se adelantó.

—¿Han encontrado algo?

—Por ahora solo hemos encontrado el disparo —contestó—. Jon le ha dado de lleno al césped, nada más.

Blanco desmontó la escopeta y dejó las piezas en el suelo de la entrada. Después sacó una linterna y salió por la puerta del jardín, que seguía abierta.

—Voy a echar un vistazo fuera.

Arruti se acercó al abuelo y se puso en cuclillas frente a él. Sacó una libreta y le pidió que describiera lo sucedido.

—Me iba a ir a la cama y he bajado a comprobar que no quedase ninguna luz encendida abajo. Y de hecho, la luz de la cocina estaba dada. ¡Estos dos siempre se olvidan de quién paga la factura en esta casa!

Dana y yo nos miramos con media sonrisa.

—Entonces, según estaba allí, he oído un ruido en el salón. Me he asomado y he visto una silueta pegada a ese cristal. —Señaló uno de los grandes miradores del salón—. Primero he pensado que era mi nieto, que se había olvidado la llave y estaba intentando abrir la puerta. Pero luego he visto que llevaba un pasamontañas.

—¿Llevaba la cara tapada? —dijo Arruti.

—Sí. Era uno de esos viejos pasamontañas de ojos recortados. Así que ni me lo he pensado. He subido a mi despacho, he cargado la escopeta y me he asomado con idea de sorprenderlo. El tipo estaba ya encaramado a una de las ventanas. La había logrado abrir y creo que ya tenía una pierna dentro de la casa.

Mi abuelo hizo una pausa para tomar aire. La enfermera dijo que «quizá era mejor esperar un poco».

—Tranquila —le dijo mi abuelo—. Aquí donde me ves, no es el primer tiroteo que vivo. He disparado a piratas en el Índico. Y una vez, frente a Venezuela...

—Prosiga —dijo Arruti—, por favor. ¿Le ha dado el alto o algo?

—No. Le he encañonado desde arriba y he disparado a modo de aviso. A la hierba. Es el mejor de los avisos.

—Joder, *aitite* —dije yo, y Arruti chascó la lengua.

—Podría haberle herido.

—Tengo buena puntería —replicó Jon—, y si le dejo cojo, él se lo ha buscado.

Arruti no dijo nada, solo un gesto para que mi abuelo terminara el relato.

—Entonces el ladrón ha salido corriendo y ha desaparecido. Se ha perdido entre las sombras, en dirección al acantilado. Y he llamado al 112.

—Vale, ahora tómese un pequeño tranquilizante —dijo la enfermera—, que le va a sentar bien.

—Prefiero un brandi. Álex, ¿puedes traerme uno?

Me levanté, fui al mueble bar y me puse a prepararle una copa. Entonces apareció Arruti a mi lado.

—Cuando puedas, quiero hablar contigo a solas.

—Vale —dije señalando la cocina—, en un minuto.

Le di la copa al abuelo y le dejé con Dana y la enfermera. Después me deslicé hasta la cocina. La puerta estaba abierta, entraba una brisa muy fría y se veía la linterna de Blanco por los acantilados. Le ofrecí a Arruti una de las sillas. Nos sentamos.

—Me ha dicho ¿Dana?, ¿se llama así?, que tu abuelo tiene algo de alzhéimer o demencia.

—Todavía no hay un diagnóstico firme, pero sí, parece que tiene algunos síntomas.

—¿Síntomas?

—Pequeños despistes, olvidos..., aunque no sabemos si son neurológicos.

—No entiendo...

—Bueno... Mi madre murió hace dos años. Tuvo un cáncer... fulminante. Fue un puñetazo para todos, pero en el caso de mi abuelo, quizá llegó a tocarle la... —Me señalé la cabeza—. He leído que podría ser algo psicológico.

—Vaya, lo siento —dijo Arruti—. En cualquier caso, tengo la obligación de llevarme el arma. Para empezar, no estaba correctamente almacenada. Y además, tu abuelo no ha renovado la licencia, y por otro lado dudo que pueda hacerlo. Tendría que multaros por ambas cosas, pero lo vamos a dejar ahí, ¿de acuerdo?

—Vale.

—Otra pregunta: ¿había tenido algún episodio parecido?

—¿Se refiere a disparar?

—En general. Ver cosas. Intrusos...

—Pero ¿es que dudan de su relato?

—No. Aunque la puerta no tiene signos de haber sido forzada. Y la ventana tampoco. Si la han abierto, ha sido un verdadero experto. O quizá estaba abierta.

—Esa ventana da al norte. Con este frío, dudo que la hayamos dejado abierta.

—Vale —prosiguió Arruti—. Solo quería asegurarme. En cualquier caso, es un hecho común. Lo del ladrón. Últimamente hay bastantes asaltos en casas.

—¿De verdad?

—Sí. Y el *modus operandi* se parece. Entran probando suerte. Si se topan con alguien, salen corriendo. Si no, pues al lío. Lo único raro en el testimonio de tu abuelo es el pasamontañas. Es la primera vez que lo oigo. Es bastante rocambolesco.

—Vaya.

—En fin... —dijo entonces la agente Arruti—. Las buenas noticias son que no ha pasado nada. Y no creo que ese ladrón vuelva a arriesgarse en esta casa después del susto que se habrá llevado. No es muy normal que te saquen a tiros.

—Desde luego.

En ese instante vimos llegar al agente Blanco con su linterna. Llevaba el impermeable chorreando agua.

—¡Vaya nochecita!

—¿Has encontrado algo?

Negó con la cabeza.

—Lo más probable es que saliera corriendo hacia Illumbe. Hay un mirador a quinientos metros donde podría haber aparcado. Vamos, pero todo esto son conjeturas.

—¿Hay algún coche aparcado en el mirador? —preguntó Arruti.

Blanco negó con la cabeza.

—¿Y por el otro lado? —dije yo—. Por el camino del acantilado, hacia Bermeo, hay un viejo restaurante. Aunque creo que está cerrado.

—El mirador está más cerca —contestó Blanco—. Y estos chorizos siempre quieren el coche cerca por si pescan algo.

—De todas formas, podríamos ir a echar un vistazo —dijo Arruti.

—¿A estas horas? Ni loco —le replicó su compañero—. Ese camino es muy peligroso.

—Eso es verdad —le respaldé.

—Perdonadme, pero es que no soy de por aquí. —Arruti nos miraba a ambos—. ¿Por qué es tan peligroso?

—Por los desprendimientos —dije—. Esta zona de piedra lleva años teniendo fracturas por la erosión. ¿Ha visto las grietas que tenemos por la casa? —Señalé la gran fosa de las Kuriles, que cruzaba en diagonal el techo de la cocina.

—Estos acantilados eran una ruta muy popular los fines de semana —contó Blanco—. La gente iba de pueblo en pueblo y se paraba en el bar a tomar algo con las vistas. Pero un día un turista francés se mató en un desprendimiento. Eso tuvo muchísima controversia. Y meses más tarde, un vecino del pueblo apareció muerto en el agua. Se dice que fue un suicidio, pero la diputación no quiso arriesgarse más y puso todas esas señales de advertencia en el camino.

—Vaya. No sabía nada de eso —dijo Arruti.

En ese momento apareció Dana por la cocina. La ambulancia se acababa de marchar y dijo que iba a preparar algo rápido para cenar, ya que el abuelo debía tomarse su medicación y no podía hacerlo con el estómago vacío. Preguntó a los dos policías si querían algo.

—Puedo calentar un poco de caldo.

Arruti rehusó la invitación amablemente —«En realidad, nos vamos ya»—, pero Blanco, que estaba empapado de pies a cabeza, dijo que una taza de caldo no le vendría nada mal.

—Voy a guardar la escopeta en el coche y vuelvo ahora.

Nos quedamos Arruti, Dana y yo en la cocina.

—Por cierto, Álex, ¿cómo va la herida de tu cabeza? —preguntó la ertzaina.

—Ya apenas me duele, gracias.

—¿Y la memoria? ¿Has logrado recordar algo?

Asentí mientras trataba de pensar. Con Dana delante, debía tener cuidado con lo que decía.

—Fui a una casa a trabajar. Gure Ametsa, cerca del faro Atxur. Resulta que la dueña había sido muy buena amiga de mi madre. Me reconoció y me invitó a tomar unas copas. Por lo visto había una fiesta.

—Así que al final sí hubo una fiesta —dijo Arruti.

—¿De qué habláis? —preguntó Dana, que hasta entonces había parecido muy concentrada en lo suyo.

—Es una teoría que teníamos —expliqué—. Supongo que el viernes por la noche salí a dar una vuelta con algunos amigos. Quizá se me hizo tarde y dormí en la furgoneta, y después, de madrugada, tuve ese accidente conduciendo.

—Ah, vaya... Pero... no había nada de alcohol, ¿no? —preguntó Dana tímidamente.

Arruti se había recostado en la silla.

—No, para nada. Álex estaba bastante por debajo del límite —dijo—. Creemos que el accidente está más bien relacionado con la herida de su cabeza.

—¿Una *herrida*? Pensaba que eso era por el accidente.

Yo me revolví un poco en la silla. Hasta el momento, había mantenido un silencio sepulcral en torno al asunto de la herida. No me hacía mucha gracia que Dana se enterase de eso.

—En el parte de lesiones del hospital se ha anotado que su herida fue provocada por un objeto duro y puntiagudo, y que no es compatible con el accidente. Es muy posible que se la hiciera antes.

—¿Como si alguien le hubiera golpeado? —Dana seguía cortando algo sobre una tabla.

—Eso es —asintió Arruti—. Un golpe que, a la postre, pudo causar el accidente. Bueno, el golpe en sí mismo podría haber sido mortal.

En ese instante entró el agente Blanco en la cocina. Con su impermeable lleno de agua y una cara de frío importante.

—Uh... Ha bajado mucho la temperatura. Creo que ese caldo nos va a venir de perlas.

Yo aproveché la interrupción para levantarme con la excusa de ir al baño. En realidad, todo lo que quería era salir de allí y dejar de hablar de ese tema.

En el salón, mi abuelo estaba con su copa de coñac, junto a la ventana. Ahí había un tercer policía sacando huellas dactilares.

—No encontrará gran cosa —dijo el abuelo—. Seguramente el tipo llevaría guantes. Y con ese pasamontañas encima, ni siquiera habrá un pelo suyo por aquí. Aunque tampoco le veo buscarlos.

—¿Pelo? —pregunté.

—Para el ADN —dijo el abuelo—. Hoy en día, basta con una pestaña para pillar a un criminal. Un trozo de uña. Hasta sudor, he leído en alguna parte.

Esa frase me enfrió la sangre.

¡Una pestaña! ¡Sudor! ¡Yo sí que sudaba!

Estuve allí sentado, aguantando el papelón, hasta que Arruti, Blanco y el equipo de la Científica recogieron sus bártulos y nos dieron las buenas noches. Dana preguntó si no pensaban dejar una patrulla junto a la casa, pero Arruti dijo que no veían la necesidad de hacerlo. «Dudo que ese tipo se atreva a volver por aquí.»

El abuelo dijo que no tenía sueño, pero logramos convencerle de que se metiera en la cama. Le dije que dormiría en el salón a modo de guardia nocturna. Así que, para la hora bruja, la casa de Punta Margúa había recobrado la calma. Bueno, eso era un decir. Yo estaba de los nervios por ese comentario sobre el ADN.

Pero ¿en qué había estado pensando? Claro que el ADN me perseguiría. Hasta ese momento creía haber resuelto las cosas más urgentes: sacar la bolsa Arena de la vieja fábrica y hacer desaparecer el «arma del crimen». Pero ¿y el resto de mis huellas? Tarde o temprano, alguien encontraría a Félix Arkarazo yaciendo en el suelo de la fábrica. Un montañero, un mendigo o una parejita en busca de un poco de intimidad industrial. Una llamada al 112 y la Ertzaintza se presentaría en el sitio. No tardarían en darse cuenta de que allí no había ocurrido ningún accidente. Aquello era un asesinato en toda regla. Un agujero en la cocorota no es algo que te hagas de un resbalón. Se acordonaría la zona y vendría la Científica, como había dicho el abuelo. Los forenses comenzarían a rastrear el lugar en busca de pruebas. Un cabello, una huella, un trozo de piel bajo las uñas. Recordé la vomitona que no había podido contener cuando vi el muerto. Joder. La vieja fábrica era una piscina de ADN de Álex Garaikoa.

A las dos de la madrugada, seguía despierto, quemándome la vista delante del móvil. Leía y leía. Artículos sobre forenses, ADN, pruebas incriminatorias... Cómo borrar huellas dactilares. Cómo borrar tu ADN de la escena de un crimen. La *dark web* estaba llena de artículos al respecto. Incluso había unos tipos que se anunciaban como «limpiadores profesionales de cadáveres». Estuve tentado de pedir un presupuesto.

¿Qué tenía que hacer? ¿Volver a ese maldito lugar y pasar la aspiradora? ¿Poner una bomba? ¿Hacer desaparecer el cuerpo? Esta última me pareció una buena opción durante un rato. Sin cadáver no habría asesinato ni sospechoso. Pero ¿cómo hacerlo? Podría llevar unas cuantas latas de gasolina y hacerlo arder en la propia fábrica, aunque no tenía claro si eso eliminaría la conexión entre el muerto y mi ADN. También podía moverlo, llevarlo a otra parte, descuartizarlo y disolverlo en ácido como en *Breaking Bad*.

Todo esto, contando con que nadie lo hubiera hallado aún.

Soplaba un viento silbante, embrujado, y yo intentaba pensar en todo esto sumido en una gigantesca tormenta mental que mezclaba el miedo, la culpa y la sensación de que era un verdadero idiota por no haber caído antes. La grieta de mi habitación se había ensanchado. ¿Se estaba rompiendo la casa por fin? ¿Moriríamos los tres sepultados por el viejo tejado? La ansiedad alcanzaba cotas deliciosas.

Estuve caminando a orillas de la neurosis un rato. Pensé en suicidarme, después intenté relativizarlo todo: quizá la cárcel no fuera para tanto. Pero luego, no sé cómo, logré relajarme. Planeé ir la noche siguiente otra vez a la antigua fábrica. Mover el cuerpo de Félix era, sencillamente, demasiado arriesgado. Había muchísimas cosas que podían salir mal. Así que opté por una limpieza a fondo. Y con esa decisión en mente, por fin me dormí.

Esa noche tuve un sueño extraño. Yo estaba en la fábrica Kössler, caminando a tientas en la oscuridad. Entonces me encontraba con el muerto, con Félix, pero había alguien más a su lado. Una mujer rubia, de unos cuarenta, guapa, con una nariz recta y muy bonita.

—¡Eh! Tú eres la chica de los mildronates, ¿no?

Ella no decía nada. Solo me miraba con los ojos tan grandes como dos huevos. En ese instante lo notaba. Había alguien a mi espalda. Me daban un golpe y caía al suelo.

4

Dolores, la empleada doméstica de los Perugorria, me esperaba al final del sendero de entrada, junto al aparcamiento. Me hizo una señal para que metiera el Mercedes junto al Porsche Cayenne. Después, cuando salí, me miró con una media sonrisa. Supongo que se le pasaban un montón de chistes por la cabeza, pero se limitó a ser cortés.

—Acompáñeme.

Mientras nos dirigíamos a la casa observé la pequeña vivienda que había al fondo del terreno, en busca de ese «hombre escalofriante».

—¿No está Roberto? —pregunté.

—No lo sé, señor —respondió ella.

Subimos las escaleras y entramos en aquel elegante salón de mis recuerdos. Volví a sentir un cosquilleo en la nuca. Allí estaba Carlos Perugorria, de pie, con una camisa color blanco a juego con su sonrisa radioactiva. A su lado, sentada en el reposabrazos de un sofá color regaliz, había una mujer. Nuestra llegada interrumpió su conversación y entonces ella se giró. Lo primero que supe al verla fue que la conocía, y no solo de una semana atrás. De pronto, al ver ese rostro, llegaron a mí imágenes que parecían grabadas con una cámara Super-8. Recuerdos de veranos eternos, cielos azules y paseos por la playa. Tardes aburridas de lluvia o mediodías radiantes tostándome en la arena. Fantásticos combates en las olas, accidentes con bicicletas y heridas en las rodillas.

—¡Ane!

—¡Claro que me recuerdas! —dijo ella—. ¡Sabía que no te podías haber olvidado de mí!

—Es cierto..., te recuerdo —dije.

—Yo solía jugar mucho contigo en la playa, cuando eras un niño. Aunque supongo que ya no me parezco demasiado a ese recuerdo, ¿verdad?

Lo dijo con coquetería. Lo cierto es que era una mujer despampanante. Un cutis de diosa, una melena pelirroja que parecía pintada por Botticelli y un cuerpo bonito y bien esculpido en el gimnasio.

—¿Y Erin? —dijo entonces—. ¿No ha podido venir?

—No... Ella... Bueno, estaba ocupada.

Me costó un poco explicar esto.

—Es una chica fantástica —dijo Ane como si pudiera leer esa turbación en mis ojos—. Y guapísima, por cierto. Tenéis los dos mucha suerte.

Di las gracias, un poco amargamente.

—Me resulta todo tan extraño... —siguió diciendo Ane—. Entonces... ¿no recuerdas nada de nuestra conversación del otro día? Estuvimos hablando durante al menos veinte minutos. Sobre tu madre. Sobre ti...

Yo negué con la cabeza.

—Creo que tendremos que volver a empezar.

Cinco minutos más tarde estábamos sentados en un

sofá en el centro del salón, mientras Carlos preparaba unos combinados en el pequeño bar. Yo había dicho que sí a un Long Island Tea. Ane, un margarita. Sonaba música, pero no era Chet Baker, sino un viejo disco de Simon & Garfunkel. Le pregunté a Ane por los cuadros. Esa fiesta de los animales, le dije, era una de las primeras cosas que había recordado.

—Se titula *AniBall.* Es de Luca Makarashvilli, uno de los pintores de nuestra galería.

—¿Tienes una galería?

—¡Oh, no! Solo me dedico al negocio. El dinero pertenece a una familia suiza absurdamente rica. Yo dirijo una de las sedes.

—Son bonitos. Y extraños. —Miré en torno a mí, con detenimiento—. El del hombre con el pene gigante también se me quedó grabado.

—Los hombres y los penes. —Sonrió mirándome—. Cada uno con sus obsesiones.

Llegó Carlos con los cócteles en una bandejita de plata. Yo recogí mi Long Island Tea. Le di un sorbo. Estaba exquisito. Carlos podía tener sus partes oscuras, pero desde luego sabía preparar un cóctel.

—Antes de empezar con el interrogatorio, nos gustaría compensarte por cualquier objeto que pudiera habérsete dañado en el agua. ¿Un teléfono móvil, tal vez? Te compraremos uno nuevo. ¿O algún documento quizá?

—Gracias —dije—, pero no hace falta. Estaba todo en una chaqueta y me la había olvidado en el coche.

—Bueno, eso es afortunado. —Carlos ya se había sentado y Ane hizo un gesto que los abarcaba a ambos—: En fin, pregúntanos lo que quieras sobre la fiesta del viernes. Nos encantaría poder ayudarte a recordar. ¿Hasta dónde llega tu amnesia?

—Bueno, ahora ya sé cómo vine. Txemi me lo ha explicado. Lo de tu llamada...

—Así es —me interrumpió Ane—. Hace un mes estuvimos en su casa, cenando y tomando algunas copas. No es un peloteo barato, pero admiré su jardín. ¿A que es verdad, Carlos?

Carlos asintió.

—Así que el viernes, cuando Dolores me dijo que nuestro jardinero estaba de baja, entré en pánico. Por suerte, enseguida me acordé del jardinero de Txemi. Por eso le llamé. Y, ¡qué casualidad!, resultó que era el hijo de mi querida amiga Begoña.

—¿Me reconociste mientras cortaba la hierba?

—No fue exactamente así —dijo Ane—. Yo estaba en mi despacho mientras tú estabas trabajando. Entonces llegó la hora de la fiesta. Me preparé. Uno de mis amigos, que suele venir muy puntual, estaba fuera en la terraza, fumando. Entró y me dijo: «¿Sabes qué? Creo que tu jardinero es el hijo de Begoña Garaikoa».

—¿Quién fue? —preguntó entonces Carlos—. ¿Don Cotilla?

—No seas así —rio Ane—. Sí, fue Félix.

Aquello me pilló bebiendo mi Long Island Tea y gracias a ello pude disimular la sorpresa.

—¿Félix Arkarazo? ¿El escritor?

—Siempre llega el primero para comerse los mejores canapés —bromeó Carlos.

—No digas eso, Carlos —le reprendió Ane—, Félix es un viejo amigo. También lo era de tu madre, por cierto. Por eso te reconoció. De hecho, estuvisteis hablando un buen rato.

—Espero que no le contases nada demasiado personal —añadió Carlos con una sonrisilla—. Le encantan los asuntos personales, sobre todo si son turbios.

—Algo he oído.

—Precisamente el viernes estuvo hablándonos de su segunda novela —contó Ane—. Dice que va a ser todavía más explosiva que la primera. Nos contó que muy pronto haría un anuncio importante.

—Solo por eso le invita a todas sus fiestas —bromeó Carlos—, quiere asegurarse de llevarse bien con él.

—Qué idiota. Lo digo por si estuvisteis hablando de ello. Félix es de esos escritores a los que les encanta relamerse en su oficio.

Se rio, aunque de manera un poco forzada.

—No recuerdo mucho, la verdad. Pero sí me dijo que era escritor. Esta misma semana he comenzado a leer su libro. Es bueno.

—¡¡Oh!! Esa cosa tan horrible. Pero hizo una fortuna con ello.

—¿Salís vosotros? —dije, e inmediatamente noté una especie de rubor en sus cuatro mejillas—. Quiero decir, como sale tanta gente de Illumbe...

—No —resolvió Ane—, a nosotros decidió perdonarnos la vida. Bueno, es que éramos amigos desde niños. A tu madre la adoraba.

—Sí... Mi abuelo me lo contó. Aunque no sé si es verdad.

—¿El qué?

—Que Félix estuvo enamorado de mi madre.

—Es cierto. —Ane sonrió al decirlo—. Félix besaba el suelo que tu madre pisaba, desde que tenía trece años. Bueno, siempre llevaba una foto de ella en la cartera, no te digo más.

Y tu madre siempre fue amable con él. Éramos todos chavales de un pueblo muy pequeño. En el fondo, siempre le hemos tenido un poco de lástima, ¿entiendes? Un chico raro, solitario... En cambio ahora, en fin, todo el mundo le teme. Pero bueno, quizá todo esto te aburra.

«No, al contrario...»

—¿Qué más quieres saber? Te vi hablando con Félix, con Carlos... Estabas bastante integrado, la verdad.

—También estaba Denis Sanz. Aunque no acabo de comprender por qué. ¿Sois amigos?

—Denis y yo tenemos algunos proyectos en común —explicó Carlos—, también se dedica al mundo inmobiliario, como su padre..., que además es socio de Ane en Edoi.

—¿Edoi Etxeak? —pregunté con genuina sorpresa—. Pensaba que solo había dos socios.

—Es algo puramente nominal —aclaró Ane—. Mi primer marido fue uno de los fundadores de la empresa y tengo unas pocas acciones.

«Vaya —pensé—. Así que hubo tres socios en Edoi. Tal y como contaba el relato de Félix en su libro.»

El primer marido de Ane fue uno de los fundadores de la empresa. ¿No era ese que se había matado cuando iba borracho?

5

Dolores avisó de que el almuerzo estaba listo. El comedor era una extensión de cristal con unas vistas estupendas al océano y al faro. También podía verse una parte del jardín oculta desde la carretera. La pequeña vivienda, apartada de la casa, tenía unas luces encendidas.

Se había levantado algo de viento y el faro de Atxur recibía el embate de un mar muy musculoso y rugiente, pero en el interior de aquella habitación de cristal un par de estufas nos mantenían en calor. Carlos abrió una botella de Ribera del Duero y yo preparé el estómago para un envite de los buenos.

Mientras comíamos como si fuésemos diez en la mesa —revuelto de hongos, croquetas de chipirón en su tinta, cazuela de almejas, bacalao al pilpil con salsa de erizo de mar, solomillo con sal gorda y tarta de queso para rematar la faena—, hablamos de mi vida en Amsterdam. Ane solía viajar a la ciudad para visitar el Stedelijk Museum, además de algunas galerías potentes. Les hablé de mis andanzas como músico, camarero, profesor de español. Me salté los dos años como camello a domicilio. Preferí hablarles de mis tres meses cultivando tulipanes en Flevoland.

Finalmente, a la hora del café, Carlos recibió (o se inventó) una llamada telefónica y nos dejó a Ane y a mí solos. Nos sentamos en unos cómodos butacones de mimbre con vistas al mar y nos echamos una mantita sobre el regazo. Ane sacó una pequeña caja dorada y la abrió. Dentro había un canuto.

—¿Fumas?

—De vez en cuando.

Lo encendió.

—La última vez que vi a tu madre fue hace cuatro años. Estaba estupenda. Guapísima.

—Tuvo unos años gloriosos después del divorcio —dije—. De hecho, fueron sus mejores años. Después se fue todo al traste.

—Demasiado joven. —Ane exhaló una larga flecha de humo y me pasó el canuto—. El cáncer no perdona. La llamé un par de veces durante su enfermedad. Cuando fuisteis a Boston...

Fumé en silencio sintiendo las cosquillas del cannabis en los gemelos. Miré al horizonte y recordé aquella ilusión del avión a Boston, el apartamento de alquiler, la clínica. Las calles europeas. Los bares irlandeses. En uno de ellos fuimos a bebernos una cerveza el día en que nos dijeron que «habían agotado las opciones».

Le pasé el porro de vuelta.

—Nunca tuve una amiga como Begoña. Era una persona elegante, especial. Justo cuando me quedé viuda... ella estaba aquí, en Illumbe. Le pedí que se quedara. —Fumó en silencio—. Soñaba con que volvería algún día.

—Erais tú y Mirari, ¿verdad? Las amigas de mi madre.

—Fuimos amigas íntimas, sí —dijo Ane—; entre los catorce y los dieciséis fuimos inseparables. Nos lo contábamos todo. Todo lo que se puede contar a los catorce años. Fuimos un apoyo fundamental la una para la otra, hasta que un día... se fastidió todo... Y tengo que decir que fue culpa mía. Tu madre nunca nos perdonó que rompiéramos aquella amistad.

—Pero ¿qué os pasó? ¿Por qué os separasteis?

—Por la razón más idiota del mundo: un lío de chicos. ¿Nunca te lo contó?

—Mi madre era bastante hermética.

—Todo empieza por Floren, supongo —dijo Ane—. Por aquel entonces era el novio de Mirari, que estaba enamorada de él. Era, sin exagerar, el chico más guapo de todo el pueblo. Remero, futbolista. Tenía unos ojos como dos botones negros.

—Floren, ¿el que después fue tu marido?

—Sí.

«Y el socio fundador de Edoi, junto a Joseba», añadí mentalmente.

Una ola muy grande golpeó el faro a lo lejos. Las nubes estaban tan bajas en ese momento que toda la luz de la tarde parecía haberse apagado.

—Es una historia complicada. Floren y Joseba estudiaban juntos en el instituto. Los dos eran brillantes e iban de cabeza a convertirse en arquitectos. De hecho, Mirari conoció a Joseba a través de Floren, como amigo en aquel entonces. Teníamos dieciséis y salíamos juntos todos los fines de semana... y yo, lo confieso, empecé a enamorarme de él. Supongo que comprenderás que no tengo ninguna razón para mentir a estas alturas. Lo pasé muy mal. No quería estar enamorada del novio de mi amiga e hice lo imposible por quitármelo de la cabeza. Pero cada vez que aparecía Floren... a mí se me congelaba la sangre. Y él comenzó a mirarme y a sonreírme cada vez más. Y una noche de verano, volviendo de unas fiestas, quiso acompañarme a casa. En fin, ya te imaginas el resto.

—Os liasteis.

—Fue más que eso. Floren me confesó que él también estaba enamorado, desde hacía tiempo. Así que decidimos que debíamos hacer algo.

Ane fumó una larga calada y el porro se quemó hasta convertirse en una brasa entre sus dedos. Después soltó el humo lentamente.

—Fue un golpe terrible para Mirari. Ella estaba coladita por él. Begoña, tu madre, intentó mediar entre nosotras, pero salió trasquilada. Ellas también se enfadaron entre sí. Fue algo horrible. Yo había ganado un amor, pero había perdido a mis dos hermanas. Jamás me perdonaré eso... pero lo que hice, Álex, lo hice por amor. ¡Y por amor uno debe estar dispuesto a irse al infierno, si hace falta!

Esa frase, Ane se la dijo a sí misma. Tenía dos estrellas en los ojos y me pareció que estaba a punto de derramar una lágrima. Me sorprendió saber que Mirari también se había distanciado de mi madre a raíz de esa discusión. Era algo que nunca antes había mencionado. Aunque era comprensible.

—Pero después Mirari acabó con Joseba —continué.

—¿Conoces esa canción que dice «no siempre consigues lo que quieres, pero a veces consigues lo que necesitas»?

—Sí, es de los Stones.

—Pues Joseba fue eso para Mirari. El amor estable, feliz y duradero con el que muchas sueñan. Resultó que ese chico de dieciséis años tímido, no demasiado espectacular, se convirtió en un gran líder. Un tipo con la cabeza sobre los hombros y un gran padre. Entre tú y yo, creo que Mirari salió ganando con Joseba. Quizá no hubiera sido tan feliz con Floren.

Aquel comentario sonó como una carga de profundidad. Yo estaba bastante colocado con la marihuana de Ane. Me atreví a tirar de ese hilo.

—¿Por qué dices eso?

—Bueno, es la vieja historia de los chicos de bandera que se convierten en problemas andantes. Floren era guapo, genial, divertido, pero empezó a tomar una deriva muy extraña en la vida. Se frustró muchísimo con su profesión. Yo siempre he pensado que no pudo soportar el éxito de Joseba. Joseba era un triunfador nato y Floren quiso imitarle, pero no le llegaba ni a los talones. Joseba era original, carismático... Y Floren no pasaba de ser un arquitecto decente. Podría haberse conformado, pero aquella competición le frustró tremendamente. Comenzó a deprimirse. Bebía mucho. Y en la empresa iban apartándole más y más, dejándole sin responsabilidades. Las cosas terminaron por ponerse muy mal cuando Sanz, el padre de Denis, quiso entrar como socio de Edoi. A Floren le ofrecieron vender sus acciones y convertirse en empleado. Para él fue como la humillación total. Se dedicó a bloquear el asunto..., no quería dejar entrar a Sanz. Deberíamos haberlo visto venir.

—Sanz entró en la empresa. ¿Te refieres a eso?

—Sí. Sanz entró —dijo Ane con una aureola de misterio.

—¿O sea, que Floren finalmente cedió?

—No cedió. —Me miró a los ojos, con una sonrisa triste—. Floren murió. Murió en el momento exacto.

—¿Qué quieres decir? —pregunté casi tartamudeando por la intriga.

—Realmente tu madre era hermética para ciertas cosas. —Ladeó la cabeza; no entendía que yo no hubiera oído nada—. Floren se precipitó por el acantilado que hay cerca de tu casa. Se suicidó. Y gracias a eso, Edoi pudo salir adelante.

La tontuna del porro y la sobremesa se me pasó de un soplo.

—No sabía nada. Lo siento. Lo siento de veras.

Ane levantó la mano como para decir que estaba bien.

—No es algo que solamos contar muy a menudo.

—Mi abuelo me dijo que mi madre estaba en Illumbe cuando ocurrió todo. Pero no entró en detalles. ¡Desde luego no me dijo que ocurrió en Punta Margúa!

—Así es... y creo que eso fue cosa del destino, el hecho de que tu madre estuviera de visita por aquí. No creo que hubiera podido con ello yo sola.

—Pero estabais enfadadas...

—Bueno... Ella nunca dejó de ser mi amiga. Y con los años, y su divorcio, volvimos a unirnos poco a poco. Tu madre vino a Illumbe una semana antes de Navidad. Adelantó el viaje por una razón concreta: hablar conmigo, convencerme de que dejase a Floren. Y justo ese fin de semana..., en fin. Ese es el final de la historia. Yo heredé las acciones y llegué a un acuerdo con Joseba y Eduardo. No me metería en el consejo de la empresa, pero conservaría parte de la inversión. Así que soy dueña de una fracción diminuta de Edoi.

Pensé que, por pequeña que fuera, debía de ser una fracción muy valiosa a la vista de los últimos movimientos de la empresa.

En ese instante Dolores volvió a aparecer por allí.

—Tiene una llamada, señora —dijo—, de Zúrich.

—Oh..., vaya —Ane se puso en pie—, esas son de las que tengo que coger.

Me quedé a solas, arrebujado en aquel butacón, dándole

vueltas a esa historia que Ane acababa de relatarme. ¿Era el flipe del canuto o todo ese asunto tenía un aire muy extraño? La muerte de Floren, tan repentina y misteriosa... y tan conveniente.

Fumé otras dos o tres caladas. Hacía mucho tiempo que no fumaba y, de pronto, me sentí mareado. Conocía muy bien la sensación. Sudor frío. Sensación de caerte por un agujero. Me estaba dando un bajón de tensión. ¿Quizá había ayudado toda esa historia sobre Floren? Me levanté y me apoyé en la cabecera de las sillas para avanzar hasta la puerta acristalada. La abrí y salí al exterior, donde el viento norte me abofeteó. Aquello sentaba bien.

La pequeña vivienda era una especie de bungaló independiente. Algo así como las típicas casa de los guardeses, solo que aquella era bastante nueva. Me recordaba un poco al miniestudio de madera de Joseba. ¿Sería otra construcción de Edoi? Estaba mirándola cuando vi salir a aquel tipo, el hombre escalofriante, Roberto. Salió como una verdadera furia. Dando un portazo a su espalda, muy enfadado. Acto seguido vi que la puerta volvía a abrirse y salía Carlos. Le persiguió y oí cómo le gritaba. Roberto se frenó, se giró y los dos hermanos discutieron en voz alta, aunque yo no lograba oír nada de lo que decían. Me quedé quieto donde estaba, con mi medio pedo cannábico y una sensación de vergüenza por estar presenciando lo que no debía. Entonces, Carlos giró la cabeza y me vio. Alzó la mano para saludarme y trató de disimular con una sonrisa. Yo alcé la mano y le saludé de vuelta.

Se acercaron lo dos. Carlos, sonriente en plan «aquí no ha pasado nada», aunque todavía tenía la cara enrojecida por su discusión. Roberto, en cambio, mantenía esa expresión ausente y extraña.

—Creo que ya conociste a Roberto el otro día —dijo.

—Sí..., aprovecho para disculparme. No estuvo bien.

—«Aunque tú me mentiste diciendo que no hubo ninguna fiesta en la casa.»

—Vale —se limitó a decir Roberto.

Definitivamente, el hombre tenía un aire ausente y extraño. Recordé eso que Dana había dicho sobre él y su prejubilación forzada del ejército.

—Bueno, creo que entre sus perros y mi empujón, has debido de formarte una impresión extraña de los Perugorria —dijo Carlos.

—Para nada. —Traté de sonreír—. Me lo busqué yo solito.

—El caso es que esa noche, la noche de la fiesta, tuvimos un robo en la casa. Alguien cogió algo que no era suyo... y eso nos ha hecho ponernos muy suspicaces.

Me quedé frío.

—Vaya, ¿era algo... importante?

—Lo suficiente. El caso es que pudo ser cualquiera... Es terrible. Es una situación de lo más embarazosa, porque todos los invitados eran de confianza.

Dijo eso y se quedó mirándome en silencio. Y yo sentí como si Carlos quisiera terminar la frase mentalmente: «Todos los invitados eran de confianza... menos tú».

En ese instante apareció Ane desde la casa.

—Álex, lo siento. Me he escapado un segundo para decirte que la llamada se alargará. Tenemos un comprador muy interesado en un cuadro muy caro.

—Está bien —dije mirando a Carlos y Roberto.

Nos dimos un fuerte abrazo y nos prometimos volver a vernos, «de una u otra manera. En otra fiesta». Después me despedí, más fríamente, de Carlos. «Seguro que nos veremos muy pronto» dijo con un tono que podría ser amenazante. Roberto, por su parte, no dijo ni un mísero «adiós».

Salí con Dolores por la puerta y según llegábamos al aparcamiento, pensé que aún me quedaba una baza por jugar en aquella casa.

—Oiga, Dolores, ¿le importa si le pregunto algo? Sobre la fiesta del viernes.

—Claro, señor.

—¿Recuerda verme salir de la fiesta?

Dolores frunció el ceño.

—Sí. Bueno. Tuve que acompañarle y abrirle la puerta, como a todos.

—¿Iba solo?

—Sí. Vaya, es verdad que no recuerda nada. —Sonrió.

—Nada, así es. Otra cosa, ¿vio salir a Félix..., el escritor? Tengo un recuerdo borroso de verle a él y no estoy seguro de si coincidimos aquí abajo.

—Eso es imposible —dijo Dolores—. Félix se había marchado unos diez minutos antes que usted.

—¿Segura?

—¡Y tan segura! Tuvo una pequeña discusión. Ay, pequeña se queda corto. Tuvo una bronca muy grande aquí mismo, donde estamos ahora. Yo pensé que era por algo de los coches. A veces la gente aparca donde le da la gana. Ya sabe... Pero no... Según me acercaba, pude oírlos y hablaban de otras cosas.

—¿Con quién discutía?

—Pues con ese chico tan joven, el pelirrojo. Creo que es socio del señor.

—¿Uno alto y espigado?

Dolores asintió. Denis.

—Verá, Dolores, esta pregunta igual le parece un poco metomentodo, pero ¿podría decirme por qué estaban discutiendo exactamente?

—Creo que hablaban de un vídeo... o algo así...

En ese instante vi que el rostro de la doméstica palidecía. Sus ojos se agrandaron de pronto y me di cuenta de que había alguien a mi espalda, alguien cuya visión había conseguido cortarle el aliento a la chica. Me di la vuelta y allí estaba Roberto, a unos cinco metros de nosotros, sujetando sus dos perros, que babeaban por mis huesos igual que hacía un par de días.

—¿Necesita algo más?

—No... Ya me iba —le respondí—. Gracias, Dolores. Gracias por todo.

Entonces, al pasar junto a ella, me susurró algo al oído.

—Ese chico, el pelirrojo —dijo—. Le estaba amenazando... de muerte.

Salí conduciendo por aquellas curvas, medio mareado, medio alucinado..., con la sangre bullendo en las sienes. ¡Así que Denis amenazaba a Félix! ¿Por qué?

Erin seguía sin responder a mi mensaje del día anterior, pero ahora tenía una razón poderosa para hablar con ella. Quería el número de Denis para aclarar algunas cosas. Cogí el teléfono y la llamé. Basta ya de mensajitos. Pero su teléfono móvil estaba «apagado o fuera de cobertura», así que probé el fijo de la casa familiar.

—¿Álex? —Mirari parecía sorprendida cuando le pregunté por Erin—. Pero ¿no te ha dicho lo de su viaje?

—¿Viaje?

—Se ha marchado con Leire, a pasar el fin de semana.

—¿Qué? —Mi voz sonó como si me estrujaran la garganta.

—La familia de Leire tiene una casa en Biarritz. Se han llevado las tablas y todo eso... No me digas que os habéis peleado...

—Bueno, no fue exactamente una pelea. Creo que se enfadó conmigo porque no le conté algunas cosas... Todo ese asunto de Gure Ametsa.

—Vale... Eso encaja.

—¿Con qué?

—Con la cara que tenía ayer. Bueno, espero que lo arregléis, de corazón.

—Gracias, yo también. Si hablas con ella, dile que la he llamado, por favor.

—Lo haré.

Colgamos y me quedé hundido en el asiento. ¿A Francia? ¿En serio? ¿En el finde de nuestro primer aniversario? No sabía exactamente lo que significaba eso, pero tenía una intuición terrible. Biarritz era un cónclave de amigas para decidir si tenía que romper conmigo. ¿Habría ido también Denis?

La lluvia se había tomado un descanso y comenzaba a anochecer, pero todavía no era lo bastante tarde para hacer lo que había planeado esa noche, así que conduje hasta Bermeo para realizar unos recados de última hora. Era sábado pero había una tienda regentada por chinos que seguía abierta. Compré botellas de amoniaco, cepillos, lejía y trapos. Todo nuevo. Todo aséptico.

Después conduje en silencio, sin radio, pensando. Tenía un montón de problemas que resolver: un hombre muerto, un montón de huellas... pero sobre todo tenía un dolor terrible en el estómago. «Erin.» Al pasar por Illumbe me desvié hasta una ermita llamada Santa Catalina. La rodeaba un pequeño murete. Lo salté y me lie un cigarrillo mientras observaba aquellas nubes negras en el horizonte. Recordé que, un año atrás exactamente, Erin y yo nos habíamos besado allí por primera vez.

Tras mi salvamento del mar, mi abuelo insistió en organizar un almuerzo en Villa Margúa, en agradecimiento por el rescate y posterior avituallamiento de su vástago. Fue una velada excelente y volví a tener esa agradable sensación sobre Erin, y también sobre sus padres. Mirari habló mucho de mi madre. De lo amigas que habían sido de niñas, jugando en la playa de Illumbe, y de la cantidad de tardes que habían pasado en el jardín trasero de Villa Margúa, haciendo tiendas de campaña y meriendas con otras amigas.

Al atardecer, mientras mi abuelo deleitaba a Joseba y Mirari con un buen café, Erin y yo dimos un paseo por el acantilado. Ella, me dijo, había estado reflexionando sobre el hecho de haberme salvado la vida.

«Creo que tengo una idea sobre cómo puedes compensarme. ¿Te gusta el cine?»

Y así salimos juntos por primera vez. Fuimos a ver una película y después volvimos dando un largo paseo por la costa. Yo iba con gran cuidado, lo recuerdo. Erin me cortaba el aliento y no me salía ninguno de los chistes ni trucos baratos que solía utilizar con otras chicas.

Entonces llegamos hasta esa pequeña ermita llamada Santa Catalina, que se alza frente al océano. Había niños por allí, jugando al escondite entre las ruinas, y Erin empezó a jugar con ellos, a perseguirlos, mientras se carcajeaba como una bruja. Me hizo muchísima gracia ver que tenía esa vena tan niñera. La manada de chavalillos entró en éxtasis y ya no nos dejaron en paz el resto de la tarde. Yo terminé uniéndome a hacer de monstruo con Erin. Los niños tenían mucha energía, demasiada, y nosotros apenas podíamos seguirles el ritmo. «Vamos a descansar un poco de estas fieras», bromeó Erin al rato. Saltamos un muro y nos escondimos allí, de cara al océano, viendo lo que posiblemente era uno de los atardeceres más bonitos que haya visto en mi vida. Unas estrellas titilaban en lo alto, y unas nubes rojas, naranjas y violetas sobrevolaban el mar. Erin se quedó mirándome en silencio, sin decir nada, con la barbilla ligeramente metida hacia dentro, como si esperara algo de mí. Entonces me acerqué y le di un beso muy corto. Nuestro primer beso. Y fue perfecto.

6

Después de dos cigarrillos y un montón de recuerdos, la noche por fin había caído. Era hora de ponerse en marcha.

Conduje hasta el polígono y di un par de rodeos antes de aparcar en mi sitio de siempre. Exceptuando un taller que todavía tenía luz, el resto estaba desierto y oscuro. Aparqué en la zona más apartada del aparcamiento. Me quité la ropa y me vestí mi modelito de *trekking*. Además de eso, llevaba en la mochila un completo equipo «anti-ADN» compuesto por un gorro, una mascarilla de pintor, unas gafas protectoras y guantes. Pero todo eso me lo pondría solo para el final. No era cuestión de cruzar el bosque con pinta de alienígena.

Cogí la mochila y me encaminé hacia el sendero del robledal. Iba con los cinco sentidos puestos en escuchar algo o ver una luz ahí arriba. Félix llevaba una semana muerto en la vieja fábrica y no sería extraño que alguien lo hubiera encontrado ya. Había una antigua carretera que unía la fábrica con la general y que ahora estaba cortada, pero si la policía había encontrado a Félix, los coches patrulla y las ambulancias estarían por allí.

Llegué a lo alto y me quedé parapetado entre los árboles. Observando. Nada. Solo grillos, oscuridad y el ruido de las ramas mecidas por la suave brisa. Vale. Se puede decir que la suerte seguía de mi lado en ese aspecto. Sin moverme de los árboles, me coloqué el resto del equipo: la linterna frontal, las gafas protectoras, la mascarilla de pintor, el gorro y los guantes... Habían pasado cuatro días desde mi anterior visita y me imaginaba que el espectáculo sería dantesco y que el olor estaría a la altura. Tenía que ir preparado.

Sin embargo, mi tercer encuentro con Félix Arkarazo no fue tan impactante. En esta ocasión, quizá porque iba perfectamente enmascarado, aguanté bien las náuseas. Además, Félix no tenía tan mal aspecto. El rostro un tanto deformado, un color amarillento en la piel y los labios ennegrecidos. Por lo demás, seguía en la misma postura: tumbado sobre el brazo derecho, la cabeza mirando de lado y las piernas dando un paso infinito.

Me arrodillé a su lado y fui sacando todos los materiales de limpieza. Mi plan era sencillo. Había decidido que no podía controlar todas las variables, pero tampoco quería inyectar más caos a la situación. Quemar el cadáver o moverlo era exponerme demasiado, así que apostaría por limpiar todo lo que pudiera en una noche. En tres metros a la redonda de ese muerto no debía hallarse ni una pestaña, ni un cabello, ni un trozo de uña que pudiera apuntar en mi dirección.

Empecé cubriendo de amoniaco todos los alrededores del cuerpo, incluyendo mi vomitona de la última visita. El problema es que formé una nube de gas tóxico a mi alrededor y casi me asfixio dentro de ella.

Cuando se hubo disuelto y pude regresar junto al cadáver, me puse manos a la obra con ello. Comencé por cepillar su traje e ir recogiendo cada partícula de polvo, cabello, etcétera, y metiéndola en una bolsa de plástico. Tardé una media hora en repasar la parte delantera, lo cual incluyó espantar a unos cuantos bichos que rondaban por allí. Después pasé a limpiarle las manos (si nos habíamos peleado, quizá habría quedado algún rastro en sus uñas). Félix tenía un brazo a la vista y el otro enterrado bajo su cuerpo, así que primero le repasé bien las uñas de la mano izquierda con un cepillo de dientes impregnado en amoniaco. Después, con mucho cuidado le di la vuelta al cuerpo para limpiar su otra mano y la parte trasera de su cuerpo.

Había algunas alimañas ahí debajo. No entraré en detalles, pero algunas de ellas no mostraban el menor signo de timidez ante la luz de mi linterna. Bueno. Dejé a Félix boca abajo y comencé a limpiar lo que podía de su chaqueta. Fue entonces cuando empezaron a aparecer cosas extrañas. Lo primero fueron aquellas pequeñas hojas secas adheridas a la tela de su chaqueta. Hierbajos, hojas, como si hubiera estado tumbado en un prado o algo por el estilo. Seguí observando esa suerte de suciedad por todo su pantalón, hasta que llegué a sus zapatos e hice otro descubrimiento.

El talón de sus zapatos estaba coloreado de blanco.

Me quité las gafas para observar mejor aquello. No era pintura, sino una capa de polvo que cubría la pared trasera del tacón y el zapato. Pasé la yema de un dedo por uno de los tacones y lo limpié: en efecto, era polvo, polvo gris que se había quedado impregnado en sus tacones. Era el mismo polvo que manchaba mis pantalones. El polvo que cubría el suelo de aquel pabellón.

Y eso solo podía significar una cosa.

Me puse en pie y caminé alrededor del cuerpo observando esas hojas secas pegadas a su espalda. Con mi linterna frontal apuntando al suelo, caminé hacia el portón de entrada. Pude distinguir dos pequeños raíles, un poco desdibujados pero lo bastante claros, trazados en el polvo. Dos surcos que los tacones de Félix Arkarazo habían dibujado en el suelo, entre el portón de la entrada y el lugar donde se hallaba ahora.

—Joder. Lo arrastraron aquí dentro.

Eso era lo único que podía explicar que aquella capa gruesa de polvo estuviera solamente en el talón de sus zapatos. Ni en la puntera, ni en la suela... Era muy difícil mancharse esa parte uno mismo. No. Alguien lo había cogido por debajo de las axilas y lo había arrastrado, posiblemente cuando ya estaba inconsciente o muerto.

Todavía tardé un poco en darme cuenta de lo que todo eso podía significar, pero desde ese mismo momento supe que había dado con algo importante. A Félix Arkarazo no lo habían matado dentro de la fábrica, sino fuera, en algún punto del exterior (un punto donde había hojas secas). Después lo habían arrastrado dentro y lo habían dejado caer allí.

Con el corazón a toda velocidad, volví al lugar donde yacía Félix. Me quedé observando el cadáver, la disposición de las cosas. Recordé que el sábado de madrugada, cuando desperté, había encontrado la piedra triangular cerca de mi mano... y había supuesto todo lo demás... Pero ¿y si estaba equivocado?

Hasta ese instante no me había parado a pensar en cómo había ocurrido todo. Sencillamente, imaginaba que habría sido una pelea... Él me atacó por sorpresa. Entonces yo cogí una piedra y le golpeé en la cabeza. Después, quizá, di dos pasos y me caí de bruces. Eso era más o menos lo que había pensado hasta el momento. Pero aquel nuevo descubrimiento hacía que esa teoría se tambaleara.

Si yo había matado a Félix y yo lo había arrastrado desde la puerta... Entonces, ¿quién me había golpeado a mí?

«No —pensé—, a Félix lo mató otra persona.»

Descubrir aquello me dio ganas de gritar: «¡No soy un asesino!». Félix había sido asesinado por otra persona. Alguien que posiblemente también me golpeó a mí y que colocó esa piedra debajo de mi mano para hacerme parecer el asesino.

—¡Hijo de la gran puta! —dije—. Me has tenido una semana pensando que era un asesino...

Estuve dando vueltas a ese cadáver durante no sé cuántos minutos. ¿Qué debía hacer ahora con todo eso que sabía? ¿Llamar a la policía? No. Félix llevaba muerto una semana en la que yo no había dicho nada. Me había callado como si tuviera algo que ocultar. No solo eso, había modificado la escena del crimen y hecho desaparecer una prueba importante. Puede que yo no fuera un asesino, pero me las había arreglado para parecerlo...

Respiré hondo y traté de concentrarme. Las cosas, al menos en ese aspecto, no habían cambiado demasiado. Debía seguir adelante con mi plan y rezar para salir bien parado de todo aquello.

Pero justo en aquel instante, una luz invadió aquella oscuridad que me había rodeado hasta ese instante. Unos focos se acercaban de frente a la fábrica. El ronroneo de un motor que iba en aumento...

Un coche que venía directo hacia mí.

7

Apagué la linterna y me quedé quieto, en silencio. El coche había aminorado su marcha pero seguía acercándose. Me imaginé que se aproximaba por la carreterilla de acceso. Eso significaba que habría tenido que sortear una larga cadena que pendía de lado a lado, junto al cartel de PROHIBIDO EL PASO. ¿Quizá eran los dueños? ¿La policía?

Cogí la bolsa de restos, el cepillo, las botellas de amoniaco y lo metí todo en la mochila.

El coche paró, calculé que a un metro de la puerta, después se apagó el motor, pero las luces permanecían encendidas. Oí un sonido como de música. Después unas puertas abriéndose y voces rompiendo el silencio de la noche.

—¡David, apaga la luz! —dijo una voz de chica.

—Pero no se verá nada —respondió un chico.

—¡Da igual! Se supone que no podemos estar aquí, ¿no?

Se apagaron la luces y volvimos a la bendita oscuridad.

—Ya está.

Se abrió otra puerta. Otra voz, un chico:

—¡Uuuuuuh! La noche de los muertos. ¡Vaya sitio!

—¡Os lo dije! Mola, ¿no?

Risas. El volumen de aquella pachanga subió un poco.

—Pero ¿qué sitio es este? —dijo una voz de chica.

—Ni idea. Una antigua fábrica o algo así.

Oí unos pasos que se acercaban hasta el portón. Vale. Las grandes puertas del pabellón eran pesadas y costaba abrirlas, pero si tirabas fuerte, se abrían. Las buenas noticias eran que, casi de manera automática, yo siempre volvía a cerrarlas nada más entrar, y así es como se las encontró el chaval que llegó hasta allí.

Oí cómo cogía una de las manillas y tiraba de ella, no demasiado fuerte. El sonido de aquel gran portón reverberó en el silencio.

—¿Qué haces, tío? Deja eso.

—¡ECOOOO, ECOOOO! Parece que está vacío.

—¿Sabes qué? Podríamos montar aquí una fiesta del copón.

—Ainhoa dice que ha visto un cartel de peligro.

—Bah.

Otro tirón al portón y esta vez la cadena cedió un poco. ¿Se habría dado cuenta ya aquel cenutrio de que podía colarse dentro? Decidí no quedarme a comprobarlo. Había una manera de salir de allí; muy poco apetecible, pero no me quedaba otra. Me levanté y corrí hacia el fondo opuesto del pabellón. Conocía muy bien la vieja oficina en ruinas y trepé por la pared usando mi truco de toda la vida. Viga, hueco, repisa. Hasta lo alto de aquel otro ventanal donde solía esconder mi bolsa Arena. Me quedé haciendo equilibrios en la repisa mientras oía cómo el portón golpeaba otra vez contra las jambas. Alguien le gritaba a ese chico que lo dejara de una vez. «¿Por qué no haces caso a tus amigos?»

El ventanal estaba roto, pero no lo suficiente como para salir con seguridad. Tenía que romperlo un poco más, hacer un hueco lo bastante grande y descolgarme por él. Me senté con la espalda apoyada en la pared. Preparé la pierna y solté un patadón haciéndolo coincidir con el ruido del portón —BROONK— al arrastrarse por el suelo. El estrépito del portón tapó el sonido de los cristales rotos.

—Ecooooo.

Los oí entrar. Sus voces reverberando en la oscuridad. Posiblemente me quedaban segundos antes de que encontraran a Félix. Miré la ventana. El agujero que había hecho no era lo suficientemente grande, pero era todo lo que tenía. Tiré la mochila a través de él y después me colé con cuidado por aquel agujero lleno de cristales.

Al pasar las piernas por él noté algo que me hacía daño en el muslo, pero seguí adelante. Me descolgué por la pared. Había por lo menos dos metros hasta el suelo, aunque no me quedaba otra. Me dejé caer y caí mal. Un dolor agudo me recorrió el tobillo.

Me levanté como pude, cogí la mochila, podía oír a los chavales dentro.

El robledal estaba a veinte metros de allí y llegar era cuestión de una carrerita. Entonces vi a las dos chicas junto a un coche de color blanco. No creo que me vieran (de todas formas, iba disfrazado del «hombre mascarilla»). Me lancé renqueante por el camino, con tanta prisa que se me olvidó quitarme el disfraz.

Entré en el coche, tomé aire. Joder. Había faltado muy poco... Me alivió que al menos había podido limpiar gran parte del muerto.

Pero justo en ese instante, según me disponía a salir de

allí, me di cuenta de que la escapada no había sido del todo limpia. Estaba sangrando por el muslo. Un corte pequeño y alargado. El cristal me había rajado el pantalón por encima de la rodilla. Mierda. Saqué un clínex y me taponé la herida como pude. Debía de haberme cortado al deslizarme fuera. El pantalón había absorbido gran parte de la sangre, pero muy posiblemente había dejado un rastro en el cristal de la ventana.

De nuevo, explotó el volcán de la ansiedad en mis tripas. Me dieron ganas de darle un puñetazo a algo.

«Respira profundamente, tío. Ya no puedes volver a la fábrica.»

Le puse una tira de cinta aislante al clínex y dejé aquello bien taponado. Después arranqué y salí de allí, pensando en lo que tenía que hacer acto seguido. Bueno, básicamente solo tenía una opción.

4

EL BAILE DE LAS MANOS NEGRAS

1

El *Trumoi* —así se llamaba el bote del abuelo— estaba montado sobre un remolque en la rampa de botadura. Lander Goiri, el encargado de la lonja de invernaje donde llevaba meses dormitando, le daba los últimos retoques mientras el abuelo y yo esperábamos con un par de cafés con leche hirviendo que nos había puesto Alejo en unos vasitos de cartón.

Eran las siete de la mañana. Hacía frío. El cielo estaba encapotado y solo se habían despertado las gaviotas. Yo miraba esa agua del puerto —que parecía helada—; miraba a Goiri, que botaba el *Trumoi* descalzo y mojándose los pantalones; miraba a mi abuelo, que parecía tener la piel hecha de plástico impermeable (vestido solo con un jersey y una boina) y me preguntaba qué pecado cometí en una vida anterior para tener que pagarlo tan caro. Había pasado una noche de insomnio, casi totalmente en blanco, esperando la llegada de la policía. Calculaba que esa madrugada habrían encontrado el cadáver y mi ADN en aquella ventana. Era el final y me había mentalizado para ello. Pero nadie llamó a mi puerta. Solo mi abuelo, a las seis y media de la mañana. «Arriba, marinero.»

—Vale, *badago prest!*

Pagamos a Goiri. Rellenamos el combustible, cargamos las cañas, los aparejos y el almuerzo. Arrancamos el motor, que sonó como un trueno, y mi abuelo dirigió el botecito, con un suave chop-chop, hacia la bocana del puerto. A esa velocidad, y con un mar abierto ante nosotros, era un vehículo que todavía podía manejar sin ser un peligro para nadie.

El sol no había salido aún, pero ya se percibía la claridad del alba. Una gran masa de nubes flotaba sobre el horizonte lejano. Tenían la panza muy negra y yo me preocupé un poco por ellas.

—Tardará una hora en llegar aquí, si no cambia el viento —sentenció mi abuelo.

Me senté en la proa y traté de liarme un cigarrillo mientras el *Trumoi* iba rompiendo una ola detrás de otra por aquel mar rizado de la mañana. Nos acercamos al viejo islote de Ízaro: una roca situada en la desembocadura del estuario, y en cuya cumbre exhibía aún los restos de un viejo monasterio arrasado por los piratas de sir Francis Drake.

—Aquí abajo hay una ciudad de peces, Álex. Cojamos solo lo justo.

Había una playa escondida en la cara noreste de la isla, y junto a la playa se conformaba una pequeña ensenada natural, bien protegida del golpe del norte. Fondeamos allí y mi abuelo se puso a preparar el cebo de calamares y sardinas. El agua estaba tan limpia que podías ver el lecho de arena y roca, y varios tipos de peces que iban y venían.

—Vaya sitio —dije, maravillado—, y ¿se puede subir a la isla?

—Hay un camino. Si quieres, podemos verlo después. Pero ahora ocupémonos de los peces. Que llevan ya un rato despiertos.

Echamos las cañas y nos quedamos allí en silencio, con el motor apagado, escuchando el chapoteo de las olas contra nuestro casco. Acababa de amanecer y el sol daba de lleno en la pared de la isla. Un cormorán pescaba a solo cincuenta metros de nosotros, en medio de esa luz mágica de la primera hora. Un arcoiris roto en varios pedazos aparecía aquí y allá, entre ratos de lluvia y rayos de sol. Aquello logró que me olvidase de mis miedos, por un momento.

Fumamos y bebimos el café, en silencio. El abuelo tenía la mirada perdida en el horizonte. Un largo carguero cruzaba el océano muy lejos.

—¿Lo echas de menos?

—¿Qué?

—Lo de ir de aquí para allá. Con el carguero. ¿En eso pensabas?

El abuelo fumó una larga calada. Después exhaló el humo y habló.

—Lo que estaba pensando es que quizá sea la última vez que salgo a pescar.

—¿Por qué dices eso?

—Se ve que has dormido como un leño. Esta noche me he despertado a gritos. No sabía dónde estaba. Ni quién era yo. Dana ha entrado y tampoco sabía quién era ella. Casi le tiro el despertador a la cara.

Supuse que eso habría ocurrido en alguno de mis escasos momentos de sueño la noche pasada.

—Lo siento mucho, *aitite*. ¿Cuánto ha durado?

—Muy poco, pero ha sido... horrible...

—Escucha, Joseba me habló de un neurólogo muy bueno, en Bilbao. Tiene una clínica privada y...

—Ya tengo los mejores neurólogos, Álex —me cortó el

abuelo—. Y cuando me hablan, tienen la sonrisa de la muerte pintada en el rostro. ¿Sabes lo que es? A un viejo como yo no le van a decir la verdad. Pero la verdad es que iré consumiéndome. Lo de hoy solo ha sido un pequeño aviso de lo que está por venir.

—Eso no lo sabe nadie —dije yo—. Te dijeron que también podía ser algo psicológico...

El abuelo sonrió con tristeza.

—Luchar está bien, Álex... Pero a veces, en la vida, toca resignarse.

Dio otra larga calada y dijo que era mejor guardar silencio o los peces se irían a otra parte. Y yo me quedé con el corazón encogido, mirando aquella agua. Pensé que tenía que volver a hablar con Joseba y preguntarle por ese neurólogo. Llevar al abuelo, que lo mirasen. Pero... ¿seguiría en pie la oferta de Joseba cuando la policía viniera a detenerme? Porque estaba seguro de que eso iba a ocurrir tarde o temprano. A esas horas la policía ya estaría tomando muestras de ADN en la fábrica Kössler... ¿Cuánto iban a tardar en relacionarlas conmigo?

Intenté respirar y tranquilizarme. Me concentré en la pesca y saqué una dorada de muy buen tamaño. Junto con otras dos que pescó el abuelo, ya había suficiente para comer, así que llevamos el bote hasta un pantalán que surgía de entre las rocas. El abuelo me dijo que me enseñaría una vista estupenda del acantilado.

De un caminito entre las rocas, pasamos a un sendero entre la hierba. Llegamos a lo alto del islote y nos acercamos al antiguo monasterio. Lápidas con los nombres ya borrados, viejas piedras. Nos sentamos contra una pared a cubierto del viento y la lluvia, y sacamos los bocadillos y una bota de vino.

—Mira.

Mi abuelo me señaló Punta Margúa. Desde allí, la casa parecía de juguete. Y siguiendo la línea de aquel acantilado se veía el antiguo restaurante Iraizabal.

Eso me recordó algo:

—Ayer, Ane me habló de Floren, su primer marido. No sabía que todo había ocurrido tan cerca de nuestra casa...

De pronto, mi abuelo se giró y me miró con dos ojos negros y profundos. Fue una reacción tan brusca que, por un instante, pensé que había metido la pata por alguna razón. Después su mirada se relajó.

—Fue en aquel pinar, ¿lo ves? —Señalaba hacia uno de los pinares de Punta Margúa—. Allí fue donde saltó. O quizá se cayó, nunca se supo demasiado bien. En realidad, le hizo un favor a mucha gente...

—¿Lo dices por la empresa? Ane me dijo que Floren iba de mal en peor dentro de Edoi. Y que le estaban presionando para vender su parte... Su muerte lo facilitó todo.

—Ah, eso... también.

—¿También? ¿Es que hay algo más?

—No, da igual.

—¡Venga, *aitite*!

Bebió un trago de la bota y se limpió los labios con la manga del jersey.

—Floren también le hizo un buen favor a Ane muriéndose. Se había convertido en un monstruo.

—¿Quieres decir que la maltrataba?

El abuelo asintió.

—¿Te lo dijo *ama*?

—Bueno, a mí nunca me contaban demasiado, pero no hace falta ser muy listo para atar cabos. Que si un ojo a la virulé, que si manga larga en un día de verano... En el pueblo a nadie se le escapaban estos detalles. Y tu madre debió de enterarse también. Vino a Illumbe a convencerla de que le abandonara. Precisamente esa noche, la noche en la que Floren se mató, estaban las tres cenando.

—¿En casa?

—No... —dijo el abuelo—. Esa noche estaba yo solo en Punta Margúa. Ellas estaban en casa de Ane, creo.

—¿Y qué hacía Floren en Punta Margúa?

—Eso nadie lo sabe. Dicen que estuvo bebiendo en el restaurante, que salió borracho y... Pues eso. Lo más seguro es que decidiera terminar con su miserable existencia. Estuve en el funeral y allí no vi demasiadas lágrimas, desde luego. En fin..., un desgraciado menos. Y yo me alegré mucho por Ane... Aunque la verdad es que no tiene buena puntería con los hombres. ¡Mira que acabar con el tío de Urtasa!

Sobre las diez y media comenzó a llover y mi abuelo arrancó el *Trumoi*. Volvimos a Illumbe, dejamos la pesca en un barril de hielo en la lonja y fuimos de poteo por los bares del pueblo, que, siendo domingo, estaba bastante animado.

Mi abuelo se fue encontrando con gente. Era imposible dar dos pasos sin saludar a alguien. Me presentaba como su nieto y después se ponía a hablar en euskera. Mi madre me hablaba en euskera de niño y yo podía seguir las conversaciones hasta un punto, pero aquello no solo era vizcaíno, sino vizcaíno «de aquel valle», lo cual convertía esas conversaciones en una especie de protocolo encriptado de 128 bits.

Entre vino y vino yo miraba la calle. Un coche de la Ertzaintza se detuvo a unos metros de nosotros y el corazón me dio un vuelco antes de que reanudara su marcha, aunque tardé un poco en recobrar la serenidad. «Tranquilízate, Álex, es demasiado pronto.» Después, en el bar de Alejo, seguí con atención las noticias de la tele. Pero allí no decían nada de Félix ni de ningún cadáver hallado en ninguna vieja fábrica. La noche anterior, aquellos chavales tenían que haber encontrado el cuerpo. ¿Cómo es posible que no hubiera nada en las noticias? Pensé que quizá la policía lo mantenía en secreto por algún motivo... Quizá estaban investigando las pistas, las huellas... y se tardaba algo de tiempo en analizar todo eso.

Dos vinos más tarde, empecé a intentar verlo desde un ángulo positivo. La noche anterior, antes de que llegaran los juerguistas, me había dado tiempo a limpiar en profundidad. Solo había dejado un poco de sangre en un cristal, en una ventana en lo más alto de la fábrica. ¿Era posible que la policía no lo hubiera visto?

Volvimos a Villa Margúa, pusimos las doradas al horno y las comimos con un txacoli. Después subí a mi habitación. Mi cuerpo necesitaba recuperar algo tras mi noche de insomnio y caí sin darme cuenta.

Me desperté a las seis de la tarde. En las noticias seguían sin decir nada sobre Félix. Eso era bueno, supuse.

Por otro lado, Erin seguía sin dar señales de vida. ¿A qué estaba jugando? En su cuenta de Instagram había subido una fotografía de sus dos pies apoyados en el salpicadero del coche (el de Leire, deduje) y con los hashtags #findeDeChicas y #surfinLesLandes.

«Vaya, qué guay —pensé sin poder evitar que un amargo resquemor me trepara por la garganta—, parece que te lo estás pasando pipa. Gracias por ni siquiera dignarte a responder mi mensaje.» Le di un «me gusta» a su foto aunque en realidad no me gustaba. Lo hice en plan venganza. «Estoy aquí. Gracias por ignorarme.»

Después, me arranqué y le escribí lo siguiente:

> Hola, Erin. No hace falta que respondas a este mensaje. Me alegro de que lo estés pasando bien en Biarritz. Solo quiero decirte que te echo de menos y que espero que nos podamos ver esta semana y charlar. P.D.: Por cierto, necesito el teléfono de Denis.

Esta vez tardó menos de cinco minutos en responder.

> Sí, estoy en Biarritz con Leire. Volvemos esta noche, muy tarde. Te paso el número de Denis, pero siendo domingo, casi seguro que estará nadando en el Club.

Ni un beso, ni un emoticono, nada. Vaya, las cosas pintaban realmente bien entre Erin y yo.

2

«El Club», como se lo conocía por la zona, había sido una iniciativa privada de los primeros habitantes de la colina, gente con bastante dinero —como Joseba—, que, a falta de equipamientos deportivos cercanos, se unió en una cooperativa para construir el suyo propio. Había comenzado siendo una sencilla cancha de tenis con un bar y una zona de vestuarios, pero con la llegada de más habitantes a las colinas, se había terminado convirtiendo en un pequeño polideportivo con piscina, gimnasio y spa. La cuota de socio costaba una fortuna, pero yo tenía un carné gracias a Erin. Era uno de los muchos regalos que me había hecho. Lástima que ahora tuviera que devolvérselo. Y quizá a través de los barrotes de una celda.

Ese domingo por la tarde, el aparcamiento estaba casi lleno y, según entré por la puerta, comprendí por qué. Había un trío de jazz tocando y una treintena de socios disfrutaban del concierto en el bar del Club, un lugar decorado a la inglesa, con cómodos sofás y una terraza con vistas a la cancha de tenis. Busqué a Denis y no lo vi, pero recordé lo que Erin me había dicho, así que cogí mi mochila y me fui a nadar.

La piscina estaba construida con todo el lujo que cabría esperar: un techo de madera con grandes ventanales que ofrecían una relajante vista de los bosques mientras nadabas. Además había una sauna y un baño turco junto a la zona de duchas. Yo solía ir a nadar un par de veces por semana, un kilómetro a crol, solo por mantener un hábito saludable en la vida.

Me paré en la línea de saltos y observé a los nadadores que iban y venían por las calles en ese momento. Una mujer, una chica y un tío haciendo estilo mariposa. Este último tenía grandes posibilidades de ser Denis: era difícil estar seguro con el gorro y las gafas puestos, pero tenía una piel pecosa y pálida que se correspondía a la perfección con lo que yo conocía del tipo.

Bueno, no sabía muy bien cómo plantearle la pregunta que quería hacerle, pero me imaginé que lo mejor era actuar con sutileza. Me lancé al agua y empecé a nadar. En cuanto Denis saliera, le interceptaría y trataría de establecer una conversación.

Entre nosotros mediaba esa sílfide en bañador negro y tan rápida, pero yo nadaba sin perder de vista a Denis. De vez en cuando me paraba y echaba un vistazo, pero el tipo entrenaba fuerte. Estuvimos por lo menos veinte minutos allí. Ya me dolían los brazos, las piernas, hasta el ombligo. Por fin le vi sentado al borde de la piscina, charlando con la otra nadadora. Hice un largo más, a braza, y pude ver cómo se despedía y se dirigía al baño de vapor. Un largo más para disimular y le seguí allí dentro.

Una densa capa de vapor lo cubría todo. Un par de gradas, luces de colores, y la vaga silueta de dos personas allí sentadas. Lo eché a suertes y fui hacia la silueta de la izquierda. Subí la grada, me senté.

—¿Álex?

—¿Denis? Qué casualidad.

—¿Estabas nadando hace un minuto? —preguntó—. Conozco a casi todo el mundo por su estilo y el tuyo no me sonaba.

Me tomé aquello como una manera elegante de decir que mi estilo era una mierda. Lo era. El chorro de vapor se reactivó, y justo en ese instante la mujer que nos acompañaba se levantó y se marchó de allí, dejándonos a solas.

—¿Y Erin? —preguntó Denis.

—Siendo su mejor amigo, me extraña que no lo sepas.

—¿El qué?

—Erin está enfadada conmigo. No le sentó nada bien que le ocultase mi incursión en casa de Carlos Perugorria. Pero estoy seguro de que ya lo sabes.

—No he hablado con ella en todo el fin de semana —dijo Denis—. Te lo puedes creer o no, a mí me da igual.

Se levantó, cogió su toalla.

—Espera. Quiero hablar contigo de algo.

Denis se giró bruscamente. Calculé por un segundo la posibilidad de que llegásemos a las manos. Tenía un par de buenos brazos y era más alto que yo.

—Estuviste en la fiesta de Carlos, me viste, ¿por qué no se lo dijiste a Erin?

Se quedó mirándome en silencio. El vapor se había disipado por un momento.

—¿Crees que debería haberlo hecho?

—No lo sé. Solo me extraña.

—Erin es como una hermana para mí, ¿vale? No voy a permitir que nadie le haga daño. Ya ha pasado muchas veces. Tíos supermajos que terminan cagándola. Ha habido unos cuantos.

—Y yo soy uno de ellos, según tú.

—Eso está por ver. De entrada, tienes una tarjeta amarilla.

—¿Qué? —Me reí—. ¿Desde cuándo eres el árbitro de nada?

—No voy a permitir que le hagas daño, Álex. Te lo he dicho: no eres el primero. Erin se merece mucho más.

—¿Alguien como tú, tal vez?

Se rio.

—A mí me gustan los tíos, Álex.

—Pues no lo parece. Lo que parece es que quieres a Erin para ti solo. Bueno, quizá la consigas... De todas maneras, eso no responde a mi pregunta. ¿Por qué lo ocultaste?

—Un gesto de deportividad. Estaba esperando a que tú se lo dijeras.

—¿Yo? ¿Cómo iba a hacerlo, si no me acuerdo de nada?

—No me trago tu historia de la amnesia. No me trago ninguna de las historias que le has contado a Erin.

—¿Qué quieres decir?

—¿Le has hablado ya de ese montón de dinero que debes? ¿O de ciertos encontronazos que tuviste con la policía de Amsterdam?

El vapor volvió a salir desde alguna parte. Elevó la temperatura de la sala, aunque yo me había quedado helado.

No dije nada.

—¿Sorprendido? —habló de nuevo Denis—. Investigar el pasado de la gente es parte de mi trabajo. Y como abogado es bastante fácil saber cosas; sobre todo, en lo relativo a sus finanzas. Debes un dineral..., más del que nunca podrías ganar cortando hierba.

Me levanté. Ahora sí, me daba igual que Denis tuviera el doble de brazo que yo. Iba a romperle la cara.

—¿Se lo has contado a Erin?

—Tranquilo. No sabe nada. Te estoy dando la oportunidad de que se lo digas tú, Álex. Solo quiero protegerla de tus problemas, ¿vale? Y de tus intenciones, si es que no son buenas.

—No quiero el dinero de Joseba, si es a lo que te refieres.

—De momento, ya has conseguido que te dé un trabajo en su empresa.

—Estás enfermo, Denis. ¿Sabes lo que estoy pensando? Quizá sea yo quien le cuente todo esto a Erin. Cuando me mande al cuerno, mañana. Le contaré la clase de amigo posesivo y psicópata que tiene.

Denis guardó silencio.

—Y ya de paso, ¿por qué no hablamos de la mierda que escondes tú debajo de la alfombra? Esas amenazas de muerte a Félix Arkarazo...

Abrió los ojos de par en par.

—¿De qué hablas? —dijo.

—Del viernes pasado, en el aparcamiento de Gure Ametsa.

Su cara era un poema y yo supe que había apretado el botón correcto, pero en ese instante se abrió la puerta y entraron dos chicas. Saludaron y se sentaron en una de las gradas. Denis y yo nos quedamos callados.

—Estaré en el bar —dijo mientras cogía su toalla y se dirigía a la puerta—. Te espero allí.

Me quedé de pie, inmóvil en aquel vapor agobiante, mientras aquellas dos chicas hablaban de cómo y dónde hacerse un tatuaje. Tenía el corazón a mil por hora. ¡Denis lo sabía todo! Mi noche en un calabozo de Amsterdam, mis deudas...

¿Tan fácil había sido investigar mi vida? ¿Y a qué estaba esperando para contárselo a Erin?

Salí de allí acalorado y me dirigí a una ducha fría que había en la salida. Abrí el grifo y un chorro de agua helada me impactó de lleno. Entonces algo se abrió paso en mi cabeza, una imagen: la terraza de Gure Ametsa por la noche, la luz del faro. ¿Qué estaba ocurriendo?

Estoy en la terraza, puedo oír los ecos de la fiesta.

Claro... Estaba recordando.

Tengo el móvil en la mano. ¿Por qué?

Estoy respondiendo a un mensaje.

Irati. Esa chica de los mildronates.

Es una buena pasta y ella dice que es urgente. Vale, en realidad no pinto demasiado allí. Voy a hacerlo. Me alejo un poco de las ventanas. No quiero que nadie me vea con la aplicación abierta. Voy hasta una esquina, me parapeto entre dos árboles y le escribo. En ese instante oigo algo. Una conversación a unos metros de la terraza, junto al aparcamiento.

Son dos voces de hombre. Discuten. Hablan a gritos. Están desatados.

—*Ni se te ocurra hablar del vídeo, ¿entiendes? Iremos a por ti. ¡Te hundiremos!*

¿Quiénes son? Hay uno que habla muy bajo, el otro está nervioso. El nervioso es Denis. El otro, esa voz aflautada... Félix.

—*Ya sabes lo que quiero.*

—*No sabes con quién te estás metiendo... Te juegas mucho, Félix. ¡Mucho!*

Veinte minutos más tarde entraba por la puerta del bar inglés. El concierto de jazz estaba en un pequeño receso y los socios se apelotonaban en la barra. Denis charlaba con un grupo de personas entre las que reconocí a su padre, Eduardo Sanz.

Me acerqué y saludé.

—¿Conoces a Álex?

Eduardo Sanz era un hombre grande de ojos verdes muy felinos. Bien vestido, perfumado, a conjunto del resto de los socios del Club. Industriales, empresarios..., triunfadores exigentes.

—He oído hablar de ti —dijo con una expresión muy dura en la cara.

Sentí su mano apretándome con fuerza. Yo apreté más. Finalmente dejamos aquella chorrada.

—Joseba habla maravillas sobre ti. Dice que eres un diamante sin pulir.

—¿En serio?

—Sí. Tiene grandes planes. Espero que estés preparado para trabajar duro.

Una mirada retadora. La aguanté.

—No le tengo miedo al trabajo —respondí.

Denis me rescató de aquella tensa conversación y me guio hasta unos sofás un poco apartados, con vistas a la cancha. Había comenzado a chispear y no había nadie jugando. Vino una camarera a tomarnos nota. Pedimos dos cervezas. Denis esperó a que se fuera para ponerse a hablar.

—Vale, hablemos. ¿Qué es lo que sabes? ¿Qué oíste?

En realidad, solo lo había recordado, pero me jugué un buen farol.

—Sé que hay un vídeo —dije.

Denis resopló como si se le hubiera caído el mundo encima.

—¿Lo robaste tú?

Negué con la cabeza, pero me alegré del pequeño desliz de Denis. Ahora ya sabía lo que robaron en Gure Ametsa la noche de la fiesta.

—Ante todo, espero que no le hayas dicho una palabra a nadie —dijo.

—Tranquilo —sonreí. Sentaba bien ser el que tenía al otro por el cuello.

—¿Nos oíste?

—Sí —dije—. Oí cómo le amenazabas.

—Como se le ocurra publicarlo, va a vivir un infierno. Eso es todo lo que le dije. Además, vendrá bien tu testimonio, si llegamos a juicio.

—¿Mi testimonio?

—De sus amenazas, de sus intentos de extorsión.

Llegó la camarera con las dos cañas. Guardamos silencio mientras las colocaba en la mesa.

—¿No tienen frío aquí fuera? —preguntó.

—No —respondió Denis—, estamos perfectamente.

La chica se quedó un poco cortada y se fue.

—Empecemos por el principio... —dije yo—. ¿Cuál es tu relación con Félix?

Denis le dio un sorbo bastante largo a su cerveza. De pronto estaba agitado, nervioso.

—¿Tienes tabaco?

—Puedo hacer un par de pitillos.

Me puse a ello mientras Denis comenzaba su relato.

—En realidad, ni siquiera le conocía hasta hace un año... —arrancó a decir—. Empezó a venir al Club a nadar y hacer algunas pesas. Alguien me contó que era escritor, pero nada más. Yo no leo novelas y tampoco leí la suya.

Bebió. Una pausa. Había comenzado a llover sobre las canchas.

—Coincidíamos en la sauna o en el vapor e intercambiábamos alguna frase. Al principio me pareció alguien simpático, un poco solitario. Por lo que me fui enterando, no estaba casado, ni tenía hijos. Vivía él solo aquí arriba, en la colina, en un chalé que había comprado recientemente. Una noche Ane me lo presentó en una de sus fiestas. Estábamos bebiendo y hablando y apareció él. Era alguien interesante, alguien con quien era fácil hablar. Creo que le conté muchas cosas. Demasiadas, pero como te digo, me había pillado desprevenido. Después me avisaron de quién era. De lo que se proponía.

—¿Qué quieres decir?

—Félix es un parásito, ¿entiendes? En su primer libro exprimió todos los cotilleos de Illumbe y ahora había encontrado un nuevo «nicho»: nosotros. El Club. La gente de la colina. La culpa la tiene Ane por haberlo traído a nuestro círculo.

—O sea, que Félix estaba investigando cosas acerca de la gente del Club.

—Yo no lo llamaría investigar. ¿Crees que alguien puede llegar a saber tanto de otras personas solo con tomarse un café y poner la oreja? No, Félix tiene su método.

—¿Método?

—La extorsión.

Le pasé el pitillo, le di fuego.

—¿Has oído hablar de la caza de brujas? Te salvas de la quema si eres capaz de acusar a alguien. Eso es lo que hace Félix. Así recopila sus secretos.

—¿Y eso es lo que hizo contigo?

Denis dio una calada.

—Un día, tomando una copa ahí mismo, en el bar, me empezó a hablar de Carlos y de un proyecto que tenemos en Galicia. Es un rollo en la costa, mucho dinero. Empezó a bromear con que teníamos a un par de diputados en el bolsillo. Primero me pareció una broma, pero entonces dijo que había visto un vídeo en el que aparecíamos Carlos, yo y algunos políticos. Yo no le creí, pero después hablé con Carlos y vi cómo se le ponían los pelos de punta. Alguien nos había grabado.

—¿Un vídeo con políticos?

—Sí. Era una idiotez. Un vídeo de una fiesta en un barco. ¿Cómo crees que se consiguen las cosas? Era bastante inocente, pero si llega a manos del partido político correcto sería una catástrofe. Ya sabes. Lo exprimirían para hacer daño a sus oponentes y nosotros seríamos la víctima colateral. Perderíamos una fortuna.

—¿Eso fue lo que robaron de la casa el viernes?

Denis asintió.

—Pero en ese caso, Félix ya lo tenía.

—O quizá solo iba de farol. El caso es que ahora ha desaparecido de la faz de la tierra. Llevo una semana intentando localizarle, pero no da señales de vida.

Me callé y aproveché para darle un buen trago a la caña.

—Se lo he dicho a Carlos —continuó Denis—. Félix me aseguró que no quería utilizar el vídeo, que él en realidad iba detrás de otra cosa. Me pidió que lo ayudara con algo. Quería algo a cambio del silencio. Al principio dije que no..., pero he cambiado de opinión. Se lo daré.

—¿Algo a cambio?

—Quería saber cosas. Cosas que requerirían que yo investigara y robara información.

—¿Qué información?

Denis fumó.

—Bueno, ¿qué importa eso? Unas patentes de Edoi —dijo—, unas patentes viejas, de un antiguo socio de Joseba. Una historia que tú desconoces.

Noté que un escalofrío me recorría el gaznate de arriba abajo.

—¿Floren?

—¿Cómo lo sabes?

—Ane me habló de él. ¿Qué quería Félix exactamente?

Denis frunció el ceño un instante.

—Bueno... Tampoco es ningún secreto. Cuando mi padre comenzó a presionar para entrar como socio en Edoi, Floren interpuso una denuncia contra Joseba. En realidad, solo lo hizo para hacerle daño, o para presionarle, pero las malas lenguas rumoreaban que había cierto fundamento en todo ello.

—No te sigo, tío, ¿en qué había fundamento?

—Al parecer, Joseba pudo apropiarse de algunas ideas de Floren. O al menos era lo que Floren decía: que Joseba le había robado algunas ideas que habían terminado siendo muy importantes para la empresa. Diseños de materiales, etcétera.

—O sea, que Félix estaba investigando sobre Floren...

—Posiblemente. Aunque no hay nada que buscar. Floren nunca pudo demostrar nada. Además, el juicio nunca llegó a celebrarse. Pero supongo que Félix vio en eso algún tipo de cotilleo sabroso para su libro.

—Espera, ¿dices que el juicio no llegó a celebrarse?

—No —dijo Denis—. Floren se mató antes de que comenzara la instrucción.

Apuré la cerveza y el cigarrillo. De pronto, las cosas empezaban a tener sentido. Las piezas de un puzle que durante días había parecido imposible empezaban a encajar.

—Oye... —dijo Denis—, sobre Erin... Todo este asunto... Supongo que ahora estamos a la par: cada uno sabe un secreto del otro.

—Tú quieres a Erin como a una hermana. Yo estoy enamorado de ella hasta la médula. Por mí, no hay más que hablar.

Denis me miró en silencio.

—¿Y ese dinero? ¿Y la cárcel?

—Hay una explicación. Te la daré algún día, pero tienes que prometerme que seguirás siendo igual de deportivo que hasta ahora. Y yo te devolveré el gesto callándome todo este asunto. ¿Trato?

Denis me miró a los ojos unos segundos. Después asintió.

—Trato.

Media hora más tarde salí conduciendo del Club. Había caído la noche. Una noche clara, de estrellas y luna creciente. Llegué a la primera intersección de la carretera y frené junto a una parada de autobús. Eran las diez y media de la noche y tenía una sensación eléctrica recorriéndome el cuerpo. La sensación de que por fin estaba dando los pasos correctos.

Denis decía la verdad, no tenía ninguna duda al respecto. Félix Arkarazo era un coleccionista de secretos, pero ahora también sabía algo más de él: que era un monstruo. Un chantajista. Y lo más importante: que estaba investigando la muerte de Floren. Un suicidio o accidente que quizá no lo era. ¿Había encontrado Félix una prueba de ese crimen? ¿Era la «gran bomba» que estaba a punto de soltar en su segunda novela? Todo parecía indicar que sí. Y quizá era eso lo que había provocado su asesinato.

Ya no bastaba con hacer preguntitas aquí y allá. No podía seguir mirando las noticias y esperando lo inevitable. Tenía que dar un paso adelante, y decidí darlo esa misma noche.

3

«El monte de los cucos», Kukulumendi, no estaba demasiado lejos del Club. Era otra colina más en aquella especie de sierra de pequeños montes, donde surgían los chalés como champiñones después de un día de lluvia. Solo había que seguir una carreterita y no perderse, ya que por esa zona había un verdadero enjambre de caminillos y sendas particulares. En los años «problemáticos», mucha gente de cierto nivel se había asentado en lugares así. Escondrijos remotos, aislados, entre árboles y colinas. Zonas laberínticas, sin demasiadas señales o información, casi diseñadas para que un extraño se perdiera sin encontrar nada.

Esa misma noche, dejé el coche en un aparcamiento vecinal, cogí mi mochila de artilugios y un bastón de *nordic walking*. Esto último era un elemento clave del disfraz; nada como llevar algo caro en las manos para tranquilizar a un eventual vecino.

La carretera subía en zigzag, conectando los diferentes números de las casas de la colina. Me crucé con un par de coches, un corredor nocturno y una señora con su perro. El perro debió de oler mis intenciones de intruso y me ladró un poco, pero la señora lo mandó callar y me saludó con amabilidad. Yo alcé mi bastón y le devolví el saludo.

Denis me había dicho que Félix vivía en el chalé de «arriba del todo». Eso era una ventaja, pues la carretera se acababa allí y por lo tanto no había apenas tráfico. Una pequeña chapa de metal indicaba el camino del número 10. El terreno estaba en cuesta, cercado con un seto bastante alto que crecía detrás de una verja de alambre. Caminé a orillas de la finca y aproveché para rozar la punta de mi bastón con ella y hacer algo de ruido. Si había algún perro ahí dentro, vendría como un rayo. Odian que juegues con su territorio. Pero no se oyó nada. Ni un ladrido ni las cuatro patitas de ningún can. Eso era bueno. Por lo demás, no había ni rastro de la policía. Si habían encontrado el mismo cadáver indocumentado que yo, era muy posible que aún tardaran en saber quién era o dónde vivía.

Llegué hasta un murete cubierto de lajas de piedra, que sostenía las dos jambas de un portón de madera. Sería fácil trepar por las lajas, pero estaría demasiado expuesto. Había luz y algún vecino podría verme sin problema desde su casa. En cambio, al final de la carretera comenzaba un pinar que quedaba en penumbras. Allí el seto era mucho más alto, pero mi idea no era saltarlo sino colarme por debajo. Los troncos del seto estaban lo suficientemente separados como para permitir a un cuerpo delgaducho arrastrarse entre ellos.

Regresé a la carretera. Antes de intentar la incursión debía asegurarme de otra cosa más. La falta de iluminación a esas horas sugería que la casa estaba vacía, pero quería asegurarme, así que fui al portero automático y llamé al timbre. Era uno de esos porteros con vídeo. Se encendió una lámpara y esperé un minuto. Nada. Denis había dicho que Félix era un tipo sin familia y, en efecto, allí no parecía haber nadie, con lo que tenía vía libre. La última complicación sería la alarma, si la había, pero eso solo lo sabría cuando estuviera dentro de la casa.

Volví al pinar. Saqué una tijera de poda y rompí el alambre en círculo. Lo justo para colarme y volver a cerrarlo a mi paso sin que se notara demasiado. La hierba estaba alta, había bastantes cardos y unas calvas muy feas. «Contrata a un jardinero, hombre.» Me arrastré con cautela hasta situarme frente a la casa: un chalé de los que se construían en los ochenta. Hormigón grueso y frío. Tejado de pizarra. Grandes ventanas con marcos de madera. Había una piscina pero estaba vacía, y parecía que llevaba así por lo menos desde la época de Noé. El jardín estaba muy poco cuidado. Había un arbusto de conífera junto a la puerta que nadie había podado en siglos. Parecía el Demogorgon. El Setogorgon.

La casa tenía dos plantas. En la de abajo había unos buenos ventanales, supuse que del salón, pero tenían las persianas echadas. En la de arriba detecté una terraza con una puerta acristalada. Era una posibilidad para entrar. También había un portón de metal, posiblemente del garaje, al final del sendero de asfalto. Y suponía que estaba conectado a la casa.

La caja de alarma estaba instalada junto al tejado. Parecía un poco vieja y no tenía ninguna pegatina de empresa. Bueno, ser jardinero te da ciertos conocimientos sobre estos temas, y a mí me pareció que aquello era un elemento disuasorio, sin más. Por el estado del jardín, Félix parecía del tipo «vivo en un chalé pero me duele pagar el mantenimiento». Y una alarma conectada costaba un dinero. Quizá tuviera suerte con eso.

Me puse en pie. La ventaja de aquel seto tan alto era que ahora ya podía caminar con libertad. Fui hasta el portón del garaje y lo observé. Era de esos basculantes a dos hojas, y además tenía una cerradura muy simple. Podría usar mi palanca de metal para deformar un lado y reventar el cierre, que seguramente era con un brazo interior. Era una opción, pero escandalosa. Antes de usar la fuerza bruta, preferí investigar alguna alternativa. Me dirigí por unas escaleras hasta la entrada principal de la casa, una puerta de madera con un aldabón hortera a más no poder. Levanté el felpudo. Nada, claro, esto hubiera sido demasiado fácil, aunque estaba casi seguro de que Félix escondería una llave por allí. Un hombre solo, sin familia, tiene que asegurarse de tener una copia de la llave de su casa disponible por si le roban o la pierde.

Salí afuera. Había algunos tiestos a los lados de la escalera. Los observé con detenimiento y elegí el más pequeño. Eureka. Allí estaba la llave.

Abrí la puerta sin necesidad de girar la llave ni una sola vez. Estaba cerrada con el resbalón, como se suele decir, y aquello me pareció extraño. Todo estaba siendo demasiado fácil. Junto a la puerta había un panelito de plástico que contenía el teclado de la alarma. Tal y como me había supuesto, estaba desconectada.

Encendí la linterna del móvil. La frontal iluminaba demasiado y no quería arriesgarme a que algún paseante nocturno avistase una luz danzando a través de las ventanas. La entrada del chalé daba a un salón que estaba prácticamente desnudo. Un sofá (de Ikea), un televisor de plasma y muchos libros apilados en torres en el suelo. Un teléfono también en el suelo, junto a una lámpara de pie, venía a completar todo el mobiliario del salón. Ni un cuadro en las paredes, ni una alfombra. Era raro. Por lo que sabía, Félix llevaba una buena temporada viviendo allí, pero uno diría que el tipo acababa de mudarse esa misma semana.

Fui a la cocina y empecé por mirar la nevera. Dicen que el interior de una nevera revela mucho de su dueño. En la de Arkarazo había un yogur y un plátano pocho. El resto de su cocina era como un himno a la desidia. Una sartencita con aceite casi negro te daba la pista definitiva: los mejores amigos de Félix debían de ser Oscar Mayer y el Capitán Iglo. Un calendario de mujeres en bikini. Una botella de whisky por la mitad y un cenicero desbordado de colillas. ¿Así vivía un escritor *best seller*? Pues vaya mierda.

El resto de la primera planta no incluyó ningún descubrimiento más. Un cuarto de baño y una salita donde Félix guardaba su mayor secreto en lo que a salud se refería: una bicicleta estática. Después encontré una puertecita que conectaba con un garaje no muy grande. Allí no había coche. Solo una segadora Outils Wolf, una mesa de ping-pong plegada y unos estantes llenos de herramientas, botes de pintura, etcétera. Eso me llevó a preguntarme por el coche de Félix. ¿Quizá es que no conducía? En ese caso había elegido un sitio terrible para vivir.

Salí de allí y subí a la segunda planta. El dormitorio de Félix iba en la línea minimalista de la decoración del salón. Una cama deshecha, un armario de Ikea y un montón de ropa por el suelo. Había un par de libros, a modo de mesita de noche. Sobre ellos, otro cenicero con colillas. Dos de ellas tenían impregnado el color de un pintalabios rosa en su filtro. ¿Una mujer en la vida de Félix? ¿Quién?

Investigué el armario. Aquí es donde Félix se gastaba la pasta. Había cantidad de ropa: trajes, camisas, tenía un cajoncito de cinturones y un corbatero con casi una veintena de piezas de calidad. Abrí unos cuantos cajones hasta que di con un pequeño botiquín. Encontré una caja de preservativos abierta, faltaban tres. Sí, definitivamente, el tipo tenía algún lance sexual. En otro cajón había medicinas normales, nada fuera de lo normal: paracetamol, ibuprofeno, jarabe para la tos...

El dormitorio tenía un cuarto de baño anexo. Entré y lo registré un poco. Bañera con hidromasaje, toallas con olor a necesitar un lavado. Aquí hice un buen hallazgo de un armarito tras el espejo: una bonita colección de tranquimazines y dormidinas como para hacer dormir a todo un circo de elefantes. ¿Problemas de insomnio, Félix? Pero lo más interesante fue encontrar una caja de kamagras, la viagra india: ilegal en Europa, más barata, mejor, y cuyo distribuidor «no autorizado» en la zona de Illumbe era... yo.

¿Félix era mi cliente? No me sonaba de nada.

Salí de allí. La habitación contigua estaba medio vacía: una cama y una cómoda de estilo rústico donde solo había juegos de sábanas y mantas polvorientas. El siguiente dormitorio estaba pelado, ni un mueble. ¿Dónde estaba el almacén de los secretos de Félix?

Solo me quedaba una puerta al fondo del pasillo y un rápido cálculo mental me llevó a darme cuenta de que debía de ser esa habitación con terraza que había visto desde el jardín.

Nada más abrir la puerta advertí dos cosas. La primera es que lo había encontrado, aquel era el despacho del escritor. La segunda es que alguien había pasado por allí antes que yo.

Estaba todo patas arriba.

Me quedé quieto junto a la puerta, observando aquel desastre y sintiendo un sudor muy frío por la espalda. El suelo estaba cubierto de libros, papeles, fotografías... Alguien se había dedicado a abrir todos los cajones, carpetas y cajas que había en aquella habitación.

«Faltaban su cartera, su móvil... Sus llaves.»

Esa sensación eléctrica que llevaba conmigo desde la noche anterior se reforzó. Es como si me hubieran inyectado otros mil amperios de potencia entre las paredes del culo. Aquello confirmaba que estaba tras la pista correcta: alguien había asesinado a Félix Arkarazo por algo que él sabía. Un secreto sobre la muerte de Floren. Alguien lo mató por ello, le robó la cartera, el teléfono móvil y las llaves, y vino a su casa, quizá la misma noche de su asesinato, en busca de ese secreto. ¿Lo habría encontrado?

Me agaché y recogí un papel del suelo. Era un contrato escrito en inglés. Un contrato entre la agencia literaria Rosa O'Shea y una editorial llamada Iruzuki Publishing: una cesión de derechos para la traducción al japonés de *El baile de las manos negras*. Veinticinco mil euros de anticipo. Seguí la pista del documento —había unos cuantos iguales: contratos de traducciones, adaptaciones audiovisuales y demás— hasta una carpeta que llevaba el título de «Contratos escritor». Félix solo había publicado una novela, pero en aquella carpeta había por lo menos una treintena de copias, casi todas del año 2016. Si todas valían lo de la japonesa, estábamos ante un pastón considerable. ¿Y aun así se compraba los sofás en Ikea?

Algo no encajaba.

Arrodillado sobre ese caos de documentos, empecé a buscar algo con la sensación de que sería inútil. Aun así pasé por lo menos veinte minutos revisando los papeles del suelo. Después me levanté. Había una carpeta abierta sobre su escritorio. Dentro había impresos y notificaciones. Esta vez no eran editoriales extranjeras, sino una institución de casa, de toda la vida. Hacienda. Y aquí es donde las cosas comenzaron a cobrar algo de sentido para mí.

Las cartas venían de Hacienda. Hablaban de auditorías, aclaración de movimientos... No es que yo fuese un entendido en movidas con el fisco, pero aquellas cartas dejaban muy claro que Félix no estaba en el mejor punto en su relación con el «bien común». Cogí una carta en que se leía la palabra «resolución» y la leí:

> [...] otros gastos de empresa ilegítimos, la adquisición del inmueble sito en la calle Kukulumendi, número 10 [...].
>
> [...] por lo que se le reclama la cantidad de 230.450 euros en concepto de retrasos en la tributación del IRPF más un recargo de [...].

«230.450 euros —pensé—. Jo-der.»

La carta estaba fechada el 10 de diciembre del año pasado y lo que más o menos se podía entender es que Félix Arkarazo había utilizado una empresa fantasma para eludir impuestos y que Hacienda le había pillado con el culo al aire. Y le reclamaban una fortuna por ello.

Seguí buscando y removiendo. Facturas y más facturas. Cosas que al parecer estaban pendientes de pago. Avisos por demora. Incluso había una carta del Club en la que se reclamaban las cuotas del segundo semestre de ese mismo año. Vamos, que Félix pasaba un momento complicado financieramente. Hacienda le estaba mordiendo el trasero.

Pero, aparte de eso, no había nada que pudiera parecerse a un apunte de escritor o un manuscrito. Félix estaba preparando una nueva novela. ¿Dónde la escribía? Debía de haber un cuaderno de escritor, una carpeta, un ordenador. ¿Quizá se habían llevado su ordenador? Algo me decía que no. No era allí donde Félix Arkarazo guardaba sus secretos.

«Este no es el sitio.»

Estuve mareando aquellos papeles un poco más, y cuando ya pensaba que me iba a ir de allí con las manos vacías, pasó algo.

Un ruido me hizo detenerme en seco. Un zumbido eléctrico potente. Un BEEEEEEP que invadió la planta baja de la casa. El susto fue tal, que dejé de respirar durante un buen rato. ¿Qué era eso? ¿La alarma? Después volvió a sonar. BEEP-BEEP y me di cuenta de que era el portero automático.

Alguien estaba llamando al intercomunicador. ¿Es que me habían visto? ¿Quizá era la policía?

Me quedé petrificado, intentando pensar. Quizá fuera un familiar o un amigo. Alguien que echaba de menos a Félix. Fuese quien fuera, no tenía la llave de la casa. No podía entrar. Pensar en esto me desbloqueó un poco las piernas. Tenía que echar un vistazo. Me deslicé hasta la puerta y me dirigí escaleras abajo. La casa tenía un videoportero automático. Quizá pudiera ver quién llamaba.

Otro BEEEP según terminaba de bajar las escaleras. Llegué a la puerta. Me acerqué a la pantalla del videoportero. Y entonces vi una cara.

Solo duró un instante, porque se movió rápidamente —se habría cansado de tocar el timbre—, pero esa cara me resultó muy familiar. Una chica rubia, con una nariz de Cleopatra imposible de olvidar: era la misma chica que me había pedido los mildronates la noche del viernes. Era esa tal Irati. ¿Qué demonios estaba haciendo en casa de Félix?

Fui a la cocina y me acerqué a la ventana que daba a la parte frontal. Si hubiera un coche junto a la casa, vería sus focos. Pero no se veía ni se oía nada. La chica debía de ir andando o en bicicleta. No me paré a pensarlo. Salí a todo correr, con cuidado de no hacer ruido con la puerta. Crucé el jardín y llegué hasta mi pequeño agujero en la verja. Me deslicé por él y después fui con cuidado hasta la esquina y me asomé. Irati se alejaba por el camino, en dirección a la curva. No iba demasiado rápido. Caminaba con los brazos cruzados, pensativa. Yo salí de allí, por la carretera, y la seguí a cierta distancia. ¿A dónde iba andando? ¿También habría aparcado el coche en alguna parte?

Enseguida lo comprendí todo. Al doblar la curva, según enfilaba el siguiente tramo recto de la carretera, vi cómo sacaba unas llaves del pantalón. Se dirigió al portón de madera del primer chalé que aparecía a la derecha del camino. Lo abrió y se metió dentro.

Irati era la vecina de Félix Arkarazo.

Esperé dos largos minutos antes de seguir andando. Al pasar, eché un vistazo al buzón del número 9 de Kukulumendi. Había dos nombres. Uno de ellos era Irati Jiménez Galán.

4

Llegué a Punta Margúa muy tarde. Eran más de la una y la casa estaba a oscuras.

Al pasar junto a la habitación de Dana, noté que se entreabría la puerta.

—¿Dana?

—No te espío, ¿eh? —dijo ella—. He oído pasos por la *escalerra* y... Es un poco tarde, ¿no?

—He ido a nadar y después me he tomado una copa.

—Oye, ¿va todo bien? Últimamente no te pillo ni para hablar un minuto. ¿Qué tal la cabeza?

—Bien. Ya casi no duele.

—¿Y Erin? ¿Estáis bien?

—La verdad es que no lo sé.

—Pasa un segundo. Tengo que hablar contigo.

El dormitorio de Dana era pequeño. Una cama nido a un lado, una mesa al otro. Todo perfectamente ordenado y con un toque femenino. Luces, cuadritos. Tenía sus libros, un ordenador viejo donde se veía el solitario de Windows a medio hacer.

—Hay una cosa que *aclarrar* —dijo Dana con su acento—. Quizá tu abuelo ya no esté para quedarse solo en casa.

—¿Lo dices por lo del disparo?

—También. Pero anoche se despertó *grritando*. No sabía dónde estaba...

—Algo me ha dicho esta mañana.

—Sí, lo siento mucho, Álex. Quizá nunca habíamos hablado de esto explícitamente. Pero ha llegado el día en que debemos *dejarrlo* sentado, ¿okey?

—Okey.

—Mi contrato es de ocho horas diarias. Eso significa que tengo derecho a descansar dos o tres horas cada día. No me importa ser flexible, pero tenemos que organizarnos.

—Cuenta con ello, Dana.

—Vale. Aclarado. Oye, por cierto, no sabía nada de lo de tu herida en la cabeza. Tu abuelo tampoco sabe nada, ¿verdad? ¿Y Erin?

—¿Lo de la herida? Bueno, no quería preocupar a nadie.

—*Trranquilo*, de mí tampoco saldrá nada. Yo no me meto donde no me llaman. Pero ¿no te parece algo lo suficientemente importante? Quiero decir, si alguien te golpeó... quizá estaba intentando robarte o algo peor.

—Puede ser, pero no lo recuerdo, Dana. Y créeme que me está amargando la vida.

—Lo sé. Te he notado muy nervioso estos días. La madera cruje, ya sabes. Si quieres hablar con alguien..., la puerta de mi habitación siempre está abierta, ¿okey?

—Gracias —le dije—, muchas gracias.

La miré. ¿Qué había en sus ojos? ¿Es que Dana sabía algo?

Esa noche dormí mal. Soñaba con la policía llegando a Punta Margúa. Soñaba con el clic de unas esposas cerrándose alrededor de mis muñecas. «¿Pensabas que no encontraríamos tu ADN? —decía Arruti—. Siempre supe que eras culpable, Álex, desde el primer día.» «Irati —decía yo—. Hablen con ella. ¡Era su vecina! ¡Debe de saber algo!»

Me desperté muy temprano. Abrí los ojos a las seis y media. El día amanecía cálido. Un viento sur elevaba la temperatura y había algunas nubes en el cielo, y a lo lejos se veía un frente oscuro que llegaba desde Galicia. ¿Llovería por la tarde? A las gaviotas, por lo menos, se las veía bastante despreocupadas.

Era demasiado pronto, pero no podría volver a dormirme. Además ese día tenía que recoger la GMC del taller. Me duché, me vestí y bajé dando un paseo a Illumbe. Compré pan y el periódico donde Emilia y me fui al bar de Alejo a desayunar hasta que abrieran el garaje, a las ocho en punto. Café con leche y una tortilla de jamón y queso. Tomé asiento en una mesita y abrí el periódico. Los titulares estaban copados de políticos y fútbol, como casi siempre. A mí las que me interesaban eran las primeras páginas, dedicadas a los sucesos locales. Un rápido vistazo me dio a entender que Félix Arkarazo seguía sin ser noticia.

—¡Con leche en vaso!

Me levanté y cogí mi café. Volví a la mesa. El resto de las noticias de sucesos se concentraban en la pesca furtiva y en un (nuevo) caso de violencia de género en Bermeo. Además, en una pequeña columna a la izquierda de las noticias relevantes se leía lo siguiente: «Hallado un alijo de fármacos ilegales en un taller abandonado en el monte Sollube».

Tuve que dejar el vaso de café en su platillo a riesgo de

derramarlo todo. Me incliné sobre la mesa y leí aquello intentando no parecer absolutamente histérico:

Más de mil pastillas que incluyen hormonas de crecimiento, dopaje deportivo y la llamada «viagra india», más barata que la oficial y cuya venta es ilegal en Europa, fueron halladas fortuitamente en un almacén del monte Sollube.

El alijo, perfectamente sellado y protegido de la humedad, se encontraba alojado en el interior de una bolsa deportiva, que a su vez había sido escondida en un armario de archivo. La casualidad quiso que el dueño de la propiedad se lo topase mientras realizaba unas labores de limpieza. Al comprobar que su contenido «parecía algo químico envuelto en plástico», alertó de inmediato a la Ertzaintza, que se desplazó hasta el almacén con el equipo de artificieros. Tras acordonar la zona, se procedió a comprobar que pudiera tratarse de material explosivo, cosa que alertó a muchos vecinos de la zona y conductores, que se detuvieron a observar el operativo.

Fuentes de la policía autonómica han declarado que el hallazgo «relanza» una investigación iniciada meses atrás a raíz de haber encontrado varios medicamentos abandonados en una parada de autobús entre las localidades de Olabarrieta y Metxika. «Sabemos que este tipo de tráfico se está dando en la comarca y que es muy opaco», comentan fuentes de la investigación. «Los pagos posiblemente se realizan a través de internet, con criptomoneda, y las entregas son también concertadas por internet, lo que dificulta cualquier rastreo.» Las mismas fuentes apuntan a un «lobo solitario» que utiliza este tipo de instalaciones abandonadas para almacenar la mercancía preservando su anonimato.

Intenté contener un tsunami de ansiedad que se abría paso desde mi estómago. Me temblaban las piernas y se me había secado la garganta.

Miré a mi alrededor. La gente seguía a lo suyo, claro, aunque yo sintiese un terremoto bajo mis pies.

Los de la trainera hablaban a gritos y dos jubilados comentaban la buena estrategia defensiva del Athletic en los últimos partidos.

Pinché un trozo de tortilla y me lo metí en la boca, aunque se me había quitado el apetito de golpe. Mastiqué sin ganas y después pasé la hoja del periódico. No quería que nadie me viera demasiado concentrado en aquello.

«Mierda, mierda, mierda.»

De nada servía pensar en todo lo que podía haber hecho o dejado de hacer.

El taller de Sollube era una mala opción, lo supe desde el instante en que lo elegí, pero era la mejor en su momento. Fin de la historia. Perder la mercancía era el precio que estaba dispuesto a pagar por mi anonimato. Además, el hecho de que hubieran confundido la bolsa con explosivos había provocado que la noticia saltara a la luz. De no ser así, es posible que la policía me hubiera tendido una trampa. Hubieran esperado a que volviera por allí para pillarme con las manos en la masa.

En el fondo había tenido mucha suerte.

Seguía pensando en esto cuando llegué al taller de Ramón Gardeazabal: la GMC estaba como nueva. La dolorosa ascendía a cuatrocientos cincuenta euros, pero habían hecho magia con la chapa y los faros. «También hemos ajustado el motor, cambiado filtros... y hemos dado un buen repaso a los frenos.» No era un gran día para desembolsar dinero, pero no me quedaba otra. Después arranqué la GMC y salí de allí en dirección al valle. Tenía otras cosas que hacer esa mañana, y visitar a Irati, la vecina de Félix, era lo primero en mi lista.

5

Llegué al camino de Kukulumendi y aparqué la GMC en el mismo miniaparcamiento en el que había dejado el Mercedes la noche anterior. El camino era de un solo sentido, ya que terminaba en lo alto de la montaña, de manera que solo tenía que apostarme allí y esperar. Si Irati bajaba, andando o en coche, la vería... ¿y después qué, amigo detective? Bueno, mi intención era seguirla. Enterarme de algo más sobre ella. Estaba claro que esa chica jugaba un papel clave en esta comedia.

Estuve allí de plantón durante media hora, mirando los coches que salían de la urbanización —un Tesla, un Audi, un Mercedes— con hombres y mujeres trajeados que se dirigían a sus importantes trabajos. Alguno con niño incluido. Mientras tanto, se me ocurrió que podía buscar algo de Irati en internet. Tenía su cara y su nombre, así que la busqué entre los amigos de Facebook de Félix.

Me costó cerca de veinte minutos dar con ella. Félix tenía cerca de cinco mil facebook-amigos, pero yo buscaba a uno muy concreto: una mujer rubia, de nombre Irati Jiménez, con la nariz recta. Encontré seis candidatas Iratis, tres de las cuales descarté por la fotografía. Las otras tres eran imposibles de identificar. Una de ellas tenía sus pies como foto de perfil, pero al entrar en su página, pude leer que tenía solo veintidós años. No, la Irati que yo buscaba rondaba los cuarenta. Descartada. La segunda, que se había colocado una imagen de Heidi, vivía en Irún y era morena. Descartada. La tercera, que utilizaba una foto de un atardecer, me pareció más interesante. Una mujer rubia, de unos cuarenta.

Estaba de suerte. Irati tenía el perfil abierto y pude investigarla un poco. Un par de fotos muy recientes me sirvieron para confirmar su identidad. En una de ellas salía vestida con ropa de tenis en lo que reconocí como una de las canchas del Club. Una mujer alta, esbelta... Fui mirando el resto de sus *posts* y reconstruyendo un relato de su vida. Irati Jiménez había estudiado Derecho en la Universidad de Deusto. Le gustaba esquiar y viajar (fotos de Amsterdam, París, Viena...). Estaba casada y tenía dos hijos. Había una fotografía suya con la familia, haciendo una barbacoa en su jardín de Kukulumendi. Irati pertenecía, además, a un par de clubes de lectura (compartía reseñas de libros) y en uno de sus *post* aparecía con Félix Arkarazo. «Con el mejor escritor... y ¡además mi vecino!» ¿Era esa la relación que los unía? ¿Era su fan?, ¿algo más?, pensé al recordar aquellos cigarrillos con el filtro manchado de pintalabios que había encontrado en el dormitorio de Félix.

Eran aproximadamente las nueve cuando vi aparecer un nuevo coche —el cuarto de la mañana— por la curva del camino. Era un Hyundai familiar de color negro y según lo vi avanzar hacia mí, tuve un buen pálpito. La conductora —una mujer rubia, con gafas de sol posadas sobre una fabulosa nariz recta— hablaba con sus dos hijos, de unos doce y catorce años, que iban sentados con ella, muy posiblemente rumbo al colegio. Era Irati.

Arranqué la GMC y maniobré todo lo rápido que pude. Los caminos, por esa zona, conforman un pequeño laberinto y no quería arriesgarme a perderla, pero en realidad solo podía estar dirigiéndose a la carretera general.

La seguí con cuidado, a cierta distancia, y la vi incorporarse hacia la derecha. Hice lo propio, tres coches detrás de ella, y condujimos un rato por las carreteras del valle. Había muchos autobuses escolares y fue fácil adivinar el destino de Irati esa mañana: uno de esos colegios privados, de inspiración religiosa, que hay por la zona.

Temía que me hubiera visto aparcado en la carretera de Kukulumendi, así que no la seguí allí dentro. En vez de eso, aparqué en un restaurante que había cerca de la entrada y esperé.

Irati tardó menos de cinco minutos en descargar a sus vástagos y volver a la carretera, esta vez en sentido contrario. ¿Regresaba a su casa? ¿Al trabajo? Pasamos de largo la entrada de Kukulumendi y continuamos adelante, hacia Gernika. Mientras conducía, con cuidado de no situarme demasiado cerca, iba pensando en el siguiente paso. ¿Cómo iba a hacerlo? Tenía que hablar con ella, pero abordarla directamente quedaba descartado. No podía arriesgarme a verme conectado con Félix o con el pedido de mildronates. No, al menos, a cara descubierta. Entonces se me ocurrió algo. Era extraño... pero podría funcionar.

Fui tras ella hasta el aparcamiento de un gran Eroski situado en las afueras de Gernika. Aparcó, cogió un carro de la compra y se dirigió al interior del supermercado. Vale. Esta era una oportunidad de oro. Saqué un folio y un bolígrafo de la guantera y escribí lo siguiente:

Hola, Irati. Soy un amigo de tu vecino Félix y tengo un mensaje muy importante de su parte. Nos vemos esta noche (22.00) en...

Elegí uno de mis lugares solitarios favoritos de la zona: una vieja casa-torre que llevaba años cerrada y se caía a pedazos (era una herencia de cuatro hermanos mal avenidos, según contaban los rumores locales). Esperaba que Irati la conociera por su nombre, Casa Galdós, pero, por si acaso, añadí algunas indicaciones. Y también escribí, con mayúsculas: «VEN SOLA O ME LARGARÉ».

Después doblé el folio dos veces y salí de mi furgoneta. A esas horas de la mañana no había demasiada gente por allí. Me acerqué al Hyundai, levanté uno de los limpiaparabrisas y la coloqué debajo. Hecho esto, volví a mi furgoneta y me quedé allí, observando.

Irati salió al cabo de media hora con el carro bastante lleno. Lo cargó todo en la parte trasera de su coche y entró en el asiento del conductor. Pensé, por un instante, que no vería mi nota, pero lo hizo. Volvió a salir, la recogió, la leyó. Se quedó absolutamente congelada al hacerlo. Miró a un lado, al otro, pero yo estaba demasiado lejos y bien escondido como para preocuparme por ser detectado.

Hizo una bola con el papel. Se acercó a una papelera... ¿Iba a tirarlo? Pero entonces se detuvo. Volvió a desplegarlo. A leerlo. Esta vez lo metió en el bolsillo del pantalón y volvió a su coche. Arrancó y salió de allí, tan nerviosa que casi se choca con otro coche que avanzaba con prioridad.

Me quedaba un largo día por delante hasta la cita con Irati. Decidí trabajar un poco. Era mucho mejor que pensar en todo lo demás. La policía, la cárcel, Erin... Era lunes y los lunes tenía un par de casas solamente. La primera estaba en una urbanización muy cerca del monte Kukulumendi, de una señora danesa llamada Caryn que vivía allí sola con sus cuatro perros. Habían pasado dos semanas desde mi última siega y el césped llegaba casi hasta la rodilla. Estuve segando durante tres horas y Caryn me pagó una buena propina. Me dijo que se iba a Dinamarca la semana siguiente y que no volvería hasta pasado Año Nuevo. Le pregunté qué haría con sus cuatro perros y, mientras señalaba su viejo Volvo familiar, me dijo que se iban con ella.

—¿Vas a ir hasta Dinamarca en coche? —le pregunté.

—Oh, sí... Haciendo pequeñas paradas para visitar y gorronear a un montón de amigos por el camino —se rio ella.

La siguiente casa era un hotel rural en Metxika, y casualmente, la forma más rápida de llegar desde la casa de Caryn era pasando muy cerca del polígono Idoeta.

La ansiedad que había conseguido enterrar segando la hierba y oliendo los rosales volvió a resurgir con fuerza según iba acercándome a ese lugar tan negro, que olía a muerto, a bichos, a culpabilidad... Por un instante estuve a punto de encaminarme a la vieja fábrica a pecho descubierto, sin disfraces y a plena luz del día. Tenía que saber qué estaba pasando. Tenía que enfrentarme al miedo, porque me estaba devorando por los pies. La noche pasada había tomado una pastilla de más. Comenzaba a pensar en las pastillas más de la cuenta. En tomarme una, dos, tres..., cuarenta. Y dormir dulcemente para siempre. Pero también estaba la carretera y Caryn me había hecho pensar en ello. Las fronteras estaban abiertas hasta Holanda y allí conocía gente que podría ayudarme si decidía emprender la huida. En ese mundo oscuro y subterráneo puedes conseguir casi cualquier cosa, si tienes contactos, dinero y el aplomo necesario. Pero ¿quería hacerlo? ¿Fugarme? ¿Dejar a mi abuelo, a Dana, a Erin...? La sola idea de perderlos me hacía preferir una celda donde, al menos, podría verlos de vez en cuando. Bueno, si es que Erin no me había abandonado ya, cosa probable.

El polígono Idoeta respiraba una ferviente actividad ese mediodía. Yo que solía ir por allí de noche, cuando casi todos los talleres y almacenes estaban ya cerrados, me sorprendí al ver la cantidad de gente, camionetas y carretillas elevadoras que iban y venían por aquel laberinto de pabellones, como en una pequeña ciudad industriosa y organizada.

Conduje a través del bullicio hasta el aparcamiento «grande», que a esas horas estaba casi lleno de coches. Me acerqué hasta el lado más pegado al robledal y paré la furgoneta un instante. En lo alto, por encima de la copa de los árboles, podía ver una sección del tejado de la vieja fábrica Kössler, pero nada más. El bosque tapaba el resto. ¿Estaría la policía desplegada por allí? Tuve la tentación de bajar y encaminarme a través de los robles, pero entonces contemplé la posibilidad de la trampa. Quizá como un reflejo de los pensamientos que había tenido respecto a mi alijo, ¿y si me estaban esperando? No tenía demasiado sentido, pero tampoco tenía sentido que ni la prensa ni ningún otro medio hubieran sacado ya la noticia del hallazgo del cadáver. Había algo que no acababa de encajar, pero yo estaba positivamente seguro de que esos chicos habían encontrado el muerto y decidí que era demasiado arriesgado acercarse.

Almorcé un menú del día en un bar de carretera. Según tomaba el café, recibí un mensaje de Txemi Parra.

¿Has leído *El Correo* de esta mañana?

Respondí:

Sí. Creo que ha llegado el momento de bajar la persiana.

Mi segundo cliente de los lunes era un precioso caserío frente a la costa que ahora servía como hotelito rural. Había un grupo de chicas francesas tomando el sol en unas hamacas. Estuvieron haciendo bromitas conmigo y riéndose durante todo el rato que pasé cortando el césped. Me quisieron invitar a una cerveza, pero les dije que tenía prisa. Vaya con las francesitas.

Anochecía cuando terminé el jardín del hotel. Pensé en volver a Punta Margúa a darme una ducha, pero decidí que era mejor ir directo al asunto. Además, en la GMC tenía todo lo que necesitaba para mi gran cita, principalmente mi disfraz.

Todavía quedaba una hora, pero quería asegurarme de que todo estaba en orden en la vieja casa-torre, así que allí fui.

Casa Galdós estaba situada en un alto por el que discurría la carretera general, unos doscientos metros más allá del pequeño pueblo de Axpe. Aparqué allí, en un aparcamiento junto a la parada del autobús, y eché a andar por el arcén de la carretera.

Un buen muro de piedra rodeaba la vieja casa abandonada

de los Galdós, y un candado bloqueaba la puerta principal, solo que las verjas estaban suficientemente rotas como para que uno se pudiera colar sin problemas. Dentro, el jardín era poco menos que un basurero sepultado entre hierbas altas y maleza. Hasta que decidieran qué hacer con ella, si restaurarla o demolerla, el lugar era un refugio perfecto para borrachos, yonquis, mendigos... Así que lo primero que hice fue dar una vuelta y comprobar que no hubiera nadie por allí.

Hice un repaso del jardín. El edificio tenía medio tejado derruido y grandes agujeros negros por todos lados. Supongo que a nadie se le ocurriría poner un pie dentro; la madera de esa casa debía de estar tan podrida que sería como caminar sobre un cartón. Después busqué un sitio donde esperar. Había muchas opciones, pero me decanté por el recibidor de la casa, que estaba protegido con muros y con un tejadillo que le procuraba penumbra. Desde allí podría observar todo el jardín sin ser visto.

Apagué mi móvil para evitar soniditos imprevistos y me lie un cigarrillo. Estuve allí una hora entera oyendo el ruido del tráfico, las aves nocturnas y los búhos ululando desde alguna parte. De vez en cuando veía murciélagos que surcaban el aire de la noche. ¿Vivirían en el desván de la casa como los vampiros de las películas? Entonces, sobre las diez, oí el ruido de un motor desviándose desde la carretera principal. La luz de dos focos muy potentes atravesó la verja e iluminó el jardín. Era ella.

Me puse un gorro, gafas protectoras de plástico y la mascarilla de pintor.

Y también me puse muy nervioso.

Hasta entonces no me había parado a pensar en todo lo que podía salir mal. ¿Y si venía con refuerzos? Un amigo con un bate, o la policía. O todo a la vez. Pero algo me decía que esa mujer no lo haría. Tenía una teoría sobre ella y, si era cierta, Irati estaba igual de interesada que yo en llevar todo este asunto con absoluta discreción.

Esperé agazapado en el recibidor. Vi cómo se apagaban las luces. El ruido del motor dejó paso a un silencio tenso. Una puerta se abrió y volvió a cerrarse. Unas pisadas se acercaron a la puerta. La vi entrar. Llevaba unos vaqueros y una sudadera con la capucha echada. También pude oír su respiración, bastante agitada. Sacó su teléfono y encendió la linterna.

—¿Hola? —dijo.

Yo permanecí en silencio. Quería asegurarme de que venía completamente sola.

Irati dio unos pasos hacia el interior del jardín y pasó frente a mí sin verme. Volvió a repetir su saludo. Tenía la respiración entrecortada. Estaba casi asmática del miedo. Aquello era desagradable, pero no me quedaba otra opción.

Pasó de largo y yo me puse en pie. Bajé las escaleras y me coloqué a su espalda. Le cerré el paso y me quedé callado, con el corazón a mil. Después dije solo:

—Hola.

Ella dio un brinco. Gritó. Se dio la vuelta, me vio. Mi disfraz debió de causarle una impresión terrorífica. Volvió a gritar.

—Tranquila. No grites —le dije.

Pero mi aparición (con las gafas, la mascarilla, el gorro) debía de ser mucho más siniestra de lo que yo había podido planear. Quizá parecía una especie de Hannibal Lecter rural. Irati retrocedió un par de pasos, sacó algo del bolsillo del *hoodie*, algo pequeño, ¿un cuchillo?

—¡No te acerques a mí, hijo de puta! —gritó (otra vez).

—Te repito que estés tranquila y que no grites, no voy a hacerte nada. Solo quiero hablar...

Pero no parecía muy dispuesta a creerme. De pronto, debió de pensar que todo aquello era una trampa y salió disparada por un lado del jardín.

—¡Mierda! ¡Espera!

Salí corriendo yo también. Doblé la esquina de la casa. Se había detenido frente a un montón de escombros. Sacos, trozos de madera. La vi coger uno de los maderos. Se dio la vuelta golpeando con él el aire. Si me llega a dar, me descoyunta.

—¡Ah! —dijo al tiempo que lo soltaba.

Se había debido de clavar algo. Una astilla o un clavo. El madero cayó al suelo. Yo me acerqué.

—Solo quiero hablar, lo juro —dije—, no te voy a hacer nada. No soy un violador.

Entonces ella levantó la otra mano y me apuntó con algo. Un espray. Me roció la cara con aquello, pero claro, tenía una mascarilla y unas gafas puestas. No pasó nada aunque noté que la pimienta me irritaba la piel allí donde la tocaba. Ella se debió de dar cuenta y lanzó la mano que tenía libre con la idea de quitarme las gafas, yo la detuve. Le cogí la mano. Ella me arreó una patada que no llegó a darme en la entrepierna, pero me hizo daño.

—¡Joder!

La empujé contra los sacos de escombro y logré que se cayera allí.

—Me vas a tener que matar —dijo sin dejar de apuntarme con su espray—, porque no me voy a dejar.

Yo di un paso atrás. Tomé aire.

—Te digo que no soy un puto violador. Solo quiero hablar de Félix.

Mencionar ese nombre surtió algún efecto en ella. Se quedó quieta, jadeando sin decir una palabra, y yo hice lo mismo. No me moví de donde estaba. Pasó un largo minuto y los dos pudimos relajarnos un poco.

—¿Es verdad que eres su amigo?

—No exactamente.

—¿Y el mensaje?

—Ahora hablaremos de eso. Primero tengo unas preguntas.

Irati se recostó sobre los sacos de escombro, todavía con el espray en la mano, pero con una actitud menos agresiva. Se quitó la capucha. Llevaba la melena rubia recogida... Esa nariz. Una mujer guapa, no espectacular pero guapa. De buena clase. Papá y mamá. Esquí. Veranos en Menorca. Un maridito acorde con las expectativas. No pintaba nada en esa historia. No pintaba nada con Félix.

—Vale..., preguntas. Pero ¿quién eres tú?

—Nadie. Un tipo que reparte medicinas.

—¿Cómo me has encontrado?

—Me pediste un montón de mildronates hace dos viernes. Ahora estoy en un lío por tu culpa.

—Fue él —dijo Irati—, fue Félix. Yo solo seguía sus instrucciones.

—Bien. Digamos que te creo. Explícame en qué consistían esas instrucciones.

—Escribirte un mensaje, pedirte esas cosas. No sé ni lo que son. Lo hice dos veces. Ese viernes fue la segunda vez. Félix me daba el dinero y yo te pagaba a través de esa página de internet. La primera vez me dejaste las cajas en una parada de autobús. Las recogí. La segunda vez fue el otro día. No llegaste a mandarme la ubicación. El dinero no es mío, así que me da igual.

—¿Te daba igual? ¿Y Félix?

—No quiero saber nada de ese cerdo, ¿entiendes? Le dije que haría esto y nada más. Puedes quedarte con tus medicinas o lo que sean. Solo he venido a por... Pensaba que... —Pero se calló de pronto.

—¿Qué pensabas?

—Félix me prometió algo. Pensaba que me lo traerías tú.

—Félix y tú erais amantes, ¿verdad?

—No —dijo ella—. Nada de eso...

—Vamos, Irati, has acudido sola a una cita en plena noche. Hiciste un pedido de drogas ilegales. Eso no lo hace ni el fan número uno de un escritor.

Irati soltó un exabrupto. Después se puso en pie y entrecruzó los brazos.

—Solo fue un rollo. Una noche loca. Y todo lo que hice fue por una razón. Un vídeo que Félix tiene... Me chantajea con eso.

—¿Un vídeo?

—No sé quién eres... pero bueno... A estas alturas de la película supongo que no importa. Félix y yo nos acostamos, es verdad. Yo estaba embobada con su imagen de escritor. Nos encontrábamos por el camino de la urbanización y un día me invitó a su casa. Bueno..., pasó aquello. Solo fueron dos veces. Después descubrí que era un tipo bastante decepcionante. Incluyendo el hecho de que es un eyaculador precoz. Me di cuenta de la tontería que estaba haciendo. Le dejé y le sentó fatal. Me chantajeó. Tenía un vídeo de nosotros dos... Félix usaba cámaras ocultas. Es un cabrón. Cuando he visto el mensaje esta mañana, pensaba que me traerías ese vídeo. Por eso he venido.

—No. Lo siento, no lo tengo...

Ella resopló.

—Mira —continuó—, soy una mujer normal y corriente que ha cometido un error, ¿vale? Mi marido tuvo un lío con alguien de su empresa. Quise vengarme, pero elegí el rollo equivocado. Félix es un monstruo. Y yo me metí de lleno en la boca del lobo. Solo quiero recuperar ese vídeo y olvidarme de todo. Sobre todo por mis hijos. Si ese vídeo se filtra a las redes, será su vida la que se vaya a la mierda. No puedo permitírmelo.

—Vale. Intentaré ayudarte —dije—, pero solo si tú me ayudas a mí. Cuéntame por qué me perseguía Félix. Por qué yo.

—Tú eras parte de su historia. Eso es todo lo que sé.

Aquello empezaba bien.

—Sigue.

—¡No sé más! Por alguna razón eres importante, sabes algo. Es lo poco que pude entender de algunos comentarios que hizo. Quería pillarte haciendo esto, entregas, drogas... Posiblemente para chantajearte más tarde.

Me quedé callado. ¿Significaba eso que Félix conocía mi identidad? ¿Y qué coño podía saber yo que fuera interesante para Félix?

—Sigue. ¿Cómo sabía Félix quién era yo o dónde encontrarme?

—No lo sé. Alguien debió de contárselo. Félix es así: consigue lo que quiere por las buenas o por las malas. A mí me utiliza con la promesa de que me devolverá el vídeo. «Haz esto y me olvidaré de todo.» El tipo está contra las cuerdas, ¿entiendes? Hacienda le está reclamando un montón de dinero, y además la editorial... Creo que tiene problemas con su libro.

—¿Problemas?

—Sí. Hace dos semanas estuve en su casa por última vez. Oí una conversación que tenía con su editora. Ella parecía cabreada. Le habían pagado un adelanto bastante bueno y Félix llevaba mucho retraso en la entrega. Le oí decir que solo le faltaba una pieza en todo el rompecabezas, pero que estaba a punto de conseguirla. Creo que se refería a ti.

—Vaya, vaya... Esto mejora —dije—. Una pregunta más: ¿después de eso has entrado en la casa de Félix?

—¿Yo? ¿Qué quieres decir? No tengo la llave. Pero llevo una semana llamando al timbre. Creo que Félix se ha ido a alguna parte. Quizá a escribir su novela. Tampoco coge el teléfono.

—De acuerdo.

—¿Le estás buscando? Por favor... —dio un paso hacia mí—, si das con él, por favor, avísame.

Nos quedamos en silencio. Un murciélago voló muy bajo, entre nosotros dos, y subió hasta el tejado de la vieja casa.

—De acuerdo, intentaré ayudarte —le repetí—. Pero tú debes prometerme que te olvidarás de mí y de esta conversación.

—Eso no va a ser difícil —dijo Irati—, yo solo quiero volver a mi vida.

«Ya somos dos», pensé.

Le pedí a Irati que me diera diez minutos para desaparecer. Me sobraron dos. Salí por la puerta, me quité el disfraz y llegué a Axpe en ocho minutos. Entré en mi furgoneta y me quedé sentado en el asiento del conductor, en silencio. Respiraba y me iba calmando poco a poco.

Al salir de allí vi el Hyundai familiar de Irati. Llevaba una pegatina de «Precaución niños» y un parasol de la Patrulla Canina. «Irati Jiménez —pensé—, una mujer bastante normal metida en un lío bastante gordo. Aunque creo que ya no tienes que preocuparte por que Félix te chantajee.»

Y yo tampoco debía preocuparme por ella. Aunque la noticia del cadáver de Félix saltase a los periódicos, ¿qué haría ella? Respirar aliviada. Como quizá muchas otras personas. Tenía gracia, pensé. Parecía que Félix era el verdadero malo de esta historia. Sería un placer olvidarme de todo esto y dejar que ese puto chantajista fuese pasto de las alimañas. El único problema es que no podía.

6

Conduje de vuelta a casa. Chispeaba contra mi parabrisas y yo avanzaba en una noche negra. El puzle iba tomando forma. Félix me había tendido una trampa la noche del viernes ¿para seguirme? Eso solo podía significar que Félix Arkarazo conocía mi identidad. Sabía que Álex Garaikoa era el «chico de las medicinas».

Eso me llevaba a preguntarme lo siguiente: ¿por qué? Quería cazarme por una razón. ¿Cuál? ¿Qué podía tener yo que pudiera interesar a Félix Arkarazo? ¿Erin? ¿Acceso a los Izarzelaia? ¿Algo relacionado con Floren? La noche que Floren murió, mi madre estaba de visita en Illumbe, cenando con Ane. ¿Quizá había algo más en esa historia? ¿Mi abuelo?

Aparqué la furgoneta en el garaje y subí las escaleras. Dana estaba viendo una película en el salón, con una gran cesta de palomitas entre las piernas.

—¿Qué ves?

—*Con la muerte en los talones...* Es la noche de los clásicos.

—¿Y mi abuelo?

—Arriba, en su despacho. Ah, pregúntale si quiere cenar.

Subí las escaleras en dirección a mi dormitorio. Al pasar junto a la puerta del despacho, vi que estaba cerrada. Llamé dos veces antes de abrir.

—*Aitite?* Dice Dana que...

Pero mi abuelo no estaba allí. La luz del escritorio estaba encendida —lo cual era extremadamente raro en él, que siempre lo apagaba todo a su paso—. Me acerqué a la mesa con idea de apagarla y vi unos cuantos papeles hechos bolas, uno a medio escribir.

¿Qué es la vida? Es algo más que un corazón que sigue latiendo. La vida es el recuerdo. Los sueños. Las ilusiones. ¿Merece la pena seguir viviéndola si todo esto desaparece? No quiero convertirme en una planta a la que regar...

Llevado por un impulso, abrí las otras bolas. Eran borradores de una especie de carta. Dirigida a mí.

Querido Álex. He tomado una determinación y creo que será difícil que la entiendas, pero...

Nada más. Siguiente:

Querido Álex. Lo he pensado mucho. Pronto dejará de tener sentido seguir...

No había nada más escrito, pero el mensaje estaba más que claro. Salí al pasillo, la puerta del baño estaba abierta. No había nadie. Me dirigí a su habitación:

—*Aitite!*

Volví a bajar las escaleras. Fui a la cocina. Miré fuera, en la terraza. Empecé a ponerme nervioso. Regresé adentro: Dana estaba de pie en el salón. Me había oído.

—¿Qué pasa?

—Mi abuelo no está arriba.

—¿Cómo que no está arriba?

—Que no está. Y ha dejado unas cartas.

Supongo que el tono de mi voz fue suficiente para que ella no hiciese preguntas. Dana subió a todo correr por las escaleras. Oí el ruido de varias puertas abrirse y cerrarse, antes de que bajara.

—No está.

—En el garaje tampoco, acabo de aparcar.

—¿El jardín?

—Vamos.

Dana se tenía que vestir, pero yo iba vestido. Bajé las escaleras a todo correr. Salí fuera, a la terraza. Había comenzado a chispear con más fuerza. Un sirimiri de los que calan. Allí no había nadie. Rodeé la casa y llegué hasta la valla.

—*Aitite!* —Mi grito sonó roto, un poco resquebrajado.

Dana apareció por las puertas del salón con una gabardina puesta.

—Aquí no hay nadie —dije.

—Ha tenido que salir sin que yo me diera cuenta —dijo Dana—. Le he llamado al móvil.

—¿Y?

Negó con la cabeza y sacó el teléfono de mi abuelo de un bolsillo.

—Lo ha dejado en casa.

Un pensamiento horrible se me cruzó por la cabeza. Las

notas suicidas de su despacho. A Dana se le debió de ocurrir también.

—No puede ser eso. Tiene que estar en alguna parte. Vamos, con tranquilidad.

—Yo voy por el acantilado —dije—. Tú baja al mirador.

Salí corriendo rumbo al acantilado. Crucé la valla, llegué al sendero y empecé a recorrerlo en dirección al viejo restaurante.

«No, *aitite*, no puedes haberlo hecho —me repetía una y otra vez—. Por favor, que no sea cierto.»

Corrí como nunca. Crucé el pinar gritando su nombre, pero el viento devoraba mis gritos. Llegué al restaurante Iraizabal. Era una especie de gran bungalow de una sola planta. Tenía los grandes ventanales condenados con tableros, y un montón de mesas y sillas de plástico comidas por la humedad apiladas en su parte trasera. Lo rodeé. Allí no había nadie. Podía seguir caminando hasta Bermeo, pero me di la vuelta. En realidad, no sabía muy bien qué debía hacer. Regresé a Villa Margúa. Dana debía de haber bajado por el mirador, a la carretera.

Fui al garaje, arranqué la GMC y salí muy despacio. Paré en la gasolinera. Bajé. Entré en la tienda. Había una mujer pagando su gasolina. Me acerqué al mostrador. Estaba Ketxus. Él conocía a mi abuelo.

—¿Has visto a mi *aitite*? —irrumpí bastante abruptamente—. ¿Ha venido por aquí?

Los dos se quedaron un poco alucinados.

—No... pero ¿qué pasa? —dijo Ketxus.

—Ha... Creo que ha desaparecido. Si le ves...

Pero no llegué a terminar mi frase. Me apresuré otra vez fuera y me acerqué a la GMC. ¿A dónde tenía que ir ahora?

¿Al pueblo? ¿A Bermeo? Joder, no había manera humana de saberlo. Estaba a punto de romper a llorar. Mi abuelo había escrito una nota de suicidio y después había desaparecido.

—Oye —dijo una voz detrás de mí. Era Ketxus—. Deberías llamar al 112. Dar parte.

—Es verdad —dijo la clienta, que salía con él—, quizá alguien le haya encontrado.

Era una buena idea. Saqué el teléfono. Lo había apagado en la casa-torre para evitar ruidos delatores. Lo encendí y, en cuanto estuvo listo, marqué el 112.

—Emergencias, dígame.

—Quiero dar parte de una... Bueno, mi abuelo ha desaparecido.

—Está bien. ¿Puede decirme su nombre?

—¿El mío o el de mi abuelo?

—El suyo.

—Yo me llamo Álex Garaikoa. Mire, mi abuelo tiene... despistes.

—¿Demencia?

—En realidad no se lo han diagnosticado, pero... Ha debido de salir de casa por sí mismo. Andando. No sabemos dónde está.

—¿Hace cuánto que ha desaparecido?

—No estoy seguro. Quizá una hora.

—Mire, le recomiendo que espere un poco más, y después, si sigue sin aparecer, llame otra vez y damos parte a una patrulla.

En ese instante vi un coche entrando por el camino de Punta Margúa. Era el Golf azul de Erin.

Colgué la llamada y volví a la furgoneta. Ketxus y la otra mujer debieron de pensar que se me había ocurrido algo. Los dejé allí, boquiabiertos, y regresé arriba, hacia la punta. Erin había aparcado frente a la casa. Yo paré justo detrás. Bajé de la furgoneta y llegué donde ella.

A su lado había alguien sentado. Era mi abuelo. Calado hasta los huesos.

7

—Me he liado con los días, no ha pasado nada más.

Sentados en la mesa de la cocina, con unos vinos para bajar el susto morrocotudo. Mi abuelo, Dana, Erin y yo. Mi abuelo se reía. Joder. Se reía. A mí había estado a punto de darme un infarto. Dana estaba blanca como la cera. Pero mi abuelo se reía como si todo fuera un chiste.

—... cuando entro donde Alejo y veo que el bar está casi vacío. ¡Pero a dónde vas, Jon!, me dice. Y entonces me doy cuenta de que hoy no es martes.

—¿Habías bajado a la partida?

—Sí —dijo el abuelo entre risas—, me he adelantado un día. Así que me he vuelto para casa, y en el camino se ha puesto a llover. Menos mal que has aparecido tú, guapa.

Erin contó que ella estaba conduciendo por la general, pasó por Illumbe y entonces vio a mi abuelo caminando solo por la carretera, bajo la lluvia.

—He visto a un tipo grande como un armario, con abrigo y boina, caminando bajo un monzón. Solo podía ser tu *aitite*.

—Sí. De hecho, estás empapado —dije yo—. Creo que te vendría bien una ducha muy larga de agua hirviendo.

Subí con él las escaleras. Mi abuelo, con el pelo mojado y la cara rojiza, parecía un muchacho de catorce años que acabara de hacer alguna travesura terrible.

—Vaya susto que nos has dado —le dije—. La próxima vez, avisa.

—Solo ha sido un despiste.

—De hecho, han sido dos. En todo el tiempo que llevo viviendo aquí, nunca te habías dejado una luz dada.

—¿Una luz? Demonio. ¿Cuál?

—La de tu despacho, *aitite*. Y me vas a perdonar por ser metete, pero he leído algo que había sobre tu escritorio. Esas cartas que estabas escribiendo... Creo que deberíamos hablar de eso.

Sus ojos se volvieron profundamente negros, casi como los de un tiburón antes de morder.

—No. No vamos a hablar de nada. Excepto de que eres un entrometido.

—Abuelo..., son cartas de suicidio.

—¡No sabes nada! Solo eres un fisgón.

Estaba bastante enfadado.

—Solo lo he hecho porque estoy preocupado por ti.

—¡Pues no te preocupes! Soy un viejo, pero todavía me rige la cabeza, ¿entiendes? Tú eres mi nieto. Me quieres, me necesitas, pero no puedes apoderarte de mí.

—No quiero apoderarme de ti. Solo quiero intentar convencerte de que hay otras posibilidades, aunque te niegas a todo. Ese neurólogo de Bilbao...

El abuelo dio un puñetazo en la puerta y me hizo callar. El golpe resonó por toda la casa.

—¡Ya basta con tus posibilidades! Moverías cielo y tierra como hiciste con tu madre, ¿para qué? Para que os dijeran lo que ya sabíais. ¡Que la muerte es inevitable! ¡Que todos vamos a morir, jóvenes o viejos, injustamente, llenos de sueños o queriendo hacerlo!

Oí unos pasos escaleras abajo, posiblemente Dana y Erin lo habían oído todo. Yo estaba temblando de pies a cabeza. El abuelo nunca me había gritado así.

—La vida no es durar, niñato, la vida es vivir. La vida es amar. Soñar. Emborracharte con un viejo amigo, perder el aliento a carcajadas. Ver un amanecer rojo en la soledad del océano. Enamorarte de una mujer preciosa. Tener una hija que te roba el corazón. ¡Ya he hecho todo eso! ¡He vivido lo mejor! Y ahora todo se ha quedado en cenizas. Podría vivir sin ellas, viéndote seguir adelante, mocoso. Pero solo a condición de disfrutarlo. De olerlo. De poder tocarlo. Lo otro solo es durar. Y no quiero durar... No necesito durar.

Dijo esto y cerró la puerta del baño de un portazo.

En la cocina, Dana tenía lágrimas en las mejillas y Erin le estaba dando un abrazo. Supuse que habían oído la discusión.

—Voy a cocinar algo —dijo—. Habrá que cenar...

—Dana...

—No, por favor... Dejadme.

Erin me hizo un gesto para fumar. Salimos al jardín de atrás, con las chaquetas puestas.

—Dana me ha contado eso de las cartas. Lo siento mucho, Álex. Si hay algo que pueda hacer...

—En realidad, tiene razón, no debería haberlas leído.

—Quizá no, pero deberíais preocuparos por eso. Los

hombres, sobre todo del estilo de tu abuelo, no suelen avisar con esas cosas. Normalmente aciertan a la primera.

—Y ¿qué podemos hacer? ¿Atarle a la cama?

—Deberíais intentar que acudiera a un psicólogo. Todo este asunto de sus despistes puede estar deprimiéndolo.

—¿Más de lo que ya estaba? Bueno... Solo espero que no coja una neumonía. Estaba empapado de pies a cabeza. ¿Hacia dónde ibas con el coche?

—Venía hacia aquí. Te he llamado un par de veces después del trabajo, pero tenías el teléfono apagado. Quería charlar contigo, pero quizá no sea la noche adecuada.

—No —dije—, está bien. Mejor que sea todo hoy.

—¿Todo?

—Dejarlo o lo que sea que hayas venido a decirme... Ya da igual.

Erin se quedó en silencio un buen rato.

—¿Quieres dar un paseo? —dijo ella—. Igual nos sienta bien un poco de aire en la cara.

—Vale.

Salimos caminando hacia el sendero del acantilado. Había dejado de llover, pero hacía bastante viento y nos mantuvimos a una buena distancia del borde. Fuimos caminando por entre los pinos.

—Este fin de semana he hablado un montón con Leire... —dijo Erin—. He hablado mucho de ti y me he dado cuenta de lo mucho que te echo de menos.

—Yo también te he echado de menos.

—Sobre el asunto del aparcamiento y la furgoneta... Leire admite que podría haberse equivocado. Quizá no eras tú.

Erin hizo un pequeño silencio. Yo sabía lo que esperaba de mí; no era tonta.

—No... No se equivocó, Erin —dije—, era yo.

—Vale.

—Y no tengo una explicación demasiado inteligente para eso. Estaba allí. Esa noche. A veces necesito conducir, dar un par de vueltas. Fumar un cigarrillo, escuchar la radio. Me ayuda, ¿entiendes?

—No es raro... Pero ¿el aparcamiento de un supermercado?

—En realidad, pensaba que llegaba a tiempo. Quería comprar algo de comer. Sin más. —Le estaba mintiendo otra vez y me sentía como una mierda. Pero ¿qué podía hacer?

—Entonces ¿a qué viene todo este secretismo? ¿Por qué no me dijiste eso y ya está? Me has tenido todo el fin de semana agobiada, pensando en mil teorías.

—¿Qué teorías?

—No lo sé. Esas noches en las que no coges el teléfono, esos viajes en carretera... Es algo extraño, Álex. Es como si ocultaras algo.

¿Qué decir ahora? Opté por la verdad. Una verdad literaria, desde luego.

—Bueno, a veces pienso que la verdad podría no gustarte. A veces..., la vida tiene dientes muy largos. ¿Alguna vez te has visto sin un duro? ¿Sin saber exactamente dónde ibas a vivir el mes siguiente? Yo sí... y solo he intentado hacerlo bien..., sin hacerle daño a nadie..., pero...

—No acabo de entenderte, Álex.

—Lo que quiero decirte es que a veces tengo que conducir por carreteras solitarias, ¿vale? A veces tengo que mancharme las manos y no quiero que nada te salpique. Tú y tu familia sois lo mejor que me ha pasado en la vida. Sois perfectos, generosos, nadie se ha portado tan bien conmigo. No la quiero joder.

—No la vas a joder, Álex. Joderla sería que en ese aparcamiento del Eroski... hubiera otra chica contigo.

—¿Eso te preocupa?

Asintió y yo me reí.

—No hay ninguna otra, Erin.

Ella respiró aliviada.

Llegábamos en ese momento al restaurante. Soplaba un viento atroz y decidimos salir del pinar antes de que nos cayera alguna rama.

—¿Te puedo dar mi opinión de licenciada en Psicología que jamás ejerció?

—Vale.

—A veces, las personas se culpan a sí mismas cuando no saben qué hacer con algunos sentimientos. Creo que a ti te pasa eso. Tu padre te abandonó y eso es incomprensible para un niño. Quizá, en lo más profundo, te culpes por ello.

—Puede ser.

—Y quizá por eso, Álex cortahierbas, piensas que debes ir por la vida pisando cristales. Haciéndote daño y aguantando todas las cargas de los demás. Y que no te mereces una chica como yo, por rica, pija y feliz que sea.

—No he dicho eso.

—Da igual. Lo soy. Pero no tengo la culpa de serlo.

Me dio un beso.

—En cuanto a tus carreteras solitarias... Comprendo que llevas mucho tiempo conduciendo solo. La historia de tu madre. Tus años viviendo fuera. Pero tienes que darte cuenta de que ya no estás solo. Tienes que acostumbrarte a que te quieran, Álex. Y yo te quiero.

Otro largo beso.

—Yo también te quiero. Eres la mejor tía que he conocido

en mi vida, Erin. Aquella primera vez que quedamos, yo iba caminando a tu lado y pensaba: «¿Esta chica quiere salir conmigo? ¡No sabe lo que hace!».

—Pero sí lo sabía. Sabía que eras un tío con un corazón gigante, Álex. Es lo único que me ha importado siempre. Además de eso, me haces reír... Y me haces otras cosas estupendamente.

Nos pegamos contra un árbol y empezamos a besarnos como si solo nos quedara una noche en la tierra. Erin bajó la mano hasta mi pantalón. ¿Un polvo de reconciliación entre los pinos? Me apretó la entrepierna y yo comencé a notar que el suelo temblaba bajo mis pies. Primero pensé que debían de ser mis piernas, pero entonces me di cuenta de que era algo más. La tierra se movía. Fue como un trueno estallando en las entrañas de Punta Margúa. A solo diez metros de nosotros, el borde del acantilado emitió un chasquido fortísimo, seguido de un sonido de cascotes golpeando en la pared.

—¡Erin!

La cogí de la mano y nos echamos al suelo por puro instinto. Solo alcancé a ver una pequeña nube de polvo gris alzándose en el aire, que la brisa borró rápidamente.

—Un derrumbe —dije.

—Joder, sí. —Erin miraba hacia el trozo de roca—. Pensaba que no eran de verdad.

—Pues lo son. Anda, será mejor que volvamos a la casa.

8

Esa noche, Erin y yo nos reconciliamos tres veces seguidas bajo el edredón de mi cama; lo que era mucho más recomendable que un pinar frente al océano. Después, cuando se quedó dormida, desnuda entre mis brazos, sentí que al menos una parte de mi vida volvía a su sitio. Mi vida, esa vida que también se estaba cayendo a pedazos, al menos se sujetaba por una parte. Aunque ahora mis miedos eran mayores, más terribles, y esa noche volví a soñar con la cárcel. Mi abuelo estaba conmigo en la celda. «Cuando no mires, lo haré —me decía—, me quitaré de en medio. No quiero ser una carga para nadie.»

Al despertar, Erin salía de la ducha envuelta en una toalla, con el pelo mojado. Recorrí sus piernas con los ojos y tiré de su toalla. Quería traerla de vuelta a mi cama, pero me dijo que ya iba con retraso.

—Tengo una clase de inglés a primera hora.

—¿Y esta tarde?

—Imposible. Es la final de la liguilla. Por cierto, mis padres han preguntado si vendrás.

—Allí estaré.

Volví a dormirme y me despertó el timbre de la casa, sobre las once. Era un técnico del ayuntamiento. Esa noche, al parecer, había habido una serie de derrumbes en el acantilado. Quería hacer algunas mediciones en la casa y revisar el estado de las grietas. Me preguntó por el abuelo, pero no había ni rastro de él ni de Dana. Faltaba el Mercedes, así que supuse que habrían ido a hacer algún recado.

El técnico echó un vistazo a las diferentes grietas y rellenó algunos formularios. Cuando le pregunté si todo iba bien, frunció un poco el ceño.

—Parece que hay una sección de la base de roca que está erosionada. Vamos a cerrar el paseo permanentemente.

—¿Y la casa?

—Eso habrá que verlo. Les iremos informando.

Me quedé solo y fui a prepararme un café. Hasta ese momento no había tenido un instante para pensar detenidamente en esa serie de cuestiones que la conversación con Irati había puesto sobre la mesa.

Primero: Félix me había perseguido hasta la vieja fábrica. Y según Irati, no solo una, sino dos veces. Recordé una ocasión, semanas atrás, en la que tuve la sensación de que alguien estaba rondando la fábrica. ¿Fue entonces? Posiblemente.

De modo que ese era su plan. Irati hacía un pedido por una buena cantidad de pasta. Félix me esperaba escondido, me seguía y me grababa de alguna manera recogiendo la mercancía. Y después, ¿qué? ¿Qué iba a pedirme a cambio? Según Irati, yo era una pieza de su «plan». Pero ¿cuál? ¿Quizá iba a pedirme información sobre Edoi, igual que a Denis? A fin de cuentas, yo era el yerno de Joseba. Podía colarme en su casa, robar los papeles que hicieran falta. ¿Eso era lo que pretendía?

Y hablando de esos papeles. Segundo: ¿dónde guardaba Félix todas esas cosas? El vídeo de Irati. El vídeo de Carlos y Denis. El manuscrito... ¿Quizá tenía un escondite en su casa? ¿Algo que había escapado a mi registro? ¿O quizá el ladrón que entró antes que yo se lo había llevado todo? Otra incógnita.

Y por último, pero no menos importante: ¿cómo sabía Félix que Álex Garaikoa era el «chico de las medicinas»? Esa conexión era algo prácticamente imposible, a menos que alguien se lo hubiera dicho. Y solo se me ocurría una persona que pudiera haberlo hecho, y que además llevaba toda la mañana con el teléfono desconectado.

Txemi Parra.

Estuve intentando llamarle y le escribí un par de mensajes, pero ni siquiera parecía estar recibiéndolos. Pensé en que podría ir a hacerle una visita. Sacarle de la cama, donde posiblemente tendría compañía, y hacerle unas cuantas preguntas. Pero antes de que todo eso pasara, recibí otro mensaje, de Mirari.

> Me gustaría invitarte a comer en el Club. Quisiera charlar un poco sobre tu abuelo. Erin me ha contado lo de anoche.

Estuve a un tris de rehusar la invitación, pero después lo pensé un poco. Quizá había llegado el momento de hablar con Mirari sobre algunos asuntos de su pasado. Y un almuerzo a solas era una gran oportunidad para hacerlo.

Quedamos muy pronto, a la una en la puerta del Club. Yo esperaba sentado en las escaleras cuando Mirari llegó a bordo de un taxi.

—Lo siento —dijo al salir—, justo hoy no había ni un taxi libre. ¡Cuando más puntual quieres llegar!

Nos dimos un fuerte abrazo y pasamos al comedor del bar inglés. Había salido una tarde espléndida y Mirari me preguntó si quería comer fuera, frente a las canchas. «Así tendremos sitio para ver el partido más tarde.» Nos sentamos al fondo, en la misma mesa donde dos días antes había estado charlando con Denis. Pedimos un menú del día y dos copas de vino. Dijo que quería brindar por que Erin y yo hubiéramos arreglado nuestro «pequeño desencuentro».

—Joseba y yo estábamos bastante preocupados... Tú eres ya como uno más de la familia, Álex... Y hablando de eso, ya te he dicho que Erin nos ha contado lo de tu abuelo. He consultado a algunos amigos sobre el tema. Quizá necesitaría ver a un psicólogo.

—No creo que mi abuelo se prestara a una cosa así.

—Conozco a una chica muy buena, Isane, ayudó a unas cuantas amigas mías. Podría ir a Punta Margúa, charlar un poco con Jon... Hacerle ver las cosas desde otro ángulo. A veces, la familia, por mucho que lo intenta...

En ese momento nos interrumpió una fuerte carcajada a varias mesas de nosotros. Era Carlos Perugorria, tan ruidoso como siempre. A su lado estaba Ane, estupenda con un pantalón color camel, guapa, charlaba con algunos amigos. Nos vio y se levantó a saludarnos.

—¿Conspirando con tu futuro yerno?

Mirari se rio.

—Hemos venido a coger sitio. ¿Os quedaréis al partido de Erin y Denis?

—¡Claro que sí, hemos apostado por ellos! Por cierto, Álex, mi jardinero sigue de baja. ¿Te interesa un buen trabajo bien pagado?

Yo asentí.

—Aprovecha ahora, amiga —dijo Mirari—, a este chico le queda poco tiempo como jardinero.

Ane se despidió y regresó a su mesa. Entonces me fijé en que también estaba el hermano de Carlos, Roberto, escondido detrás de unas gafas de sol y un sombrero. Desde luego que tenía el aspecto de alguien muy raro.

—Estuviste en casa de Ane, ¿verdad? —preguntó Mirari entonces—. ¿Cómo fue la cosa? Estaban verdaderamente avergonzados por lo de nuestra piscina.

—Sí. Una invitación a comer... Ir allí me ayudó a recordar unas cuantas cosas. También hablé un montón con Ane. Me alegra ver que ahora sois buenas amigas.

Mirari sonrió.

—Te refieres a nuestra vieja historia, ¿verdad? Pensaba que tu madre te lo habría contado.

—No. Mi madre era tan hermética con su pasado que siempre aprovecho la ocasión para saber algo más de su vida. También me sorprendió enterarme así de la muerte de Floren...

Creo que Mirari pestañeó tras sus gafas de sol, pero era imposible saberlo. Su reacción, por otra parte, fue como la de alguien que lleva tiempo esperando tocar un tema. Perdió un segundo la mirada, pensativa.

—Lo de Floren... no es algo que vayamos contando a todo el mundo que aparece por casa. Es una historia un tanto dramática. ¿Ane te contó todo? ¿Desde el principio?

Asentí.

—Bueno, fue un desamor adolescente. ¿Has tenido alguno? Duele mucho, lloras un montón... pero se termina pasando. Después empecé con Joseba. Al principio no apostaba mucho por él, ¿eh? —sonrió—, pero fue ganándome poco a poco. Es un hombre muy romántico, aunque lo disimula bien.

Llegó la camarera con los dos primeros. Ensalada templada de angulas y bacalao.

—Tu madre, en cambio, lo pasó realmente mal. Ella era una mujer tan sensible... y nosotras éramos como sus hermanas. Para Begoña fue algo inaceptable lo que ocurrió. Siempre nos decía que Floren era un «problema con patas». Al final tuvo razón.

—¿Puedo hacerte una pregunta directa sobre esto?

—Claro.

—He oído un rumor. Que Floren era violento. Que quizá maltrataba a Ane.

Los ojos de Mirari bailaron un segundo a mi alrededor. Supongo que aquel tema de conversación era lo bastante delicado como para tener cuidado. Acercó su silla un poco más. Habló muy bajo:

—No es ningún rumor. Aunque fue algo más sutil. Algo que fue sucediendo lentamente. Primero una broma envenenada, después una pequeña humillación, un empujón... El maltrato comienza así: haciendo que una persona se sienta cada vez más pequeña y vulnerable. Una vez le gritó aquí mismo, delante de todo el Club... Fue algo bochornoso. Pero si solo se hubiera quedado ahí...

—¿Le pegó?

—Sí, tortazos, algún puñetazo... Aunque lo peor, según Ane, es que en cierta ocasión, Floren la forzó.

—¿La violó?

Mi frase sonó quizá demasiado alta. Mirari se retrajo. Estaba realmente incómoda hablando de eso.

—¿No le denunció?

—No. En aquella época las cosas eran un poco diferentes, ¿sabes? Una mujer iba a la policía con una historia así y la llamaban exagerada. Pero al menos, eso fue el detonante de un montón de cosas. Ane pidió ayuda. Tu madre vino desde Madrid solo para eso.

Recordé que ya había oído algo así.

—Mi abuelo me lo dijo. Sucedió esa misma noche, ¿no?

—Así es. Tu madre llegó un mediodía. Floren se mató al atardecer. Te lo creas o no. —Puede que Mirari leyese algo en mi mirada, o puede que ella también lo pensara, porque añadió—: Pero tranquilo, ella no le mató, ¿eh? Estaba conmigo y con Ane. Cenando muy lejos de allí.

—¿Tú también estabas con ellas? Pensaba que por entonces os llevabais mal.

—Mira. Yo llevaba años sin dirigirme a Ane más que para saludarla, y de lejos. Entonces, un día, la semana anterior a la Navidad, tu madre me llamó por teléfono. Me dijo que Ane la había llamado pidiéndole ayuda y que teníamos que hacer algo. «Se ha acabado esta tontería que tenéis. Las amigas tienen que volver a juntarse», dijo.

—¿Eso dijo mi madre?

—Tu madre era una mujer de armas tomar, Álex, puedes jurarlo. Me colgó, cogió un avión a Bilbao y nos reunimos las tres en mi casa esa noche. La idea de tu madre era convencer a Ane para que se divorciara de Floren. «Esto ya ha llegado al límite —le dijo—, te vienes conmigo a vivir a Madrid»... Ella se había divorciado ese año.

—Sí, así es...

—Pero Ane tenía demasiado miedo. Estaba deshecha, sin autoestima, muy asustada... Así es como se quedan las mujeres después de aguantar a un monstruo. Dijo que quizá iría a

Madrid una temporada... Pues resulta que esa tarde, mientras estábamos en mi casa, Floren decidió quitarse de en medio. En cierto modo me alegro, pero por otra parte, creo que no cumplió con el castigo que se merecía.

No pude evitar que mis ojos volasen hasta la mesa de Ane. Ella me atrapó mirándola y sonrió, aunque fue una sonrisa extraña. Era como si pudiera adivinar de lo que estábamos hablando.

Terminamos de comer y pedimos unos cafés. Haríamos tiempo hasta las cinco de la tarde, hora en que se jugaba el partido de la final. Mirari se distrajo hablando con algunos socios y yo aproveché para ir al baño.

En el bar había bastante gente a esas horas. Los camareros preparaban una mesa de *catering*, cortesía para el cóctel de la entrega de premios. Al salir del baño, según me dirigía a las canchas, vi a Ane parada junto a la barra, mirando el televisor.

—Dios mío —decía cuando me acerqué. Era como si no se diese cuenta de que estaba hablando en alto—. Dios mío.

—¿Qué te ocurre?

Ella señaló la tele. Era la hora de las noticias del corazón y la presentadora hablaba de algo inaudible. Pero encima de su hombro, en el recuadro superior derecho, había aparecido un rostro muy familiar para mí: el de Félix Arkarazo.

Y bajo él, la siguiente palabra sobreimpresionada en la pantalla:

DESAPARECIDO

Sentí un pequeño vértigo, una sensación de ahogo que dio paso a unas chiribitas en mis ojos. Era un ataque de pánico. Respiré dos veces y lo contuve. Ane seguía mirando el televisor, boquiabierta, y la gente comenzaba a arremolinarse por allí.

«Por fin», pensé. En el fondo, ya estaba tardando en irse todo al traste.

5

EL ABISMO

1

Una pequeña multitud se había congregado en la barra.

—Oiga, ¿puede subir un poco el volumen? —dijo alguien.

El camarero lo hizo y pudimos escuchar la voz de la presentadora: «... tras una semana intentando localizar sin éxito al célebre escritor, su editora, Carmen Román, dio aviso a la policía».

En la televisión se veía una imagen frontal de la casa de Félix Arkarazo en Kukulumendi. La misma casa en la que yo había estado dos noches atrás, solo que ahora había bastante más acción por aquella carreterilla entre pinos. Dos coches patrulla estaban apostados junto a la puerta de entrada, y varios agentes merodeaban por el jardín.

Abajo, el pequeño letrero a pie de pantalla rezaba lo siguiente: EL ESCRITOR FÉLIX ARKARAZO DESAPARECIDO. POSIBLE SECUESTRO.

«¿Un secuestro?», pensé, un poco atribuladamente. ¿Es que todavía no habían encontrado el cadáver?

—Los de la Ertzaintza vinieron ayer por aquí preguntando por él —comentó el camarero—. Ahora se entiende.

—¿Era socio del Club? —quiso saber alguien a mi espalda.

—Claro que lo era —dijo Ane. Parecía haberse quedado sin aliento.

En la televisión, la crónica continuaba: «Tras diversos intentos por localizarle, dos patrullas de la Ertzaintza han inspeccionado esta misma madrugada la vivienda del escritor, situada en la localidad vizcaína de Illumbe. El registro, al parecer, ha arrojado evidencias de un allanamiento...».

En la televisión apareció el familiar rostro de Nerea Arruti.

—Aún no se puede determinar si ha sido o no un secuestro. Hay indicios de un allanamiento de morada, pero sin violencia. Hemos activado una orden de búsqueda y solicitado la colaboración de otros cuerpos.

La poli novata se desenvolvía bastante bien ante la cámara, he de decir.

—¿Cuáles serán los siguientes pasos, agente? —inquirió la voz tras la cámara.

—Toca hablar con el entorno de Félix Arkarazo, establecer sus últimos pasos conocidos. Y desde luego, esperar toda la ayuda ciudadana posible. Si ha visto usted al desaparecido en las últimas semanas, por favor, póngase en contacto con el 112.

—Dios mío, tendré que llamarles —dijo Ane mirándome por primera vez—. ¿Tú has visto a Félix recientemente?

—Solo le vi en tu casa.

—Igual que yo. Voy a avisar a Carlos.

Salió corriendo de allí, rumbo a la terraza. A través del cristal pude ver a Carlos y a su hermano Roberto, de pie, mirando en nuestra dirección. Seguí viendo las noticias.

Más y más gente se apiñaba en el bar, comentando cosas en voz alta.

«El escritor logró la fama con su primera novela, *El baile de las manos negras*, que retrataba los secretos de un pequeño pueblo del norte. Según su editora, Félix Arkarazo se encontraba preparando su segunda novela.»

—Seguro que está de parranda. Aparecerá mañana diciendo que no se acuerda de nada.

—Si no fuera famoso, ni saldría en la televisión.

—¿Habrá sido ETA?

—Pero ¿qué dices?

—Dicen que acaba de llegar la policía.

Era cierto. Acababa de aparecer un coche patrulla de la Ertzaintza por la entrada del Club. El director, un hombre con aspecto de viejo diplomático, les salió al paso en la misma entrada. La expectación era máxima. Pero finalmente los guio hasta su oficina.

—Ahora querrán hacernos preguntas a todos. Ya verás.

Durante la sobremesa fue llegando más gente. Joseba fue el primero, acompañado de su socio, Eduardo Sanz, y la mujer de este, una chica que tendría más o menos la misma edad que Denis. La noticia de la desaparición de Félix y la presencia de la policía en el Club era el cotilleo general de la terraza a esas horas.

—Dicen que han venido a obtener el registro de entradas y salidas de su tarjeta de socio... —comentó Eduardo—. Parece que no venía al Club desde hacía un par de semanas.

—Puede que haya hecho como Agatha Christie —dijo Mirari— y haya desaparecido con un grave caso de amnesia.

—Pues le ha salido perfecta la jugada —opinó Joseba—. Mejor publicidad no se puede tener.

Erin apareció con un espectacular conjunto de tenis. Le di un beso y le susurré que acababa de provocarme una nueva fantasía sexual. Mientras tanto, Eduardo les ponía al día sobre la noticia de Félix y noté cierto rubor arañando las mejillas de Denis. ¿Qué significaba eso? Nos miramos intensamente durante medio segundo, pero después apartamos las miradas.

—Mira, Álex —dijo Erin—, y justo el otro día empezaste a leer su libro.

—Sí —dije yo—, qué casualidad.

Comenzó el partido y se instaló un grave silencio en la terraza. Los partidos de tenis tienen esa pompa y ceremonia casi religiosa, y los pocos comentarios que se hicieron durante la hora y media que duró el encuentro fueron sobre voleas, servicios y dejadas. Dentro de mi cabeza, no obstante, tenía lugar un tormentoso monólogo interior. Esos chicos que entraron en la fábrica, ¿es que no habían encontrado el cuerpo? O quizá, por alguna razón, no habían dado parte a la policía. ¿Se asustaron? Pensé que eso me daba una pequeña oportunidad de volver a la fábrica a limpiar mi rastro de sangre.

Finalmente, tras un juego eterno (ocho *deuces*, ni más ni menos), Denis y Erin se impusieron a la pareja contraria. El director del Club, junto con los campeones del año anterior, hicieron entrega de la copa y se dio un breve discurso, que quizá hubiera sido más largo y gracioso en otras circunstancias, pero que el director acortó tras comentar que no podía ocultar su gran preocupación «por uno de nuestros socios más célebres». También dijo que confiaba en que todo se resolviera felizmente y que Félix volviera muy pronto entre nosotros.

Tragué saliva.

El Club daba un cóctel tras la entrega del trofeo. Los camareros iban repartiendo copas y bandejas de aperitivos por las mesas y las conversaciones continuaron. En el bar, la televisión seguía a todo volumen. Yo me sentía un poco atrapado en las circunstancias. Me moría de ganas por salir de allí, pero no podía irme sin al menos saludar a Erin, que a su vez estaba atrapada en mil conversaciones a pie de pista.

Erin y Denis finalmente se liberaron de todos esos abrazos y saludos y llegaron a nuestra mesa a recibir el calor familiar y el aplauso de la victoria. Colocamos la Copa Otoño en el centro de la mesa y brindamos por ella.

Los Perugorria, incluyendo al extraño y silencioso Roberto, aparecieron por allí para unirse al brindis.

—Carlos ha estado hablando con el dire —dijo Ane en cuanto vio una ocasión de retomar el *trending topic*—. La policía dice que Félix llevaba dos semanas sin contestar las llamadas de la editora. A menos que alguien le viese durante ese fin de semana, parece que desapareció después de nuestra fiesta.

—¿Quieres decir que...?

—En efecto, parece que fuimos los últimos en estar con él.

Nos quedamos en silencio y por un instante pensé: «A ver quién es el primero que conecta mi accidente con eso». Pero nadie parecía mirarme de forma extraña... excepto Roberto. Debajo de su sombrero y detrás de aquellas gafas de sol, parecía tener los ojos clavados en mí.

—¿Qué queréis que os diga? —intervino Denis entonces—. Era un tipo inmoral. No me extrañaría que alguien se hubiera hartado de él. Se lo estaba buscando.

—No digas eso —le reprendió Erin.

—Pero es verdad —contestó Denis—. Llevaba tiempo

amenazando con que su nueva novela iba a ser la bomba... Puede que alguien se pusiera nervioso.

—Venga, cambiemos de tema, por favor —dijo Mirari—. Este asunto me da escalofríos.

En ese momento aparecieron por allí Leire, Koldo y sus dos gemelos, que hicieron la clásica entrada apabullante de los niños. La conversación se rompió entonces en varios grupúsculos. Mirari sentó a uno de los gemelos en sus rodillas y Erin hizo lo propio con el otro, y de pronto se escenificó una imagen del futuro ante mis ojos. El futuro..., si es que lograba evitar que alguien me cargara con el muerto de Félix. Koldo y Eduardo hablaban de algo, lo mismo que el grupito formado por Leire, Denis y el matrimonio Perugorria, que entretejían algunas teorías sobre el posible paradero de Félix. Joseba era el único que no participaba en ninguno. Permanecía en silencio, pensativo.

—Oye, Álex, entonces... —me dijo de pronto—. ¿Te has pensado lo de mi oferta?

—¿El trabajo? —Casi me da la risa al oír aquello—. Me encantaría trabajar en tu empresa, Joseba, pero...

—¿Pero?

—Bueno... Han surgido algunas cosas y..., bueno..., no sé si finalmente podré...

Yo me refería a cosas como acabar en la cárcel, condenado por asesinato, pero claro, Joseba no podía imaginárselo.

—Sé que tienes dudas, y es normal. Pero yo confío en ti, ¿vale? Vales mucho más de lo que crees.

—De acuerdo —dije—. Supongo que si soy un cafre con patas y tienes que decírmelo, lo harás. Y la hierba seguirá necesitando quien la corte.

«Además —pensé—, ¿para qué discutir?»

—Pues entonces, ¡brindemos!

Lo hicimos. Mientras tanto Carlos opinaba en voz alta que Félix quizá se estuviera tomando unas vacaciones. Se me ocurrió que había cierto tema del que todavía no había hablado con Joseba.

—Este tipo, Félix. ¿Hablaba de ti en su libro o son imaginaciones mías?

Joseba sonrió.

—¿Tú también con ese libro? Vaya...

—Casualidad, la semana pasada lo encontré en la cabaña de la playa. Leí una historia que se parecía mucho a la vuestra. Tres socios. Uno de ellos terminó siendo un problema... Y después me enteré de que era cierto.

Bebió de su copa antes de posarla suavemente en la mesa, mirándola como si dentro de ella hubiera algo.

—Floren... Es nuestra leyenda negra particular. Todas las empresas tienen una.

—¿Realmente ocurrió como cuenta Ane? ¿Lo echasteis?

—Yo no lo eché. —Joseba se recostó en la silla, como si quisiera alejarse un poco de los demás—. Se ganó a pulso su destino. Comenzamos juntos con el estudio. Floren era muy hábil, muy creativo. Aportó muy buenas ideas a la empresa... pero no entendía de mercado. Empezamos a tener muchas discusiones y, aunque suene mal viniendo de mí, la realidad me fue dando la razón una y otra vez. Eso le frustró mucho. Se quedó atrapado en su orgullo y no pudo escapar de eso. Decía que él era una especie de Steve Wozniak, y que yo era Jobs. Y que no permitiría que se volviera a repetir la injusticia de Apple. Pero ¿qué injusticia? Estábamos vendiendo, ganando mercado año tras año, y sus ideas estaban ahí, claro, pero ¡ese era su trabajo a fin de cuentas!

No quise forzar la conversación, aunque me imaginé que

Joseba hablaba de esas patentes por las que Floren había estado a punto de llevarle a juicio.

—Empezó a perder la cabeza, eso es todo. Se puso en plan *low profile*, a no hacer nada y molestar mucho. Los demás nos dejábamos la piel y Floren se presentaba a las once de la mañana... Cosas así. Además, no estábamos en un buen momento. La empresa tenía potencial, pero nos faltaba capital. Un empujón serio. Entonces apareció Eduardo... y Floren le bloqueó de frente. Bueno, claro. Eso era todo lo que hacía. Prefería que Edoi se hundiese antes que aceptar que no era ningún genio y que, en realidad, ya no aportaba nada a la empresa. En fin, una historia triste que además terminó muy mal, como ya sabes.

—Sí. Félix también hablaba de eso en el libro. Decía que había sido una muerte misteriosa...

Joseba sonrió.

—Te mentiría si dijese que la muerte de Floren no estuvo rodeada de cierto misterio. Un salto al vacío, en un momento clave como aquel. Hubo muchos rumores. Incluso creo que hubo una investigación. Alguien decía que había cosas que no encajaban.

—¿Alguien?

—No me preguntes. No quise saber nada. Pero la policía se presentó en la empresa y verificó todas nuestras coartadas para esa noche. Todo el mundo pudo aclararlo, desde luego.

Vaya, eso era un dato nuevo. Había habido una investigación policial en torno a la muerte de Floren. Pensé a toda velocidad en ello. ¿Se habrían personado en Villa Margúa para hacer preguntas? Tendría que preguntar al abuelo por ello.

En ese instante mis ojos se encontraron con los de Eduardo Sanz, el padre de Denis, que nos miraba fijamente a los dos. No estaba tan cerca como para oírnos, pero parecía leer nuestra conversación sin ningún problema. Sonrió, mostrándome una larga dentadura, y yo sentí que un temblor me recorría el cuerpo. En concreto, la pierna.

En realidad, era mi móvil. El mensaje de Txemi Parra decía:

¡Eh! He estado durmiendo hasta ahora. ¿Qué haces?

Me apresuré a responderle:

¿Puedo ir a verte?

Todo el mundo estaba entretenido hablando de tenis, desaparecidos y otras cosas. Busqué una disculpa para largarme de allí. Un beso a Erin, otro a la suegra, y salí volando. Según cruzaba el bar, me tropecé con un niño que estaba haciendo el loco por ahí.

—¡Ibai! —gritó su madre, que hasta ese momento había estado mirando la televisión.

Era una rubia muy guapa. Con una nariz recta muy bonita. Irati.

—Perdone —se disculpó sonriéndome—, están muy alborotados.

—No pasa nada —respondí mientras le revolvía el cabello a su hijo.

Noté algo en sus ojos al oír mi voz. ¿Me había reconocido? No dijimos nada más. Ella me dedicó una última mirada de duda antes de volver la vista al televisor donde el rostro de Félix parecía observarnos a todos como un Gran Hermano.

Sus dos ojos negros parecían preguntar: «¿Quién de todos vosotros?».

¿Quién?

2

Txemi Parra me abrió la puerta envuelto en su edredón rojo, el pelo revuelto y un batido de frutas detox en la mano.

—¿Un *Mario Kart*? —dijo emanando un aliento de fiesta.

—No, hoy no estoy de humor.

El salón todavía presentaba signos de la batalla. Botellines de cerveza, CD desperdigados (y no precisamente para escuchar música) y alguna prenda femenina.

—Siento el desastre. Anoche fue una liada de las gordas.

—Ya veo —dije caminando entre aquellas ruinas.

Txemi me ofreció un trago. Dije que no.

—Pero ¿qué te pasa? Estás raro.

—¿Has oído las noticias sobre Félix Arkarazo?

—¿Félix? —dijo Txemi—. No... No he oído nada. Me acabo de levantar. ¿Qué ha pasado?

Le hice un pequeño resumen de la desaparición de Félix Arkarazo. Txemi, incrédulo, fue a corroborarlo en su portátil.

—Joder, es cierto —dijo después de sentarse y darle un trago a su zumo detox, que le dejó un bonito bigote de color azul arándano—, y precisamente estuvimos hablando de él. Aquí dicen que le han secuestrado.

—Otros opinan que lo han matado.

—La hostia. Era un tío raro, pero no le deseo ningún mal.

—¿Seguro? —pregunté clavándole los ojos.

Txemi me miró desconcertado.

—Tienes algo raro en la mirada, Álex. ¿Qué te pasa?

Me encendí un cigarrillo.

—Alguien se ha ido de la lengua y tengo una teoría de quién, Txemi. Igual tú puedes ayudarme a completar el puzle.

Tardó un segundo en reaccionar.

—Claro, inténtalo.

—No sé cómo... pero Félix se enteró de mis asuntos farmacológicos. Me he cuidado hasta la obsesión por permanecer anónimo, pero él logró conectarme con ello. Solo se me ocurre una explicación: alguien se lo dijo. Y solo me viene un nombre a la cabeza...

Le miré a los ojos. Txemi era actor, pero ni siquiera eso le salvó del *touché* que acababa de endosarle.

—No sé de dónde has sacado esa teoría, pero te equivocas.

Se levantó a dejar el vaso en el fregadero, aunque en realidad solo quería apartar sus ojos de los míos. Supe que iba por el camino correcto.

—¿Qué sacaste a cambio? —pregunté—. ¿Un papel en su película? ¿De eso va todo?

Txemi se quedó unos segundos parado en el fregadero, observando las preciosas vistas que había desde su ventana. Después se giró y me miró.

—¿Has hablado con Félix?

—No.

—Entonces ¿a qué viene todo esto?

—Sé que alguien me vendió, sencillamente. Y solo pudiste ser tú.

—Vale..., sentémonos —dijo.

—Prefiero estar de pie.

—Siéntate, joder —alzó la voz—. Si quieres hablar, hablemos, pero sentados. Me duele todo el cuerpo.

Lo hice. Me senté en una de las butacas color naranja que Txemi tenía junto a su chimenea. Al sentarme noté algo debajo del cojín. Un botellín de cerveza, lo dejé en el suelo.

Txemi sacó un cigarrillo de un paquete que había sobre la mesilla y se lo encendió.

—Félix me prometió que no te iba a delatar a la policía. Solo quería hablar contigo.

Apenas se despeinó una cana diciendo esto. Con esa cara tan perfecta, convincente, de actor. Pero a mí me entraron ganas de estrangularlo.

—¡Joder, Txemi! ¡Cómo has podido ser tan cabrón!

—¡Me puso contra las cuerdas, Álex! Además, ya sé que no es una disculpa, pero yo estaba un poco borracho...

—Venga ya...

—Pero es verdad, justo ese día me habían dado otro portazo en la cara, y van unos cuantos este año. Y los actores necesitamos trabajar.

—Vale. El momento «doy pena» te ha quedado genial, sigue.

Txemi suspiró.

—Bueno, después de hablar con mi agente, bajé al Blue Berri. Me puse a beber gin-tonics como si no hubiera un mañana. Y de pronto veo a Félix, como si hubiera podido oler la sangre, como uno de esos demonios que aparecen sobre tu hombro. Llevaba semanas sin verle. Bueno, ya te conté que estuve evitándole un poco, pero no parecía molesto conmigo. Todo lo contrario. Me dijo que estaba contento porque la producción de la película seguía adelante... y me aseguró que yo seguía entre los favoritos para el papel protagonista. ¡Imagínate!

—Vale. Y por eso me vendiste. Te iba a dar el papel.

—No, no te vendí por eso. Y aquí es donde la historia se tuerce. Estábamos ya un poco borrachos y Félix empezó a poner unos ojos muy raros, malignos... Dijo que no tenía la capacidad para elegir quién sería el actor, pero que había una cláusula en el contrato de la productora: él, como autor, tenía derecho a veto.

—¿Vetarte? ¿Te amenazó con vetarte?

—Lo dejó caer con una sutileza bestial: «Puedo ayudarte o puedo tacharte de la lista». Yo le pregunté a qué coño venían esas amenazas. Pensaba que iba a decirme que se había enfadado conmigo porque ya no le invitaba a mis fiestas o algo así. Pero Félix dijo que no era nada de eso. «Tengo muchos problemas, ¿entiendes?», me dijo. De hecho, empezó a contarme una tragedia griega. Que no avanzaba con su libro, que le faltaba material para terminar. Que si el editor, que si Hacienda, que si la abuela fuma... Andaba detrás de una historia y creía que la tenía, pero le faltaba una pieza. Dijo que tenía que franquear un muro. Entonces fue cuando me habló de ti.

—¿De mí?

—Sí. De alguna manera sabía que éramos amigos. El caso es que me dijo que tú eras muy interesante para él. No sé por qué...

—De acuerdo —dije—, sigue.

—Bueno, me di cuenta de que Félix estaba un poco jodido

de la azotea. Pero ese loco de barbas tenía mi futuro en sus manos. Le dije que le ayudaría. Le dije que te convencería para que hablases con él, pero Félix tenía otros planes. Dijo que necesitaba algo más. Algo sucio. Algo que te obligase a colaborar con él. Ese era el precio si quería seguir teniendo opciones en la película...

—Claro.

—¡Tienes que creerme! Le hice prometer que no te jodería. Te lo juro. Él me respondió que tú no eras su objetivo. Que podrías pasar por esto sin mancharte.

Yo me puse en pie. No podía con los nervios.

—Lo siento, Álex. De verdad.

Me dirigí a la puerta y cogí la manilla, pero entonces me detuve. Respiré hondo. Necesitaba salir de allí, solo que aún tenía cosas que saber. Me di la vuelta. Cogí otro Marlboro y me lo encendí. Txemi parecía arrepentido de verdad, aunque el muy gilipollas me había metido en un lío del carajo.

—Bueno, vale. Está bien. Me traicionaste de buen rollo. Ahora necesito saber algo.

—Lo que quieras.

—Lo de enviarme a la casa de Ane el viernes. ¿Fue un truco para que me encontrara con Félix?

—¿Un truco? ¡No! Eso debió de ser una casualidad.

Deshice el camino, volví a sentarme, fumé despacio.

—Vale. Siguiente pregunta: ¿qué era lo que Félix necesitaba de mí?

—Ni idea. No me lo dijo. Va en serio. No tendría por qué mentirte.

—Intenta pensar, joder. Exprímete la puta cabeza.

Txemi hizo un largo silencio, como si tratara de recordar.

—Ha pasado mucho tiempo y yo estaba borracho. Recuerdo que salimos fuera... al aparcamiento. Félix me ofreció traerme a casa en su coche. Yo le pregunté qué era lo que quería de ti. Me dijo que eras una pieza interesante para su historia, que «conectabas» muchas cosas. Nada más... Pero ¿a qué viene todo esto, Álex? ¿Tiene algo que ver con la desaparición de Félix?

Txemi había dejado de ser un tío en el que podía confiar. Así que opté por plagiar una historia que había escuchado recientemente. Le dije que Félix me había grabado en vídeo y me lo había mostrado en la fiesta de Ane.

—Me tiene agarrado por las pelotas, Txemi. Y todo gracias a ti.

—¿Y no te dijo lo que quería?

—No. Solo que me llamaría para hablar. Ahí quedó la cosa. Hasta hoy. Cuando he visto la noticia por la televisión he empezado a pensar: ¿y si alguien se lo ha cargado?

—¿Crees que puede estar muerto...? —En los ojos de Txemi pude ver que eso sería una gran noticia para él—. Quizá solo esté escondido.

—¿Escondido?

—Bueno, el tipo tiene muchos problemas. Ya te lo he dicho. Hacienda le persigue por haberse montado una S. L. para pagar menos impuestos. Y la editorial también le estaba presionando. Me lo contó todo mientras me traía a casa aquella noche. Tenía el coche lleno de cajas y me dijo que las iba a llevar a una especie de refugio en alguna parte. Un sitio donde solía retirarse a escribir.

El corazón me dio un vuelco al oír eso.

—¿Un refugio?

—Sí. Tenía miedo de que lo desahuciaran y se estaba llevando lo imprescindible para poder terminar su novela.

Pensé en aquel despacho de Félix donde no había ni un mísero cuaderno de notas. Eso tenía todo el sentido.

—¿Sabes dónde estaba ese refugio?

—No, pero debía de ser algún lugar cerca de la costa. Creo que mencionó Cantabria. No estoy seguro.

Entonces, según Txemi decía aquello, se me iluminó una bombilla de cien vatios sobre la cabeza. ¡Cómo no lo había pensado antes!

—Espera un segundo. ¿Dices que Félix tenía un coche?

—Sí. Se lo acababa de comprar de segunda mano. Bueno, era una chatarra.

Yo me había quedado frío, con el cigarrillo entre los dedos.

—¿Recuerdas qué coche era?

—Sí... Un Renault Laguna de color gris. Recuerdo la marca porque me pareció un coche barato para una celebridad como él. Pero claro, el tío andaba más tieso que una bandera en la luna.

Apagué el cigarrillo y me levanté.

—¿A dónde vas?

—Tengo que comprobar algo —dije mientras salía hacia la puerta.

—Oye..., Álex... Espero que lo entiendas... Era mi última oportunidad de volver a trabajar —dijo Txemi desde el sofá.

Salí dando un portazo.

3

Félix tenía coche. Claro que tenía coche. Un tipo que vive en un chalé perdido en lo alto de la montaña tiene que tenerlo por fuerza, pero hasta ese instante no me había parado a pensarlo a fondo: ¿dónde estaba el coche de Félix? Su garaje de Kukulumendi estaba vacío, el detalle ya me había llamado la atención el domingo. ¡Un detalle que ahora parecía bastante importante!

Félix me había tendido una trampa, de modo que esa noche había conducido desde Gure Ametsa hasta los alrededores de la fábrica Kössler. Y quizá —si la suerte estaba conmigo— ese Renault Laguna seguía aparcado por allí, esperando a su dueño (que nunca volvería).

Bajé la montaña y conduje por las carreteritas secundarias del valle, hasta la general. El polígono Idoeta apareció a mi derecha, pero lo pasé de largo. Cien metros más allá había un taller de neumáticos con un pequeño aparcamiento junto a la carretera. Las cosas habían cambiado y el asunto de Félix era ya *vox populi*. No sabía si la policía tenía alguna pista sobre el paradero de Félix, pero seguramente estaban buscando ese

Renault Laguna por todas partes y puede que a estas horas incluso hubieran dado la descripción del coche en las noticias. Así que no podía arriesgarme a aparecer por el polígono con mi furgoneta y dejarme ver como si nada.

Aparqué, me colgué la mochila de útiles y salí caminando con aires de paseante dominguero. En el aparcamiento del polígono Idoeta había algunos coches, no muchos a esas horas. La zona orientada al robledal estaba vacía, pero había otra, que daba a un muelle de carga, donde había varias camionetas de reparto aparcadas. Conocía las camionetas, eran vehículos de empresa de logística que «dormían» allí a diario. También sabía que había una cámara de seguridad en una de las esquinas del almacén. Me eché la capucha sobre la cabeza y enfilé la carretera que discurría frente al muelle de carga.

Entre dos de aquellas camionetas de reparto había aparcado un coche de color gris. Las letras plateadas del modelo brillaron como un tesoro desde el maletero: LAGUNA.

Joder, habría sido tan fácil pensar en ello..., pero las grandes ideas vienen cuando vienen. Y allí estaba, tal como pensaba, el Renault Laguna familiar de Félix Arkarazo. Lo aparcó allí el viernes por la noche y después se dirigió a la vieja fábrica, posiblemente armado con una cámara de fotos. Lo que mediaba entre ese momento y que alguien lo matara con una piedra seguía siendo un misterio. Un misterio que cada vez estaba más cerca de poder resolver.

Pasé de largo y seguí caminando como si fuera uno de esos señores que dan paseos por polígonos industriales, trinchando basura con un bastón. Había que reconocer el terreno y asegurarse de que no había ojos indiscretos. Di la vuelta a la esquina y llegué a la zona más apartada del aparcamiento. Allí era donde yo solía aparcar mi GMC antes de tomar el camino del robledal. Algunos talleres continuaban abiertos, y había gente por allí. Miré hacia el grupo de árboles. Al otro lado no se distinguía ningún resplandor. Nada. Quizá todavía quedaba una oportunidad para limpiar mi sangre de ese cristal. Pero debía esperar un poco más.

Terminé de rodear el polígono, volví a la general y llegué caminando hasta el taller de neumáticos. Entré en la furgoneta, arranqué. Fui hasta una gasolinera *low cost* que había a dos kilómetros de allí. Compré un sándwich de atún y una lata de Coca-Cola. Entonces, según estaba a punto de pagar, vi uno de esos llaveros de emergencia que sirven para cortar cinturones y reventar lunas. Todavía no había pensado cómo entraría en el Renault, pero aquello vino a darme una idea. Lo compré también. Después volví a la GMC y cené mientras leía las noticias en el móvil. La policía seguía con la historia del secuestro. Se hablaba de Félix por todas partes. No solo a nivel local, sino a nivel nacional la noticia había llegado a los titulares.

Quizá para desalentar a sus posibles secuestradores, se hizo público que Félix Arkarazo, el célebre autor *best seller*, estaba metido en problemas con el fisco. Le perseguían por haber eludido impuestos y ahora debía una verdadera fortuna que al parecer ya se había gastado en algunas inversiones muy poco inteligentes. Además de eso —pese a que la editorial había declinado comentar el extremo—, se había filtrado a los medios que Félix llevaba más de un año de retraso en la entrega de su siguiente manuscrito. Un tal Juan Aguirre —aquel amigo suyo que le ayudó a mover su primera novela— afirmaba que en su última conversación con Félix, el autor estaba absolutamente bloqueado, desesperado y deprimido. «La presión ha podido con él. La fama y todos los problemas que han venido con ella han terminado por desestabilizarle. Si alguien le ha secuestrado para pedirle dinero, por favor, que lo suelte. Félix estaba en la ruina.»

De modo que, a las ocho de la tarde de aquel martes, las teorías sobre el paradero de Félix Arkarazo se multiplicaban. Estuve mirando los foros de internet y, como siempre, surgieron un montón de teorías paralelas al secuestro. La más interesante era la de que Félix se había fugado para evitar al fisco.

«¿Y lo del robo en su domicilio?», preguntaba alguien en Twitter.

«Fácil —le contestaba otro—. Simuló un robo en su casa para que creyéramos que ha sido secuestrado.»

Dormité otras dos horas más antes de volver al polígono. Ahora todos los talleres estaban cerrados y el aparcamiento vacío. Un par de farolas alumbraban el muelle de carga del almacén y todo lo que se oía eran los grillos y el rumor de un pequeño arroyo que corría a los pies del aparcamiento. Las libélulas surcaban la noche, bajo las constelaciones de primavera.

Me acerqué al Laguna. Era un modelo antiguo y crucé los dedos, esperando que no tuviera una alarma conectada. Dejé la mochila en el suelo. Saqué un par de guantes y el llavero de emergencia. También me coloqué el gorro (no era cuestión de dejar un cabello ahí dentro). El mecanismo rompelunas es una especie de punzón engatillado que se dispara con mucha fuerza cuando lo aprietas contra el cristal, provocando un impacto muy pequeño y rápido que en teoría rompe el cristal. Bueno, nunca había probado y resultó espectacular. Bastó con empujar el rompelunas contra el cristal y el punzón lo partió en mil pedazos. No sonó ninguna alarma. Metí la mano e intenté abrir la puerta, pero estaba bloqueada; así que lancé la mochila dentro y me colé por la ventana.

Ya estaba dentro. ¿Ahora qué? En realidad, no tenía ni idea de lo que iba buscando, pero no pensaba irme de allí sin una pista. Félix había ido a su refugio y vuelto en ese coche, llevándose sus materiales con él. Algo tenía que haberse quedado por allí por fuerza. Además, el coche era una extensión del desorden y la suciedad que había encontrado en el chalé de su dueño. El cenicero atiborrado de colillas, latas de Red Bull, envases de comida rápida. Tenía fe en que algo apuntase en la dirección correcta. Empecé a buscar tiques de gasolina o cosas parecidas (un tique me había llevado a mí hasta Gure Ametsa) y eso me llevó a un primer hallazgo interesante. Un recibo por un desayuno en una gasolinera de la A-8, a la altura de Laredo. Una población que los vizcaínos invadían sistemáticamente en verano; tendría mucho sentido que Félix se hubiese buscado un refugio por allí. Pero necesitaba más.

Seguí el registro por los bolsillos laterales. Un mapa de carreteras que no tenía ninguna página doblada o marcada de alguna forma. Un ejemplar de *Narraciones extraordinarias*, de Edgar Allan Poe, un CD de Richard Clayderman (¿en serio?), un viejo ejemplar del *Qué leer* en el que Félix era portada. Por lo demás, nada. Abrí la guantera y comencé a sacar papeles: seguro de coche, manual de usuario, permiso de circulación. Todo apuntaba a la última dirección conocida de Félix: barrio de Kukulumendi, 1. Illumbe. No había mucho más: un estuche de gafas, bolígrafos, el parte amistoso de accidentes...

Nada.

Eché un vistazo a la parte trasera de los asientos. Estaban

limpios, como era de esperar en el coche de un tipo sin familia. En los bolsillos había chalecos reflectantes y nada más.

Txemi me había dicho que Félix había llevado un montón de cosas a su «escondite» y eso me hizo pensar en el maletero del coche. Quizá allí hubiera algo interesante. Había una pequeña palanca debajo del asiento del conductor. La accioné y se abrió. Salí otra vez por la ventana, poniendo los pies por delante y ayudándome con el volante y una de las asas del techo. Una vez fuera, me dirigí a la parte de atrás, levanté la puerta del maletero y, bueno, aquello no era el pandemonio que podría haberme imaginado. De hecho, estaba bastante ordenado. Había cepillos para limpiar el coche, un repuesto de luces, líquido refrigerante, un bote de aceite, un juego de triángulos de señalización... Entonces di con algo interesante. Era una caja de cartón que mostraba la imagen de un navegador GPS, marca TomTom. La caja estaba vacía, solo tenía un folleto de instrucciones dentro. Me quedé con aquello en las manos pensando: «¿Un GPS?». Joder, eso era precisamente lo que estaba buscando. Removí Roma con Santiago en el maletero. Rebusqué en cada esquina dos o tres veces. Levanté la tapa de moqueta que escondía la rueda de repuesto... Nada. Ni rastro de un GPS.

Estaba tan concentrado que tardé un poco en reparar en un sonido que llevaba varios minutos ahí. Un sonido de sirenas. No estaba cerca. De hecho, sonaba como a kilómetros de distancia, pero no parecía moverse en ninguna dirección, tal y como suele ocurrir con las ambulancias. Más bien parecía haberse detenido en algún sitio. ¿Un incendio?

Entonces me di cuenta de que aquel sonido procedía del robledal. Cerré el maletero y caminé hacia esa esquina del aparcamiento. No necesité ni llegar allí para detectar un resplandor azul por encima de las copas de los árboles.

La policía estaba en la vieja fábrica Kössler. Por fin había pasado: habían encontrado a Félix.

No se oía gran cosa, pero el resplandor de luces era visible a cientos de metros. Me imaginé que habría varios coches patrulla, ambulancias... ¿Cuánto llevarían allí? Poco. Dos horas antes había mirado en esa dirección sin ver nada. ¿Cómo habría ocurrido? ¿Cómo habían llegado hasta allí?

Se me ocurrió que aquel lugar, el polígono, había dejado de ser seguro. Si no lo habían hecho antes, la poli empezaría a rastrear la zona, los alrededores. No tardarían en localizar el sendero y el polígono que había al otro lado. Y el coche de Félix.

Volví al Laguna, a toda prisa. Cerré el maletero, donde dudaba que fuese a encontrar nada, y me metí por la ventanilla otra vez. El TomTom tenía que estar por alguna parte, joder, y me quedaba muy poco tiempo para dar con él.

«¡Piensa!»

Volví a repasar la guantera, los bolsillos. Busqué algún compartimento falso en el plástico del salpicadero. Algún lugar donde poder esconderlo a salvo de las miradas de algún eventual mangui..., y entonces se me ocurrió. ¿Dónde solía dejar yo el frontal de mi radio? Debajo del asiento. Metí la mano allí y palpé algo. Una especie de cajita, pero se me escapó entre los dedos. Aquel Laguna tenía la radio integrada, con lo que aquello solo podía ser otra cosa lo suficientemente valiosa para que Félix la hubiera dejado fuera de la vista. Así que me recliné más, pero la cajita estaba ya muy atrás. No llegaba. Por suerte, el Laguna era lo bastante ancho como para poder saltar entre los asientos sin grandes esfuerzos. Pasé a la parte de atrás y me agaché para alcanzar la cajita. *Voilà*, la saqué de allí y la observé en la penumbra. Un estuche negro con el logotipo de TomTom. Lo abrí y el brillo de la pantalla de cristal resplandeció ante mis ojos. Lo tenía. Por fin.

Pero en ese instante, según estaba allí tumbado sobre el asiento trasero, un bandazo de luz iluminó el coche. Un potente foco llenó de luz blanca los reposacabezas del Renault Laguna. Casi al mismo tiempo, oí un sonidito electrónico. *Beep-beep.*

—Aquí patrulla número diecisiete. Creemos haber encontrado el vehículo del sujeto. ¿Podéis confirmarnos la matrícula, por favor?

4

«Vale. Este es el final del libro —pensé mientras seguía allí tumbado, en el asiento de atrás del Renault Laguna de Félix Arkarazo—. Aquí se acaba todo. Lo has intentado, has hecho lo que has podido, pero ha sido imposible.»

Pensé en mi abuelo, en Erin, en Joseba y la oferta de trabajo... Vaya final. Aunque también debo admitir que, durante aquellos breves instantes, sentí una especie de gigantesca sensación de alivio. Por fin podría descansar, soltarlo todo, dárselo a otra persona y que ella lo resolviera por mí. ¿Arruti? Le explicaría hasta el último detalle. El hombre muerto. El asesinato. Mi amnesia. ¿Me creería?

Oí el ruido de la radio. Los policías intercambiando un comentario. En breve saldrían a echar un vistazo y me encontrarían allí. Bueno, lo mejor era no complicarlo más. Me levanté y me quedé sentado, esperando alguna reacción. Algo como un grito: «¡Quieto! ¡Arriba las manos!». Pero no sucedió nada. De hecho, el foco ya no estaba allí.

Me giré y pude ver la parte trasera del coche patrulla desapareciendo tras una de las camionetas. ¿A dónde iba? Quizá estaban echando un vistazo o habían ido allí a maniobrar. Fuera lo que fuese, era una oportunidad, un pequeño milagro, y tenía que aprovecharlo. «Ahora o nunca.» Salté al asiento del conductor, metí el estuche en la mochila y la lancé al asfalto del aparcamiento. Después saqué las piernas, el culo y el resto del cuerpo por esa ventanilla y me tiré al suelo.

Me quedé allí pegado, como una lagartija, mirando por debajo del Laguna y de la camioneta de reparto. El coche patrulla acababa de dar una vuelta completa y regresaba. Tenían uno de esos potentes focos instalados en la ventanilla con el que iluminaban el Renault de Félix y todo a su alrededor. Si llegaban a mi altura, me pillarían con las manos en la masa, tenía que moverme rápido. Empujé mi mochila debajo de la camioneta que tenía justo al lado, después me arrastré a toda prisa, casi al mismo tiempo que un haz de luz muy blanca lo inundaba todo. Si no me vieron los pies, fue porque estaban atentos a otra cosa.

El ruido del motor camuflaría mi respiración, pero dejé de respirar. Oí cómo se abría una puerta. Vi las botas de uno de los polis caminando delante de mis narices. Se acercaron por un lado y por el otro.

—Hostia, mira —dijo el que yo tenía más cerca—. La ventana está rota.

—Joder... Pues avisa.

—Atención, central —dijo el primero—. Nos parece observar que ha sido vandalizado. La luna del conductor está rota.

«Okey. Estamos enviando una grúa y un coche escolta.»

—¿No viene la Científica?

—No lo creo. En estos casos, se lleva el coche entero a la central. Además, ahora estarán ocupados ahí arriba.

Me imaginé que con el «ahí arriba» se referían a la vieja fábrica. Estarían analizando el cadáver y todas las huellas, pelos, partículas de piel, de uña y demás que pudieran encontrar. «No perdáis el tiempo, hay un trozo de ventana que tiene escrito mi nombre en sangre.»

—Espera... Esto es reciente —dijo uno.

—¿Qué?

—Que esto tiene que ser reciente. Ha llovido un montón estos días y el coche está seco por dentro. Y limpio. Diría que han entrado hoy mismo. Mira.

Buenos polis. Todos los necesitamos, joder, pero en aquel momento me hubiera venido bien uno más tonto.

—Es verdad. Hostia, da el aviso.

El sonido del *beep* de una radio.

—¿Central? Aquí unidad diecisiete otra vez, desde el aparcamiento del polígono. Tenemos la impresión de que el coche ha sido allanado muy recientemente. Puede que hace unas horas o menos. Avisad a la Científica y enviad más patrullas. Es posible que el delincuente se halle todavía por las inmediaciones.

«Okey, recibido, diecisiete. Avisamos.»

—¿Tú crees que está por aquí?

—No lo sé. Voy a dar una vuelta. No te muevas.

Los botas giraron ante mis narices y salieron caminando. El otro par de botas se quedó a la espera. Su capacidad fantástica no les permitió imaginar que yo estaba escondido debajo de la furgoneta, a un metro escaso del Laguna. Pero venían más coches y pronto sería imposible dar un paso sin ser visto. Tenía que salir de allí cuanto antes.

Pensé todo lo rápido que pude. Aquel aparcamiento estaba cercado por una valla, algo que no tenía demasiado sentido, ya que la parte «grande» —la que daba al robledal— no tenía ningún vallado. Supongo que se debía a que en su tiempo fueron cosas separadas. El caso es que solo podía salir de allí de dos maneras: corriendo por la carretera del pabellón o saltando la valla. La primera opción era de lo más arriesgada. No solo me expondría a estos dos policías, sino también a los otros coches patrulla que previsiblemente aparecerían por allí en cualquier momento. Pero ¿cómo saltar una valla de casi tres metros sin ser visto? Volví a mirar aquello con detenimiento. Había otra camioneta aparcada a unos cinco metros. Si llegaba a ella, podría volver a meterme debajo. Justo al lado había un grupo de contenedores pegados a la pared de otro pabellón. Pero podría subirme a uno de ellos y saltar la valla con la cobertura de la camioneta. Esa era mi mejor oportunidad sin lugar a dudas.

Empecé a arrastrarme muy despacio, con las puntas de los pies, y conseguí llegar al otro lado de la camioneta. Entonces apareció un segundo coche patrulla. Venía con las luces parpadeantes pero sin sonido. A toda velocidad giró y frenó junto al primero. Más sonido de puertas. Más polis.

—¡Eh!

—Buenas.

—¿Cómo va ahí arriba? —preguntó el poli que se había quedado guardando el coche.

—Lo han matado de un golpe. —Era la voz de una mujer. La reconocí inmediatamente: era Nerea Arruti—. Parece que alguien limpió la escena. Es algo muy raro. ¿Y aquí?

—Han reventado la luna y se han colado dentro. Supongo que buscaban algo.

—Como en la casa. Y ¿dices que es reciente?

—Sí. Mira. Está perfectamente seco y limpio. Incluso

huele a coche cerrado. Calculo que lleva como mucho una hora abierto.

Estaban todos reunidos junto al maletero del Laguna. Era mi mejor oportunidad de salir de allí antes de que precintaran la zona y pusieran gente a controlar las entradas y salidas. Tenía que actuar ya.

Dejé de respirar y seguí moviéndome como si llevara una bomba acoplada al cuerpo. Ahora había dos motores en marcha haciendo ruido. Esa era mi única baza a favor. Llegué hasta el otro lado de la furgoneta. Eché un vistazo. Conté ocho piernas, cuatro polis. Pero no estaba seguro. Si uno de ellos había bajado del coche en silencio y miraba en mi dirección, me pillaría in fraganti. Bueno. No me quedaban más opciones que arriesgarme. Supongo que es lo mismo que sentían en la guerra cuando abandonaban la trinchera gritando *banzai!* Me puse en pie y, sin mirar atrás, corrí tan deprisa como pude hasta la siguiente camioneta. Llegué. Deslicé la mochila. Me tiré al suelo otra vez y me escurrí debajo. Y solo entonces respiré de nuevo.

Vale, primera etapa superada. Los dos coches patrulla seguían allí, aparcados en paralelo, nadie me había gritado «alto». El grupo de policías hablaba tranquilamente. Bien, que siguieran así. Empecé a arrastrarme otra vez hasta el otro lado de la camioneta, entonces volví a oír ruido de puertas que se cerraban. Uno de los coches se movía. De hecho, venía en mi dirección, despacio, enfocando cada rincón. Me quedé quieto. Con ese ángulo, si se les ocurría enfocar a los bajos de la camioneta, no les costaría verme. Llegó hasta donde yo estaba y se paró. Una de las puertas se abrió y bajó un patrullero. Comenzó a caminar hacia mí.

Esos dos pies se quedaron quietos a pocos centímetros de

mi cara. Luego vi que la linterna se encendía y su haz se proyectaba contra el suelo. Tragué saliva.

—¿Qué haces?

—Un segundo —respondió la voz.

Era ella. Nerea.

El haz de su linterna penetró en la zona de contenedores. Se le había ocurrido mirar allí detrás, pero no se le había pasado por la cabeza que yo pudiera estar a diez centímetros de su zapato, debajo de aquella camioneta.

Se acercó a la valla y miró fuera, al talud y al arroyo que discurría al otro lado.

—Ahí abajo hay un arroyo.

—Sí —dijo su compañero—, es un riachuelo.

Arruti se quedó en silencio unos segundos más. Después regresó al coche, que arrancó.

Tan pronto como les vi doblar la esquina me puse en marcha. Un último vistazo para asegurarme y salí de allí. Lancé la mochila al otro lado de la valla. Subí al contenedor con un salto, suave, estilo Navratilova, y conté hasta tres para darme el impulso más fuerte que pudiera. Alcancé lo alto de la valla con las dos manos. Resbalé un par de veces con la punta del pie hasta que conseguí encajarla en uno de los pequeños huecos de la cerca. Eso hizo ruido, pero ya no podía permitirme el lujo de pararme a ver si alguien me había oído. Con los puntos de apoyo bien fijados, di un último impulso y caí al otro lado. Un talud de rocas que, afortunadamente, comenzaba con una porción de césped. Caí en aquel suelo almohadillado y me quedé quieto.

El coche patrulla seguía junto al Renault. Los polis no se habían coscado. Okey. Perfecto. Mochila al hombro, bajé por el talud. El arroyo era la manera segura de salir de allí. Pasaba por detrás de los pabellones y posiblemente llegaría hasta el taller de neumáticos también. Durante cien metros intenté no mojarme los pies, pero después fue imposible. El talud de roca estaba construido solo como contrafuerte del polígono, pero más adelante aquello se convertía en una ribera natural con espadañas, barro y mosquitos. Metí los pies hasta el fondo y caminé durante otro medio kilómetro por allí, hundiéndome en barro y agua helada, chapoteando en aquel riachuelo donde seguramente todo el mundo vertía mierda química. Solo esperaba que no me nacieran cabecitas con ojos en las puntas de los dedos.

Llegué a la altura del taller, salí del agua. Me moví con cuidado. ¿Y si Arruti había visto mi furgoneta aparcada? Pero allí no había rastro de policía. Entré en la GMC con la sensación que deben de tener los presos que logran fugarse de las cárceles. Andy Dufresne debió de sentirse igual tras escapar de la prisión de Shawshank.

Abrí la mochila, saqué el TomTom y traté de encenderlo, pero no tenía batería. De cualquier forma, traía un cargador enchufable al mechero. Lo conecté y esperé a que tuviera la batería mínima para arrancar. Mientras tanto, encendí el motor, puse la calefacción proyectándola en los pies. Me quité los zapatos y los calcetines y los coloqué en la parte del copiloto. Joder, estaba helado.

Vi pasar un par de coches de policía a todo meter. También una grúa. Se dirigían al polígono Idoeta, seguramente lo precintarían. No podía quedarme allí demasiado tiempo, pero no quería llevarme el TomTom a casa. No entiendo cómo funcionan esos cacharros, pero tenía miedo de que —de alguna manera— pudiera trazar mi localización. Así que quería investigarlo allí mismo y lanzarlo al río después.

En la penumbra de aquel aparcamiento, fumando con los pies descalzos, me dediqué a mirar las noticias en internet. Solo *El Correo* se hacía eco del hallazgo del cadáver en la antigua fábrica. Un vídeo subido a Facebook por un periodista *freelance* mostraba los coches patrulla aparcados en los alrededores del lugar y un grupo de focos iluminándolo todo: «La Ertzaintza comunica que se ha hallado un cadáver en las inmediaciones de la antigua fábrica de fresadoras y repuestos industriales de J. Kössler. Fuentes del mando policial indican que el cadáver podría ser el del escritor desaparecido Félix Arkarazo. Al parecer hay signos de violencia y la Policía Científica se ha desplazado al lugar».

El vídeo mostraba a varios agentes vestidos con monos blancos de los pies a la cabeza entrando en la vieja fábrica.

El TomTom se encendió por fin. El logotipo resplandeció en el centro de la pantalla para, a continuación, mostrar un mapa (que indicaba mi ubicación actual) y una serie de opciones de menú. Bueno. Yo había manejado alguno de esos en el pasado y sabía que tenían una especie de memoria que almacenaba los últimos sitios por los que había navegado. La busqué por entre aquellas opciones de menú hasta que di con ella. Se llamaba «destinos recientes».

El último destino de Félix era una dirección en Cantabria, cerca de Santander. Próximo a los acantilados de Puente del Diablo. Abrí la aplicación de mapas de mi teléfono y busqué esas coordenadas. Era un sitio muy apartado, en unos acantilados sin nombre. Ni siquiera se veía una carretera llegar hasta allí. En cualquier caso, ese debía de ser el lugar.

Guardé las coordenadas en mi teléfono y me deshice del TomTom lanzándolo al arroyo. Después volví a la GMC y conduje hasta Punta Margúa escuchando las noticias en la radio.

Mi abuelo y Dana también estaban viendo las noticias cuando entré en casa. Saludé y subí directamente a mi habitación, aún descalzo, con los zapatos embarrados en la mano. No me apetecía tener que inventarme otra mentira más. Me metí con todo en el cuarto de baño. Cerré el pestillo y me quité la ropa con cuidado. Limpié bien los zapatos y los pantalones. La cosa era quitar todo el barro que pudiese antes de lanzarlos al cesto de la colada. No quería que Dana se hiciese ninguna pregunta sobre mi excursión nocturna. Entonces alguien llamó a la puerta.

—¡Eh! Álex.

Era mi abuelo.

—¿Sí?

—¿Puedo hablar contigo un momento?

—Claro. Un segundo.

Me enrollé una toalla a la cintura y abrí la puerta, como si estuviera a punto de darme una ducha después de un día duro de trabajo. Según lo hice, mi abuelo apareció al otro lado.

—Solo quería decirte que ayer te hablé mal. Fui un gilipollas —dijo, y noté que le costaba sacarse la disculpa.

—Yo no debería haber leído tus papeles —respondí.

—Lo hiciste todo con buena intención. Dana me ha echado una buena bronca, pero tiene razón.

—¿Dana?

—Tendrías que ver cómo se pone la rusa —bajó la voz—. Parecía Stalin con ardor de estómago.

Me reí.

—Oye, ¿te acuerdas de que hablamos de Félix el escritor? —continuó el abuelo—. Se ve que se ha encontrado con la horma de su zapato.

—¿Qué es lo que ha pasado?

—Esta mañana lo habían dado por desaparecido —dijo mi abuelo—, pero ya lo han encontrado... y más frío que un pez: muerto.

—Joder... —resoplé—. Me doy una ducha y bajo.

—Por cierto, le diré a Dana que a partir de ahora te ponga el doble de todo. —Me miraba las costillas—. Pareces una sardina hambrienta.

Después de una ducha caliente, bajé al salón donde la televisión seguía encendida. La noticia había llegado ya a todos los medios nacionales. Félix Arkarazo, el escritor del superventas *El baile de las manos negras*, no había sido secuestrado ni tampoco se había fugado. Estaba muerto. Y al parecer llevaba así casi dos semanas.

—Dicen que estaba ya en estado de descomposición —añadió Dana—. Si no llega a ser porque su editora le estaba reclamando un libro, quizá lo hubieran encontrado esqueleto.

—Hay gente muy solitaria en este mundo —dije yo—, qué pena.

En la pantalla se veía un fragmento del mismo vídeo que había podido ver antes. Los de la Científica entrando y saliendo de la vieja fábrica.

—¿Se sabe cómo ha sido?

—Todavía no han dicho nada —dijo el abuelo—, pero seguro que lo han matado. ¿Qué hacía en ese lugar perdido, si no? Puede que lo llevaran a la fuerza y le torturaran para sacarle su número de cuenta o algo así. Y después se lo cargaron.

—Pero dicen que no tenía un duro —intervino Dana—. De hecho, una de las *primeras* teorías era que el tipo se había fugado para escapar de Hacienda.

—Ya, pero esos siempre tienen algo escondido, ¿qué

crees? Declaran que no tienen nada, pero esconden el dinero en metálico. Eso le pasó a José Adriach, el cómico, hace unos años. Seguramente alguien sabía que tenía pasta en alguna parte. Le habrán torturado. No sería la primera vez.

Yo pensé en esas teorías, que no eran del todo malas. No era ninguna locura pensar que las cosas habían sucedido así y, seguramente, medio país se estaría haciendo las mismas cábalas. Quizá incluso la policía. ¿Qué estarían haciendo en tal caso? Como es lógico, buscar cualquier huella o rastro de ADN que pudiera haber en ese almacén. Volví a pensar en ese trozo de cristal con mi sangre y empecé a hiperventilar.

Estuvimos un buen rato viendo las noticias. Mi *aitite* estaba excitadísimo con el asunto; no quería apartarse del televisor en ningún momento, cosa que me extrañó. Ni siquiera se había acordado de su partida de cartas en el pueblo, y había muy pocas cosas tan sagradas como su mus. Pero no paraba de comentar cosas acerca de Félix Arkarazo.

—En realidad, era un merluzo —murmuró—. Seguramente se metió en algún lío bien gordo.

No era la primera vez que notaba ese desprecio que mi abuelo tenía por Félix Arkarazo. Recordé que el día que tuvo aquel lapsus mientras conducía a Gernika me había contado que Félix se había presentado en Punta Margúa preguntando por mi madre.

—¿Recuerdas lo que me dijiste de Félix? Esa discusión que tuvisteis cuando vino a casa. Sobre esa carta que quería enviar a *ama*.

—Sí —dijo el abuelo—, le eché de aquí a patadas.

—¿Qué era exactamente lo que quería?

—Ya te lo dije. Quería ir a molestar a tu madre al hospital, ¿por qué?

—Bueno, hoy en el Club he oído rumores de que Félix investigaba una historia del pasado. Algo sobre la muerte de ese tal Floren. Al parecer la policía también hizo algunas preguntas en su momento.

El abuelo se quedó en silencio, con el ceño fruncido y la mirada perdida en alguna parte.

—No me digas que ahora te ha dado a ti por remover el pasado...

—Bueno, Joseba me lo ha contado. Chequearon coartadas, investigaron. Por lo visto había alguien que no creía que hubiera sido un accidente. ¿Tú sabías algo de eso? Como ocurrió tan cerca de aquí...

—Claro que lo sé. La policía también vino por aquí. Fue todo por la mujer de Iker Iraizabal, el del restaurante. Ella fue la que soltó la liebre de las sospechas.

—¿La mujer del restaurante?

—Sí, ella estaba allí esa noche, sirviendo en la barra. No sé de dónde sacó que Floren había ido a reunirse con alguien. Bueno, pues eso hizo que la policía viniera por casa y comprobara nuestras coartadas.

—¿Y las teníais?

—Tu madre había llegado ese mismo día desde Madrid y se había reunido con Ane y Mirari en casa de Ane. Yo estaba solo en casa, leyendo un libro en mi despacho. No vi ni oí nada, además de la tormenta. Pero ¿a qué vienen todas estas preguntas?

—Ya sabes... Que Félix haya muerto antes de sacar su novela es algo intrigante.

—Deja las intrigas para los polis. Seguro que esto es mucho más mundano y aburrido.

En ese instante, la televisión mostró nuevas imágenes con

la palabra DIRECTO sobreimpresionada. Esta vez, del aparcamiento del polígono Idoeta, donde la policía acababa de hallar el coche de Félix Arkarazo. Después, el plano cambió a la cara de un reportero que hablaba a unos cien metros de allí.

«... el vehículo, un Renault Laguna con el que el escritor posiblemente llegó al lugar de los hechos, ha aparecido hace una hora en un polígono industrial muy cerca del punto donde fue hallado el cadáver. El vehículo está siendo investigado por la Policía Científica en estos precisos instantes. Al parecer, el coche ha sido allanado también, muy recientemente, quizá en las últimas horas...»

El canal de noticias seguía emitiendo imágenes del aparcamiento del polígono Idoeta y resumiendo, una y otra vez, la información que ya habían retransmitido hasta la saciedad. El abuelo acabó yéndose a descansar, pero yo me quedé en el salón delante de la tele. Las noticias habían cambiado de monserga. Unas imágenes de coches patrulla aparcados frente a un bloque de apartamentos. El rótulo inferior de la pantalla decía:

DETENCIONES EN GERNIKA

«... acaban de producirse varias detenciones en el municipio de Gernika. Detenciones que, al parecer, estarían relacionadas con la muerte del escritor Félix Arkarazo. Se trata de varios jóvenes de veinte y veintiún años, residentes en la localidad. Todavía no han trascendido más detalles...»

¿Podían ser aquellos los chavales que habían aparecido por la vieja fábrica?

Me quedé allí sentado, frente al televisor, fumando cigarrillos y mirando por la ventana. ¿Qué esperaba? Coches de la policía irrumpiendo a las puertas de Villa Margúa. Arruti colocándome las esposas. Y la televisión mostrando mi rostro a todo el país. «El asesino de Félix Arkarazo dejó una muestra de su sangre en una de las ventanas de la vieja fábrica.»

El flujo de noticias se paró bien pasada la medianoche. No había nada nuevo. Subí a mi habitación y saqué tres pastillas para dormir. Una pequeña sobredosis, pero la iba a necesitar para poder conciliar el sueño esa noche.

5

La cosa se aclaró al día siguiente, en el periódico de la mañana.

LOS CUATRO JÓVENES DETENIDOS OMITIERON INFORMAR SOBRE EL HALLAZGO DEL CADÁVER

Los cuatro jóvenes detenidos anoche por su supuesta relación con la muerte del escritor Félix Arkarazo fueron puestos en libertad sobre las tres de la madrugada tras prestar declaración en la comisaría de la Ertzaintza en Gernika. Según se desprende de una nota de prensa emitida por su abogado, los cuatro jóvenes han afirmado no tener nada que ver con la muerte del escritor. Declaran que el pasado sábado descubrieron el cuerpo accidentalmente en la vieja fábrica y que decidieron abandonarlo sin avisar a los servicios de emergencia. «Teníamos miedo de que nos acusaran de algo», han afirmado. Mientras prosiguen las indagaciones y la búsqueda de rastros de ADN, los cuatro chicos se enfrentarán a un delito de omisión de socorro. Su abogado defiende que fue «una actuación irresponsable pero en ningún caso criminal» y recuerda que estamos hablando de «cuatro adolescentes asustados que finalmente decidieron hacer lo correcto».

Llamada al 112

Todo comienza con una llamada al 112, ayer, sobre las seis de la tarde (tres horas después de que la noticia de la desaparición del escritor se hiciera pública), en la que un interlocutor afirmaba conocer la localización del escritor desaparecido. El joven, que deseaba permanecer anónimo, dijo en sus propias palabras que «[...] ese escritor que ha desaparecido está muerto y su cadáver está en una antigua fábrica abandonada cerca del río Illumbe».

Siguiendo las indicaciones de la llamada anónima, una patrulla de la Ertzaintza investigó el edificio abandonado de la antigua fábrica de repuestos industriales Kössler. Con el hallazgo del cadáver y la identificación positiva de Félix Arkarazo, se activó también la investigación de la llamada, cuyo origen se estableció en una cabina telefónica en Gernika. Una cámara de seguridad de tráfico permitió identificar a I. M., de veintiún años, usando la cabina a la misma hora de la llamada. En menos de tres horas la Ertzaintza ya había localizado al sujeto, un joven residente en el pueblo, cuya detención desembocó en otras tres en menos de media hora. Según las declaraciones de los cuatro jóvenes, habían ido «de fiesta» a la vieja fábrica cuando se toparon con aquel muerto. Admiten haber observado «una gran herida en la cabeza del hombre». «Pensamos que sería un mendigo o un yonqui. Decidimos callarnos y largarnos de allí, no fuera que alguien pudiera acusarnos de nada.» Días más tarde, al hacerse pública la noticia de la desaparición del escritor (y su fotografía), se dieron cuenta de que se trataba del mismo hombre que habían encontrado en la fábrica. Decidieron que debían hacer algo y optaron por una llamada anónima.

«Cometimos un error al no avisar a la policía, pero al final lo hemos hecho. Solo espero que se tenga en cuenta.»

En otro titular, aún mayor, se leía lo siguiente:

FÉLIX ARKARAZO FUE ASESINADO
DE UN GOLPE EN LA CABEZA

Ese día, en el bar de Alejo, se habían vendido todos los periódicos. La televisión estaba puesta en el canal de noticias y todas las conversaciones, absolutamente todas, giraban en torno al mismo tema: Félix Arkarazo, el hombre que aupó Illumbe a la categoría de pueblo literario, el tipo que levantó la alfombra y mostró al mundo entero las miserias y los cotilleos de sus gentes... No se puede decir que hubiese un ambiente demasiado luctuoso aquella mañana. De hecho, era más bien una atmósfera festiva.

—¿Lo has matado tú, Alejo? Di la verdad.

—¿Yo? Solo intenté envenenarlo un par de veces, pero no funcionó.

—Pero ¿quién habrá sido?

—Alguna de sus víctimas, seguro.

Había logrado dormir de un tirón y esa mañana, cuando me desperté, el mundo seguía como siempre. Yo estaba en mi cama. Olía a café recién hecho. ¿Y la policía? ¿Es que no habían dado con mi ADN? Había bajado dando un paseo hasta el pueblo, esperando algo. ¿El qué? Pero en el bar de Alejo solo me esperaba el periódico, la tortilla y el café de cada día.

En la televisión se retransmitía una de esas tertulias mañaneras. *La mañana con Ana.* Los invitados debatían el asunto de los chavales. Al parecer, todo el mundo había descartado la participación de esos jóvenes en el crimen. Era demasiado mundano y aburrido. En cambio, las teorías más siniestras se abrían paso como las flores en primavera. Ana Sánchez, la presentadora, entrevistaba a uno de los invitados. Sobreimpreso debajo: «Bernardo Foyle, agencia literaria Rosa O'Shea». Un tipo calvo, gafas redondas y aspecto naíf, que se presentó como agente literario de Félix Arkarazo.

—Usted ha dicho que Félix estaba trabajando en una nueva novela y que cree que su asesinato podría estar relacionado con ella.

El agente asintió con gravedad.

—Hace unos meses hablé con Félix por teléfono. Me dijo que se sentía perseguido.

—¿Perseguido? ¿Por quién?

—No supo decirlo, pero suponía que había mucha gente muy nerviosa. Desde que se publicó *El baile de las manos negras*, Félix era un hombre al que mucha gente temía. Y ahora estaba investigando algo que iba a suponer una gran revelación. Le dije que se protegiera. Creo que nunca imaginó que alguien podría planear matarlo.

Aquellas palabras causaron un estremecimiento general, tanto en el plató de televisión como entre los parroquianos del bar de Alejo. Desde luego, pensé, el tipo sabía vender su producto. Crear aquel aura de suspense sobre Félix era bueno para las ventas.

—¿Tiene usted ese manuscrito en su poder? Quizá la policía querría investigarlo.

—Félix era muy reservado con sus obras y, lamentablemente, jamás me envió una copia de nada.

—¿Cree que puede haber sido robado? Su casa tenía signos de allanamiento.

—Ese es un temor que albergo desde que saltó la noticia. Solo espero que Félix escondiera bien su trabajo. Tengo una cosa muy clara: ese manuscrito, además de valer mucho dinero, también podría darnos una pista sobre quién lo mató.

Tras aquellas palabras, el clima de suspense se instaló definitivamente en el bar de Alejo. La gente especulaba con mil y una teorías mientras consumía sus desayunos. Salí de allí con una sensación extraña en el cuerpo. Si su agente decía la verdad, Félix no le había contado a nadie la localización de ese «refugio». ¿Era yo la única persona que conocía las coordenadas de ese lugar?

Salí del pueblo y subí dando un paseo por la costa. En el mirador había un par de caravanas con matrícula holandesa y un coche. Me paré un segundo a observar las vistas. La marea estaba muy baja y el estuario era casi todo arena. Un *padler* madrugador remaba a solas en la ría, disfrutando de todo ese paisaje. Como siempre, había dos o tres neoprenos negros entre las olas.

Desde el mirador comenzaba el sendero que subía hasta el cabo Margúa. Estaba cruzado con un par de cintas de plástico rojas y blancas, nuevas, junto a un cartel de la diputación —también nuevo—, que avisaba del peligro de derrumbamientos.

PROHIBIDO EL PASO. ZONA PELIGROSA

Por si el cartel no era lo bastante disuasorio, a solo veinte metros del comienzo del camino había un gran agujero. Un derrumbamiento que nunca había visto antes y que se había comido un trozo considerable del borde del acantilado.

Me di la vuelta y tomé la ruta de la carretera. Pasé la gasolinera Repsol y empecé a subir el caminito asfaltado de la casa. Según lo hacía, vi aparecer un coche de la Ertzaintza desde lo alto. Bajaba, y al verme me hizo un par de flashes. El coche se detuvo a mi lado y por la ventanilla apareció el agente Blanco.

—¡Álex! Estábamos bajando a buscarte. ¿Tienes un rato para venir con nosotros a comisaría?

El agente Blanco me miraba con un gesto amable y tranquilo. «Justo la cara que ponen antes de enchironar a un criminal», pensé.

—Bueno, tengo que subir el periódico y el pan a casa —dije, e inmediatamente pensé en la tontería de respuesta que había dado.

A menos que mi subconsciente estuviera pensando en escapar, claro.

El agente que iba sentado junto a Blanco me miró sonriendo.

—No te preocupes. Podrás dejarlo antes de que nos vayamos.

Noté que comenzaban a temblarme las piernas. Pensé que ya habrían encontrado mi rastro de sangre y tan solo me estaban llevando a la comisaría para hacerme confesar. No había muchas más opciones. Era eso o salir corriendo. No obstante, intenté calmarme.

—¿De qué se trata? —pregunté.

—Es solo una formalidad —dijo Blanco—. Queremos

que hagas una pequeña declaración... Al parecer fuiste una de las últimas personas en ver a Félix Arkarazo.

—¿Félix Arkarazo? —repetí, como si aquello me sorprendiera genuinamente—. Ah, claro.

La garganta se me había secado a tal velocidad que aquellas últimas dos palabras sonaron como una especie de graznido. Si aquello era cierto, quizá aún quedase esperanza.

El otro policía se bajó del coche y me abrió la puerta trasera. Entré y me senté en el asiento de atrás, que estaba separado con una rejilla. En cuanto cerró la puerta, me sentí como un delincuente.

—¿Quieres dejar el pan y el periódico? —me preguntó el patrullero que iba de copiloto.

—Da igual —respondí—, ya los traeré después.

Salimos de Illumbe. Fui mirando el mar, pensando en todo tipo de cosas. Quizá me estaban engañando para poder llevarme mansamente, como un cerdo al matadero. O quizá era cierto que me llevaban como testigo y que aún no tenían nada contra mí. Debía agarrarme a las opciones positivas. Aún me quedaba una baza por jugar: las coordenadas del TomTom. Pero tenía que salir de esa encerrona en primer lugar.

La comisaría en Gernika era un edificio bajo, rodeado de árboles, en la entrada del pueblo. Aparcamos frente a unas grandes escaleras y allí, apoyado en una barandilla, vi a Denis hablando por teléfono. Me saludó arqueando las cejas cuando pasé por delante de él. Verle me reconfortó un poco. «Quizá sea verdad que están entrevistando a todos los que estuvimos en aquella fiesta.»

Entramos, recorrimos un pasillo, doblamos una esquina y llegamos a una puerta. Al otro lado había dos personas sentadas en una mesa. Uno era un tipo con cara de bulldog aburrido; vestía de paisano, muy informal. A su lado estaba la poli listilla, Nerea Arruti, vestida con vaqueros y un jersey. ¿Y el uniforme? Había vasos de café y agua sobre la mesa, papeles y una grabadora. También había un espejo de esos que salen en las películas, detrás de los cuales siempre hay alguien mirando.

—*Egun on*, Álex. Mi nombre es Borja Erkoreka, Policía Judicial.

—Hola —dije.

—Creo que ya conoces a la agente Arruti. Está colaborando con nosotros en el caso. Siéntate, por favor.

Nerea, estupenda con su ropa civil, me saludó. Parecía contenta por aquella oportunidad de participar en algo más grande que sus aburridos atestados de patrullera. Me ofreció agua o café.

—Agua —dije—, por favor.

Me pasó un botellín. Lo abrí y di un trago.

—Bueno, gracias por venir tan rápido —dijo el poli—. Verás, me imagino que estás al tanto de las noticias sobre este hombre.

Empujó una fotografía de Félix Arkarazo. Era la foto promocional de sus libros.

Asentí con la cabeza.

—¿Le conoces?

—Le conocí hace dos semanas, en una fiesta —dije de modo aséptico—. Bueno, en realidad solo recuerdo vagamente haberlo hecho, yo...

—Sí —me interrumpió el poli—, lo de la amnesia. Arruti me lo ha contado.

Yo sonreí tragando saliva. Mi estómago fue más rápido que mi cabeza en aquella ocasión. Lo noté temblar, ansioso.

Claro. Que el poli cara-perro y Arruti hubieran hablado de mi amnesia no podía significar nada bueno.

Arruti sonrió.

—Esa es una de las razones por las que te hemos llamado.

«Una de las razones —pensé—. ¿Y las otras?»

—Como ya sabrás por las noticias, Félix llevaba unos días desaparecido. El último lugar en el que se le vio con vida fue en esa fiesta que mencionas. Ane Rojas ya nos ha explicado cómo terminaste allí, pero podrías empezar contándolo con tus propias palabras.

Les expliqué rápidamente el asunto. La llamada de Ane a Txemi. Y que Félix me reconoció mientras segaba la hierba. Y cómo acabé bebiéndome un cóctel en aquel sitio tan elegante.

—Bueno, eso es lo que me han contado —dije—. Yo no lo recuerdo bien...

—¿Os conocíais de antes? —preguntó Nerea—. Félix y tú.

—No. No le había visto nunca.

—¿Y por qué crees que pudo reconocerte?

—Había sido muy amigo de mi madre. Quizá por eso.

—Pero tú llevas muy poco viviendo en el pueblo —contraatacó Nerea—. Me lo dijiste en nuestra charla anterior. ¿Cómo es posible que te viera y supiera que eras tú?

—No lo sé. Quizá Félix me había calado a mí. Era miembro del Club de Kukulumendi y yo iba por allí a veces. Bueno, mi novia es socia.

—Tu novia... —Nerea levantó un segundo la mano—. Te refieres a Erin Izarzelaia, ¿verdad? La hija de Joseba Izarzelaia.

—Sí, ¿por qué?

—Por nada —dijo ella, aunque lo apuntó en un papel.

Di otro trago al agua.

—Bueno. Volvamos a esa fiesta —dijo el agente Erkoreka—. Esa noche fue la primera vez que hablaste con Félix Arkarazo, ¿correcto?

—Sí.

—Y ¿de qué hablasteis?

—Tengo un vago recuerdo de haberle contado algo sobre la vida de Chet Baker. Estaba sonando en el tocadiscos. Eso es todo lo que recuerdo de la escena.

El bulldog puso cara de «cuéntame otra...».

—¿Todavía te dura la amnesia? —preguntó Nerea—. En teoría deberías ir recuperando memoria...

—He ido recordando cosas. De esa noche, recuerdo la fiesta. Hablar con Félix, Ane, Carlos...

—¿Recuerdas a qué hora te marchaste? —preguntó Erkoreka.

—Ane me dijo que fue sobre la medianoche. Pero yo no lo recuerdo bien.

—¿A dónde fuiste?

—¡Ah! Eso sigue siendo un espacio en blanco. Lo siento.

Nerea sonrió. El otro poli estiró los brazos sobre la mesa y me miró fijamente.

—Esto es importante, Álex. ¿Estás seguro de que no recuerdas nada de lo que ocurrió tras la fiesta?

—Me desperté en el hospital —dije—, eso es todo lo que recuerdo.

—Pero todavía no sabes ni de dónde venías ni por qué.

Negué con la cabeza. También me di cuenta de que estaba moviendo la pierna derecha demasiado rápido. La paré.

—Está bien..., Álex. A ver si podemos ayudarte nosotros. Carlos, Ane y otros dos testigos afirman que estuviste hablando a solas con Félix durante unos diez minutos. A medianoche, Félix se fue y tú saliste a continuación.

Yo no dije nada, pero tampoco hizo falta. El poli prosiguió:

—A Félix lo mataron poco después de salir de esa fiesta. Quizá media hora o cuarenta minutos más tarde, eso es lo que dice el forense. Lo mataron de un golpe en la cabeza, con algún objeto contundente. Luego lo arrastraron dentro de esa vieja fábrica. Todo nos indica que fue algo hecho sin premeditación, un acto impulsivo, quizá durante una pelea.

Se quedaron los dos callados, mirándome. Mi pierna había vuelto a temblar.

—¿Cómo te suena todo esto, Álex?

—¿A mí? ¿Qué importa lo que yo piense?

—¿No te parece mucha casualidad que esa misma noche tú recibieras un golpe muy parecido en la cabeza?

—¿Qué?

Mi voz sonó muy nerviosa, pero por lo demás mi actuación fue buena.

—Bueno, verás. Hemos revisado el parte médico y hemos hablado con el neurólogo que te atendió. La opinión del doctor Olaizola es que tu herida podría haber sido provocada por un objeto muy parecido al que se utilizó para matar a Félix: una piedra. La pena es que no hayamos logrado encontrar ese objeto. Alguien limpió la escena del crimen y se llevó el arma homicida.

Los ojos de aquel policía judicial eran como dos aspiradoras. Me miraba fijamente, sin pestañear, y yo no sabía muy bien qué hacer. Apartarle la mirada o clavársela.

Se la clavé.

—¿Me están acusando de algo?

—Nadie te acusa de nada —respondió Erkoreka tranquilamente—. Estás aquí en calidad de testigo. Pero estarás de acuerdo en que la cosa da que pensar. Esa madrugada tuviste un accidente mientras conducías en dirección a Gernika. La agente Arruti dice que el accidente era extraño de por sí. El sentido de la marcha... no concordaba demasiado... pero bueno. Ahora tiene otra teoría. ¿Nerea?

Nerea dio la vuelta a una hoja impresa de Google Maps. Había tres puntos marcados en el mapa. La vieja fábrica. El polígono Idoeta y el lugar donde yo me había accidentado.

—Todo tendría más sentido si vinieras de ese polígono industrial, ¿no te parece? Además, si te dirigieras, por ejemplo, al hospital de Gernika, esa sería la ruta más lógica.

Yo me quedé en silencio, tratando de pensar. Aquellos dos polis ya habían trabajado una hipótesis, que de hecho era la correcta. No obstante, si tuvieran alguna prueba firme, no haría falta todo este suspense. ¿Y la sangre del cristal? ¿Es que no la habían encontrado aún?

—No sé si debería seguir hablando —dije—. Tengo la sensación de que estoy siendo acusado indirectamente.

—Solo estamos trazando hipótesis, Álex —dijo Arruti—. Intentando ayudarte a recordar.

Qué sonrisa más bonita sabía poner. Te daban ganas de confesarlo todo. Iba a llegar muy lejos en su carrera como detective.

—Hay un par de cosas que te conectan con el escenario del crimen —dijo entonces Erkoreka—. Pero eso no significa que tú seas el asesino. Quizá solo estabas allí.

«Vaya —pensé—, esa es buena.»

Resoplé un poco. Tomar aire es una de esas cosas importantes en la vida para centrar bien el tiro. Después los miré fijamente. Había algo en el fondo de sus miradas. Había dudas. Y decidí usarlas contra ellos, con todas mis fuerzas.

—Miren. Yo nunca he estado ahí. Ni me imagino una sola razón para haber ido allí, y menos con un hombre al que había conocido esa misma noche. Además, ¿por qué querría matar a Félix? No le conocía de nada. Ni siquiera sabía que era escritor hasta la semana pasada.

El poli miró a Nerea en silencio. Supongo que los había pillado con el pie cambiado. Se tomó unos segundos para responderme.

—Los motivos, en el caso de este hombre, son poderosos. Félix estaba a punto de publicar un libro. Ahora sabemos que utilizaba algunos métodos cercanos a la extorsión para conseguir sus historias. Quizá te estaba presionando con algo... o sabías que iba a publicar algo sobre ti. Te pusiste nervioso. Una cosa llevó a la otra...

—¿Algo sobre mí? Solo soy un tío que corta hierba.

—Félix era especialmente bueno encontrando secretos en las personas. Era amigo de tu madre. Quizá se refería a ella. Además, como tú acabas de decir, a lo mejor el tipo te tenía calado.

Respiré muy despacio. Bebí agua. Volví a respirar.

—Vale, pongamos que eso fuera cierto y yo tuviera un móvil. ¿Cómo sugieren que ocurrió todo? ¿Una pelea a pedradas en medio del bosque? Si yo quisiera matar a alguien, lo haría mucho mejor, desde luego.

Los polis se miraron en silencio. En el fondo, la cuestión era surrealista.

—No podemos responder a nada de eso, Álex —dijo el

policía—. Esas preguntas tendrá que responderlas la persona que estuvo allí esa noche. Y créeme, esa persona va a aparecer muy pronto. La Científica ha peinado el lugar y ha localizado varios restos biológicos. Tenemos unas cuantas muestras de ADN listas ya para ser analizadas.

Dijo eso y se quedó callado, quizá aguardando alguna reacción por mi parte. Pero yo me había quedado petrificado.

—Bueno. Pues espero que tengan suerte y lo encuentren. ¿Algo más?

—No. —Arruti me miró con ojos mucho más inclementes que antes—. Por ahora.

Salí de aquella sala de interrogatorios con las piernas temblando y la camiseta empapada en sudor. Después, tal y como me habían prometido, me llevaron de vuelta a Punta Margúa, con mi pan y mi periódico.

Y no abrí la boca en todo el trayecto.

Erin se había enterado, por Denis, de que la policía estaba interrogando a todos los que estuvimos en aquella fiesta en Gure Ametsa. Había intentado localizarme en el móvil, pero como yo estaba ocupado mintiendo en comisaría, no había podido cogerlo. Así que, según entré por la puerta de la casa, Dana me dijo que la llamara.

—Parecía un poco nerviosa.

La llamé y me cogió al primer tono.

—Está todo el mundo muy revuelto. Dicen que sospechan de alguno de vosotros. Que alguien salió tras él cuando se fue de la fiesta.

—Yo creo que no tienen ni idea —respondí tranquilamente—, están dando palos de ciego.

Estaba muy subido ya en mi papel de mentiroso.

—Eso dice mi padre también —contestó Erin—. Además, ¿qué hacía Félix en ese lugar abandonado? Mi *aita* dice que fue a reunirse con alguien, seguramente algún asunto relacionado con sus deudas. Nos hemos enterado de que no había pagado ni siquiera sus cuotas de socio en el Club. Debía dinero a todo el mundo.

—Sí —dije yo—, parece que tenía a mucha gente en contra, y por motivos diferentes.

—Oye, ¿podríamos vernos esta tarde?

—¿Esta tarde?

—Sí... Quisiera verte. Hablar contigo...

Temía que Erin fuera a proponerme un plan, pero, sencillamente, no podía permitirme el lujo de esperar ni un día más antes de emprender mi viaje a Cantabria.

Le dije que tenía trabajo.

—Algunos clientes llevan esperándome casi dos semanas.

—Ah, vaya... —dijo un poco contrariada—. ¿Y por la noche? Estaré en la cabaña. Podrías venir. Cenamos y...

—Te llamo según vaya la tarde, ¿vale? —la corté un poco bruscamente.

—Okey —dijo Erin—. Llámame, por favor.

Su voz sonó a algo que me preocupó.

Dana estaba dando vueltas por la cocina y había oído toda mi conversación con Erin.

—¿He oído que vas a trabajar?

—Sí —respondí—. Un par de casas. Los jardines deben de estar como la jungla del amazonas.

Me levanté de la mesa y me dirigí a la puerta. Entonces Dana hizo algo sorprendente. Me cerró el paso.

—¿Puedo hablar contigo un instante? —dijo, mientras empujaba la puerta a su espalda.

—¿Qué? Pero...

—Verás..., yo no soy tu *madrre*, ni tu tía..., pero alguien tiene que *hacerrlo*.

—¿De qué hablas, Dana? Tengo un poco de prisa.

—Eres un gran chico. Me caes bien, Álex. Se ve de lejos que tienes mucho corazón.

—Gracias, Dana. Tú también me caes muy bien a mí...

—Vale. Entonces, solo quiero que sepas que puedes contar conmigo si necesitas hablar de algo. Cualquier *prroblema* que tengas. Sea lo que sea. Por horrible que parezca.

—¿Lo dices por todo esto de la poli? Solo me han llamado porque estuve en esa fiesta, Dana.

—Lo sé. Lo sé. He oído lo que se dice. Ya sabes, Dolores es una amiga de una amiga. También la han interrogado a ella, y radio macuto funciona de *marravilla* entre nosotras. Parece ser que hay un par de sospechosos entre los invitados. Nadie sabe quiénes son, pero al parecer, estas *perrsonas* no pueden explicar muy bien dónde estaban esa noche.

Dana era un mujer inteligente y bastó una mirada para entendernos.

—Sí, vale —dije—, yo tampoco puedo explicarlo. Pero no maté a ese tío.

—Lo sé —dijo Dana. Y esa frase sonó a verdad sin reparos—. No quiero interrogarte. Y tampoco hablaré de esto con nadie. Solo *quierro* que sepas que estoy aquí para lo que necesites, Álex.

Y repitió mirándome fijamente:

—Sea lo que sea.

Era como si sus ojos quisieran decir: «Lo sé todo. Y si, por cualquier razón, tú te cargaste a Félix, puedes contar conmigo para ayudarte a escurrir el bulto».

—Gracias, Dana —dije yo—. Y ahora, en serio, tengo prisa.

—Ten cuidado... Segando esa hierba.

—Lo tendré.

Las palabras de Dana y su mirada firme, penetrante, me acompañaron durante un buen rato mientras conducía esa tarde por la A-8 en dirección a Cantabria. ¿Cuánto sabía?... Porque estaba claro que sabía algo. Fui dándome cuenta de ello a medida que quemaba kilómetros de asfalto por la autopista.

La noche de la muerte de Félix Arkarazo, yo había sufrido un accidente y una terrible amnesia posterior. Y Dana había oído a la agente Arruti mencionar mi «extraña herida en la cabeza». Y si no bastaba con eso, durante la siguiente semana, yo me había mostrado repentinamente interesado por la vida y obra del escritor asesinado. Había leído su libro y discutido su vida con Dana. Joder. Pues claro que había atado cabos.

Después pensé en esos dos polis. Arruti y el otro. Sus miradas acusatorias, aunque insistían en que yo solo era ¿un testigo? Eso solo podía significar que aún no tenían pruebas contra mí. Habían encontrado «restos biológicos» —¿mi sangre en ese trozo de cristal?— y supongo que iban a contrastarlo con mi ADN, pero había leído al respecto e iban a necesitar una muestra del mío para poder contrastarlo. ¿De dónde lo sacarían? Entonces recordé esa amable invitación a tomar agua o café. El botellín de plástico que se había quedado sobre la mesa...

Solo era cuestión de tiempo hasta que esos análisis arrojaran la luz verde definitiva. Me quedaban solo unas horas y tenía que aprovecharlas para encontrar algo con lo que defenderme. El GPS indicaba un punto en la costa, al oeste de Santander. Era allí a donde me enviaban las coordenadas del TomTom de Félix Arkarazo. Y aquella era mi última oportunidad. La última baza que podía jugar en ese juego. Si eso no salía bien, tendría que decidir entre volver y entregarme, o seguir conduciendo en alguna dirección, posiblemente la frontera. Podría estar en Holanda en un par de días. Y desde allí...

Se puso a llover a la altura de Bilbao. Unas pocas gotas que pronto se convirtieron en un chaparrón. Conduje por la arteria central de ese gran monstruo industrial y de cemento que es el Gran Bilbao y que tiene su coletazo en las poblaciones de Portugalete y Santurce. Eran las cinco de la tarde, pero el cielo se oscurecía por momentos. Llegué a Castro con una especie de tormenta apocalíptica entrando por el mar, y cuando pasé Laredo, mis limpias ya iban a mil por hora. El teléfono comenzó a sonar. Lo miré. Era un número oculto.

El mismo número oculto me llamó tres veces en el tramo de veintiocho kilómetros que hay entre Laredo y la circunvalación de Santander, en Solares, y lo intentó otras dos veces hasta que llegué a Torrelavega. Para entonces ya me había dado cuenta de que aquello no podía ser nada bueno, pero un mensaje de Erin vino a confirmar mis peores sospechas.

Álex. La policía está en mi casa, preguntando por ti, ¿dónde estás?

Llegué a la salida que me marcaba el GPS, en un punto entre Santillana del Mar y San Vicente de la Barquera. Paré en una gasolinera y eché un vistazo al teléfono. Había dos mensajes más, uno de Nerea Arruti:

Álex, nos gustaría poder hablar contigo. Es bastante urgente. Llámanos cuando puedas.

Y otro de Dana:

Álex, la Ertzaintza anda buscándote. Han venido a casa y están charlando con tu abuelo.

Bajé de la GMC. Caminé por la gasolinera con la cabeza dándome vueltas. ¡Ya estaba! ¡El final! Y todo había ido más rápido de lo que podría anticipar. Desde el interior de la tiendecita, un empleado me miraba con suspicacia. Volví a la furgoneta, cogí la manguera de diésel y comencé a rellenar el depósito. Hacer cosas, mantenerme ocupado, había sido el mejor truco para centrar mis ideas desde que todo esto había empezado. Decidí apagar el móvil durante el resto del día. Silencio de radio hasta nueva orden.

Conduje bajo la lluvia, desesperado, deprimido, dudando si aquello tenía algún sentido. Estaba acabado. Los análisis de ADN habrían terminado por señalarme. ¿Qué pretendía hacer? Pero volví a animarme: aún tenía algo de margen y no podía permitirme sucumbir justo en ese momento.

Fui siguiendo las indicaciones del GPS y perdiéndome por un laberinto de carreterillas rurales, pasando pueblos pequeños, primero, barrios de dos o tres casas, después, y finalmente llegué al mar, a un punto de la costa cerca de unos barrancos, donde según mi GPS se ubicaba aquel refugio de Félix Arkarazo.

El punto en el mapa parecía no tener demasiado sentido. La carretera iba a morir en una larga y bella alfombra de color verde, frente a un mar de color plata. No se veían casas en la distancia y todo lo que seguía a continuación era un carril levemente dibujado sobre la hierba. ¿A dónde coño llevaba?

Aceleré y me metí por ahí, pero mantuve la GMC a una buena distancia del borde del barranco. El viento soplaba enfurecido, tanto que un pedazo de camioneta como la GMC daba algún bandazo de vez en cuando. La luz era ya casi penumbra y el aguacero que caía no ayudaba a distinguir nada. Estaba, literalmente, conduciendo por un oscuro terreno de hierba. Mis faros iban iluminando las peligrosas concavidades del acantilado. El mar rompía a unos veinte metros, en un lecho de rocas negras. Metí segunda y fui apartándome de eso con cuidado. Cada vez estaba más cerca. Según mi GPS, debería tenerlo casi frente a mí, pero allí no había nada más que hierba.

Entonces, a unos doscientos metros, pude distinguir algo. Un pequeño objeto de color claro. ¿Qué era eso?

6

Un objeto blanco, un cuadrado blanco.

Puse las luces largas cuando solo faltaban unos cincuenta metros para llegar a las coordenadas que había copiado del TomTom de Félix Arkarazo. Aunque para ese entonces, ya podía adivinar lo que tenía delante. Su llamado «refugio» de escritor no era otra cosa que... ¡una roulotte!

Cuando Txemi habló de un refugio, yo me había imaginado una casita frente al mar, acogedora y con una buena chimenea, un lugar de ensueño donde terminar novelas. Pero viniendo de un tío tan cutre como Félix Arkarazo, aquello tenía todo el sentido del mundo. Una vieja roulotte, de las grandes, aparcada en una especie de pequeña plataforma de grava, a menos de veinte metros del borde del acantilado.

No había luces en su interior, ni coches en la puerta, ni nada que pudiera delatar la presencia de algún extraño. Aparqué la GMC a unos metros y salí bajo la lluvia, armado con mi mochila de utensilios. Era el mismo mar que bañaba las costas de Illumbe, el mismo aire frío, el mismo salitre.

Di una vuelta alrededor de la caravana, para asegurarme

de que no había ninguna sorpresa. A unos kilómetros se podían distinguir algunas luces, pero por lo demás, aquello era una manta de hierba solitaria y oscura de varias hectáreas. Imaginé que el terreno pertenecía a Arkarazo. Una «propiedad rústica» en la que seguramente (por la ley de costas) estaría prohibido edificar nada y que tampoco aparecería en ningún registro. El escondite perfecto.

La cerradura de la roulotte no parecía espectacularmente difícil de abrir, pero tampoco quise dedicarle demasiado tiempo. Metí la palanca de hierro y reventé aquello con un par de tirones. La puerta quedó colgando en el aire y subí el primer peldaño con la respiración contenida.

Dentro hacía un frío terrible y estaba muy oscuro. Encendí mi linterna. El interior de la caravana era más amplio de lo que podía uno imaginar desde fuera. La mitad de la estancia estaba llena de cajas, carpetas, archivos... La otra mitad, la parte habitable, contenía una cama, un escritorio donde había más carpetas y cuadernos, una estufa de queroseno y una diminuta cocina donde se veían largas torres de latas de conserva.

Había varios interruptores de luz, pero no funcionaban. Mi intención era pasar allí el tiempo que hiciera falta, así que salí otra vez y tardé un par de minutos en encontrar la batería que suponía debía alimentar aquella roulotte. Estaba camuflada tras un pequeño panel, junto a un cuadro de alimentadores. La conecté, regresé al interior y apreté un interruptor junto a la puerta: la luz se hizo. Chequeé el depósito de la estufa de queroseno, que estaba a media carga. La encendí tras un par de chispazos y enseguida noté el calor de aquel fuego azul caldeando la estancia. Ambas cosas, la batería y la estufa, funcionaron casi a la primera, lo que me hizo deducir que aquel era un lugar que Félix había frecuentado recientemente.

Cerré la puerta y me quedé, de pie, mirándolo todo. Quería leer todo lo que hubiera que leer hasta conseguir una pista, pero ¿por dónde empezar? El archivo de cajas parecía interesante. Algunas de ellas estaban rotuladas, otras no. Bueno, decidí comenzar por las cajas rotuladas.

¿Qué buscas cuando no sabes qué buscar? Allí había cosas de todo tipo. Nombres, fotografías, cuadernos con notas, cintas de vídeo. Gran parte del material estaba etiquetado como «Documentación novela» y supuse que así era como Félix llamaba al producto de sus chantajes. Fui revisando todo este material y organizándolo para leerlo con calma más tarde. No me paré demasiado a curiosear, excepto por el caso de una carpeta en la que pude leer el nombre de Irati J., y que contenía una cinta de vídeo. Esa la aparté. Soy un tipo de palabra.

Después de unos veinte minutos revisando caja tras caja, di con algo que pareció prometedor: una colección de cuadernos titulada «Manuscritos segunda novela».

¿Esa en la que, según sus palabras, «iba a desvelar un secreto largamente olvidado»? Había tres cuadernos de papel cuadriculado en esa caja. Los saqué de allí y los llevé al pequeño escritorio. Tuve que hacer un poco de sitio. Aparté un cenicero con colillas, una taza con una bolsa de té reseca y unas cuantas carpetas. Coloqué los cuadernos en el centro, encendí un flexo y abrí el primero de ellos (estaban numerados).

Félix Arkarazo escribía a mano, y su caligrafía era razonablemente legible. Así que empecé a leer:

«Novela número dos. Título provisional: *Jeanne y las flores de otoño*. Por Félix Arkarazo.»

Aunque el título ya me pareció un poco raro, me lancé a la lectura con voracidad. Leí a toda prisa las primeras veinte páginas manuscritas. Se hablaba de un personaje femenino llamado Jeanne, una chica francesa cuyo coche se estropeaba en Kundama —el nombre imaginario de Illumbe— y que, por efecto de una interminable reparación, decidía quedarse a vivir una temporada en el pueblo. Durante esta estancia veraniega comenzaba a conocer chicos y chicas de la zona, en lo que —por lo que apuntaba— se iba a convertir en un viaje iniciático al sexo, el amor y la amistad. Paré de leer en la página treinta, cuando Jeanne, en una hoguera en la playa, confesaba su virginidad a un amigo.

—Pero ¿qué coño es esta mierda?

Cerré ese cuaderno y abrí el siguiente, aunque aquello solo parecía la continuación de las andanzas de la joven Jeanne, ahora ya un poquito más iniciada en los asuntos del amor. Finalmente, tras una rápida revisión en diagonal, terminé en la mitad del cuaderno número tres. Aquí, la narración se detenía más o menos en la página cincuenta (Jeanne acababa de conocer a Daniel, un joven y musculoso remero de la trainera de Urdaibai). En ese mismo punto, había una hoja intercalada en el manuscrito. Era una hoja mecanografiada y con el membrete de la editorial Penguin Random House, que decía lo siguiente:

Querido Félix:

Leído hasta este punto, lamentablemente, debo informarte de que la novela no me encaja. Creo que la historia de Jeanne está bien, pero que no sería bien recibida por los lectores de tu primera obra. Te recomiendo que des otra oportunidad a aquellas ideas que tenías para una secuela de *El baile de las manos negras.* Aún quedan once meses para la fecha de entrega, más que de sobra para escribir una obra que esté a la altura de tu gran éxito.

Aprovecho para saludarte cordialmente,

CARMEN ROMÁN

Vale, algo empezaba a tener sentido después de todo. Félix había comenzado a escribir un libro bastante diferente a *El baile de las manos negras.* Quizá quería dar un golpe de timón a su carrera o quizá no se le ocurría nada mejor. La cuestión es que su apuesta no había superado el filtro editorial y se había visto forzado a volver a las andadas, y con bastante poco tiempo. La carta de su editora estaba fechada un año antes, lo que significaba que en octubre Félix estaba ya en tiempo de descuento para entregar un manuscrito «a la altura de su gran éxito».

Pero ¿dónde estaba ese nuevo manuscrito?

La respuesta, o lo más parecido a una respuesta que quizá encontrase jamás, se hallaba en el anverso de esa carta. Félix había escrito unos párrafos muy esclarecedores, quizá como un ensayo de una respuesta, o quizá como un desesperado apunte personal:

Querida Carmen:

Mi primera novela fue el producto de años escuchando historias en mi pequeño pueblo. Años de cotilleos acumulados en bares, cocinas y salones, de información condensada. Supongo que es lo que ocurre con todas las primeras novelas. ¿Cómo pretendes que consiga algo parecido en solo un año? Os devolvería el dinero del adelanto si pudiese, pero Hacienda se ha llevado lo poco que me quedaba. Mientras tanto, tal y como te dije en alguna llamada telefónica, voy a intentar seguir el hilo de un viejo misterio que ocurrió aquí, en Illumbe, hace unos años.

No tengo ni una sola página escrita, pero estoy en ello. Creo que tengo una pista fundamental que ni siquiera la policía tomó en cuenta en su día. Entre tanto, os agradecería que ampliaseis un poco el plazo de entrega. Yo prometo no contarle a nadie que vivo casi en la indigencia. Por favor, gracias y un saludo.

Cerré aquellos tres cuadernos y me levanté con la intención de devolverlos a su caja y... ¿proseguir la búsqueda? Pero ¿de qué exactamente? Aquella especie de confesión escrita solo podía significar una cosa: Félix no llegó a escribir ninguna novela. Solo estaba jugando un gigantesco farol al decir que tenía «una bomba entre las manos», cuando en realidad no tenía nada. No había segunda novela. Todo había sido un órdago.

Cogí los tres cuadernos con la historia de Jeanne y los lancé sobre el camastro que había al fondo de la roulotte. «Engañaste a todo el mundo, incluso a mí. Y ya no me quedan cartas que jugar.»

Me quedé observando el escritorio. La taza de té, el cenicero de colillas, las carpetas que había apartado antes. Eran carpetas de cartón corriente, con gomas. Tenían cosas escritas en su tapa. Una de ellas rezaba una sola palabra. Un apellido.

«Iraizabal.»

De pronto sentí una corriente eléctrica subiéndome desde los tobillos. Iraizabal era el nombre del restaurante que había en los acantilados de Punta Margúa. La dueña, según mi abuelo, era la que había levantado las sospechas sobre la muerte de Floren. Coloqué esa carpeta en el centro de la mesa, le quité las gomas y la abrí. Contenía a su vez otra carpeta, esta con el logotipo de la Ertzaintza y el membrete de la Policía Judicial.

Aquello se ponía interesante.

En el interior de esta segunda carpeta encontré un informe grapado, unas cincuenta páginas más o menos. En su cabecera se leía lo siguiente: «Precedentes y testimonios sobre el caso 117/B. Sucesos acaecidos en la zona de los acantilados llamada Punta Margúa, Illumbe».

La primera página contenía una breve exposición del caso:

> Los indicios señalan que D. Floren Malas-Etxebarria, de 55 años de edad y residente en Illumbe, Bizkaia, murió al precipitarse al mar en una zona de acantilados conocida como Punta Margúa, Bizkaia (ver mapa) el día [...] de [...] sobre las 18.30 horas (según un primer análisis forense). Su cuerpo fue hallado en una zona de difícil acceso a los pies de dicho acantilado, más concretamente en las coordenadas [...] y [...].
>
> El domingo día [...] a las [...] se produce una llamada al 112 por parte de un submarinista aficionado (E. Millán, testigo con el número 1) que ha avistado «un cuerpo flotando entre las rocas. Definitivamente muerto». Una embarcación de salvamento marítimo se desplaza hasta el lugar y se procede a rescatar el cuerpo.
>
> Los resultados de la autopsia indican como causa de la muerte un politraumatismo severo y un derrame craneoencefálico masivo. El análisis de las heridas indica que son compatibles con una caída desde el borde de dicho acantilado y el lecho de rocas situado en las coordenadas donde fue hallado el cuerpo. No se observan otros rastros de violencia ni indi-

cios de enfrentamiento físico, aunque sí una elevada presencia de alcohol en la sangre.

Se valora la hipótesis de un accidente así como la de un salto voluntario.

El día [...] de [...] se recibe una llamada en los servicios de emergencia. Una mujer que se identifica como Diana Antxieta dice tener cierta información importante sobre el accidente. Se presentaba a sí misma como copropietaria del restaurante Iraizabal, sito a escasos metros del punto del accidente. Su testimonio es recogido por los agentes [...] y [...] y transcrito a continuación:

«Esa tarde yo estaba trabajando en la barra del restaurante. Hacía muy mal tiempo, con lo que esperábamos pocos clientes. [...] Este hombre, Floren, apareció por allí sobre las cinco y media de la tarde. Era un hombre alto, muy guapo, de esos que llaman la atención. Pidió un gin-tonic y se puso a leer el periódico. Miraba el reloj cada dos por tres, y claro, yo pensé que estaría esperando a alguien. Recuerdo esto perfectamente porque dejé volar un poco la imaginación... Bueno, ya sabe. Una está muy aburrida y no todos los días aparece un tipo guapo por el bar. Recuerdo que pensé "quién será la agraciada que tenga esperando a semejante pibón". Bueno, pues resulta que a eso de las seis, él había pedido otra copa, pero todavía la tenía por la mitad. Entonces se levantó de pronto y se marchó sin decir una palabra. Dejó un billete de veinte euros sobre la barra y yo pensé que habría ido a fumar. Me acerqué a la ventana y le vi caminando en dirección al barranco, como si tuviera algo de prisa. No era la actitud de nadie que piensa quitarse la vida, sino la de alguien que está ansioso por encontrarse con otra persona. Bueno, estamos en pleno diciembre y a las seis de la tarde ya no hay mucha luz. Le perdí de vista enseguida. Le guardé el cambio y la copa hasta que cerré el bar, pero no volvió por allí, claro. Al día siguiente, cuando me enteré de todo por las noticias, lo primero que pensé es que a ese hombre lo habían matado.»

Hasta ahí llegaba el testimonio de la señora Antxieta. A continuación, en una nota escrita, el informe explicaba que:

Se le pregunta por otros clientes o personas que vio esa tarde por la zona: la señora Antxieta describe a una «pareja joven, con un equipo de fotografía, que entró en el restaurante sobre las siete y media de esa tarde».

Se ha procedido a investigar la identidad de los dos paseantes descritos por D. Antxieta. Se los identifica como A. Mendizabal y su pareja R. Urquioz, ambos residentes en Bilbao. Se les toma declaración en la comisaría de Gernika.

Sobre la tarde de los hechos, A. Mendizabal expone lo siguiente:

«Mi novia Rakel y yo somos muy aficionados a la fotografía. Esa noche había previsión de tormenta eléctrica y fuimos a Punta Margúa en busca de una buena foto. Aparcamos el coche junto al camino, en el mirador. Eran las 18.30 (lo sé porque subimos una foto a Instagram desde el coche) y estuvimos allí esperando a que dejase de llover. En ese rato (unos quince minutos) no apareció nadie por el camino. De esto estoy seguro. Había solo un coche aparcado allí, un BMW negro.»

(Nota del agente: se trata de una berlina BMW 320, color negro, propiedad de Floren Malas-Etxebarria.)

«Después paró de llover y subimos caminando por el borde del acantilado. Hay una casa allí, plantada frente al acantilado, y pusimos el trípode justo enfrente. Estuvimos esperando a que cayera algún rayo, pero no pasaba gran cosa. Además, la casa tenía varias luces encendidas en la planta baja y aquello nos molestaba para las fotos nocturnas. Así que continuamos caminando hacia el oeste. Rakel se moría de frío y recordamos que había un restaurante por esa zona. Justo en ese instante, nos cruzamos con una persona que venía en nuestra dirección. Tenía pinta de pescador, de hecho iba con una caña en la mano. Le preguntamos si el restaurante estaba abierto y nos dijo que sí. Decidimos ir allí a tomar un caldo. Todo esto ocurrió sobre las siete. No nos cruzamos con nadie más ni vimos a nadie.»

Alguien (quizá Félix) había subrayado algunos fragmentos de este testimonio con un marcador fosforescente. En ese momento no le presté mucha atención.

La siguiente nota decía así:

Se ha procedido a identificar al pescador mencionado en el relato de A. Mendizabal. Se trata de I. Ortune, vecino de la localidad. Se le toma declaración al respecto:

«Yo había pasado la tarde pescando en Ispilua con otros tres amigos. A las seis y media recogimos porque no se aguantaba la lluvia. Cogí los bártulos y salí caminando dirección Illumbe. Mis amigos querían llevarme en coche, pero yo preferí caminar. Las únicas personas con las que me crucé fueron un chico y una chica. Llevaban un equipo de fotografía y tenían una cara de frío terrible. Me preguntaron por el restaurante. Se lo indiqué y seguí para delante. Llegué al mirador y desde allí continué por la general hasta Illumbe. Y en todo ese trayecto no me encontré con nadie más viniendo en mi dirección. Y mucho menos con ese pobre hombre».

El agente que hizo el informe añadía una anotación personal sobre estos tres testigos, la pareja de fotógrafos y el pescador. Decía que había «procedido a investigar sus posibles conexiones con el fallecido y sus antecedentes sin ningún resultado de relevancia». «El pescador es un hombre muy conocido en Illumbe. La pareja de fotógrafos aficionados son un funcionario y una agente inmobiliaria de Bilbao, sin ninguna conexión familiar, profesional o de otro tipo con el fallecido.»

Pero había más.

El agente había continuado sus pesquisas por el lugar más lógico: la casa de Punta Margúa. ¿Dónde si no? Floren Malas-Etxebarria había salido del restaurante Iraizabal a eso de las siete de la tarde, con una actitud que —según la dueña del restaurante— «no era la actitud de nadie que piensa quitarse la vida, sino la de alguien que está ansioso por encontrarse con otra persona». Dos grupos de personas habían barrido el acantilado en sentidos opuestos minutos después de que Floren se precipitara al vacío. De manera que esa «supuesta persona» con la que Floren habría ido a reunirse o bien no existía, o bien se había escondido en alguna parte tras cometer su fechoría.

Y entre los posibles escondites, desde luego, la casa de Punta Margúa era uno que había que tener en cuenta. Las pesquisas se habían dirigido allí y los agentes habían realizado dos entrevistas.

Begoña Garaikoa, de cincuenta años de edad, que tiene su residencia habitual en Madrid, pero que en la tarde de autos se encontraba de visita en el domicilio de su padre (Jon Garaikoa, testigo número 8) por las vacaciones de Navidad. A la hora en que sucedieron los hechos relatados, se encontraba ausente, reunida para cenar con otras dos amigas (identificadas como Ane Rojas y Mirari de la Torre, testigos 9 y 10 respectivamente) en la casa de la primera, sita en carretera Atxur, 10, con el nombre Gure Ametsa. La testigo afirma que regresó a su domicilio sobre las 23.00 de esa noche (corroborado por las testigos antes mencionadas y por su padre, a continuación). Se da la circunstancia de que Begoña Garaikoa conoce al fallecido desde hace años. A la pregunta de si «pensaba que podría haberse tratado de un suicidio», la testigo muestra una convicción clara: «Floren llevaba unos años descarriado, bebiendo mucho y con grandes problemas profesionales. Yo no lo descartaría».

J. Garaikoa, de setenta años, residente habitual en la villa con número 1 del camino de Margúa, declara que pasó la tarde leyendo en la casa. No estaba atento a la ventana y no puede arrojar testimonios sobre lo que sucedió en la parte del acantilado que discurre frente al edificio. Tampoco percibió movimientos en su jardín o ruidos que pudieran delatar la presencia de algún intruso. «Fue una tarde de lo más normal —afirma—, había un aviso de tormenta, pero no pasó de ser una marejadilla muy suave. Después, sobre las ocho de la tarde, bajé a la cocina a preparar la cena. No todos los días tienes a la hija de visita, pero cuando lo tenía ya todo listo, me llamó para decirme que se quedaba a cenar con unas amigas. Así que cené y volví a mi despacho a terminar el libro.»

Félix había subrayado otras dos cosas en esta última página. Volví a releerlas y después recordé lo que había subrayado dos páginas antes.

Volví atrás. Leí el testimonio de los fotógrafos y del pescador.

Volví adelante. Leí el testimonio de mi madre y de mi abuelo.

Había algo allí. Algo que la policía había pasado por alto, pero no Félix.

¿Qué?

De pronto, el viento rugió y movió un poco la roulotte y casi al mismo tiempo yo sentí un escalofrío por todo el cuerpo.

Había oído algo.

Primero me asusté pensando que eran pasos, pero después el sonido se detuvo en seco. Un aleteo, producido por alguna de las partes móviles de la roulotte, vino a tomar el relevo de los «ruiditos extraños». El viento había vuelto a soplar y pensé que probablemente esos sonidos habían estado ahí todo el tiempo, solo que yo estaba demasiado concentrado en mi registro y mis lecturas.

Pasé a la siguiente página del informe. Eran las declaraciones de Ane y de Mirari. Ambas coincidían en la misma versión de los hechos. Su amiga Begoña estaba de visita y se habían reunido en la casa de Ane para pasar la tarde. Después, sobre las ocho, habían decidido cenar juntas. Según Ane, mi madre había abandonado Gure Ametsa a las diez y media de la noche...

Otro ruido me hizo levantar la cabeza. No era el viento. Ahora, de verdad, era algo muy parecido a unos pasos. Noté cómo el corazón aceleraba sus pulsaciones. ¿Había alguien ahí fuera? ¿Es posible que me hubieran seguido? ¿La policía?

Me levanté y apagué la luz. El interior de la roulotte quedó iluminado solo por el resplandor de la llama de queroseno. Afuera, volvió a oírse el aleteo de antes, el viento y el oleaje. Seguramente no era nada, pero me arrastré sobre el colchón de la cama hasta la luna trasera. Apoyé la cara ahí y miré en ambas direcciones, pero la oscuridad era total.

Iba a regresar al escritorio cuando volví a oír algo cortando el aire, a cierta velocidad. Definitivamente había alguien o algo ahí fuera, moviéndose. Quizá solo fuese un pequeño animal, pero no podía permanecer ni un segundo más sin echar un vistazo. Cogí la barra que había usado para reventar el candado de la puerta. Con ella entre los dedos, empujé la puerta de sopetón y salté a la hierba dispuesto a tumbar lo primero que viera moverse en la oscuridad. Miré a un lado, al otro. La noche, el viento, el aire silbando alrededor de aquella vieja roulotte... pero nada más. Con la barra por delante y el corazón a punto de salírseme del pecho, di un rodeo al remolque. Nada.

Mi GMC estaba aparcada a unos pocos metros de allí. La había dejado abierta y con las llaves puestas. Me acerqué a echar un vistazo, y en ese mismo instante unas luces parpadearon fugazmente en la oscuridad. ¡Había un coche! Estaba detenido a unos veinte metros de mi GMC, en la misma pista de hierba por la que yo había llegado. Entonces las luces de aquel coche volvieron a parpadear en la oscuridad y emitieron un corto *beep*.

Alguien lo había abierto. O cerrado. Y yo me quedé quieto, idiotizado, viendo apagarse esas luces. Pude ver el interior del coche por un instante. Estaba vacío.

Ante algo tan inesperado, el cerebro tarda en procesar la información. Tardé en llegar a la conclusión de que alguien estaba abriéndolo y cerrándolo en la distancia, posiblemente con una llave electrónica.

Casi al mismo tiempo, oí que algo se movía muy rápido a mi espalda.

«Qué listo», pensé.

No me dio tiempo ni para girarme. El golpe fue rápido y brutal. Recuerdo que todavía estaba moviendo mi brazo hacia atrás cuando oí el ruido de mi cuerpo al caer contra la hierba.

Y después, la nada.

7

Es noche cerrada y estoy caminando hacia la fábrica Kössler, siguiendo mi rutina habitual. El robledal está en silencio, como siempre. El bosque duerme mientras lo atravieso calladamente.

Voy pensando en esa fiesta. Ane, ese rostro que me ha recordado a mi madre, a mis tiempos de niño en Illumbe. También pienso en esas otras personas que he conocido esta noche. Gente extraña, como ese escritor de barbas. Denis y él han tenido una bonita bronca, ¿por qué? Algo me dice que hay muchas historias ocultas entre esa gente de la casa del faro.

Llego a la fábrica. Miro a un lado, al otro, me aseguro de que no hay nadie. Me acerco. Tiro de los portones y entro en la vieja nave. Y según lo hago, tengo la repentina sensación de no estar solo. Algo en el aire, quizá un aroma, me hace detenerme junto a la entrada.

—¡Hola! —digo en voz alta—. ¿Hola?

Saco la linterna frontal de mi mochila y la enciendo apuntando a esa inmensa oscuridad de la nave industrial. Entonces lo veo. Un hombre yace quieto en el suelo. No se mueve. ¿Un mendigo? ¿Un borracho que se ha quedado dormido? Vuelvo a saludar y le ilumino con el haz de mi linterna. Tiene una posición extraña. Hay algo preocupante en la forma en la que está tendido en el suelo.

Lo más inteligente sería darse la vuelta y largarse de allí, pero supongo que corre algo de sangre de buen samaritano por mis venas. Me acerco a él, muy despacio, sin dejar de saludar, de decir «¿Hola?» mientras le ilumino con la linterna. Pero al llegar a su altura, me doy cuenta de que el tipo no va a responderme jamás. Tiene un golpe en la cabeza. Está sangrando. Y la sorpresa no termina ahí.

Es ese hombre de la fiesta. El escritor.

«Yo conocí a tu madre —me había dicho esa noche—, era una gran mujer.»

El hombre está muerto. No necesito analizarlo demasiado. Nadie se pasa tanto tiempo con los ojos abiertos. Pero ¿cómo?, ¿por qué?, ¿por qué ALLÍ? Las preguntas se acumulan en mi cabeza mientras observo el cadáver y también algunos objetos que hay a su alrededor. Su cartera. Llaves. Una cámara fotográfica con un objetivo. Alguien le ha registrado..., un ladrón. Pero ¿sigue allí?

Voy a girarme, pero entonces noto que algo se mueve en la oscuridad. Un piano o un camión o algo muy parecido me cae encima. Y me voy al suelo y caigo enfrente de ese tipo. Veo su cara. Sus dos ojos negros, fijos, sin brillo.

El escritor me mira, quieto, en el suelo.

Está muerto.

Empiezo a perder la consciencia. Durante esos últimos segundos, el haz de mi linterna ilumina unos zapatos. Se acercan a mí. Se quedan parados a pocos centímetros de mi rostro. Pienso que me va a matar a mí también.

Oí el ruido de un portazo. Me desperté y abrí los ojos, ¿dónde estaba? Había un volante frente a mí. El volante de mi furgoneta. Estaba sentado. ¿Es que me había quedado dormido conduciendo? ¿Qué había pasado? ¿Por qué me dolía tanto la cabeza?

Sonaba un motor en alguna parte, pero no era mi GMC. La furgoneta tenía el contacto quitado. Levanté la vista para ver algo más allá del parabrisas, pero solo había una tremenda oscuridad. Era como si estuviese volando por el espacio estelar. No había carretera, no había luces, ni señales, ni suelo...

Entonces, distinguí algo «ahí abajo». El crespón de una larga ola rompiendo junto a la costa.

El mar.

Ese «otro» motor rugió acelerando. Al mismo tiempo noté que algo me empujaba por detrás y la GMC comenzó a moverse hacia delante. Las ruedas pisaban la hierba y yo presenciaba todo esto como si la cosa no fuera conmigo. ¿A dónde querían llevarme?

Miré por el retrovisor. Un coche, sin luces, iba pegado a la trasera de mi furgoneta, que también estaba sin luces. Entonces me di cuenta de que los dos vehículos estaban iluminados por otra cosa, ¿qué? Tuve que girar la cabeza para encontrar el origen de ese resplandor amarillento.

Era la roulotte. Estaba en llamas.

El coche que tenía detrás volvió a empujar y la GMC avanzó otro poco más. Entonces yo empecé a atar cabos, bastante más despacio de lo deseable. La roulotte. El refugio del escritor. Yo había ido allí y había encontrado aquel informe policial subrayado. Entonces había oído un ruido de pasos. Había salido. Los focos de un coche parpadeando en la oscuridad y, de pronto, ese golpe...

Otro empujón. Miré hacia delante y me di cuenta de lo que estaba pasando.

Me estaban empujando en dirección al barranco. Querían asesinarme.

Mi cerebro liberó unos cuantos gramos de adrenalina y terminó por despertarme de aquella especie de duermevela en la que estaba instalado. Llevé la mano derecha al contacto y encontré la llave. Arranqué y encendí las luces. Vi la hierba del acantilado y, más allá, mis faros se perdían en la nada. Mi furgoneta avanzaba suavemente hacia el final. En silencio, me dirigía hacia una muerte segura.

El conductor del otro coche vio mis luces encenderse y aceleró. Su motor bramó de manera monstruosa. Era un motor grande y empujaba con fuerza. Estaba a dos metros del acantilado e hice algo por puro instinto. Pisé el freno. La GMC se detuvo en seco y oí al otro coche empotrarse contra mi parachoques. La chapa hizo ese clásico ruido de arrugarse y el motor restalló. Pero incluso con el freno pisado, yo seguía desplazándome hacia delante No podía ver muy bien lo que había después del borde, pero recordaba haber visto un acantilado de unos veinte metros según venía.

Tardé en darme cuenta de que tenía un freno de mano maravilloso. Tiré de él mientras seguía pisando a fondo el otro freno. La GMC respondió clavándose en el suelo como un Poseidón de metal. Detuvo otra vez la tracción del otro coche y pude oír cómo su motor rugía aún más fuerte. Era, por lo poco que podía ver a través del espejo, un coche bastante alto. Color negro. Comenzó a empujar y la GMC cedió un poco más. Quedaba escaso medio metro para caer.

Volví a tirar del freno de mano, como para asegurarme de que había completado todas sus posibilidades. Recordé que

Ramón Gardeazabal había «revisado los frenos» y me dije mentalmente que le compraría una caja de vino si los frenos me sacaban de esto. Pero volví a moverme un poco. Los faros iluminaban el vacío.

No podía quedarme esperando, así que aposté por hacer algo. Sin soltar el pedal del freno, embragué y metí la marcha atrás. Después solté el frenó bruscamente y aceleré a fondo. La GMC puesta a cinco mil revoluciones devolvió el golpe al otro coche y ganó unos centímetros antes de pararse. Aquello se convirtió en un pulso a muerte entre las dos bestias de acero. Mi marcha atrás era mucho más corta y poderosa que su primera, pero el otro coche tenía un motor claramente superior, y por potencia comenzó a ganarme. La GMC derrapó un poco y yo dejé de ver el borde del acantilado. Estaba ya encima. Mis ruedas delanteras estaban a punto de salirse. Apreté los dientes y me preparé para caer. Una caída a plomo de veinte metros, sobre un lecho de roca.

Empecé a oler a quemado y al mismo tiempo noté cómo la presión cedía de pronto. Un ruido chirriante y enloquecido, como de ruedas patinando sobre el suelo. La GMC comenzaba a ganar el pulso, ¿por qué? Las ruedas del coche de mi asesino resbalaban y yo me agarraba al suelo gracias a mi peso: dos mil kilos de furgoneta más una segadora y un montón de trastos.

Mi asesino se esforzó un poco más. Digamos que terminó de poner toda la carne en el asador, pero sus ruedas ya habían hecho un surco lo suficientemente grande y resbaladizo como para que todo su motor no le sirviera para mucho. Entonces hizo lo siguiente que podía hacer: echar marcha atrás para intentar embestirme. Pero mi GMC salió despedida con toda su fuerza y lo golpeó rompiéndole al menos un foco (oí el ruido de cristales). Después dibujé una curva muy pronunciada en el sentido inverso de mi volante. Eso, quizá, fue la segunda cosa que me ayudó a salir con vida de allí. El otro coche perdió su oportunidad y yo embragué, metí primera y aceleré por la oscuridad de aquel acantilado.

Solo quería alejarme del borde, así que aceleré por encima de la hierba, las rocas y las piedras en dirección a esas luces lejanas que había visto antes. Ni siquiera me paré a echar un vistazo. Acabé estampándome contra un vallado y la furgoneta se me caló. Bajé de allí con la idea de salir corriendo rumbo a las casas, pero entonces vi que el otro coche se largaba. Sus luces rojas ya se alejaban a toda velocidad por el sendero de hierba, hacia la carretera.

Asustado, nervioso, agradecido por estar vivo..., me quedé allí quieto, junto a mi furgoneta. Cogí el teléfono. Mi primer impulso fue llamar a alguien. A la policía, a Erin, a mi abuelo. ¡Han intentado matarme! Pero luego volvió otra vez el sentido práctico que me había guiado desde el comienzo de todo. «No, nadie te va a creer.»

Tenía que desaparecer de allí. Largarme, igual que había hecho mi agresor. Una roulotte en llamas enseguida atraería la atención de los pocos habitantes de la zona. Pronto llamarían a la policía... ¿Y si me encontraban allí? Solo iba a empeorarlo todo.

La roulotte en esos momentos era ya solo un esqueleto de hierros negros en llamas. Ahí terminaba, oficialmente, la vida y obra de Félix Arkarazo. Y de paso, ahí terminaba todo con lo que pudo haber hecho daño a tanta gente.

Regresé a la carretera con cuidado, pensando que quizá esos asesinos sin rostro estarían esperando para emboscarme. Pero no me topé con nadie. Supongo que habían perdido su oportunidad de matarme a la primera y no querían arriesgarse a que yo hubiera podido llamar por teléfono.

Llegué hasta la gasolinera, que acababa de cerrar a esas horas. Eran las nueve y cuarto. Paré y bajé de la furgoneta. Mis piernas estaban temblando. Me lie un cigarrillo y encendí el teléfono. Empezaron a llegar un chorro de notificaciones de llamadas y mensajes, pero nada de eso me preocupaba demasiado. Ante la perspectiva de haber muerto aplastado contra las rocas de un acantilado, la policía había dejado de parecerme una opción tan terrible. De hecho, estuve a punto de llamar a Arruti y a su amigo el policía judicial. Contarles que alguien había intentado asesinarme esa noche. Que habían incendiado el lugar donde Félix Arkarazo guardaba sus secretos. Que posiblemente habían sido los mismos que mataron al escritor.

Uno de los últimos mensajes era de Dana y decía así:

La policía te está esperando en casa. Álex, creo que es mejor que vengas.

Todo había acabado. Todos mis intentos por controlar aquello de la mejor manera. Alguien había intentado matarme. ¿Qué otra cosa me quedaba por hacer?

Apagué de nuevo el móvil y volví a la furgoneta. En la autopista me crucé una procesión de sirenas y luces azules. Bomberos, policía que con toda probabilidad acudían al incendio. Conduje muy despacio, bajo una lluvia densa que aparecía iluminada por mis focos. Iba en silencio. Sin música.

Escuchando el ruido que había dentro de mi cabeza: toda una espiral de pensamientos abrumadores. Pensaba en la cárcel. En todas esas historias que cuentan sobre asesinatos y violaciones... ¿Podría sobrevivir a todo eso? Quizá, con un buen abogado, consiguiera reducir mi condena de alguna manera. Salir en unos pocos años y volver a intentarlo, aunque, desde luego, sería mejor hacerlo en otro sitio. Yo sería el asesino de Félix Arkarazo, un hombre famoso. En cuanto la policía me denunciara, mi rostro ocuparía todos los medios. «Álex Garaikoa, un jardinero de la zona, ha sido acusado hoy...» Mi nombre resonaría en los telediarios y en las tertulias de televisión y radio. Solo me alegraba de que mi madre no estuviera viva para verlo.

Estaba condenado al exilio. Quizá pudiera volver a Amsterdam, si es que mis antecedentes no eran un problema para eso. Volver a Flevoland y buscarme un trabajo como cosechador de tulipanes. Para entonces, quizá mi abuelo ya hubiera perdido la cabeza. En cuanto a Erin y sus padres, supongo que para ellos yo solo sería un oscuro capítulo en su historia familiar. Quizá incluso llegara a convertirme en una anécdota escalofriante que contar a sus amigos mientras brindaban con champán por el año nuevo, en su resort de esquí austríaco. «Y pensar que estuve a punto de contratarle», diría Joseba, y entonces Erin —de la mano de su nuevo novio— contestaría: «¡Y yo estuve a punto de tener hijos con él!». Claro que todo el mundo habría cerrado filas en torno a ella. Toda su esfera la compadecería por ese tropiezo. Empezando por Denis.

«El amor es ciego, ¿no? Y nunca conocemos a la gente realmente..., pero que conste que te avisé.»

Llegué a Bilbao y continué por la autopista en dirección a

Gernika. Dejó de llover y, casi como un reflejo, en mi cabeza también empezó a clarear. Pasé de la depresión a la furia. Comencé a pensar en esos malnacidos que habían intentado lanzarme por el acantilado esa noche. Querían terminar lo que habían empezado. Hacer un bonito final de esa novela: Álex, el asesino de Félix Arkarazo, hizo arder la roulotte del escritor antes de suicidarse. Quizá incluso tenían una nota redactada en mi nombre pidiendo perdón al mundo.

¿Qué iba a confesar exactamente cuando me entregase? ¿Que me desperté junto a Félix Arkarazo en esa fábrica, pero que no creía haberlo matado? Tendría que explicar mi asunto con las drogas y ni siquiera eso me aseguraba la inocencia. La policía tenía ganas de encontrar a un culpable y ya me habían elegido a mí. Y el hambriento monstruo de la prensa tenía sus lapiceros bien afilados. Iban a devorarme vivo.

No. Tenía que seguir jugando. De pronto me di cuenta de que había un último hilo del que tirar, una última pregunta que responder. El informe policial y aquellas palabras subrayadas por Félix significaban algo. Algo relacionado con la noche en la que murió Floren. Esa pista, que había dado esperanzas a Félix Arkarazo, me tenía que dar esperanzas a mí.

Yo era la pieza central de su puzle. Se lo dijo a Irati, a Txemi. Y eso significaba que yo era capaz de obtener la respuesta que nadie más había encontrado.

¿Por qué? De pronto, una idea me cruzó la mente.

«Porque tú y nadie más que tú puedes hacer la pregunta que nadie más hizo.»

Llegué a la entrada de Gernika. El pueblo dormía bajo la resaca de la intensa lluvia. Era el momento de tomar una decisión. Paré un instante mi GMC y me quedé pensando en lo que estaba a punto de hacer. Después metí primera y aceleré.

6

GRIETAS

1

Conduje hasta la playa de Laga por la carretera que bordeaba el mar, con los cinco sentidos puestos en ver algo parecido al resplandor azul de los coches patrulla. Pero el camino estaba limpio. A esas horas de la noche me crucé solo con un par de coches que conducían quizá demasiado rápido por las curvas de la costa.

Llegué a la playa, que dormía envuelta en esa paz de las playas por la noche. Frené un poco a la altura de la cabaña de Erin. Desde la carretera, podías ver si había luz en la casa. Y la había. Un resplandor se proyectaba en la balconada de madera. Ella me había dicho que me esperaría, y allí estaba...

El corazón comenzó a irme más rápido.

Pasé de largo la entrada y me dirigí al aparcamiento de la playa. Solo había un par de furgonetas pernoctando entre los pinos. Surferos con matrícula francesa que se estaban corriendo una fiestecita dentro de sus miniviviendas móviles. Aparqué a cincuenta metros de ellos y salí andando. Llovía un poco. Subí de nuevo a la carretera y eché un vistazo tranquilo desde allí. No había coches de policía ni nada que pareciera un dispositivo de vigilancia. A nadie se le había pasado por la cabeza vigilar a Erin.

Crucé el asfalto y me adentré por un caminillo de montaña que subía en paralelo a la carretera de la cabaña. No quería delatar mi presencia hasta estar completamente seguro de que Erin estaba sola.

Su Volkswagen Golf estaba aparcado donde siempre, con una tabla en el techo. En el salón había una luz cálida, el fuego que danzaba en la chimenea. No parecía que hubiera nadie más en la casa. Salí de entre los pinos y me acerqué de puntillas hasta la terraza.

Erin estaba sentada en el sofá viendo la tele, con una manta sobre el regazo, una taza de chocolate y un platillo con un trozo de sándwich encima. La miré durante unos largos segundos. Era la imagen de un hogar. El hogar con el que había soñado desde que tenía doce años. El hogar que perdí cuando mi madre se casó. Y que ahora estaba a punto de volver a perder. Pero no me quedaba otra opción. Tenía que hacerlo.

Toqué en el cristal y ella se giró asustada. Supongo que al principio no me vio. Cogió el mando de la tele, la apagó. Me acerqué más al cristal.

—¿Erin? —dije—. Soy yo, Álex.

Se levantó del sofá y vino hasta mí, vestía un pijama blanco y una bata. Tenía el pelo suelto cayéndole sobre los hombros. Estaba preciosa. Me miró con una mezcla de sorpresa, miedo, preocupación. Abrió la puerta sin pensar. Miró a un lado y al otro.

—Entra.

La cabaña estaba caldeada por efecto de la chimenea. Yo empezaba a tiritar, con la ropa húmeda y el corazón helado.

Me hubiera venido bien un abrazo, pero percibí claramente que Erin se apartaba un poco. Me temía.

—¿Te importa si me acerco a la chimenea?

—No.

Ella se quedó de pie en el centro del salón. Se hizo un lazo con el cinturón de la bata y me miró durante unos largos segundos. Era una mirada muy dura.

—¿Has hablado con la policía?

—Sí, Álex. Y mis *aitas* también.

—¿Qué os han dicho?

—¿No lo sabes?

—Me lo imagino.

—Querían saber si podíamos explicar dónde estuviste la noche de hace dos viernes. Lógicamente hemos dicho que no sabemos nada de eso.

—¿Algo más?

—Me han hablado de la herida de tu cabeza. Que no te la hiciste en el accidente. Otra mentira más... Y además, dicen que tienen algunos indicios de que estuviste en ese lugar... donde Félix ha aparecido muerto. Creo que ellos piensan que tú lo hiciste.

—Vale. ¿Y tú qué piensas?

La pregunta sonó fuerte. Quizá demasiado. Era injusto hacerla así, pero ya era tarde cuando me di cuenta. Erin cruzó los brazos. Endureció el gesto.

—¿Yo? He intentado no pensar en nada. Aunque de pronto, mientras la policía me estaba hablando de todo esto, he pensado que quizá sea verdad.

—Yo no he matado a Félix —dije.

El calor de la chimenea en mis piernas me hizo tiritar levemente. Erin soltó el nudo de sus brazos, su voz se quebró.

—¿Y por qué te escondes? ¿Por qué no vas y lo explicas?

—Porque es difícil de explicar, Erin. Yo estuve allí esa noche. Junto al muerto.

—¿Qué?

—Es una historia muy larga que igual no quieres oír... pero he venido a contártela.

—Bueno —Erin volvió a cruzar los brazos—, no creo que esta noche pueda dormir demasiado, así que adelante.

Respiré hondo.

—Alguien me golpeó en la cabeza. Eso es lo que me provocó la amnesia. Un golpe en la cabeza con una piedra.

—¿Quién?

—No lo sé. No le vi. Solo recuerdo levantarme y llegar hasta mi furgoneta. Conducía en dirección al hospital de Gernika cuando tuve el accidente.

—Pero ¿qué hacías en ese lugar? ¿Te secuestraron?

—No... Fui allí por una razón... Pero me encontré a Félix muerto en el suelo. Pensé que había sido yo..., aunque ahora sé que fue otra persona. La misma que ha intentado matarme esta noche.

Erin abrió los ojos de par en par por primera vez.

—¿Qué?

Entonces noté una fuerza insólita surgiendo de mis entrañas. Unas tremendas ganas de llorar. Llevaba muchos días, demasiados, cargando con todo. Me senté en el suelo y traté de comerme las lágrimas. Los hombres no lloran y todo eso. Lo llevamos programado en alguna parte.

—He ido a Cantabria... Eso es lo que estaba haciendo esta tarde. He ido a un lugar donde se suponía que Félix guardaba todos sus secretos. Quería intentar saber algo... Solo quiero poder defenderme, Erin. Defenderme...

Ella se acercó a mí y noté que me colocaba una manta sobre los hombros.

—Toma, ponte esto... Estás tiritando.

—... alguien ha debido de seguirme —seguí diciendo, como un autómata—. Ha quemado la roulotte... y despúes me ha montado en mi furgoneta. Ha intentado matarme...

—Pero ¿quién?

—No lo sé... No he podido verlo. Pero estoy seguro de que es la misma persona que mató a Félix y me golpeó a mí. Alguien que quería que Félix desapareciera. Alguien que tenía miedo de que sus secretos salieran a la luz.

—Pero entonces debes ir a la policía, Álex. Tienes que contarles todo esto. Esconderte solo hace que parezcas más culpable.

—Pero es que soy culpable..., Erin. Culpable de liarlo todo como un imbécil.

—¿Por qué dices eso?

Me quedé callado. Por un momento, mi cerebro reptil me dijo: «¡Miente! Vuelve a hacerlo. Tienes talento de sobra para inventarte algo». Pero ya había tomado una decisión.

—He venido a contarte la verdad, Erin. Quiero que seas la primera en saberlo. Y quiero que seas tú quien se la cuente a tus padres y a mi abuelo, antes de que la policía me encuentre y la prensa se invente una historia.

—Pero ¿de qué estás hablando, Álex?

Jamás había pensado que llegaría este momento. Siempre había imaginado que podría evitarlo, que ese oscuro secreto sería algo que podría mantener enterrado debajo de la alfombra para siempre una vez que pagase lo que debía. Pero no podía explicar nada de lo que había sucedido con Félix si no dejaba esa carta descubierta.

Así que lo hice. Se lo conté.

Y, aunque lo hice con toda la suavidad que pude, Erin fue perdiendo el color de las mejillas a medida que avanzaba en mi narración. Le expliqué lo que hacía, por qué lo hacía y cómo lo hacía. Oírme fue, dentro de lo que cabe, algo bastante liberador. Aunque fuese algo tan nauseabundo. Tan nauseabundo que ella se levantó y fue a vomitar al baño.

Cuando regresó estaba pálida, tenía la frente cubierta de sudor.

—¿Estás bien?

—No, Álex. No podría estar peor, créeme. Pero eso, ahora mismo, es secundario.

—¿Secundario?

—Venga..., sigamos. Al menos esto explica muchas cosas. Tus paseos nocturnos. Tus cigarrillos en aparcamientos solitarios... ¿Qué más? ¿Qué pinta Félix en todo esto?

Tardé un poco más en contarle esta parte. Era más enrevesada, y según la decía en voz alta, me fui dando cuenta de lo fácil que habría sido todo si hubiera confiado en alguien. En ella.

Le hablé de las extorsiones de Félix a la gente que le rodeaba y evité mencionar a Denis. Cuando terminé, Erin había recuperado algo de color en la cara. Tenía el ceño ligeramente fruncido. Pensaba.

—Vale —dijo—, a ver si lo entiendo bien: entonces Félix quería pillarte con las manos en la masa, ¿no? Pero alguien se lo cargó antes de que tú llegaras.

—Esa es mi teoría.

—Pero ¿qué es lo que quería Félix de ti?

—Eso es algo que todavía no tengo muy claro. Aunque estoy casi seguro de que buscaba chantajearme a cambio de información. Todo está relacionado con su investigación. La muerte de Floren Malas-Etxebarria.

—¿Aquel socio de mi padre?

—Sí. Félix estaba investigando su muerte. Su supuesto suicidio. Había estado preguntando por él, leyendo informes policiales. Precisamente eso, un informe, fue lo que leí en su roulotte. Eran un montón de testimonios sobre la noche de su «accidente», de la gente del restaurante, personas que paseaban por allí... Y tengo la corazonada de que Félix había encontrado algo en todo eso. Una pista que indicaba que en realidad alguien mató a Floren. Eso es lo que pretendía escribir, pero quizá le faltaba una última confirmación.

—¿Y tú eras esa confirmación?

—Yo no. Mi abuelo.

—¿Qué quieres decir?

—Mi madre había venido ese mismo día a Illumbe, Erin. El mismo día que mi madre aparece en el pueblo, Floren se mata al caer por un acantilado a medio kilómetro de nuestra casa.

—¿Crees que tu madre tuvo algo que ver?

—No me imagino a mi madre matando a nadie... Pero hay demasiados hilos de los que tirar en esa historia. Ane estaba siendo maltratada y mi madre lo sabía. Esa noche, al parecer, estuvieron las tres cenando juntas. Tu madre, Ane y mi *ama*, ¿con quién se había citado Floren en Punta Margúa?

—¿Crees que tu abuelo puede darte esa respuesta?

—Al menos voy a preguntárselo. Y para eso, necesito que me ayudes.

—¿Yo? ¿Cómo?

—Tengo que hablar con él. A solas. Sin policía. Sin esposas en las manos. Si mi corazonada es correcta, quizá eso me lleve directamente al asesino de Félix Arkarazo. Así que necesito tiempo.

—O sea, que no vas a ir a la policía.

—No mientras tenga una sola posibilidad de demostrar mi inocencia.

Erin se quedó callada, por un instante pude ver un destello en su mirada.

—Vale. ¿Y qué quieres que haga yo exactamente?

—Una ilegalidad. Llamar a la policía y mentirles. Atraerlos hasta aquí. Necesito estar seguro de que no hay nadie vigilando Punta Margúa.

Erin se quedó en silencio

—Los tienes muy bien puestos para pedirme algo así, Álex. Eso sería como implicarme en tu delito.

—Lo sé.

Volvió a levantarse. Fue al baño. La oí vomitar otra vez. Regresó pálida, sudorosa.

—Oye, pero ¿estás bien?

—Bueno. No, no estoy muy bien. Llevo todo el día con unas náuseas terribles.

—Vaya.

—Y llevo una semana entera de retraso en el periodo —añadió de sopetón—, eso era lo que quería decirte esta mañana, por teléfono.

Yo me quedé frío, helado.

—¿Quiere decir que...?

—Ya ves —dijo Erin—, no eres el único que trae novedades. Supongo que hemos hecho el loco demasiadas veces.

Su voz se quebró un poco. Yo me puse de rodillas. Quería besarla, pero ella alzó la mano, como para frenarme.

—No, no... Ahora... no...

—Erin..., no voy a dejarte sola en esto. ¿Has hecho la prueba?

Ella negó con la cabeza. Se estaba conteniendo las lágrimas.

—Yo... no sé si estoy preparada para saberlo. Hagamos lo que es más urgente.

—¿Estás segura? Tienes todo el derecho del mundo a mandarme al cuerno.

—Te ayudaré, Álex. Y luego hablaremos de todo esto. Ahora, dime qué quieres que haga de una santa vez.

—De acuerdo —dije—. Necesito treinta minutos...

2

Le dije lo que pensaba hacer y que también iba a necesitar su coche. Erin dijo que lo haría. Me sorprendió su determinación. Ni hizo preguntas ni puso objeciones. Tan solo actuó y me dejó ir.

Conduje el Volkswagen Golf de vuelta a Illumbe, por Gernika, y después tomé la carretera de la costa. Pasé el pueblo de largo, la gasolinera y la desviación de Punta Margúa. Llevé el coche unos tres kilómetros al norte, hasta los aledaños de la playa Ispilua, el lugar donde ese viejo pescador apellidado Ortune había pasado la tarde en la que Floren Malas-Etxebarria fue asesinado. Había un gran aparcamiento que estaba vacío. Cogí el camino del acantilado. Eran cerca de las once de la noche.

Según me aproximaba a la zona del restaurante Izarzelaia, comencé a ver un perímetro de cinta de plástico atada a varillas de acero. Protección civil había delimitado un área desde el borde del acantilado, posiblemente debido a los derrumbes. Un cartel de plástico indicaba que era una zona de RIESGO ALTO, así que me aparté todo lo que pude de allí.

Llegué al restaurante y lo pasé de largo. Imaginé ese encuentro entre los fotógrafos aficionados y el pescador que había leído en el informe policial. Fui visualizando esa narración que Félix Arkarazo había subrayado, empezando por la declaración de los dos fotógrafos:

«Hay una casa allí, plantada frente al acantilado, y pusimos el trípode justo enfrente. Estuvimos esperando a que cayera algún rayo, pero no pasaba gran cosa.»

Avancé por el pinar y llegué a la altura de la casa. Las luces del salón estaban apagadas, pero se veía un débil resplandor al otro lado. Las luces de la cocina. ¿La policía? O quizá solo fuera Dana. Miré la ventana del despacho de mi abuelo. Estaba encendida.

Agazapado detrás de la última línea de pinos, me quedé observando aquello. Recordé el resto de la frase que Félix había subrayado:

«Además, la casa tenía varias luces encendidas en la planta baja y aquello nos molestaba para las fotos nocturnas».

¿Cómo lo habría sabido Félix también? Bueno, el abuelo había dicho: «De niño se pasaba media vida en esta casa, jugando con tu madre», así que quizá él también encontró el error...

Miré el reloj. Las once en punto. No parecía que hubiera nadie vigilando el jardín trasero, así que me acerqué a la casa y me metí por un hueco muy estrecho entre la fachada y el seto. Había un arbusto de peonias muy denso y alto y me escondí ahí. Era un buen lugar para observar la parte sur de la casa. El coche de la Ertzaintza seguía allí aparcado y sin luces, un poco escondido más arriba del camino. ¿Pretendían sorprenderme? Pensé que tenía mucho que agradecer a Dana por ese mensaje de alerta.

Estuve allí escondido en las penumbras del jardín durante un rato. Erin iba a alertar al 112 a las once en punto de la noche, así que las cosas no podían tardar demasiado en comenzar a moverse. Y ocurrió. Cinco minutos después de las once, Nerea Arruti apareció por la terraza sur, con el teléfono en las manos. Estaba a solo tres metros de mí y pude escucharla claramente.

—En la playa de Laga. Sí. Estoy segura. Salimos para allí.

La ertzaina se metió en la casa a toda prisa y al cabo de dos minutos la vi salir a toda velocidad junto con el policía judicial Erkoreka. Se montaron en el coche patrulla y descendieron hacia la carretera general quemando rueda.

Observé la casa desde mi posición durante otros dos minutos antes de acercarme por la terraza, con cuidado. Quizá habían dejado a algún policía de guardia en la casa. La puerta de la cocina se había quedado entreabierta. Entré. Oí unas voces en el salón.

—Creo que era Erin —decía Dana—, eso me ha *parrecido* entender. Ha dicho que ha visto la furgoneta de Álex aparcada cerca de su casa.

—¿Erin? —dijo mi abuelo—. No puedo creer que sea una traidora.

—Y no lo es —dije yo.

Se giraron asustados. Yo estaba plantado como un fantasma en la entrada del salón.

—¡Álex! —exclamó Dana.

Me llevé el dedo a los labios y les pedí silencio. Mi abuelo no dijo palabra. Vino en mi dirección a toda velocidad y por un segundo pensé que iba a soltarme un puñetazo. Pero lo que hizo fue darme un abrazo tan fuerte que me crujieron las vértebras.

—Muchacho. ¿En qué lío estás metido? Sea lo que sea, somos tu familia.

—Ahora os lo explicaré. ¿Estamos solos?

—Se acaban de marchar Arruti y Blanco —dijo Dana—. Erin ha debido de *llamarrles* diciendo que te había visto por la playa de Laga. Tu furgoneta. ¿Era un truco?

Asentí.

—Bien —dijo mi abuelo—, pues ahora mismo vamos a sentarnos a charlar. Dana, trae una botella de vino y unos vasos. Hablaré con Adrián Celaya, el mejor abogado que hay en Bilbao y...

—Escucha, abuelo, no hay tiempo para eso. Erin conoce toda la historia. Ella os la contará, ocurra lo que ocurra conmigo. He venido a otra cosa.

—¿A qué? —dijo él.

—Necesito hablar contigo sobre algo que ocurrió hace cuatro años, la noche en que murió Floren Malas-Etxebarria.

Si no conociera mucho a Jon Garaikoa, diría que se quedó petrificado. Sus ojos brillaron como si dentro de ellos se hubiera encendido una hoguera. Dana, a su lado, nos miraba de hito en hito, sin decir palabra.

—¿Por qué necesitas hablar de eso?

—Necesito la verdad, abuelo. Ahora mismo eso es más importante que un abogado. Créeme.

En ese mismo instante oímos un ruido fuera, el de un motor. Luces azules, parpadeantes, apostándose frente a la casa.

—¡Rápido! Échate al suelo —exclamó Jon.

Lo hice. Dana se asomó a la ventana.

—Es otro coche de la Ertzaintza.

—¿Arruti?

—No lo sé. Todavía no puedo ver nada.

«¿Cómo ha podido saberlo?», pensaba yo.

—Quizá solo sea un relevo —dijo Dana entonces—. Subid al despacho, yo me quedaré aquí abajo.

Me levanté, cogí a mi abuelo del brazo y nos apresuramos escaleras arriba, hasta su despacho. Cerramos la puerta y guardamos silencio, de pie sobre la vieja madera. El despacho de mi abuelo solo tenía una ventana, pero daba al oeste, así que no podíamos ver nada de lo que sucedía en el frontal de la casa. Casi al mismo tiempo, sonó un timbrazo en la puerta. Dana abrió y oímos una conversación. El corazón me iba a mil por hora.

Alguien comenzó a subir las escaleras. Mi abuelo cogió uno de los arpones de la colección que tenía en la pared.

—¿Qué haces? Deja eso, abuelo.

—Yo le doy y tú sales corriendo...

Entonces se abrió la puerta del despacho. Era Dana. Entró y cerró una vez dentro.

—Solo es un relevo. El otro se ha quedado en el coche. No saben que estás aquí. Le he dicho que Jon ha subido a descansar y le he plantado en la cocina. Voy a poner la radio. Si tenéis que hablar, que sea en voz baja.

—Okey —dije.

—¡Ah! Y date prisa —respondió ella—, Arruti no es tonta.

—Gracias, Dana. Te lo explicaré todo cuando pueda.

Ella me miró con una sonrisa.

—Estoy *segurra* de eso, Álex.

Cerró la puerta y bajó las escaleras. Al cabo de un minuto, oímos la radio sonando desde la cocina. Yo le hice un gesto a mi abuelo para que tomara asiento. Estaba nervioso, desorientado. Temí que fuera a darle otro de sus pequeños lapsus de memoria.

—Abuelo. Siento mucho todo esto. No tengo demasiado tiempo para explicarme.

Él hizo un gesto con la mano, como para que no me preocupara.

—Solo dime una cosa: ¿mataste a ese hombre, Álex?

—No.

—Vale, con eso me basta. Ahora hablemos. ¿Qué quieres saber?

—Quiero hablar de lo que ocurrió aquella noche de hace cuatro años.

Mi abuelo apartó la mirada, frunció el ceño.

—No me acuerdo ni de lo que he desayunado, Álex. ¿A qué viene esa pregunta?

—Fue la noche en la que murió Floren, abuelo. Y es muy importante que hablemos de eso. Tú dijiste que habías estado leyendo toda la noche.

—Lo hice. Así fue. —La voz apenas le tembló al decirlo.

—Pero esa noche era especial. *Ama* había venido de Madrid... ¿No estaba en casa?

—No. Ya te lo conté. Estaba con sus amigas. Y yo leyendo.

—¿Aquí arriba, en el despacho?

—Siempre leo aquí, ya lo sabes.

—Exacto. Pero unos fotógrafos aficionados que estaban esa noche frente a la casa dijeron que la planta baja estaba iluminada a esa hora. Que la luz les molestaba. Y tú, precisamente tú, eres bastante estricto con eso de apagar todas las luces.

Noté un leve rubor en sus mejillas.

—Quizá me dejé una luz encendida, ¿qué tendrá que ver?

—¿Por qué mientes, *aitite*? ¿Estás protegiendo a *ama*?

Mi abuelo todavía tenía el arpón en la mano. Apretó los

dedos en torno a esa arma. Yo tragué saliva. Nunca me había atrevido a ir tan lejos como esa noche y la respuesta era algo impredecible. ¿Me trincharía como a un besugo?

—¿Qué tiene todo eso que ver con Félix?

—Tiene mucho que ver, *aitite*. Creo que es la razón por la que le mataron. Y la razón por la que yo estoy metido en este lío. Ahora mismo no puedo explicarte mucho más. Pero necesito una respuesta.

Él se quedó en silencio, valorando la situación. Después se puso en pie y fue a dejar el arpón en su sitio. Había comenzado a llover otra vez. Viento y lluvia azotaban la vieja casa, colándose por las grietas. Pasó por delante de mí y fue a la estantería. Sacó la botella de coñac y los dos vasitos. Los llenó. Me tendió uno.

—Bebe. Tienes pinta de estar a punto de pillar una pulmonía.

Lo hice. El brandi me revitalizó. Yo estaba helado. Realmente helado por dentro, y aquello fue como tragarse un dragón de fuego. El abuelo hizo lo propio.

—Vale. Mucho me temo que tienes razón. He mentido. Lo hice entonces y lo he vuelto a hacer ahora. Pero en ambas ocasiones ha sido por una buena razón.

El abuelo hablaba más para sí mismo que otra cosa.

—Pero si me dices que esto es importante para ti y que tu libertad depende de ello, entonces supongo que puedo romper mi juramento. Con tu permiso, Begoña —dijo elevando la mirada al techo, o al cielo.

—¿Juramento?

—Esa noche... yo estaba aquí arriba, leyendo. Eso es lo que le conté a la policía y es la verdad. Pero hay una parte que no es verdad. Tu madre... ella no había ido a ningún lado.

Un bandazo de viento. El abuelo bebió de su coñac. Lo paladeó y siguió callado.

—Lo sabía... ¿Ella mató a Floren? —le presioné.

—Escucha, tú escucha. Tu madre había llegado esa misma mañana desde Madrid. Habíamos dado un paseo por la punta, habíamos charlado un montón. Desde que se había divorciado de ese idiota de Azpiru estaba muy contenta. Me habló de ti. Por fin estabas estudiando algo, jardinería. Algo era algo. Los padres somos así, un hijo duele, un hijo alegra. Tu madre estaba contenta porque sentía que te estaba recuperando.

—Y era cierto... —dije.

—Bueno, al grano. Esa tarde, un poco después de las seis y media, alguien llamó al timbre de la casa. No esperábamos a nadie y recuerdo que dejé el libro y me asomé por la escalera. Oí a alguien. Una mujer lloraba desesperada en el vestíbulo. Solo pude oír eso, y el nombre de tu madre: «¡Ay, Begoña!». Lógicamente, me asusté. Me puse una bata y bajé las escaleras a ver qué ocurría. Entonces vi a tu madre en la cocina, abrazando a una mujer que estaba de espaldas y con una toalla en la cabeza. Tu madre me hizo un gesto para que no entrara. Tenía la misma cara que hubiera puesto si hubiese visto un fantasma. Cerré la puerta.

—¿Quién era esa mujer?

—No estoy del todo seguro. Ahora lo entenderás.

»Yo subí de nuevo al despacho, muy preocupado, pero con una ligera idea de lo que estaba pasando. Esa misma mañana había oído a tu madre hablar por teléfono. Con Ane. Así es como me enteré de que Floren la había violado. Bueno... Si tu madre había venido a Illumbe, era para charlar con ella. Quería convencerla de que denunciara a Floren, o, como mínimo, que se divorciara de él.

—Así que la mujer que estaba en tu cocina era Ane.

El abuelo asintió.

—Las dejé tranquilas, charlando ahí abajo. Entonces, a eso de las ocho de la tarde volví a oír algo. Un coche llegó, sonó el timbre de la puerta. Sonaban otras voces en la cocina. Me asomé un instante y oí a Mirari, a Ane y a tu madre. Las tres viejas amigas estaban hablando a puerta cerrada y parecía algo verdaderamente importante. Supuse que todo estaba relacionado con la idea de convencer a Ane para que dejase a Floren. Bueno. A eso de las nueve y media decidí bajar. Me moría de hambre, entre otras cosas. Toqué a la puerta y me sorprendió ver a tu madre bañada en lágrimas. Le pregunté si pasaba algo. Ella no quiso decirme mucho. Entonces le dije que me pusiera un plato de algo y me fui a comérmelo al salón. Después de eso, subí al dormitorio. Al cabo de una hora oí la puerta. Un coche arrancó afuera y se marchó camino abajo. Y de alguna manera conseguí dormirme. Eso es todo lo que sé sobre la noche en cuestión.

—¿Y *ama* no te explicó nada? ¿No te dijo lo que había ocurrido?

—Al día siguiente, tu madre me esperaba con el desayuno listo. Estaba leyendo un periódico como si allí no hubiera pasado nada. Yo le pregunté por la noche pasada y ella dijo que «había sido una reunión de viejas amigas, con mucha lágrima...». No me lo creí, por supuesto, pero buena era tu madre para contar cosas. Ha sido como una ostra toda su vida.

—Pero después...

—Sí..., después. Esa misma tarde encontraron un cuerpo flotando en los acantilados. El verano anterior se había matado un turista paseando por ahí, por un desprendimiento, así que al principio pensé que había sido algo parecido. Ni siquiera lo relacioné entonces. Pero al día siguiente, cuando se supo que era Floren..., fui donde tu madre y se lo pregunté directamente. Aquello olía a chamusquina.

—¿Y qué dijo ella?

—Nada. Y cuando digo nada es nada. No abrió la boca. Se me quedó mirando en silencio, cogió el bolso y una chaqueta y se fue de casa. Esa noche volvió muy tarde. Vino a mi habitación, se sentó en mi cama y me dijo que tenía que pedirme dos cosas. La primera: que si alguien alguna vez me preguntaba por lo que había ocurrido esa noche, yo tendría que decir que estuve solo. Y que ella se había ido a cenar con sus amigas a la casa de Ane.

—¿No le preguntaste por qué?

—No creo que hubiera servido para nada, Álex. De todas formas, no hace falta ser ingeniero para entenderlo, ¿verdad? Esa noche alguien se deshizo de Floren. Y de las tres mujeres, una tenía muy buenas razones.

«Sí —pensé—, eso es cierto.»

—¿Qué era la segunda cosa que te pidió *ama*? —pregunté.

—Que le jurase que nunca contaría ese secreto a nadie. Y lo habría conseguido de no ser por ti...

Un pequeño temblor hizo que la casa crujiera desde las entrañas. La grieta del despacho de mi abuelo, la fosa de Java, emitió un quejido polvoriento sobre nuestras cabezas. El viento arreció, enfurecido. ¿El espíritu de mi madre enfadada por ese juramento roto? Tal vez.

Volvimos a oír los pasos en la escalera. Mi abuelo se levantó y se apoyó de espaldas en la puerta. Me hizo un gesto, en silencio, para que me metiera debajo de su escritorio, cosa que hice. Alguien llamó a la puerta. Era Dana, otra vez. Se coló en la habitación y habló bajo, pero con mucha tensión:

—Acaba de colgar el teléfono. Creo que se han dado cuenta del truco.

—Tengo que salir de aquí.

—Pero ¿a dónde vas a ir?

—Hay una última cosa que debo hacer —dije—. Y necesito salir sin que me vean.

—Por la ventana —señaló con un gesto el abuelo—, es la mejor opción.

—¿Cómo?

Jon Garaikoa cogió uno de los arpones de la pared, uno que tenía un tramo de cuerda enrollado al lado. Desenrolló la cuerda.

—A rapel —dijo—, por este lado de la fachada no te verá nadie. El poli está en la cocina, ¿no?

—Me aseguraré de que mire en la dirección correcta —dijo Dana—, dame medio minuto.

Dana salió escaleras abajo. Abrimos la ventana. El abuelo colocó el arpón en transversal para fijarlo al marco y dejó caer la cuerda.

—Agárrate fuerte. La cuerda no se romperá.

El corazón me dio un respingo según salía por la ventana. Miré a mi abuelo, que sujetaba la cuerda con fuerza.

—Debería haber confiado en ti desde el principio.

—Ánimo —respondió, y una sonrisa se le dibujó en el rostro, una fantástica sonrisa que era muy rara de ver en los últimos tiempos—, y vuelve pronto.

Empecé a descender por la fachada caminando como un hombre araña mientras sentía la presión de la cuerda en los brazos. Me detuve justo encima de la ventana del salón. No había luces, pero no me quería arriesgar. Solté la cuerda y me dejé caer sobre el parterre de rosas que había a los pies de la ventana. El mismo lugar por el que aquel ladrón había intentado entrar días atrás. ¿Un ladrón u otra cosa? Silencio. Oí un ruido de conversaciones dentro de la casa. Dana entretenía al poli.

Sin pensármelo dos veces, salí corriendo hacia el pinar.

3

La noche empeoraba. La tormenta estallaba sobre el acantilado y daba miedo caminar por allí. El oleaje retumbaba con más fuerza que nunca en las concavidades de aquella roca. Unos crujidos gargantuescos resonaban bajo mis pies como si todo el maldito cabo estuviera a punto de partirse en dos.

Llegué al coche. Si Arruti había descubierto la trampa, ¿estarían buscando el Golf de Erin? Demasiado tarde para preocuparse por eso. En cualquier caso, Ispilua estaba muy bien situada para llegar al cabo Atxur. Solo tenía que conducir hacia el norte, por la carretera que bordeaba el mar.

Con los limpias bailando a toda velocidad, apartando litros de agua, aceleré por las curvas como un alma enloquecida, desesperada. Se había abierto una pequeña posibilidad de salvación. Una grieta mínima, y yo estaba dispuesto a escudriñar hasta el último hueco por el que pudiera colarme. Quizá Félix solo tenía una intuición, pero era la correcta. Punta Margúa, Ane, Mirari, Begoña y esas luces en la casa. Supongo que planeaba chantajearme, a mí y a mi abuelo, amenazarnos con entregarme a la policía si mi abuelo no revelaba la verdad sobre lo ocurrido esa noche. Pero alguien lo mató antes de que pudiera sonsacarme ese secreto.

¿Ane?

Llegué a Gure Ametsa y frené frente a los dos portones. Bajé y llamé al timbre con insistencia. Desde donde yo estaba se podían ver luces en el salón de la casa. Pensé que saltaría si hiciera falta, aunque entonces recordé a los perros, a Roberto... ¿Estaría allí dentro esperándome?

La luz del interfono se encendió. Nadie dijo una palabra al otro lado, pero casi acto seguido los portones comenzaron a abrirse. Volví al coche y conduje muy despacio por el sendero del jardín. No había nadie en el camino. En el aparcamiento cubierto había solo un coche: un pequeño Mazda de color rojo. Aparqué justo al lado y caminé hacia la casa esperando que alguien me saliera al paso. Roberto, Carlos, Dolores... Pero no había nadie. Solo el viento, la casa iluminada a bandazos por el faro. Entonces oí una voz que me llamaba en la oscuridad.

—¿Álex? ¿Eres tú? Sube por la terraza, por favor.

Aunque no la distinguía entre las sombras, reconocí la voz de Ane. Me dirigí a la terraza y por un instante pensé en si debería armarme con algo. Un palo, una piedra... Pero en realidad ¿qué iban a hacerme? ¿Matarme allí mismo?

Llegué arriba y caminé por la amplia terraza mirando el salón. Una de las puertas de cristal estaba entreabierta. Sonaba música, Chet Baker. Casi como una broma macabra. La misma música que sonaba en la noche de la fiesta.

Ane estaba allí, en el cuadro de sofás de terciopelo color frambuesa. Se encendía un cigarrillo con el mechero de mesa con forma de búho. Lanzó una flecha de humo y me hizo un gesto para que pasara.

—Qué sorpresa, Álex... Un poco tarde para cortar la hierba, ¿no?

Di un par de pasos dentro del salón. Había unas pocas lámparas encendidas y el lugar estaba en penumbra. Miré a un lado, al otro, un poco desconfiado.

—¿Estás sola?

—Sí. —Se sentó—. Carlos está de viaje y Dolores se ha puesto enferma.

Me acerqué.

—¿Y Roberto?

—¡Ah! Ni idea. Ese siempre va a su bola.

Observé la mesa. El otro sofá.

—¿Quieres tomar algo? Estaba a punto de prepararme otro gimlet. Te gustaban, ¿no?

—Ane. ¿Quién más está contigo?

Eso logró apagar un poco la sonrisa de su cara.

—¿De qué hablas?

—Últimamente me he vuelto bastante observador con los detalles. En la mesa hay marcas de otro vaso. Y ese sofá... Me apuesto algo a que si pongo la mano... —Puse la mano sobre el sofá que estaba al lado. Caliente.

—Vaya con Sherlock Holmes —se rio Ane.

—¿Quién se esconde?... ¿Mirari?

—Un chico muy listo —dijo una voz desde el fondo del salón.

Mirari apareció tras la puerta del pequeño distribuidor, con un vaso en la mano. Sin decir otra palabra avanzó hasta mí y me dio un beso en la mejilla.

—Vaya... —La miré de frente—. ¿Por qué te escondías?

—¿Por qué no te sientas y hablamos? —respondió Mirari, nerviosa.

—La verdad es que tengo prisa. La policía me pisa los talones.

—Lo sabemos, Álex. Precisamente hablábamos de ti.

—Ya veo —dije—. Las amigas que siempre se llevaron tan mal y resulta que últimamente os pasáis la vida juntas. Dime la verdad, Mirari. ¿Por qué no querías que te encontrara aquí?

Ane y Mirari se miraron en silencio, sin perder la sonrisa, aunque era una sonrisa tensa. Tenían algo que ocultarme, pero no por mucho tiempo.

—Estábamos charlando. —Mirari intentó sonar tranquila—. Cuando te hemos visto por el interfono, he decidido esconderme por si venías con alguna intención desagradable. La policía nos ha contado cómo mataron a Félix. Una piedra.

Me reí.

—Tenéis mucho estilo inventando mentiras.

Ane se puso en pie.

—Será mejor que te sientes. Álex, estás demasiado nervioso. ¿De verdad no quieres una copa? Te prepararé una...

—No. No quiero nada, solo encontrar a la persona que mató a Félix. Y creo que estoy muy cerca de hacerlo. Estoy tan cerca que creo que la puedo tocar.

Dije todo esto mirando a Ane. Ella parpadeó unos segundos.

—¿Yo? —Rompió a reír mientras se dirigía al bar—. No sé de dónde has sacado esa idea, pero es ridícula.

—Incluso molesta —dijo Mirari—. Félix era un amigo. Raro, mezquino a veces..., pero un amigo a fin de cuentas.

Ane llegó a la barra. Sacó una botella de gin y una lima. Se puso a cortarla.

—Un amigo que estaba a punto de revelar algo que os iba a hacer mucho daño —dije yo—, y tú lo sabías, Ane.

—¿De qué hablas?

—Podéis ahorraros todo este teatro, Mirari, lo sé todo. Sé exactamente lo que pasó la noche en que Floren murió. Tu marido te maltrataba, Ane, y puedo comprender que lo hicieras... Después de matarlo viniste a mi casa a pedir ayuda. Mi madre estaba allí. Te acogió. Entonces llegaste tú, Mirari. ¿Tras una llamada de teléfono? Hicisteis un pacto de silencio... y mi madre convenció a mi abuelo para protegeros.

Mirari se había quedado fría. Ane lanzó una palada de hielos en la coctelera y empezó a agitarla.

—¿Quién te lo ha contado? ¿Jon? —preguntó Mirari.

—Ha tenido que hacerlo. Mi vida está en juego. Alguien mató a Félix porque iba detrás de esta historia... Y ¿quién tenía más razones para callarle que vosotras dos?

Ane sirvió dos copas y las trajo. Dejó una frente a mí, en la mesa, y se quedó con la otra. Tomó asiento junto a Mirari. Las dos amigas entrecruzaron una mirada muy rápida.

—De acuerdo, Álex —dijo—. La historia que te ha contado tu abuelo es cierta. Maté a Floren... El muy hijo de... se lo merecía... Lo demás ocurrió como has dicho.

Ane bebió un largo trago y volvió a coger el cigarrillo que había dejado en el cenicero, sobre la mesa.

—Pero ninguna de las dos mató a Félix. La policía ya nos ha hecho esa pregunta y las dos tenemos una coartada para el viernes. Yo estuve en mi fiesta hasta la madrugada.

—¿Y tú, Mirari?

Mirari me clavó una dura mirada.

—Mirari estaba aquí también —dijo Ane.

—¿Cómo?

—Llegó en un taxi justo después de que tú te fueras. Yo la llamé. Teníamos que hablar de algo urgente... De Félix.

Ane vio la pregunta en mis ojos, pero bebió con tranquilidad antes de responderla.

—La noche del viernes, Félix estaba boyante. Medio borracho. Se dedicó a meter el dedo en el ojo a algunas personas. Y se le escaparon algunas cosas; entre ellas, el asunto de Floren y el acantilado. Dijo que había encontrado un detalle que se le había escapado a todo el mundo. Sabía que esa noche había habido gente en tu casa. Un asunto con las luces de la planta baja. Solo le quedaba confirmarlo preguntándole a la única persona que podía saberlo después de los años.

—Mi abuelo.

—Exacto. Me dijo todo eso y, como comprenderás, llamé a Mirari inmediatamente. Teníamos que hablar, prepararnos... Pero en ningún momento se nos ocurrió matar a Félix. Estuvimos sentadas en mi despacho desde la medianoche hasta las dos de la madrugada. Dolores puede dar fe de ello. Vino un par de veces a servirnos unas copas.

Por fin decidí sentarme; de hecho, me derrumbé en el sofá. Cogí el gimlet y lo bebí a pequeños sorbos. Había ido allí pensando que iba a encontrar el final del camino, pero el camino seguía sin cerrarse. Miré a las dos mujeres. Aunque todo había quedado claro, seguía sintiendo algo extraño en sus miradas, en sus comportamientos. Un mentiroso sabe reconocer una mentira cuando la tiene delante. Pero ¿en qué mentían exactamente?

—Escúchame, Álex —dijo Ane—, podemos ayudarte, sea lo que sea lo que ha ocurrido con Félix.

Otro trago más. Intenté pensar... Tenía que haber algo más. Lo sabía. ¿Qué era lo que estaba fallando en toda la escena? ¿Qué era lo que olía a cartón piedra? Ane y esa confesión tan «rápida»... Parecía todo impostado. Recapitulé la historia de mi abuelo. La secuencia de los hechos tal y como los vivió Jon.

Alguien llamó al timbre de Villa Margúa esa noche, una mujer desesperada. ¿Ane? En realidad, el abuelo no la había visto. Después llegó un coche... Mirari...

—Espera un segundo... —murmuré—. ¡Un momento! Mirari...

—¿Qué?

Mirari me miraba detrás de sus gafas oscuras. Las que le impedían conducir. Las que la obligaban a ir en taxi a todas partes.

—Un segundo. Un segundo —dije—. ¡El coche!

—¿Qué coche?

Yo notaba el corazón bombeando a toda velocidad.

—La noche de la muerte de Floren... Mi abuelo oyó un timbre —dije rememorando ese relato—. Alguien llegó del acantilado, una mujer desesperada. Mi madre la abrazó, la metió en casa. Cuando mi abuelo bajó las escaleras no la vio en realidad, porque venía calada y mi madre le había dado una toalla, la llevaba en la cabeza, pero supuso que eras tú, Ane.

Mirari observó a Ane. Silencio.

—Al cabo de una hora llegó un coche. Otra mujer... Mi abuelo dedujo que era Mirari. Hablaron y, más tarde, un coche «arrancó». Pero tú no conduces, Mirari, vas en taxi a todas partes, así que no pudiste ser tú la que llegó más tarde. No... —Me detuve un instante, con la boca seca—. Tú fuiste esa primera mujer que llamó a la puerta. ¡Tú mataste a Floren!

Mirari alzó la vista. Se quitó las gafas. Sonrió.

—Vaya tontería —dijo Ane nerviosamente—, ya te he dicho que fui yo. Ya te...

Pero Mirari le hizo un gesto con la mano. Continuaba sonriendo.

—No hace falta que sigas protegiéndome, amiga —dijo—. Es un chico muy listo. Y esta vez, ha dado en el clavo.

4

Ane volvió a preparar más bebida. Esta vez los tres teníamos ganas de beber. Estábamos sentados en los sofás. Sonaba «My Funny Valentine» y Mirari tenía los ojos bañados en lágrimas.

—¿Por dónde empezar? Bueno. Empecemos por Begoña: ella vino desde Madrid para ayudar a Ane. Eso es verdad.

Cogió la mano de su amiga. Ane, más dura, tampoco consiguió retener una lágrima.

—Floren me violó... No supe a quién llamar y llamé a mi vieja amiga. Tu madre ya se había divorciado de tu padrastro. Estaba fuerte. Dijo que vendría y se quedaría conmigo hasta que cursara la petición de divorcio...

—Pero lo que Ane no sabía —dijo Mirari— es que yo también le había pedido ayuda a tu madre.

—¿Ayuda? ¿Tú?

—Ya conoces la historia de Floren con la empresa. Las cosas iban cada vez peor entre él y Joseba. Floren no quería dejar entrar al nuevo socio, pero veía que su final estaba cerca. Había comenzado a preparar un juicio. Decía que Joseba se había aprovechado de sus ideas y que no estaba recibiendo la compensación que se merecía por ellas. Pero era una causa perdida. Tuvieron una discusión muy fuerte y Joseba le ofreció una pequeña parte de las acciones a cambio de que se retirara. Floren estaba medio enloquecido por esa frustración... Hasta el punto de usar algo que no debía usar. Un secreto, Álex, un secreto terrible.

Mirari bebió un largo trago de su copa y robó un cigarrillo del paquete de Ane. Nunca la había visto fumar. Se lo encendió y fumó una calada que la hizo toser. Después siguió hablando.

—Creo que Ane ya te contó lo de nuestro triángulo amoroso adolescente. Floren y yo estuvimos juntos. Luego, él me dejó por Ane y yo encontré a Joseba. Queríamos formar una familia y empezamos a intentarlo, pero algo no funcionaba... Resultó que ambos éramos bastante débiles en ese sentido. El ginecólogo dijo que era altamente improbable, por no decir imposible, que pudiéramos tener un hijo juntos.

—¿De qué estás hablando? ¿Qué tiene que ver Erin...?

Ane pasó la mano por el hombro de Mirari. Yo también hubiera necesitado una mano... Me estaba mareando.

—Saber eso, que éramos incapaces de tener hijos, nos separó un poco. Tuvimos alguna que otra discusión. Además, en esos primeros años de la empresa, Joseba trabajaba las veinticuatro horas —dijo Mirari—. Se quedaba a dormir fuera muchas noches. Digamos que no estábamos pasando por nuestro mejor momento.

»Un día me encontré con Floren por el pueblo y dimos un paseo. Ane también estaba de viaje y... bueno... me sentó bien poder hablar con alguien conocido. Hablamos de los viejos tiempos, me invitó a cenar y acepté. Habíamos sido novios. Nos pusimos a hablar de aquella época y... en fin. Fue un accidente. Una sola noche de la que me arrepentí al instante. Pero bastó una sola noche para engendrar a Erin.

La noticia cayó como mil toneladas de acero. Si Mirari se hubiera quitado la cara y en lugar de su rostro hubiera un alien, creo que habría estado igual de sorprendido. Básicamente, fue como despertar en un mundo nuevo, en el que todo estaba dado la vuelta.

Se me había secado la garganta. Bebí agua de hielos del fondo de mi vaso.

—¿Erin lo sabe? —pregunté cuando al fin pude hablar.

—No. Ni Joseba tampoco.

—¿Y no se olió nada? Sabiendo lo que os había dicho el ginecólogo...

—Lo interpretó como uno de esos milagros que a veces ocurren. Yo intenté convencerme también...

—Pero es hija de Floren. ¿Estás segura? ¿Hicisteis alguna prueba?

—No, nunca lo hemos comprobado. Pero las fechas coincidían con una precisión terrible... Y Floren debió de llegar a la misma conclusión. Cuando las cosas estaban en su peor momento con Joseba, me llamó y me dijo que sabía que era el padre de Erin. Que pediría una prueba de paternidad si no conseguía convencer a mi marido para llegar a un acuerdo sobre las patentes. Pero ¿cómo iba a hacer algo así? El mundo se me cayó encima. Hablé con Begoña. Ella fue la primera depositaria de mi secreto. Me dijo que tenía que hablar con Floren por las buenas. Ella iba a venir ese fin de semana y estaría en casa esperándome.

»Yo le cité allí, cerca del restaurante. En realidad, habíamos quedado en el pinar, un lugar bastante solitario, a salvo de miradas. Pero fue Floren el que apareció en el borde del acantilado, fumando, borracho. Le expliqué que no podía hacer nada por él, que las decisiones de Joseba estaban ya tomadas, y además bastante condicionadas por Eduardo Sanz, ya que era la persona que iba a reflotar la empresa con su dinero. Entonces Floren dijo que ya solo le quedaba vengarse de Joseba por lo que estaba haciéndole. Que lo sentía, pero que se lo iba a decir de todas formas. Yo estaba frenética, ansiosa... Me dio un ataque de locura. Floren se giró un momento y ni lo pensé. Era la única solución.

»Después corrí a la casa de tu abuelo, llamé a la puerta..., tu madre me abrió y eso es lo que tu abuelo vio y oyó. Yo quería entregarme, solo quería ir a la policía y confesar... pero Begoña tuvo una sangre fría increíble. Me salvó la vida. Todavía recuerdo sus palabras: "Lo solucionaremos esta noche y para siempre", y entonces llamó a Ane por teléfono y le dijo que viniera volando a Punta Margúa.

—Y decidisteis enterrar el asunto allí mismo.

—Exacto. —Ane tomó el relevo—. El único cabo suelto era tu abuelo, que nos había visto. Pero tu madre dijo que eso estaba controlado, que tu abuelo no hablaría. Y durante cuatro años todo permaneció en calma. Hasta hace dos semanas..., cuando Félix dijo que sacaría eso en su novela. Y ahora está muerto.

—Aunque su novela puede que siga en alguna parte —dijo Mirari.

—No tenía ninguna novela —contesté—, solo era un farol. Nunca llegó a escribir nada.

Esta revelación hizo que las dos se irguieran en el sofá al mismo tiempo.

—¿Cómo lo sabes?

—Lo sé... sin más. Llevo dos semanas jugando a ser detective. Intentando explicarme un misterio terrible. Pero creo que he llegado al final... Si vosotras no matasteis a Félix, me acabo de quedar sin ideas.

—Pero ¿qué tienes que ver tú con la muerte de Félix?

—Nada y todo a la vez. Félix quería apretarme las tuercas, posiblemente para conseguir esa última pieza de su puzle: el secreto que mi abuelo guardó durante todos estos años. Esa noche me siguió hasta un lugar... y alguien lo mató. Después me golpearon... Me dejaron inconsciente junto a su cadáver. Y cuando desperté no recordaba nada.

—Tu amnesia —dijo Ane—. ¿Por qué no dijiste nada?

—Al principio pensé que yo le había matado... Por eso me lo he guardado todo. Pero esta noche he llegado hasta donde podía llegar yo solo. Hace unas horas encontré un lugar donde Félix escondía todos esos secretos... Aunque alguien debió de seguirme hasta allí... Han intentado asesinarme.

—¿Qué?

Les expliqué lo ocurrido en ese acantilado cántabro. La roulotte, el coche negro intentando arrojarme al mar, el incendio...

—¡Debes contárselo a la policía, Álex! —dijo Mirari—. Si eres inocente, habrá forma de demostrarlo.

—No lo sé... —Apoyé la cabeza en el sofá y miré al techo—. De todas formas, esto es el final. He jugado mi mejor baza para encontrar a ese asesino, pero supongo que ya no hay por dónde seguir.

Saqué mi teléfono, que llevaba apagado desde Cantabria. Lo encendí.

—¿Qué vas a hacer?

—Entregarme. Quizá todavía logre convencer a alguien de que soy inocente.

Esperé a que el teléfono estuviera encendido, introduje el PIN y llamé a Arruti. Entonces, según empezaban a sonar los tonos del teléfono, Ane hizo algo bastante imprevisto.

—Espera —dijo—, cuelga.

—¿Qué?

—Que no llames.

Pulsé el botón rojo para colgar la llamada. De pronto, Ane había perdido el color.

—¿Qué pasa?

—¿Cómo dices que era el coche que te ha atacado en Cantabria?

—No lo he visto bien —dije—. Grande. Negro.

Ane dejó vagar la mirada. Se llevó un dedo a la boca. Se mordió una uña.

—¿Qué pasa? —la presionó Mirari.

—El Porsche Cayenne de Carlos es grande, negro... y falta desde esta mañana. Carlos no lo ha cogido, de eso estoy segura. Está de viaje en Brasil.

—¿Quién? —dije—. ¿Roberto?

—Tengo un presentimiento terrible —dijo ella—. ¡Venid!

Ane se levantó, se plantó dos zapatos en los pies y salió caminando hacia el interior de la casa. Mirari y yo la seguimos por un pasillo que llegaba a la zona de las habitaciones. Después salimos al jardín, en dirección a la pequeña vivienda independiente.

—Aquí es donde vive Roberto.

No había luz y las ventanas estaban veladas con cortinas. Ane tocó en la puerta pero no hubo respuesta.

—¿No tienes la llave? —le pregunté.

—No. Le permitimos cambiar la cerradura cuando se mudó.

Di una vuelta a la casita. No se veía nada ni nadie moviéndose en el interior. Regresé donde las dos mujeres. Ane estaba intentando llamarle por teléfono, pero no respondía.

—¿Por qué has pensado en Roberto? —le pregunté—. ¿Qué tiene que ver en todo esto?

Ane y Mirari se miraron como si todavía quedase un secreto más que contar esa noche.

—El viernes por la noche hubo un robo en la casa. Alguien sabía muy bien lo que iba buscando: un vídeo que Roberto había grabado en un barco. En él aparece Carlos hablando con algunas personas importantes, políticos... Carlos me explicó que grababa esos vídeos como sistema para protegerse... En fin, no es que me haya hecho demasiada gracia enterarme de todo esto. Pero no le quedó más remedio que contármelo.

Miró a su amiga con una sonrisa amarga.

—Lo guardaba en su despacho y alguien se coló ahí dentro la noche del viernes y lo robó. Es algo que podría armar un escándalo si salía a la luz y empezaron a pensar en quién podría tenerlo. El nombre de Félix fue uno de los que salieron. Pensaban que él podía tener algo que ver. Y también salió el tuyo, Álex. Aunque yo les insistí en que eso no tenía sentido.

Me agaché, cogí una piedra de la rocalla.

—¿Qué vas a hacer?

—Te pagaré la ventana. Pero tengo que comprobar algo.

Me acerqué a la ventana que quedaba más cerca de la puerta y rompí el cristal de un golpe. Después descubrí las cortinas y me colé en el interior de la casita. Olía a tabaco. Busqué el interruptor de la luz junto a la puerta. La pequeña vivienda quedó iluminada ante mis ojos. Era un estudio compuesto por cocina, baño, salón-dormitorio. Roberto era otro de esos amantes del «orden alternativo». Cajas de pizza; revistas de caza, de pesca... Pero había otras cosas interesantes. Una cámara con teleobjetivo, una cartuchera de un arma, cajas de munición... Había un escritorio al fondo. El corcho mural estaba lleno de fotografías.

Me acerqué allí y, según lo hacía, el corazón me latió muy fuerte.

—¡Claro que sí!

Eran varias instantáneas de Félix Arkarazo realizadas con teleobjetivo. Algunas mostraban al escritor saliendo del Club, otras eran fotos de su casa en Kukulumendi o de su coche, el Renault Laguna. Esas eran las que estaban pinchadas en un corcho, pero había otras que me preocuparon más. Eran fotos mías. Saliendo de Villa Margúa. Caminando por las calles de Illumbe. Había un plano de Punta Margúa. ¡Nuestra casa!

—¡Álex! —dijo Ane desde la ventana.

—Creo que lo tengo —dije—, tienes que llamar a la policía y que vean esto.

—No hace falta —respondió—, acaban de aparecer ellos solos.

5

Tres coches patrulla estaban detenidos frente a las puertas de Gure Ametsa. Arruti y el policía judicial Erkoreka estaban de pie, flanqueando el Volkswagen Golf de Erin.

Salí con Ane y Mirari, una en cada brazo.

—Hola, Álex —dijo Arruti—, por fin apareces.

—El chico no es culpable de nada —dijo Ane—. Tienen que ver lo que hemos encontrado dentro de la casa. Creo que mi cuñado puede estar relacionado con el asunto de Félix Arkarazo.

Me sorprendió aquello. Ane estaba dispuesta a lanzar a Roberto, y posiblemente a Carlos, a los leones por salvarme a mí.

—Lo haremos, pero ahora, si no les importa, queremos hablar con él.

Me despedí de mis «dos tías» con un fuerte abrazo. Bastó una mirada para que las dos se quedaran tranquilas. «Vuestro secreto estará a salvo conmigo.» Ellas asintieron con una sonrisa: «Y el tuyo con nosotras».

El policía judicial ordenó a dos patrulleros que fueran a

echar un vistazo en la casa de Roberto. Mientras tanto, me sentaron en el coche y salimos en dirección a Gernika.

No abrí la boca en todo el trayecto y tampoco es que Arruti o el otro poli me hicieran ninguna pregunta. Solo dijeron que querían llegar a la comisaría y enseñarme algo. Supuse que serían mis muestras de ADN en ese cristal roto y una acusación en firme. Pero yo alojaba ahora una nueva esperanza. Toda la maldita carrera de obstáculos había terminado por dar sus frutos. Esas fotografías en el escritorio de Roberto evidenciaban que él estaba implicado de alguna manera en el asunto de Félix. Ahora la policía solo tenía que seguir ese rastro. Encontrarle. Y quizá, con mucha suerte, Roberto confesara ser el asesino de Arkarazo, lo cual me liberaría de toda culpa.

Al llegar a las puertas de la comisaría, había un par de fotógrafos y cámaras esperando.

—¡Tápate la cara con algo! —dijo Arruti.

Me agaché y me tapé el rostro con las manos. El coche frenó delante de las puertas de acceso y noté una descarga de flashes sobre mí. Después el coche continuó su marcha al interior del recinto.

—Se ha debido de correr el rumor —dijo la ertzaina—, lo siento. Parece que no hay otra noticia mejor estos días.

Aparcamos frente a las puertas de comisaría y entré, flanqueado por los dos agentes. Fuimos hasta la habitación de interrogatorios donde había prestado declaración esa misma mañana. Había un ordenador portátil sobre la mesa.

—Álex, siéntate, por favor. ¿Quieres algo de beber?

Pedí un vaso de agua y me senté. Había algo raro en toda la escena. Una especie de prudencia en los dos policías que no lograba comprender. Me habían estado buscando toda la tarde, pero ahora era como si no se atreviesen a ordenarme que me sentara y me ofrecían agua educadamente. ¿A qué estaban esperando para ponerme las esposas y llamarme asesino?

Lo entendí al cabo de un par de minutos.

—¿Dónde has estado todo el día? —preguntó Arruti sentándose a mi lado—. Estábamos empezando a preocuparnos.

—Bueno..., ya se lo he dicho... He ido a dar una vuelta con la furgoneta.

—Pero ¿es que no miras tu teléfono?

—Me había quedado sin batería.

—Pero lo has encendido —dijo Erkoreka—, es así como te hemos localizado.

Al parecer habían usado algún sistema de geolocalización en mi teléfono. Improvisé rápidamente una respuesta. Maticé que lo había puesto a cargar en casa de Ane. Eso les llevó a preguntarme qué era lo que hacía allí a esas horas de la noche.

—Ane era una buena amiga de mi madre... Además, está a punto de despedir a su jardinero y estábamos hablando de negocios.

Los polis encajaron aquello con una medio sonrisa.

—¿Y Erin? Hoy has estado en su casa. ¿No te ha contado que te estábamos buscando?

Esta historia la habíamos preparado con antelación y fluyó con naturalidad por mis labios.

—Erin y yo habíamos quedado en su casa esta noche. Cuando he llegado me la he encontrado dormida en el sofá. Así que ni la he despertado. He cogido su coche porque la furgoneta estaba haciendo algunos ruidos extraños. Desde el accidente no estoy muy seguro de que funcione del todo bien.

—Sí, hemos visto que tiene la parte de atrás destrozada. ¿Un nuevo golpe?

Esta vez me tocó improvisar.

—Tuve mala suerte aparcando.

Los dos polis se sonrieron. No se habían creído una palabra, pero supongo que estaban impresionados por mi capacidad de inventiva. Miraban de reojo el ordenador. Claramente tenían un as en la manga.

—¿Y se puede saber a dónde has ido a dar esa vuelta? —preguntó el poli.

Había decidido que era mejor callarme toda la aventura en Cantabria. No me convenía hablar de cómo había llegado hasta ese lugar. Decidí actuar con cautela. Como dice el proverbio: «Eres dueño de tus silencios y esclavo de tus palabras».

—He cogido la autopista dirección Santander, no sé. Tenía ganas de conducir. Lo hago a menudo.

—Vaya..., bueno. En fin. Es todo muy raro, pero ya nos tienes acostumbrados a tus historias raras. Amnesias, extrañas noches en la carretera. No despertar a tu novia después de todo el día sin verla...

Arruti se echó a reír. El otro poli tampoco pudo aguantarse. Finalmente yo también sonreí.

—A mí no me parece tan raro.

—En fin, sigamos. Te voy a enseñar algo, Álex. Es un vídeo de una cámara de seguridad del polígono Idoeta, el lugar donde se encontró el Renault Laguna de Félix Arkarazo. Se nos ha ocurrido que quizá esto te pueda ayudar a recordar algo.

Arruti apretó la barra espaciadora y comenzó a reproducirse un vídeo. En la parte inferior izquierda podía verse la fecha y hora de la grabación: era la madrugada de hacía dos viernes, la noche en la que Félix murió. La grabación estaba hecha desde una cámara situada, probablemente, en una de las esquinas del muelle de carga del almacén. La hora de la grabación era las 0.35 y todo estaba muy oscuro, solo tenuemente iluminado por unas farolas. Entonces se veía un coche aparecer por allí. El Renault Laguna de Félix Arkarazo. El coche seguía adelante, muy despacio, y desaparecía del plano.

—Hemos identificado el coche —dijo Arruti—. Es el Renault Laguna de Félix.

Sin decir otra palabra, el poli judicial volvió a apretar la barra espaciadora y la grabación continuó. Eran las 0.38 y apareció otro coche. Este apenas se veía en la grabación. Solo un lateral que podría ser color blanco, o plata. Además, iba con las luces apagadas. No era mi GMC, pero tampoco era un Porsche Cayenne.

De nuevo, una pausa.

—Alguien llegó casi a la vez que Félix —dijo el poli—. Llevaba las luces apagadas. Yo diría que iba siguiéndole.

—Por lo menos es una actitud un poco sospechosa —añadió Arruti.

Entonces, finalmente, el policía adelantó el vídeo hasta la 1.03.

Mi GMC aparecía por la parte inferior del plano. Era mi furgoneta. Era yo. Era el camino que siempre tomaba cuando iba al polígono. Mi aparición en la película duraba solo unos segundos porque iba a buena velocidad.

Erkoreka paró el vídeo y lo rebobinó. Volvió a hacerlo avanzar, esta vez más despacio. Mi furgoneta pasaba bajo una farola y se iluminaba su techo, su lateral..., pero la grabación

—tomada desde el lado derecho de la carretera— no llegaba a mostrar al conductor y, según me di cuenta, tampoco se podía distinguir la matrícula en aquella negrura y la velocidad a la que yo había conducido.

—¿Reconoces esa furgoneta? —preguntó Arruti.

Fruncí el ceño, me rasqué la barbilla y dije:

—Se parece a mi GMC, pero no estoy seguro.

—¿Qué? —preguntó el bulldog—. ¿Cómo que no estás seguro?

—A mí me parece bastante evidente que es tu furgoneta —dijo Arruti—. Hay muy pocos modelos así.

—Bueno, ¿qué queréis que os diga? La matrícula no se ve demasiado bien. Podría ser y podría no ser.

Noté cómo le subían los colores al policía judicial. De pronto soltó un golpe en la mesa. Fue algo tan repentino y violento que incluso Arruti botó sobre su asiento.

—¡Basta ya de jueguecitos, Álex! —gritó Erkoreka—. ¿Me oyes? ¡Basta!

Yo me quedé clavado en la silla, lo reconozco. El tío era corpulento y tenía dos buenos brazos. Podría arrancarme la cabeza de un puñetazo, si quisiera. Aquella sala estaba insonorizada y nadie me oiría gritar.

El poli se levantó y dio una patada a su silla.

—Sabemos que es tu furgoneta, Álex —me señaló con el dedo—, lo sabemos. No hay otra igual en mil kilómetros a la redonda. ¿Me sigues? Así que basta ya de chorradas. Eres muy listo, pero no te pases.

Arruti se me acercó, bajó la voz. Es lo que llaman la estrategia del poli bueno. Uno te mete la hostia, el otro te da pomada:

—Nadie está diciendo que lo hicieras tú. Puede que fuese

el ocupante de ese otro coche que llegó entre Félix y tú. Pero necesitamos que colabores con nosotros.

El bulldog volvió sobre mí.

—Dinos la verdad, Álex. ¿A qué fuisteis esa noche a la vieja fábrica? ¿Os habías citado por alguna razón?

—Quizá tú solo seas la víctima de todo esto —añadió Arruti por el otro lado.

Sabían hacer su trabajo, lo reconozco. La presión era densa y me oprimía. Tuve un pequeño acceso de ansiedad y todo. Pero descubrí, otra vez, que soy un tipo con ciertas habilidades especiales y una de ellas es aguantar la presión mejor que la media de los mortales. Lo supe en ese momento: no tenían nada más. Solo ese vídeo con una furgoneta que circunstancialmente se parecía a la mía. Estaban jugando su única baza y les estaba saliendo mal. Pero ¿y mi sangre en el cristal de la ventana? Quizá no la habían encontrado, o quizá todavía estaba siendo analizada.

Me quedé callado un buen rato. El poli daba vueltas, Arruti me miraba con una media sonrisa.

—¿No vas a decir nada?

—¿Qué quieren que diga? Me están pidiendo que identifique mi furgoneta en un vídeo grabado por la noche, sin color, en el que apenas se ve la matrícula. Estoy de acuerdo en que el modelo se parece, pero no creo que nadie pusiera la mano en el fuego por eso. Además, lo repito por séptima vez, sufro amnesia. No recuerdo nada de esa noche, yo...

El poli dio un golpe en la pared.

—¡Como vuelva a oír eso de la amnesia...!

Algo le interrumpió antes de que terminara su frase. Llamaban a la puerta con cierta urgencia. Arruti se levantó y fue a abrir. Apareció un patrullero. Detrás de él había un hombre vestido de traje. Un tipo guapo, con una mandíbula de hierro y un traje resplandeciente. Entró por la puerta y habló con un tono imperativo.

—Buenas noches, ¿se puede saber qué está pasando aquí?

—¿Y quién demonios lo pregunta? —replicó el policía judicial.

—Adrián Celaya, abogado —dijo entregando una tarjeta al poli judicial—. Creo que aquí se está llevando a cabo una irregularidad. Este joven está siendo interrogado sin la presencia de un abogado.

—Solo le hemos invitado a charlar en calidad de testigo —dijo el bulldog—. Tenemos razones para creer que estaba presente en la escena de un crimen.

—¿Está seguro de que ha sido una invitación? A mí me consta que lo han detenido. Por no hablar del grito que acabo de oír a través de la puerta.

—No es cierto —dijo Arruti—, en ningún momento le hemos obligado a venir.

—¿Es verdad eso, Álex? —preguntó el abogado mirándome.

Aquel abogado era como un coche nuevo. Reluciente, perfecto, incluso olía a tapicería sin estrenar. No sé de dónde había salido, pero fue como ponerme un culo nuevo. Un culo tranquilo y protegido.

—Nadie me ha puesto unas esposas, pero tampoco me pareció que tuviese otra opción.

—Intimidación —resumió el abogado.

Arruti se levantó y señaló el ordenador.

—Tenemos una grabación que puede demostrar que Álex Garaikoa estaba esa noche en el aparcamiento del polígono Idoeta.

—¿Puede demostrar o demuestra? —inquirió el abogado.

—Bueno —titubeó Arruti—, no está del todo claro.

—Entonces, creo que ya está todo dicho. Si no tienen nada más, creo que podemos dar por terminada esta visita en «calidad de testigo». Álex, levántate y vámonos.

—Esto no hará sino empeorar las cosas —dijo Arruti.

—¿Eso es una amenaza, agente? —la retó el abogado.

Arruti parecía a punto de responder, pero el poli judicial la cogió del brazo antes de que lo hiciera. El viejo bulldog debía de saber que todo estaba perdido en ese momento.

—Me gustaría pedirle un último favor a su cliente. —Erkoreka habló con un tono mucho más delicado del que venía empleando toda la tarde—. ¿Puedo?

—Depende de lo que sea —dijo el abogado mientras me miraba buscando mi aprobación.

—Sí —dije yo—, adelante.

—Álex no recuerda nada de lo ocurrido esa noche, pero hay una serie de indicios que podrían situarle cerca de la escena del crimen. La herida en la cabeza, la grabación de una furgoneta muy parecida a la suya. Tras comentar su diagnóstico con dos expertos, nos han confirmado que quizá una visita a la escena de los hechos podría desencadenar algún recuerdo en él. Nos gustaría realizar esa visita cuanto antes, ya que podría ser de mucha ayuda para nuestra investigación. ¿Accedería Álex a venir mañana a primera hora de la mañana?

—¿Álex?

—Sí. Lo haré —dije—, no tengo ningún problema en colaborar.

—De acuerdo, pues hasta mañana —dijo Arruti.

Salimos por la puerta. Adrián me indicó un coche que nos

esperaba fuera. Era un Mercedes negro con las lunas tintadas. Se abrió una puerta. Dentro, sentado en el asiento trasero, estaba Joseba Izarzelaia.

—¿A dónde vamos?

—A un hotel —dijo Joseba—, tenemos reservada una habitación para ti.

—¿Por qué un hotel?

—Adrián necesita charlar contigo. Hemos pensado que sería lo más conveniente. Si quieres, te podemos llevar a casa después.

No dije nada. Miré a mi alrededor.

—Supongo que debo darte las gracias por todo esto, Joseba. ¿Te ha avisado Mirari?

Asintió.

—Ten por seguro que a esos polis se les va a caer el pelo. Han actuado fuera de las normas.

—Se llama hostigamiento —dijo el abogado—. No tienen evidencias, pero intentan presionarte para que declares algo. El caso es bastante mediático y tienen una teoría contra ti, pero eso es todo.

Las puertas volvieron a abrirse y las cámaras seguían allí. Pero en esta ocasión, los cristales tintados del coche nos protegieron.

—Esperemos que no haya trascendido tu identidad —dijo Joseba—, también podríamos demandarles por ello.

Salimos en dirección a la autopista. Nos alejábamos del valle.

—Asegúrate de que no nos sigue ningún listillo —le dijo Adrián al conductor.

El Mercedes rugió por las curvas del Alto de Autzagane. Yo me tuve que coger del sujetamanos mientras subíamos por aquella montaña.

—Escúchame, Joseba, solo quiero que sepas que...

—No hace falta, Álex —interrumpió él—. Acabo de hablar con Mirari. Me lo ha contado todo.

Al parecer, la policía había enviado a dos agentes de la Científica a registrar la vivienda de Roberto Perugorria. Habían encontrado evidencias de que el hermano «raro» de Carlos llevaba semanas siguiendo a Félix Arkarazo. Ane había dado los datos de un Porsche Cayenne que llevaba todo el día desaparecido. Joseba no mencionó nada sobre el incidente de Cantabria, así que supuse que Ane no le había contado eso a nadie, tal y como habíamos pactado en la casa.

Entramos en la autopista y el chófer puso el coche a ciento ochenta por lo menos. En un abrir y cerrar de ojos llegamos a un hotel en la carretera, cerca del aeropuerto de Loiu. Joseba se despidió allí, sin bajar del coche.

—Te dejo en buenas manos. Adrián es de absoluta confianza. Mañana, después de tu cita, nos reuniremos y planearemos los siguientes pasos.

—Gracias por todo, Joseba.

Sonrió una última vez antes de que el coche saliera de allí a toda velocidad.

Otro hombre de confianza de Adrián estaba allí, vigilando que no hubiera pájaros de la prensa revoloteando por los alrededores. Habían reservado una suite, me habían comprado ropa y me preguntaron qué quería cenar. Pedí un filete con patatas y un vaso de vino, me di una larga ducha y la cena estaba lista cuando terminé de vestirme. La comimos allí, en la mesa de la habitación, mientras el abogado me hacía todo tipo de preguntas. Empezó pidiéndome que le contase toda la historia tal y como yo se la había contado a la policía. Desde la fiesta en casa de Ane hasta esa noche.

Después, me preguntó algo más.

—Esta noche ha ardido una pequeña roulotte en la costa de Cantabria. Al parecer, estaba instalada en unos terrenos de la familia de Félix Arkarazo y la Guardia Civil cree que ha sido un incendio provocado. ¿No sabrás nada de eso?

Negué con la cabeza. Había decidido que esa historia solo la debían conocer tres personas: Erin, Mirari y Ane. Y nadie más.

Cuando terminamos con la entrevista, eran ya más de las tres de la madrugada y estaba exhausto. La ducha y la cena me habían ablandado demasiado y me caía de sueño. El abogado me ofreció llevarme a alguna parte, pero preferí dormir en la suite. Antes de hacerlo escribí dos mensajes. Uno a Dana; el otro a Erin. Las tranquilicé. Les dije que Joseba había enviado un abogado a buscarme y que todo estaba en orden.

Parece que ha surgido un sospechoso en el caso de Félix Arkarazo. Mañana os cuento más.

Dormí como un leño y ni siquiera soñé.

6

Abrí los ojos a las siete de la mañana. Tardé unos veinte segundos en darme cuenta de dónde estaba y por qué. Un hotel... y todo lo demás. Mis tal y cual volvieron rápidamente.

Tenía dos mensajes en el teléfono. El primero era de Dana, dándome ánimos.

Joseba nos ha contado lo del abogado. Suerte. Tu abuelo y yo estamos aquí para lo que necesites.

El segundo mensaje era un wasap de Txemi Parra. No había texto, solo un link a una noticia en *El Correo*.

UN INCENDIO PROVOCADO ARRASA CON
LOS ÚLTIMOS MANUSCRITOS DE FÉLIX ARKARAZO

La noticia, en un tono muy misterioso, hablaba del incendio y de los restos calcinados de «decenas de cajas y folios que podrían contener la última novela de Félix Arkarazo». Las investigaciones llevadas a cabo por el periódico habían permitido saber que los terrenos eran una herencia de Félix Arkarazo y que la instalación de esa roulotte no había despertado ninguna sospecha entre los vecinos, ya que «es una práctica habitual de los dueños de terrenos no urbanizables».

Algunos parroquianos de los alrededores aseguraron reconocer al escritor como un vecino «esporádico que venía a desayunar al bar, compraba un par de cosas de vez en cuando y no charlaba demasiado con nadie». Un vecino había declarado que esa noche vio luces de vehículos por la zona, aunque pensó que se trataría de «un grupo de amigos».

Nada nuevo bajo el sol, en realidad. Cerré la noticia y volví al teléfono. Erin no había respondido a mi mensaje de buenas noches. Recordé la conversación en la cabaña de la playa. Intenté llamarla, pero estaba fuera de cobertura.

Me vestí mi ropa nueva, bajé a desayunar y el ayudante de Adrián estaba allí en la barra.

—Nos esperan dentro de media hora. Desayuna tranquilo.

Otro Mercedes negro y llegamos al pequeño valle de Illumbe. Tras salir de la autopista tomamos una carretera regional hasta la desviación por la que se accedía a la vieja fábrica Kössler. Allí había montado un control policial bastante estricto, principalmente para evitar que los periodistas se colaran por el sendero que llevaba a los terrenos de la fábrica. Un ertzaina nos dio paso y avanzamos por aquel asfalto roto hasta el frontal de la fábrica. Había tres coches patrulla de la Ertzaintza esperándonos. Erkoreka y Arruti charlaban con «mi abogado», todos con paraguas porque caía un denso sirimiri mañanero. Adrián Celaya me llevó a un aparte.

—¿Has descansado?

—Un poco.

—Bien. Ahora vamos a entrar. Pase lo que pase, o si recuerdas algo, me gustaría que me lo contases a mí en primer lugar, ¿vale?

—Vale. Por cierto, ¿se sabe algo de Roberto?

—La policía se ha volcado en esa pista, aunque con algunas reticencias. Está todo demasiado «bien expuesto», como suele decirse. Creen que quizá alguien lo puso allí para desviar su atención.

—Pero ¿han encontrado a Roberto?

—No —dijo—. Sigue en paradero desconocido. Su hermano Carlos está volviendo de viaje esta mañana. Esperan charlar con él durante el día.

Arruti y el bulldog nos hicieron una seña para que nos acercáramos. Casi instintivamente, caminé hacia los portones de la fábrica, pero entonces me detuve. Me di cuenta de que ese podía ser el primer error. «Recuerda: es la primera vez que estás aquí.»

—¿A dónde hay que ir? —pregunté.

—Hacia esa fábrica —señaló Arruti—. Ven, te acompañaré.

La ertzaina me guio a través de otro cordón policial, cruzamos los portones y entramos en la nave industrial. Me di cuenta de que jamás la había visto a la luz del día. El suelo estaba repleto de pequeñas cartulinas con números, supuse que de pruebas o indicios que la Policía Científica habría encontrado. Los observé con cuidado, sin desviar la mirada a ninguna parte en concreto. Reparé en que la ubicación del cadáver de Félix no estaba especialmente marcada con nada, tan solo una acumulación de cartulinas.

Arruti se quedó junto a los portones.

—Intenta no mover ni tocar nada, pero camina libremente. Tómate el tiempo que necesites.

Avancé por aquel suelo polvoriento con un aire de médium ausente, mirando a un lado y al otro, actuando como si ningún sitio fuese más especial que el otro. Pasé a dos metros del lugar donde Félix había aparecido muerto. No había demasiadas cartulinas allí, tan solo una mancha oscura en el suelo, pero eso podría deberse a cualquier otra causa.

Seguí avanzando en dirección al fondo de la fábrica. Allí había algo que me interesaba en particular, en lo alto. La ventana por la que yo había huido la noche en la que aparecieron los juerguistas. La ventana donde había dejado mi rastro de sangre.

Llegué casi al final del pabellón y miré hacia arriba, con disimulo. La ventana estaba allí, con varios cristales rotos, pero no vi ninguna cartulina, al menos desde donde yo estaba. ¿Era posible que lo hubieran pasado por alto?

—¿Algo? —dijo de pronto una voz a mi espalda. Arruti.

—No.

Me giré hacia ella. Sonriendo. En aquel momento, estábamos solos en aquel lugar. No había nadie más. Noté, por un rápido gesto en su mirada, que Arruti estaba a punto de usar esa circunstancia.

—Escucha, Álex, ¿podemos hablar un instante sin que se meta el abogado? Solo quiero hablar tranquilamente.

—Él me ha dicho que...

—Lo sé... Pero tengo una intuición y quiero contártela. ¿Puedo? No te haré ninguna pregunta, solo hablaré yo. ¿De acuerdo?

—De acuerdo.

—Sabemos, por la grabación, que hubo tres personas aquí esa noche. El primero en llegar fue Félix. El último... Bueno, alguien en una furgoneta muy parecida a la tuya. Pero entre ambos, vino una segunda persona.

—Sí. Lo vi.

—Esa segunda persona desconocida también aparece en el vídeo, más tarde. Irreconocible, pero sabemos que se marchó media hora después de que alguien matara a Félix.

Me quedé callado.

—Y... luego, sobre las seis y media de la madrugada, nos parece ver una furgoneta como la tuya apareciendo por un instante...

Los ojos de Nerea Arruti no eran ya como taladradoras. Eran auténticas perforadoras de túneles. Yo apreté los dientes y puse la mejor cara de póquer que pude.

—¿Qué te sugiere lo que te estoy diciendo hasta ahora?

—Me has dicho que no harías preguntas —la tuteé por primera vez.

—Vale, vale... Te diré lo que me sugiere a mí. Esa segunda persona fue la que mató a Félix. Y quizá, esa furgoneta estaba allí por otra razón. Quizá fue un accidente que estuviera en la escena de los hechos. Verás, hemos descubierto algo curioso. El polvo que cubre toda esta fábrica, ese polvo blanco —arrastró su pie por el suelo y levantó una nubecilla—, lo encontramos adherido a una bolsa de deporte que hallamos, casualmente, la semana pasada en otro lugar lejos de aquí.

Tragué saliva. Noté que mi frente comenzaba a humedecerse.

—Un alijo de medicamentos ilegales. Llevábamos meses tras la pista de un traficante que movía esa mercancía. Es bastante insólita y ha sido fácil trazar su procedencia. Países Bajos. ¡Holanda!

—Vaya, qué... cosa.

Eso fue lo más inteligente que pude articular. Arruti sonrió.

—Sí... Tú viviste allí unos años, ¿no? Ah, claro, sin preguntas... En fin, sigamos. Por las conversaciones que hemos mantenido con algunas personas de vuestro entorno, Félix estaba actuando como una especie de chantajista. Se me ocurre que quizá estaba haciendo eso la noche en que lo mataron. Chantajear a alguien. ¿A ese traficante?

—Puede ser —dije—. Pero sigo sin ver qué tiene esto que ver conmigo.

Arruti sonrió y movió la cabeza como si estuviera pensando «menudo hueso que eres».

—Imagínate por un segundo que tú fueras ese camello. Algo que haces para ganarte unas perrillas extras, no sé, o para pagar un préstamo un tanto oscuro...

Más ojos de Arruti. ¿Sabía lo del préstamo? Pues claro. Si Denis lo había averiguado, ella lo tenía que haber conseguido también.

—Esa noche, Félix te persigue hasta aquí con la intención de extorsionarte, pero antes de poder hacerlo, alguien, esa segunda persona, lo asesina. Quizá nadie te esperaba. Quizá, solamente apareciste por aquí y el asesino se vio obligado a golpearte a ti también. Te dejó KO. Entonces tú apareciste junto a un muerto, con una herida en la cabeza, posiblemente amnésico, y saliste corriendo. Volviste a tu furgoneta, tuviste ese accidente y nos mentiste a todos porque pensabas que a lo mejor lo habías hecho tú. Y por otro lado, no podías delatar las razones por las que venías a esta fábrica. Es posible que incluso volvieras por aquí a limpiar huellas, a llevarte el arma del crimen.

Yo luchaba por mantener mi cara de póquer, cosa que empezaba a ser difícil.

—Alguien lo hizo, ¿sabes? Alguien limpió el lugar con

mucho esmero. Por ejemplo, esa ventana que estabas mirando hace un momento.

—¿Cuál?

—Esa ventana de ahí arriba. —Arruti señaló la ventana—. Era la única que no tenía ni una mota de polvo de todo el edificio. Estaba como los chorros del oro. ¿No te parece curioso?

—No estaba mirando ninguna ventana. —Mi voz sonó bastante ronca.

—Vale... Solo piénsalo. Lo único verdaderamente grave que ha ocurrido aquí es que alguien mató a Félix. Y yo estoy casi segura de que no fuiste tú. Pero quizá actuaste mal... Te pusiste nervioso... Un juez sería comprensivo con algo así.

Arruti me miró con esos profundos ojos claros. Tenía ganas de decirle que era la tía más lista con la que jamás me había cruzado. Que había dado en el clavo con todo...

—Bueno, ¿qué me dices?

Respiré hondo, miré a mi alrededor, terminé mirando el rostro de la joven policía, que me sonreía con el convencimiento de que por fin atendería a razones.

—Lo siento —dije—. No me acuerdo de nada.

La cosa terminó así, Arruti con cara de haber mordido el polvo y yo con mi cara de lelo amnésico. Pero en su afán por sorprenderme, Nerea había cometido un error de novata al revelarme algunas cosas: ahora sabía que la policía había conectado la bolsa Arena con ese lugar. Y algo mucho más sorprendente: que la ventana, con mis muestras de sangre en ella, la había limpiado alguien.

¿Quién?

—¿Qué quieres hacer ahora, Álex? —me preguntó el abogado en cuanto volvimos a salir—. Joseba quería verte, pero no estará libre hasta la noche. ¿Te apetece ir a comer algo?

—No —dije—, tengo otros planes. ¿Podéis llevarme a un sitio?

Llegamos a la cabaña de la playa. El chófer me preguntó si debía esperarme y le dije que no. Planeaba tener una larga conversación con Erin y, además, podría volver a casa en mi GMC, que seguía allí aparcada desde la noche anterior.

Probé el timbre y los ventanales de la terraza, pero Erin no respondía.

Desde la terraza se podía contemplar el horizonte. Era un día gris plomo que se estaba oscureciendo por momentos. Entonces, me fijé en una persona que caminaba por la playa. Una melena ondeaba al viento. Era ella.

Bajé por el sendero. En el aparcamiento de la playa, los surferos franceses estaban haciendo una barbacoa y bebiendo cerveza. ¿No deberían estar aprovechando las olas? Pero es que no había olas. Cuando subí la duna, vi que el mar estaba muy calmado y unas nubes muy negras se aproximaban por el noroeste. Erin venía caminando con los brazos cruzados, lentamente, como si pensara en algo. Me quité los zapatos y fui hacia ella. Soplaba algo de viento cruzado. Entre el sur y el norte. Era un día extraño y las gaviotas parecían nerviosas, revueltas, como si buscaran refugio. Todo señalaba a que esa noche tendríamos una buena tormenta.

Llegué donde Erin. Noté que tenía el pelo mojado y los ojos enrojecidos. Llevaba una pequeña mochila en la espalda.

—¿Has estado nadando?

—Sí. Necesitaba espabilarme un poco. He tenido una noche muy larga.

—Yo tampoco he dormido demasiado bien.

Erin pasó junto a mí. Sin beso. Sin caricia. Siguió andando hacia un pequeño arrecife que cerraba la playa por el otro lado. Fui tras ella.

—Oye, Erin, si esto es el final, dímelo y lo entenderé. Pero quiero que sepas que no me voy a ir a ninguna parte... si es que estás...

Ella tardó unos segundos en hablar.

—¿Podemos dejarlo para otro día? En serio. No he dormido nada. Estoy...

—¿Sigues con las náuseas?

—Sí... y la regla no baja, pero el insomnio ha sido por otra cosa. Mi madre me llamó anoche. Todavía estoy tratando de dilucidar si fue un sueño.

—¿Tu madre?

—No sé qué demonios pasó anoche en Gure Ametsa, pero te defendió a capa y espada. Dijo que eras inocente. Estaba llorando. Decía cosas sin sentido. Que no había sido justa con nosotros. Que había llegado el momento de decirme algo... Después se tranquilizó. Me dijo que nos veríamos hoy, esta noche en casa, para hablar de ello. ¿Tú sabes de qué va todo esto?

—Ni idea —dije yo—. Toda esta historia de Félix ha revuelto muchas cosas y...

Así que Mirari planeaba contárselo, pensé. En el fondo era lo más justo... No era lógico mantener un secreto así más tiempo.

Estaba empezando a chispear. La tormenta llegaba y, por el ruido del viento, prometía ser una buena galerna.

—Oye, ¿qué vamos a hacer con lo de tus náuseas?... Si solo son náuseas.

—Supongo que habrá que ir a una farmacia y comprar un Predictor —respondió Erin.

Le cogí la mano, suavemente. Esta vez, ella se dejó.

—Vale. Lo haremos hoy si quieres. Esta misma tarde. Y si estamos esperando un bebé... Aunque me des una patada en el culo, puedes contar conmigo para todo lo demás, ¿vale?

—No te voy a dar ninguna patada, aunque te la mereces. Y en los huevos.

—Eso es verdad. He sido un imbécil.

—Sí. Y para que lo sepas, tus asuntos con las drogas no son lo que más me ha dolido. En el fondo eso demuestra que mi padre tenía razón sobre ti: que eres algo más que un simple jardinero, que tienes iniciativa y pelotas.

—Vaya... Pues gracias.

—Lo que me revienta, Álex, es que no hayas confiado en mí. ¿Entiendes? Yo podría haberte ayudado con todo... Incluso si hubieras matado a un hombre. Somos familia... y la familia está para eso... Si quieres ser parte de mi vida, tienes que comprenderlo.

—¿Ser parte de tu vida? —dije—. ¿Significa eso que no me vas a mandar al carajo?

Por toda respuesta, Erin me dio una suave bofetada. Después nos besamos bajo una lluvia cada vez más densa, hasta que nos dimos cuenta de que estábamos chorreando agua.

Corrimos hasta la cabaña. Era ya la hora del almuerzo y mientras Erin se daba una ducha, puse un trozo de salmón al horno. Lo comimos con vino blanco (Erin bebió agua, «por si acaso») y al terminar nos sentamos en el sofá, frente a la chimenea. Nos tapamos con una manta y nos quedamos mirando el fuego sin decir gran cosa. Esa tarde iríamos a hacer la prueba de embarazo. ¿Y si daba positivo? En fin, Leire y Koldo no parecían tan infelices rodeados de pañales, biberones, baños de espuma y muchas noches sin dormir... Habría que cambiar ese Golf por un coche familiar, claro. Y papá dejaría de vender drogas ilegales y tendría un trabajo de traje y corbata. En cuanto al surf, bueno, yo podría quedarme con Álex o Erin júnior en la toalla mientras mamá se desfogaba en las olas.

El fuego de la hoguera nos hipnotizó hasta dejarnos dormidos. Cuando me desperté, había oscurecido. Un viento muy furioso lanzaba gotas de agua contra los cristales y en el horizonte se podían ver algunos rayos culebreando en las tripas de unas nubes muy grandes.

—Te han llamado dos veces —Erin señaló mi teléfono—, creo que era Dana.

—¿Dana?

Cogí el teléfono y vi las dos llamadas. Apreté el botón de responder y saltaron un par de tonos seguidos. Al tercero, siguió un chasquido.

—¿Álex?

Era la voz de Dana, pero sonaba muy extraña. ¿Estaba llorando?

—¡Dana! ¿Qué ocurre?

—Álex, tienes que venir a casa. Date prisa.

—¿Es el abuelo?

—Sí... Corre, Álex. Ven a casa.

Dana colgó antes de que pudiera preguntar nada más y noté que una ola de frío glacial me recorría el cuerpo. Volví a intentar llamarla, pero la siguiente vez el teléfono daba «apagado o fuera de cobertura».

—Creo que pasa algo —dije—, en casa.

—¿Qué?

—No lo sé, pero tengo que irme echando leches. Es mi abuelo...

Erin se levantó a la vez.

—Voy contigo.

7

La tormenta inminente había elevado la humedad al cien por cien, bajado la temperatura y oscurecido el cielo en apenas una hora. El temporal explotó casi según salíamos de la cabaña de Erin a bordo de la GMC. Una lluvia torrencial nos cayó encima como si los dioses se hubieran puesto a regar con una manguera. La galerna azotaba la costa arrancando ramas a los árboles y lanzándolas sobre nosotros en la carretera. Erin me pidió que fuera un poco más despacio justo en el momento en que una rama, del tamaño de una lámpara de pie, cayó delante de nosotros en la carretera.

—Joder... Solo nos faltaría que cayera un rayo.

La electricidad estaba llegando en forma de espectros culebreantes sobre el océano. Le dije a Erin que intentara llamar a Dana, al fijo de la casa. Nada funcionaba y eso solo podía ser el presagio de algo terrible.

Llegando a Illumbe seguía lloviendo y además hacía un viento terrible. Vimos unas olas gigantes zampándose el malecón del puerto. Los barcos subían y bajaban como los caballitos de un carrusel. Alguno aparecería bajo el agua al día siguiente. Pisé a fondo el acelerador cuesta arriba, hasta la gasolinera. Giré a la izquierda un poco violentamente y me gané una merecida pitada por parte de un camión que venía en dirección contraria.

—¡Álex! ¡Tranquilo! ¿Vale?

Pero yo solo quería llegar. Llegar.

Los árboles del camino soltaban hojas, ramas. El *aspigarri* rojizo de los pinos se elevaba en remolinos que parecían rojo sangre. Frené frente a las verjas de la entrada. No había ambulancias ni coches de policía. No había nadie en el jardín, solo unas luces en el salón. Erin me cogió de la mano y nos apresuramos hasta la casa. El garaje estaba abierto. Entramos por allí. Subimos.

—¡Dana! ¡Abuelo!

Entramos al salón. El ventanal estaba abierto de par en par. Se habían roto dos cristales, posiblemente por efecto del viento. No había ni rastro de Jon. Entonces oímos un ruido detrás de un sofá. Allí estaba Dana, sentada en el suelo, y con algo en la boca, una mordaza. Le habían atado las manos a un radiador.

—¿Qué ha pasado? ¿Qué ha pasado? ¿Dónde está el abuelo?

Ella hizo un ruido con la boca. Claro, no podía hablar. Me agaché a su lado y le quité aquello de la boca.

—Se lo ha llevado. —Dana empezó a llorar—. Fuera, al acantilado.

—Pero ¿quién?

Erin comenzó a desatarle las manos.

—No lo sé. No lo sé. Tenía un pasamontañas. Entró sin que nos *diérramos* cuenta. Nos apuntó con un arma. Me obligó a *llamarrte* por teléfono.

—¿A mí?

Dana asintió.

—Quería hablar contigo. Se llevó a tu abuelo. Dijo que te *esperaría* frente al viejo restaurante. Que vayas solo —repitió—, solo.

Lo primero que me vino a la cabeza fue el rifle que ya no teníamos. Lo siguiente fue la colección de arpones, pero ¿a dónde demonios iba a ir yo con un arpón? Entonces pensé en ir a por un cuchillo.

—¿A dónde vas? —dijo Erin.

Fui a la cocina, cogí un buen cuchillo de carnicero. Después saqué una de las linternas del cajón. Cuando volví al salón, Erin estaba tranquilizando a Dana.

—Te ha dicho que tiene una pistola —dijo Erin al ver mi cuchillo.

—Algo tendré que llevar...

—¿Y qué hago yo?

—Quédate con Dana y llama a Arruti. Dile lo que está pasando, pero que vengan discretamente. Voy a ver si puedo ganar algo de tiempo.

Salí por la puerta y el vendaval me lanzó hacia atrás como si quisiera meterme de nuevo en casa. «No vayas, tío, esto solo puede acabar mal.»

Pero ¿qué otra cosa podía hacer?

Caminé a toda prisa por la hierba, hasta la vieja cancela, sin pararme a pensar demasiado. Había una hilera de varillas de metal unidas con cinta plástica para evitar que nadie se acercara al acantilado. Cogí una de ellas y solté la cinta. Era mucho mejor que el cuchillo. Luego eché a correr hacia el restaurante.

Encendí la linterna y traté de rajar la oscuridad con ella, pero era como intentar herir a un oso con una navaja. El viento y la lluvia se reían de mi pobre bombillita de doce voltios mientras avanzaba hacia el borde del acantilado.

«¡Abuelo! ¡Abuelo! —repetía en mi cabeza—. ¿Qué es lo que quieren de nosotros?»

Abajo las olas golpeaban con fuerza la base del acantilado. Los crujidos y los rumores de la roca eran terribles, como si todo el cabo estuviera a punto de partirse en dos. Crucé el pinar sin encontrarme con nadie y, al cabo de unos minutos, a unos metros del viejo restaurante, distinguí dos siluetas quietas cerca del borde del acantilado. Estaban dentro de la zona precintada. En el mismo lugar donde había habido un derrumbe el día anterior.

Dejé de correr y empecé a acercarme muy despacio. Mi linterna fue iluminando a dos personas. El hombre con el pasamontañas en la cabeza sujetaba a mi abuelo por un brazo. Levantó una pistola al aire al verme.

—¡Quieto! —ordenó antes de que yo llegara—. No te acerques más.

Me quedé quieto tratando de descifrar a quién pertenecía esa voz. Pero el rugido del viento no ayudaba demasiado. Por otro lado, podía oír el mar rompiendo con furia a nuestros pies.

—¡Apartaos del borde! —grité—. ¡Es peligroso!

Pero el hombre no hizo ni caso. Mi abuelo estaba de pie, inmóvil, con los brazos a la espalda y la pistola en su cuello.

—Álex —dijo tranquilamente—, no hagas nada de lo que te pida.

—¡Cállate! —gritó el otro—. Y tú: escúchame con atención. El vídeo a cambio de tu abuelo.

—¿Qué vídeo? —dije yo—. ¿De qué estás hablando? ¿Roberto?

—No te hagas el tonto —respondió.

—Álex —dijo mi abuelo—, no hagas caso a esta escoria.

—¡Silencio!

Finalmente había reconocido su voz.

—Así que todo es por el vídeo, ¿eh, Roberto? Intentaste robar en nuestra casa, matarme en Cantabria... Pero te has equivocado completamente. Yo no lo tengo. Nunca he tenido ese vídeo. ¿Para qué demonios lo querría?

—Félix y tú estabais conchabados. Quizá te obligó a robarlo. ¿Crees que somos idiotas?

Hubo un gran bandazo de viento que borró las palabras del aire. Nos empujó tan fuerte que casi nos vamos al suelo. Al mismo tiempo se oyó un crujido muy fuerte. Algo como un BROMMMM.

—Escúchame, Roberto. Yo no tenía nada que ver con Félix... Apártate del borde, por favor. Este sitio es peligroso.

Roberto se quitó el pasamontañas y descubrió su cara. No fue ninguna sorpresa. Después miró al borde del acantilado. Era como si no se hubiera dado cuenta de dónde estaba hasta ese momento. Pero no se movió. Volvió a mirarme.

—¿Y cómo sabías dónde estaba su roulotte? ¿Qué hacías allí?

—Buscar pruebas para demostrar mi inocencia. Para encontrar al asesino de Félix. A ti.

—¿Quién? —dijo Roberto—. ¿Yo? No... Te equivocas... Yo...

Iba a decir algo más pero otro bandazo de viento se comió sus palabras. Una ola rompió con una fuerza brutal y pareció que el acantilado se quebraba en dos. La tierra tembló bajo nuestros pies. Algo se movió a toda velocidad. Vi a mi abuelo girarse como un torbellino y plantarle un puñetazo en toda la cara.

—¡Cobarde hijo de la gran...!

Roberto le agarró la muñeca y mi abuelo hizo lo propio con la mano que sujetaba el revólver. Empezaron a forcejear. Antes de que yo pudiera llegar, mi abuelo le había hecho una zancadilla y lo había tirado al suelo. Pero Roberto era más fuerte y había logrado colocarse encima. No obstante, la posesión del arma seguía en el aire.

Sonó un disparo. Yo me lancé al suelo.

—¡Cuidado!

El estruendo del disparo me ensordeció. Los oídos me pitaban cuando oí, o mejor dicho, sentí otro ruido muy diferente. Un ronco y colosal quejido de la tierra, como el sonido de un árbol que comienza a caerse lentamente en el bosque.

Me di cuenta de lo que estaba ocurriendo pero fue demasiado tarde. Vi a mi abuelo y a Roberto deslizarse, en silencio, dentro de un agujero. Un nuevo derrumbamiento, o más bien, la expansión del derrumbamiento del pasado lunes. Se comió la tierra en un radio de dos o tres metros.

Me puse en pie y traté de olvidarme del miedo, que me aconsejaba alejarme de aquel acantilado que se caía a pedazos. Llegué hasta allí a toda prisa. Mi abuelo y Roberto habían caído como por un tobogán, una pendiente muy inclinada por la que todavía rodaban rocas y tierra. Me lancé al suelo y asomé la linterna. Lo que vi me paró el corazón.

Jon Garaikoa pendía sobre el vacío agarrado a una triste raíz. Sus dos piernas bailaban en el aire, aunque tenía el torso apoyado en la tierra. No había rastro de Roberto, pero podías imaginarte lo que le habría pasado. Abajo, las olas azotaban la pared sin clemencia. Mi abuelo no decía palabra. Miraba abajo y después miraba arriba. No tenía miedo en la cara. Solo parecía estar pensando.

—¡Abuelo! ¡Espera! ¡Aguanta!

Dejé la linterna en el suelo y me senté en el borde de ese agujero. Aquello era como bailar sobre un campo de minas, en cualquier momento podía venirse abajo también. Apoyé el pie en una piedra, pero esta se soltó y cayó dando vueltas. Casi le da a mi abuelo.

—¡No bajes! —gritó él—. ¡No bajes!

—Tengo que bajar.

El abuelo hizo un esfuerzo por alcanzar la raíz con la otra mano, pero era imposible. Estaba demasiado bajo y de espaldas. Su cuerpo dependía de esa mano que agarraba esa endeble raíz. Nadie podría aguantar más de uno o dos minutos así. No me quedaba más remedio que agarrarme yo también a algo y tratar de subirle.

—Te daré la otra mano.

—¡No! No hay nada que hacer, Álex, escucha... Si tiene que ser así, quizá sea lo mejor...

El viento acalló sus palabras un segundo y me hizo cerrar los ojos.

—¡No!

Alumbré una raíz un poco más gruesa que sobresalía medio metro por encima de la que sujetaba el abuelo. Dejé la linterna en la hierba y me deslicé por aquella superficie de tierra batida. Todo aquello provocó otro pequeño aluvión de piedrilla sobre el abuelo. Abajo, el mar era como un monstruo negro que babeaba espuma blanca en cada ola que estrellaba contra el arrecife. Sería una caída sin concesiones. Mi abuelo miraba hacia abajo.

—Quédate arriba. Esto se va a derrumbar.

Me cogí de la raíz, cedió un poco al principio, pero finalmente se estancó. Solo me podía fiar de ese tubérculo viejo y seco. Era todo lo que tenía. Apoyé el pie en una piedra y extendí la mano.

—Abuelo —grité—, la otra mano. Dame la otra mano.

Jon Garaikoa miró para arriba.

—No va a funcionar, Álex —dijo—. No importa.

—¡Dame la puta mano!

Sucedió otro pequeño derrumbamiento, no muy lejos de allí. Pudimos oír cómo la tierra caía sobre el mar en grandes terrones.

El abuelo alzó la mano sin demasiada convicción y se la cogí. Intenté tirar, pero el peso de mi cuerpo, más la presión de sujetar a mi abuelo, terminó de arrancar la piedra en la que me estaba apoyando. Perdí el equilibrio y me quedé tumbado, boca arriba. El abuelo en una mano. La raíz en la otra. Empecé a mover las piernas en busca de otro punto de apoyo, pero todo lo que lograba tocar era tierra que se caía al mar.

—Gracias por todo, chico —dijo el abuelo—. Pero no voy a dejar que te mates por mí.

Y dicho esto, me soltó la mano.

8

Un objeto me tocó el hombro al mismo tiempo que una voz se abría desde los cielos:

—¡Álex! Cógele con esto —gritó Erin.

Un arpón bajaba atado a un trozo de cuerda. Joder, casi grito de alegría, pero era demasiado tarde. Miré hacia abajo y no lograba ver al abuelo, pero entonces distinguí su mano, todavía agarrada a ese trozo de raíz.

—¡Abuelo! Coge el arpón. ¡Abuelo!

Noté que la cuerda se tensaba de pronto, como un sedal que hubiera hecho una captura. Lo había cogido.

—¡Tirad!

Arriba, Dana y Erin tiraron de la cuerda y consiguieron subir a Jon Garaikoa y arrancarlo de las garras del mar. En cuanto le tuve a mano, lo cogí entre mis brazos y empujé con todas mis fuerzas hacia arriba.

Arruti, Erkoreka, Blanco y otros diez patrulleros, montados en cuatro coches, llegaron cinco minutos más tarde haciendo todo el ruido que pudieron. Además, trajeron detrás una troupe de periodistas que, con muy buen olfato, entendieron que algo muy gordo estaba sucediendo esa noche en Punta Margúa. Pero nadie, excepto una UVI medicalizada, pudo pasar de las verjas de la casa, donde se apelotonaba la prensa y algún que otro curioso.

Nosotros estábamos en la cocina, rodeados de policías y enfermeros, sentados todavía con tensión en el cuerpo. Mi abuelo insistía en que estaba perfectamente mientras un médico le revisaba de arriba abajo. Roberto Perugorria no le había hecho ni un rasguño, pero tenía la tensión disparada. «Traedme una copa de brandi y dejadme respirar.» Dana, entre tanto, se puso a hacer cafeteras. Dijo que necesitaba hacer algo para pasar el susto. Aún le temblaban las manos mientras colocaba las tazas en la mesa, así que el médico le dio un valium, y le pidió que se sentara durante diez minutos «y no hiciera nada más».

Mientras los agentes pululaban por la casa y el jardín, tomando huellas, fotografías, Arruti y Erkoreka nos tomaron declaración en la cocina.

—Estamos prácticamente seguros de que era Roberto, el hermano de Carlos Perugorria —dije—, y creo que era el mismo tipo que intentó colarse en casa.

—¿Al que tu abuelo disparó con su rifle?

—Sí.

Mi abuelo quiso tomar las riendas de la historia y contó los detalles del secuestro, la pelea y el derrumbamiento.

—Se coló como la otra vez, por el salón. Primero amordazó a la pobre Dana y después vino a por mí. Pobre diablo, le he visto caerse sobre el arrecife. Quizá solo encuentren pedazos de él, si es que los peces no se lo comen antes.

El agente Blanco llegó en ese momento e informó de que

habían encontrado un Porsche Cayenne en el aparcamiento del mirador. Estaba registrado a nombre de Carlos Perugorria, quien, al parecer, acababa de aterrizar en el aeropuerto de Loiu, procedente de Brasil.

—Le contactamos la noche pasada para preguntarle por su hermano —dijo Arruti—. Roberto había sido expulsado del ejército por un problema de salud mental. Desde entonces vivía con ellos en la casa, y Carlos le había «dado un trabajo» como experto en seguridad. Cree que quizá se lo tomó demasiado a pecho; al parecer, Félix había comenzado a extorsionar a Carlos con cierto asunto.

—Había un vídeo —dije—. Al parecer lo robaron de su casa el viernes. Roberto sospechaba de Félix... y de mí.

—Eso explicaría su intento de robo —dijo Arruti—, y quizá el asesinato de Félix también.

—¿Un vídeo? ¿Era tan importante como para matar a alguien? —preguntó mi abuelo.

—Creo que nunca lo sabremos —dije—, supongo que ardió junto con el resto de las cosas de Félix.

—No —dijo el bulldog tranquilamente—, el vídeo lo robó otra persona. Una sirvienta doméstica que trabaja en casa de los Perugorria. Dolores Estala.

Nos quedamos todos boquiabiertos.

—¿Dolores?

—Lleva meses colaborando con la policía, como informadora. Es algo que ya se puede contar. El señor Perugorria está siendo detenido ahora mismo en el aeropuerto de Bilbao, acusado de corrupción. Bueno, Dolores descubrió el vídeo y actuó *motu proprio*, aprovechando la fiesta. Ha resultado ser una prueba decisiva.

Recordé que Dolores fue quien me puso sobre la pista de

aquel «vídeo» cuando lo mencionó como el motivo de la discusión entre Félix y Denis. ¿Estaba tratando de alertarme de algo?

El abuelo negó con la cabeza.

—Pobre Ane... Nunca tuvo puntería con los hombres.

Dos horas más tarde, el ejército de la prensa no solo seguía allí, sino que había aumentado de tamaño. Había estudios móviles de la EITB y otro de RTVE, cámaras, micrófonos... Arruti salió a hacer una declaración y fue curioso ver, por televisión, algo que estaba sucediendo a escasos treinta metros de casa.

—Una persona se ha precipitado al vacío —dijo de manera muy escueta ante el fragor de preguntas—. Es posible que guarde relación con el caso de Félix Arkarazo.

—¿Se trata de Carlos Perugorria, el empresario que acaba de ser detenido?

Los periodistas habían hecho su trabajo de escarbar. Al parecer, los patrulleros que custodiaban el mirador habían sido incapaces de ocultar la matrícula del Porsche Cayenne de Carlos, y la cosa se había puesto a correr ella sola. Arruti pidió discreción y dijo que todavía no había ninguna confirmación al respecto.

Una hora después, en todos los medios nacionales, se comenzaba a perfilar el titular de la historia y el personaje principal.

UN MILITAR RETIRADO POR PROBLEMAS MENTALES,
POSIBLE SOSPECHOSO EN EL CASO DE FÉLIX ARKARAZO
Se investigan las conexiones con un posible caso de corrupción inmobiliaria de alto nivel. El empresario Carlos Perugorria, detenido.

La Científica estuvo rondando por casa hasta la medianoche. Después nos dejaron en paz, pero mantuvieron el acantilado acordonado y vigilado por una patrulla.

Sobre la una de la madrugada, mi abuelo, por fin, se quedó adormilado por efecto de los tranquilizantes que nos habían dejado en la cocina. Dana y yo lo subimos a su habitación y lo metimos en la cama con la ropa puesta. Yo me quedé sentado allí, acariciándole el cabello.

—Dormiré aquí con él esta noche.

—¿Dónde?

—En el suelo...

—No digas tonterías, Álex. No va a pasar nada.

Pero yo todavía era presa del terror. Ver a mi abuelo agarrado de esa raíz, con las piernas volando sobre el océano.

—Ha estado muy cerca —dije—, no sabes lo cerca que ha estado.

—Sí —dijo Dana—, pero por cómo se ha agarrado al arpón... parece que todavía tiene ganas de seguir dando guerra, ¿no?

Erin había llamado a sus padres para contarles que se quedaría a pasar la noche en Punta Margúa. Cuando entré en el dormitorio, la encontré metida en la cama con el edredón hasta el cuello.

—Te he robado un pijama, pero debería haberte robado un abrigo.

—Pondré una bolsa de agua caliente.

—Déjate de bolsas. Entra tú.

Entré en la cama y nos abrazamos bajo el edredón. Pronto comenzó a hacer calor, un calor delicioso, y yo sentí que caía dulcemente en el sueño, aunque seguía inquieto, nervioso.

—Jamás me hubiera imaginado que viviríamos algo así, aquí en Illumbe —dijo Erin—, ha sido alucinante. Parece una película... Pero bueno, por fin ha acabado todo.

Yo dije que sí, pero sin demasiada convicción. Recordaba la voz de Roberto en el acantilado, sorprendido cuando le acusé de haber matado a Félix Arkarazo.

«¿Yo? No... Te equivocas.»

Además, había otra cosa que no acababa de encajar. El cristal de la ventana de la fábrica que alguien había limpiado.

Tenía la sensación de que la historia no había acabado de completarse.

Pero supongo que el cansancio era demoledor a esas alturas. Dos noches demasiado intensas me cayeron encima como una losa y me quedé dormido.

Y tuve un sueño.

Alguien me golpea por detrás. Caigo al suelo. Saboreo el polvo que cubre el hormigón de la vieja fábrica Kössler.

Empiezo a perder la consciencia. Durante esos últimos segundos, el haz de mi linterna ilumina unos zapatos. Se acercan a mí. Se quedan parados a pocos centímetros de mi rostro. Pienso que me va a matar a mí también.

Después la silueta comienza a agacharse. Noto su respiración acelerada muy cerca de mí. Me está observando, en silencio.

—¿Álex?

Y eso basta. Puedo reconocer su voz. Aunque me parezca absolutamente increíble.

Me desperté con el corazón a mil, pero Erin estaba sumida en un profundo sueño. No quise despertarla. Me levanté. Bajé a la cocina a beber un vaso de agua y miré por la ventana. Los chicos de la prensa se habían ido. La furgoneta seguía fuera.

¿Había sido un sueño o un recuerdo?

Y eso basta. Puedo reconocer su voz.

Pero, bien pensado, aquello tendría todo el sentido del mundo. Todo el maldito sentido del mundo.

Me puse unos zapatos y salí sin hacer ruido. Monté en la furgoneta y miré el reloj. Eran las tres y media de la madrugada, muy tarde, pero me apostaba algo a que la persona que asesinó a Félix Arkarazo estaría despierta a esas horas.

7

LA VERDAD

1

Aparqué fuera, a cierta distancia de la casa. No me apetecía anunciar mi llegada, aunque de alguna manera, sentí que me estaban esperando.

El jardín olía a césped, a pinos, la tormenta había pasado y el cielo se había abierto como un joyero de estrellas. Conocía el lugar. Di un rodeo y entré por el sitio más fácil. Me acerqué a la casa. ¿Estaría allí? Pero en la planta de arriba no había luces. Entonces percibí un leve resplandor en el edificio adyacente. Había alguien en el estudio. Caminé hacia allí, me acerqué a la puerta y llamé.

Oí unos pasos que se acercaban. Tal y como esperaba, estaba despierto. ¿No lo estarías si esa noche acabaran de quitarte de encima un terrible problema?

Joseba Izarzelaia vestía un albornoz muy elegante y por el estado de su cabello no pensé que lo hubiera despertado. Tampoco pareció sorprenderse en exceso por mi aparición, aunque, bueno, hizo una pequeña interpretación muy aceptable.

—Álex, ¿qué haces aquí?

No respondí.

—¿Estás solo? —pregunté.

—Sí —dijo él—. Mirari está dormida. Entra.

Pasamos a su elegante estudio, tenuemente iluminado por una lámpara de pie. Estaba lleno de maquetas, trofeos, el camino de migas de pan de una carrera exitosa. Nos sentamos en el cuadro de sofás. La televisión estaba encendida, sin sonido. Las noticias sobre Punta Margúa seguían machacando a esas horas.

—¿Cómo estás? —preguntó Joseba—. ¿Y tu abuelo?

—Bien. El acantilado sufrió un derrumbe y... en fin. Roberto Perugorria ha muerto.

—He visto las noticias. También lo de Carlos. Es terrible. Solo espero que nada salpique a Denis... Su padre está de los nervios.

—Acusan a Roberto de asesinar a Félix —dije entonces.

—También lo he visto.

—Pero fuiste tú.

La frase sonó pesada en el aire quieto de aquel estudio. Joseba no dijo nada durante unos segundos, aunque noté un leve rubor subiéndole por las mejillas.

—¿Desde cuándo lo sabes?

—Desde hace dos semanas —dije—, aunque no lo he recordado hasta hace media hora. He tenido un sueño. Es algo difícil de explicar. En los sueños hay imágenes, pero sobre todo hay sensaciones. Y yo he tenido una: la de no poder creerme lo que estaba pasando.

—Vaya.

—El neurólogo que me atendió esa primera noche después del accidente me dijo algo sobre la amnesia. Que la causa podía ser un traumatismo muy grave, pero también un shock psicológico importante. Una amnesia de fuga, creo que la llamó. Cuando prefieres olvidar a recordar lo que has visto. Supongo que no podía creerme que tú hubieras intentado matarme. Tú, Joseba, tú.

La garganta se me hizo un nudo.

—Lo siento de corazón, Álex. Hay una explicación para todo. Tuve que tomar precauciones.

—¡Precauciones! ¿Matarme?

—No sabía que eras tú. Créeme. Lo supe después... y además no quería matarte.

—Pero dejaste la piedra allí... Quisiste que pareciera un asesinato.

—Había entrado en pánico, Álex. Me largué de allí a toda prisa y olvidé la piedra. Puedes creerme o no. Esa noche volaba a Londres y de ahí a Tokio. Nada más llegar a Japón pensé que la policía me estaría esperando. Pero no había noticias de Félix. Ni de ti... Hasta que me enteré de lo de tu accidente de furgoneta y me di cuenta de lo que estaba pasando. Empecé a ser consciente de lo que había hecho. Matar a Félix era una cosa, pero haberte implicado a ti fue... Me volví loco. En serio. Estuve a punto de llamarte, pero luego pensé que eso solo complicaría las cosas. Quería esperar a verte. El día de la fiesta. Quería ver si me reconocías.

—Y por eso me trajiste aquí. Para ver si te recordaba en la fábrica.

—Eso es.

—Y te quedaste tan tranquilo.

—Para nada, Álex. He intentado hacerme cargo, arreglar las cosas. Volví a la fábrica a limpiar las huellas.

—El cristal. ¿Cómo lo supiste?

—¡Porque estaba allí! Los dos habíamos pensado lo mismo y, curiosamente, al mismo tiempo. La noche en que esos chavales entraron a la fábrica y te sorprendieron... yo había llegado un poco más tarde. Vi tu furgoneta aparcada. Me imaginé lo que estabas haciendo y me escondí en los alrededores. También vi el coche de aquellos chavales. Estuve esperando. Entonces te vi romper la ventana y saltar por la parte de atrás. Más tarde, cuando los chicos se largaron, me ocupé de limpiar tus huellas, además de las mías. Hice todo lo que estaba en mi mano.

—Excepto decirme la verdad.

—Habría dicho la verdad si hubiera sido necesario. Estaba preparado para entregarme si te acusaban, Álex. No me creerás, pero es así.

No dije nada. En el fondo, le creía.

—Bueno, supongo que te preguntarás por qué lo hice.

—Déjame adivinar: Floren tenía razón. Le robaste sus diseños y Félix se enteró.

—¡No! En eso he sido honesto siempre. Floren no diseñaba una mierda. Y yo tampoco maté a Floren, pero eso ya lo sabes.

—¿Qué?

—Mirari me contó lo de vuestra conversación en Gure Ametsa. Vino a casa con el corazón roto, deshecha, y me dijo que tenía que contarme algo horrible de nuestro pasado. Fue un verdadero problema para mí disimular que lo sabía.

—¿Lo sabías?

—Desde hace un tiempo.

—¿Cómo?

—Digamos que cambié un secreto por otro, igual que hacía Félix.

—¿Qué secreto?

—Ya llegaremos a eso. La cosa es que esa noche, la del viernes, yo estaba preparándolo todo para irme de viaje. Sonó el teléfono de la casa y lo cogí, pero Mirari ya estaba hablando con Ane. Debería haber colgado, pero escuché la conversación. Básicamente, Ane le estaba diciendo a Mirari que Félix sabía algo sobre «la noche en la que murió Floren» y que estaba decidido a publicarlo. Bueno. Dejé que Mirari se marchase, aplacé mi vuelo unas cuantas horas, y fui a Gure Ametsa. Mi idea original era ofrecerle dinero a Félix. Sabía que le hacía falta y yo podía enterrar su libro en millones de euros si era necesario. Pero entonces, según llegaba a la casa de Ane, me crucé con ese malnacido. Conocía su coche, del Club, así que di la vuelta y lo seguí hasta ese polígono. Lo vi salir, en plena noche, meterse por aquel bosque... Y fui tras él. Solo quería hablarle, pero él debió de oírme y me emboscó arriba, junto a la fábrica.

—No me digas que te atacó.

—Lo intentó, pero solo me rozó el brazo con una piedra. Me preguntó por qué le había seguido. Y yo le hablé de su libro y de la muerte de Floren. Le dije que le pagaría por olvidarse de todo, que la muerte de Floren había sido un accidente. Que Mirari se sintió contra las cuerdas y actuó en medio de un arranque de furia... Y según lo decía, me di cuenta...

—Félix no sabía que había sido Mirari.

—Tenías que ver cómo se le iluminó el rostro. Sonrió y me lo dijo, como si fuera una travesura: «Acabas de sepultar a tu mujer, querido Joseba. Siempre pensé que había sido Ane». Yo le amenacé, pero él me mandó al infierno, riéndose. Entonces fue cuando cogí la piedra, que él me había tirado. Había caído a mi lado, en el suelo. Lo demás supongo que lo has adivinado tú solo. Arrastré el cuerpo dentro de la fábrica y en ese instante apareciste tú. No sabía quién eras, no podía verte en la oscuridad, pensé que quizá eras un compinche de Félix. Me escondí con la piedra en la mano. Entonces me oíste, estabas a punto de girarte...

Silencio. Un silencio sepulcral en el estudio de Joseba Izarzelaia. Solo los grillos. El sonido del viento.

—Esa es toda la historia, querido Álex. Ahora puedes hacer con ella lo que quieras. Hay un teléfono sobre mi mesa, si quieres llamar a la policía.

Me levanté. Me acerqué al escritorio. Allí estaba la maqueta de ese nuevo proyecto de Joseba en Japón. El proyecto que consolidaría definitivamente la empresa que había creado desde cero.

—Le dije a Mirari que guardaría su secreto —dije.

—¿Qué significa eso?

—Significa que Félix era un hombre mezquino, igual que Floren. Y que los dos grandes villanos de esta historia ya están muertos. No te voy a denunciar... Pero me debes algo.

—¿El qué?

—¿Cómo te enteraste de la historia de Mirari? Ella no te la había contado.

—¿No te lo imaginas? Fue tu madre, Álex.

Aquello me pilló bastante desprevenido. Tanto que casi doy un traspié y me caigo de morros sobre aquella maqueta del proyecto japonés.

—Estuve en Madrid dos semanas antes de que muriera. Había oído que estaba en las últimas y quería despedirme.

—Pero... no te vi. Yo estaba el día en que vino Mirari.

—Fui solo. Tú estabas arreglando algunos papeles. De hecho, me aseguré de que no nos cruzáramos. Subí a su habitación. Ella... —Joseba dejó la mirada perdida un instante— estaba tan delgada, pero tan guapa y elegante como siempre. Hablamos un poco y, justo cuando me iba, se lo pregunté. Le pedí que me contase la verdad sobre la noche que murió Floren. Yo siempre había intuido que había algo más, supongo que lo mismo que intuyó Félix. Las tres amigas, reunidas para cenar, la misma noche en la que Floren se despeñó...

—¿Y lo hizo? ¿Te lo contó... todo?

—Sí. Y respecto a Erin, tengo que decir que fue el verdadero golpe. Siempre me había parecido algo milagroso que Mirari pudiera quedarse en estado. El ginecólogo había dicho que teníamos un incompatibilidad genética muy grave. Pero nunca me planteé que no fuera mi hija...

Yo estaba callado, tratando de pensar. Intentaba que todo aquello no me nublase el juicio.

—Hay algo que no me encaja —dije—. No me creo que mi madre rompiese tan fácilmente su juramento, Joseba.

—Bueno, ya te he dicho que fue un intercambio. Ella me pidió algo a mí.

—¿El qué?

—Que te cuidase.

—¿Cómo?

—Lo que oyes. Me dijo que sabía que tenías un pequeño lío de deudas. Dinero que habías pedido prestado para financiar ese viaje a Estados Unidos. Le prometí que te ayudaría y... bueno, aquí estamos...

—No... —dije—. Suena fantástico, pero no me lo trago, Joseba. Joder, soy un especialista en mentiras, y esta es una bola muy mal parida. La amiga de mi madre era Mirari. ¿Por qué no fuisteis juntos? ¿Qué hacías tú visitándola en el hospital a solas?

Joseba Izarzelaia se rio a carcajada limpia.

—Tienes razón. Otra vez.

—¿Entonces?

—Joder... —dijo—, no pensaba que esto sería tan difícil.

—¿Tan difícil?

—Decir la verdad. Siempre dicen que es lo más fácil, pero no estoy de acuerdo. La verdad es lo más difícil de sacarse del alma.

—Vale, sí. Pero me la debes. A cambio de mi silencio.

Joseba cogió aire, lo soltó.

—Bueno, pues ahí va. Volvamos a esta historia del pasado, ¿eh? ¿Qué te han contado de nuestra juventud? Mirari estaba enamorada de Floren, Ane apareció por allí y se lo robó. Y entonces aparecí yo, una especie de segundo plato que salió bien. Rescaté a Mirari de las garras de la soledad y la hice feliz. Una bonita historia de amores y desamores adolescentes, ¿no? Pero digamos que falta una cosa en ese puzle. ¿No crees, Álex?

—No tengo ni idea. Ilumíname.

Joseba se levantó y fue hasta su librería. Sacó un libro muy grueso. Lo abrió. Del interior, sacó una fotografía tamaño carné. Me la entregó. Era mi madre, en aquel fotomatón de San Sebastián. Era la foto que faltaba en la colección de mi abuelo. Y en ella, mi madre no estaba sola como en las otras. Dentro del fotomatón había otra persona. Joseba.

—En aquellos días tu madre estudiaba en San Sebastián, en un internado. Tu abuela había muerto joven y tu abuelo estaba siempre en su barco. Yo fui a pasar un verano con mi familia. Nuestras familias eran amigas. Mis padres la invitaron a la casa de Zarauz. Tuvimos un pequeño romance. Nada demasiado serio.

—Pero esto fue antes de que tú empezaras con Mirari, ¿no?

—Sí, desde luego. Nuestra historia de amor terminó a los trece... Aunque, años más tarde, Erin ya había nacido, tu madre se puso a trabajar en Edoi. Fue un trabajo de unos meses, como administrativa. Eran unos años un poco difíciles entre Mirari y yo. Yo estaba absorbido por el trabajo. Mirari por la crianza de Erin. No voy a ponerlo más bonito o feo de lo que fue: tuvimos un flechazo, una especie de *revival* de nuestro verano en San Sebastián. Y una noche de esas tan largas en la empresa, fuimos a cenar.

—No —dije—, no sigas.

—Creo que ya es demasiado tarde para parar.

—No puede ser. Mi padre era un marino. Un hippy que se marchó a Chile. Mi madre me dio un nombre y una dirección.

—Esa dirección que te dio tu madre es un cuento. Posiblemente porque sabía que nunca irías a visitarle. Tu padre soy yo, Álex.

—¡No!

Di un golpe a la maqueta japonesa. La lancé contra el suelo y se deshizo en muchos pedazos. Joseba permaneció callado.

—Y también soy la razón por la que Begoña se marchó del pueblo. Primero a Bilbao, después a Madrid. Siempre temió que alguien se terminara enterando. Nunca dejó de sentirse avergonzada, arrepentida por aquello. Nunca aceptó ninguna ayuda. Se llevó su secreto a la tumba.

—He pasado toda mi vida pensando que mi padre me había abandonado. He pasado toda mi vida pensando que no soy bastante bueno para que me quieran.

—Lo siento profundamente, Álex.

La cabeza me daba vueltas. Cogí la papelera del suelo, intenté vomitar dentro, pero no pude.

—Hubo un par de ocasiones en que intenté ayudaros. Tu madre nunca lo permitió. No quería que hubiese la más mínima conexión entre nosotros.

Yo saqué la cabeza de la papelera.

—Pero... pe... ¿Erin? ¿Cómo pudiste permitirlo si lo sabías?

—¿Permitir el qué? Erin y tú sois dos perfectos extraños en ese sentido. No tenéis ningún lazo de sangre.

«Es cierto», pensé. Hija de Mirari y Floren. Hijo de Begoña y Joseba.

—Dios mío...

Me dejé caer en la butaca. Cerré los ojos sintiendo que toda la puta casa había sido lanzada al espacio y estaba dando vueltas sobre sí misma. Aunque en el fondo, eso explicaba algo que había sentido siempre, desde el primer momento. Esa inmediata y profunda familiaridad con Joseba. Éramos familia... ¡y hasta qué punto!

Joseba se levantó y cogió una botella de su minibar. La colocó sobre la mesa, en el lugar donde antes estaba la maqueta japonesa.

—Tal y como yo lo veo, Álex, esto no cambia gran cosa. Erin y tú sois felices juntos. Yo soy feliz de tenerte cerca, de ayudarte y de que formes parte de mi familia y de mi empresa.

Yo le miraba estupefacto. Toda mi vida se había construido sobre ese vacío. Mi madre, su soledad. Mi padrastro, mi éxodo en Holanda. Todo había sido por el padre que nunca estuvo allí. Y ahora aparecía de pronto... ¿y pretendía que lo aceptase sin más?

—¿Y Mirari? ¿Y Erin? —pregunté—. ¿Qué les vas a contar?

—Mirari y Erin tienen un gran reto por delante y no creo que sea un buen momento para hablarles de «lo nuestro».

Siendo prácticos, creo que sería bueno mantenerlo entre nosotros, Álex. Al menos durante un tiempo.

Sabía lo que me estaba pidiendo. «Que el mentiroso vuelva a la partida —pensé—. Justo cuando había decidido abandonar el juego.»

Pero entonces me di cuenta de que la verdad sería catastrófica. Mi madre, Joseba... ¿Qué iba a pensar Mirari de todo eso? ¿Qué recuerdo le quedaría de su vieja amiga?

—Vale —dije—, estamos de acuerdo.

—Muy bien. —Rellenó los vasos.

—Y lo del trabajo en Edoi... —Me eché a reír—. Era por eso, claro.

—Entre otros motivos. Pero te seré sincero con algo: has demostrado mucho aplomo en la gestión de todo este asunto. Y desde luego, tu pequeño negocio ambulante funcionaba a la perfección. Tienes alma de líder, Álex.

—¿Sabías lo de...?

—Erin me lo contó anoche... No te preocupes. Eso también quedará en familia.

Joseba me ofreció un brindis con sus ojos brillantes de felicidad. Yo estaba confundido. Por un lado aquello era casi malvado. Joseba era un asesino. Era el padre que renegó de mí. El tipo que me había metido en las peores dos semanas de mi vida. Pero por el otro, no podía negarlo, aquella era la forma práctica y limpia de terminar con el maldito asunto.

Joseba esperaba con su vaso en alto.

—¿Listo para comenzar una nueva y feliz etapa de vida en familia?

2

Amaneció un día precioso. Un mar plácido bajo un cielo azul. Dana había preparado el desayuno fuera. Café, tostadas. El viento soplaba y movía la hierba. La fragancia de los pinos recorría el aire. Era como si nada hubiera ocurrido realmente, aunque el periódico de la mañana se obstinara en lo contrario.

LA POLICÍA DA EL CASO POR CERRADO
Roberto Perugorria, declarado máximo sospechoso de la muerte de Félix Arkarazo. Las huellas de su coche fueron halladas junto a la roulotte incendiada en Cantabria.

El abuelo leía la noticia en alto para Dana y Erin. Yo acababa de aparecer por la cocina, como un muerto viviente, pero con una tacita de expreso en la mano.

—¡Vaya! Por fin se ha despertado el lirón.

—Creo que es culpa mía —dijo Erin—, le he echado de su propia cama y se ha tenido que ir a dormir al sofá.

—No te culpes —dijo el abuelo—. Este chico no ha madrugado en toda su vida.

Me senté entre Dana y Erin, que me revolvieron el pelo con gesto afectuoso. Había una bandeja llena de mi desayuno preferido en el centro de la mesa.

—¡Bollitos de mantequilla! —celebré.

—Aprende de tu chica. Ha madrugado para traer la prensa, el pan y el desayuno.

Cogí uno, lo mordí y sentí la explosión de la mantequilla en mi paladar.

—¿Qué dice el periódico?

—Caso cerrado. No creo que Arruti se atreva a escarbar más. Aunque supongo que sigue pensando que tiene razón.

—Y la tiene —dije—, en parte.

—Pero es una parte que no nos *interresa*, ¿verdad? —dijo Dana—. Por cierto, ¿alguien sabe algo de Ane?

—Mi madre habló con ella anoche —comentó Erin—. Parece que está bien, dentro de lo que cabe. Dice que hará un largo viaje para intentar olvidar... y Gure Ametsa quedará cerrada durante un tiempo.

—Pobre chica —dijo el abuelo—, nunca tuvo buen ojo con los hombres. Y hablando de otra cosa: ¿alguien puede llevarme a Bilbao esta tarde? Ese neurólogo tan bueno me ha hecho un hueco en su agenda.

—¿El neurólogo de Bilbao? —pregunté—. ¿Le has llamado tú?

Jon Garaikoa asintió sonriendo. Después debió de darse cuenta de que se le escapaba una sonrisa y volvió a fruncir el ceño.

—Veamos lo que ese matasanos tiene que decir sobre mi cabeza.

Dos cafés más tarde, Erin me cogió de la mano y tiró de ella. Dejamos al abuelo con su sudoku y subimos las escaleras. Pensaba que quería llevarme al catre, o contarme algo en secreto. ¿Mirari habría hablado ya con ella? Lo dudaba...

En vez de eso, me llevó al cuarto de baño.

—¿Qué hacemos aquí?

—Bueno... Esta mañana he aprovechado el viaje para comprar esto.

Sacó un test de embarazo y me lo colocó en la mano. Yo noté que me temblaba el estómago.

—¿Lo has hecho ya?

—No. He esperado a que estuvieras despierto. Y también a tener ganas de hacer pis.

Se hizo el test. Nos abrazamos mientras iba desvelándose el resultado.

Y al verlo, nos entró la risa.

Agradecimientos

Esta novela se ambienta en un zona de Bizkaia conocida como Urdaibai, un lugar fantástico que conozco y amo desde niño. Hay escenas que ocurren en sitios reales como Gernika o Bermeo. Sin embargo, en honor a la diversión y a la eficacia de la historia, me he permitido el lujo de inventarme unas cuantas cosas. Carreteras, pueblos, barrios y montañas... aparecen mezclados, traídos de otras partes (como el monte Kukulumendi, que pertenece al municipio de Loiu) o simplemente sacados de la chistera. De modo que —frikis de la geografía— no intentéis buscar Illumbe o Punta Margúa en los mapas, ya que no los encontraréis. Así como tampoco a las personas o empresas que se mencionan en el libro (aunque algún nombre pueda coincidir «por puro accidente»). Es todo parte de la gran mentira de la ficción.

Esta historia va de mentiras y secretos inconfesables, y yo también quiero confesar algo: fui un niño bastante mentiroso. No era algo que hiciera por maldad sino, supongo, que por remediar un caso grave de exceso de imaginación. Recuerdo que una vez aterroricé a mis compañeros de colegio con la historia de un muñeco que hablaba cuando nadie más estaba delante (creo que alguno de ellos lo recordará aún). En otra ocasión, les conté una historia fantástica sobre mi padre, reconvertido a espía y vendedor de armas en el extranjero. Hubo una llamada telefónica de mi tutor, incluso una cita con un psicólogo. Pero el diagnóstico no debió de ser demasiado preocupante porque tuve una infancia de lo más normal.

El caso es que después aprendí a utilizar esta capacidad para algo decente: escribir historias y entretener a la gente con ellas. Y en este viaje he contado desde siempre con el apoyo y la confianza de mucha gente, comenzando por mi editora Carmen Romero, que ya lleva unas cuantas novelas caminando a mi lado, y Bernat Fiol, mi agente en SalmaiaLit.

La sección de agradecimientos siempre debe comenzar con mi hermano, Javi Santiago, que es de los primeros en leerse mis borradores, discutir ideas y darme mil y una referencias de libros y películas que «debo ver y leer» cuando estoy escribiendo una historia.

Mi amigo lector y escritor Juan Fraile hizo un extenso trabajo de corrección de pruebas y aportó grandes comentarios sobre la relación entre Alex y su madre, así como otro montón de buenísimas notas (incluida la mención friki a Andy Dufresne) y correcciones para el libro.

Borja Orizaola ayudó con los aspectos del protocolo policial y sacó unos cuantos fallos técnicos al borrador inicial. Posiblemente haya metido algún que otro patadón al diccionario de procedimientos de la Ertzaintza, pero eso será solo culpa mía.

Digo lo mismo de las recomendaciones y consejos de Pedro Varela, que aportó su gran experiencia como médico en la sección de dudas sobre heridas, golpes, amnesias e intoxicaciones varias.

Un especial agradecimiento a Maya Granero por las correcciones de tiempos, horas, detalles, calendarios lunares y tablas de mareas. Ha conseguido que la novela funcione como un reloj suizo.

Ainhoa, mi lectora número uno, consultora, psicóloga y la que más difícil me lo pone (a parte de yo mismo), ha tenido que bregar con una neurosis especialmente intensa durante las últimas etapas de la corrección. El confinamiento por el coronavirus no ayudó precisamente a la estabilidad emocional de este escritor. Gracias por aguantar mis momentos «Resplandor». Sé que escondiste un cuchillo por si hacía falta. Pues bien, ya no hace falta. Devuélvelo.

Y a vosotros queridos lectores y lectoras. Mi última novela se publicó en 2018 y ya habrán pasado dos años desde entonces. En todo este tiempo vuestra compañía ha sido fundamental para seguir adelante: me leéis, me recomendáis, venís a mis presentaciones y me escribís mensajes preciosos por las redes o a través de mi página. Sois la sal y la pimienta en los días solitarios de un escritor. No dejéis de hacerlo.

Gracias.

...Y antes de terminar, un último agradecimiento muy especial. Uno de esos que te estrujan la garganta...

Una de las personas más importantes de mi vida se marchó mientras escribía este libro. Se llamaba Begoña Garaikoetxea y era mi madre. Ella es la «sonrisa mágica» y la imagen de valentía y elegancia que impregna el personaje de Begoña Garaikoa en la novela. Ella, en realidad, es muchas cosas que sigo haciendo en mi vida, como contar historias y perseguir mis sueños, por difíciles que sean. Por todo ello, unas simples gracias se quedan muy cortas, pero las palabras, a veces, se quedan cortas incluso para un juntaletras como yo. Va por ti, *ama*.

Y espero veros a todos en la siguiente historia.

MIKEL SANTIAGO

Bilbao, 27 de marzo de 2020